아주
특별하게 평범한
가족에 대하여

로빈 벤웨이 장편소설 | 이진경 옮김

사이사이의힘

상상의힘 청소년문고 08

아주 특별하게 평범한 가족에 대하여

1판 1쇄 펴냄 2018년 9월 15일 | 1판 2쇄 펴냄 2019년 9월 30일
지은이 로빈 벤웨이 | 옮긴이 이진경
펴낸이 김두레 | 펴낸곳 상상의힘 | 편집 이현정 | 디자인 수:Book
인쇄 천일문화사 | 등록 제2015-000021호(2010년 10월 19일)
주소 07208 서울시 영등포구 선유로49길 23 IS비즈타워2차 1503호
전화 070-4129-4505 | 팩스 02-2051-1618
누리집 www.sseh.net | 전자우편 childlit04@gmail.com

ISBN 978-89-97381-58-6 43840

이 도서의 국립중앙도서관 출판시도서목록(CIP)은 서지정보유통지원시스템 홈페이지
(http://seoji.nl.go.kr)와 국가자료공동목록시스템(http://www.nl.go.kr/kolisnet)에서
이용하실 수 있습니다.(CIP제어번호: CIP2018028414)

Far from the Tree
Copyright © 2017 Robin Benway
Korean Translation Copyright © 2018 by Sang-Sang-Eui-Him

Korean edition is published by arrangement
with Fletcher & Co., New York
through Duran Kim Agency, Seoul.

오빠,

언제나 믿고 지켜봐 줘서 고마워!

차 례

1부 아주 특별한

아주 특별한

1. 그레이스

사실 그레이스는 동창회에 관해 진지하게 생각하지 않았다.

어쨌든 가게 될 것이라고는 생각했다. 가장 친한 친구 제이니와 함께 옷을 고르고, 머리를 손질하리라는 것 정도는 짐작할 수 있었다. 엄마는 덩달아 흥분하지 않으려는 듯 무심한 척하면서도 아빠의 멋지고 값비싼 카메라를 충전해서 슬쩍 건네줄 것이다. 그 카메라로 그레이스는 사귄 지 이제 막 1년 된 남자 친구, 맥스와 사진을 찍을 것이다.

맥스가 턱시도를 입은 모습은 정말 멋질 것이다. 물론 빌려 입는 것이겠지만. 옷장에 턱시도를 갖춰 두고 있을 맥스는 아니었다. 그리고 그레이스는 느린 음악에 맞춰 춤을 추게 될지, 사람들과 이야기만 나누게 될지, 다른 무엇을 하게 될지는 알 수 없었다. 짐작할 수 있는 것도 없었다. 그래도 가게 되면 재미있으리라 생각했다.

그레이스는 자신의 삶에 관해 대체로 이런 식이었다. 동창회는 가서 경험해 보면 저절로 알게 될 터였다. 그녀는 전혀 걱정하지 않았다.

어쩌면 그 때문에 동창회 날 밤에 이러고 있는 것이 더욱더 충격이 아닐 수 없었다. 동창회가 있는 날, 그레이스는 아름다운 드레스를 입지 않았다. 맥스의 휴대용 술병에 든 술을 홀짝홀짝 마시지도 않았고, 제이니와 춤을 추지도, 친구들과 함께 "치즈." 하고 웃으며 사진을 찍지도 않았다. 굽 높은 구두를 신기는커녕 세인트 캐서린 병원의 산부인과 병동에서 등자에 발이 묶인 채 딸을 낳고 있었다.

한참이 지나서야 그레이스는 자신이 임신했다는 사실을 알았다. 그녀는 케이블 텔레비전의 리얼리티 쇼에서 출연자들이 도저히 납득할 수 없는 대사를 내뱉을 때마다 이렇게 소리치고는 했다.

"야, 어떻게 임신한 것도 모를 수 있냐?!"

그레이스는 나중에서야 카르마라는 인과응보의 여신이 이 말 때문에 자신의 엉덩이를 물고 늘어진 것이 아닌가 하는 생각이 들었다. 첫째로 그녀의 생리는 늘 불규칙했기에 어떤 도움도 되지 않았다. 게다가 학교에 독감이 유행하고 있던 시기에 입덧이 온 것이 두 번째 결정타였다. 12주차에 가장 좋아하는 청바지가 너무 꽉 조인다는 것을 알고서야 무언가 잘못되었다는 의심이 들기 시작했다. 당시에는 그때가 12주차라는 것도 알지 못했다. 13주차에야 그녀는 맥스의 차를 타고 20분 거리를 달려 누구도 자신들을 알지 못하는 약국에서 임신 진단 테스트기를 두 개 샀다.

임신 진단 테스트기는 무척 비쌌다. 사실 너무 비싸 줄을 서서 기다리는 동안 맥스는 전화로 통장 잔고를 확인해야 했다. 지불할 만큼 돈이 충분히 있는지를 알아야 했다. 그때서야 그레이스는 자신에게 무슨 일이 일어났는지를 깨달았다. 1년 세 학기 중 두 번째 학기를 시작한 지 겨우 5일 만이었다.

아이는 복숭아(peach)만 한 크기라고 했다. 구글에서 찾아보니 그랬다.

♪ ♪ ♪

그날 이미 그레이스는 자신이 피치(peach)를 키우지 못하리라는 것을 알았다. *그럴 수 없다*는 것을 알았다. 그레이스는 학교를 마치고 자신보다 나이가 마흔 살 더 많은, 그럼에도 자신을 언니라고 부르는 여자들에게 옷 파는 일을 시간제로 했다. 정확히 말해 그 일은 아기를 키울 만한 돈벌이가 되지 못했다.

문제는 아기가 운다거나 냄새가 난다거나 토한다거나 하는 것이 아니었다. 그런 것이 끔찍하다는 생각은 전혀 들지 않았다. 문제는 아기가 누군가를 필요로 한다는 사실이었다. 그레이스가 줄 수 없는 것들을 피치가 요구하리라는 것이었다. 한밤 중 그녀는 방에 앉아 이제 둥글게 불러 온 배를 안고 되뇌고는 했다.

"미안해, 미안해. 정말 미안해……."

기도와 참회였다. 그레이스는 피치가 필요로 하는 첫 번째 사람이었다. 그럼에도 그레이스는 자신이 이미 피치를 떼놓으려 한다는 것을 자각하고 있었다.

입양 전문 변호사가 신청자 가족들의 신상이 담긴 거대한 파일을 보내 왔다. 이들은 저마다 누구 못지않게 간절히 입양을 원하고 있었다. 그레이스와 엄마는 마치 쇼핑 목록이기라도 한 듯 파일을 살펴보았다.

피치에게 딱 맞는 사람은 아무도 없었다. 미래의 아빠가 햄스터를 닮아서 아니었고, 엄마의 머리 모양이 20년 전 스타일이라 아니었다. 그레이스는 그 집의 아장아장 걸어 다니는 아기가 잘 깨물 것 같아 그 가족을 젖혀 두었고, 다른 가족은 콜로라도 동쪽 말고는 여행을 가 본 적이 없을 것 같아 젖혀 두었다. 피치는 더 나은 대접을 받아야 했다. 그녀 역시 콜로라도를 지나는 여행조차 해 본 적이 없다는 것은 생각하지도 않았다. 피치는 더 좋은 것을 가져야 마땅했다. 피치는 더 많이 누려야 했다. 피치는 등산가들, 국제적인 여행자들, 가장 좋은 것들을 찾아 세상 곳곳을 찾아다니는 사람들에게 더 어울렸다. 왜냐하면 피치이기 때문이었다. 그레이스는 금을 채굴하는 대담한 탐험가를 원했다.

왜냐하면 그들은 한방에 부자가 될 사람들이기 때문이었다.

카탈리나는 원래 스페인 출신이다. 그래서 스페인어와 프랑스어를 자유롭게 구사했다. 그녀는 온라인 판매 회사에서 일하고 있지만 음식 블로거로 활동하고 있기도 했다. 언젠가는 요리책을 출판하고 싶어 했다. 다니엘은 재택근무를 하는 웹 디자이너였다. 그는 아기가 태어나면 석 달 동안 휴직을 하겠다고 했다. 그레이스는 그런 마음가짐이 썩 마음에 들었다. 이들은 래브라도 리트리버 '돌리'를 기르고 있기도 했다. 개는 다정하면서도 어리숙하게 보였다.

그레이스는 이들을 선택했다.

그레이스는 배 속에 들어선 피치를 결코 부끄러워하지 않았다. 그레이스와 아기는 마치 작고 단단하게 묶인 한 팀 같았다. 그들은 함께 걸었고, 함께 잠을 잤고, 함께 먹었다. 그레이스가 하는 모든 것이 피치에게 영향을 미쳤다. 그들은 노트북으로 텔레비전을 봤고, 그레이스는 피치에게 텔레비전 프로그램에 대해, 카탈리나와 다니엘에 대해, 그리고 그들과 어떻게 훌륭한 가정을 이룰지에 대해 들려줬다.

피치는 그레이스가 실제로 말을 나누는 유일한 존재였다. 친구들은 모두 멀어졌다. 친구들의 눈빛에서 빠르게 불러 오는 그레이스의 배에 관해 어떻게 말해야 할지 잘 모르겠다는 아리송함을, 임신한 사람이 그녀이지 자신들이 아니라는 안도감을 보았다. 그레이스의 산악등반 팀 친구들도 처음에는 그녀와 연락하며 지내려고 노력했다. 함께 모임에 관해 말하고 다른 팀 험담을 하고는 했다. 그러나 그레이스는 질투가 피부를 뚫고 나와 마침내 폭발할 것만 같은 느낌을 어찌할 수가 없었다. 조용히 고개를 끄덕이는 것조차 어려웠다. 그레이스가 더 이상 반응하지 않자 그들 역시 대화를 멈추었다.

그레이스는 설핏 잠이 들다 피치가 조금 더 안전한 장소이기나 한 듯 갈비뼈 안쪽을 치고 올라와서 깨기라도 했을 때 간혹 엄마가 방문 밖에 서 있는 것을 알 수 있었다. 그래도 모른 척하고 있으면 엄마는 조금 지나 돌아가고는 했다.

그리고 아빠는? 아빠는 그레이스와 거의 눈을 마주치지 않았다. 그레이스는 자신이 아빠를 실망시켰고, 그럼에도 여전히 아빠가 자신을 사랑하고 있음을 알고 있었다. 그러나 이제 그레이스는 다른 사람이 되었고 결코 다시는 예전의 그레이스일 수가 없었다. 아빠는 누군가가 자신의 딸을 새로운 모델, '이제 아이를 가진!' 그레이스 2.0으로 바꿔치기 한 것처럼 느끼고 있음이 틀림없었다.

그레이스 또한 같은 느낌이었기에 아빠를 이해할 수 있었다.

그레이스가 임신한 지 40주하고 또 3일이 되었을 때 동창회가 열렸다. 제이니는 여러 친구들과 짝을 지어 가면 괜찮을 것이라며 계속 함께 가자고 했다. 그 말은 아마도 그녀가 그레이스에게 했던 말 중 가장 멍청하면서도 가장 다정한 말이었다. 제이니는 말을 할 때마다 자신의 말이 잘못된 것임을 알고 있다는 듯 미안하다는 말을 달았다. 그러나 어떻게 자신을 멈춰 세울지는 몰랐다. '재미있을 거야!' 제이니가 문자를 보내 왔지만 그레이스는 답하지 않았다.

새 학기가 시작되었을 때 그레이스는 여느 아이들과 달리 학교에 가지 않았다. 그녀는 여전히 임신 중이었고, 너무 배가 불렀고, 너무 힘이 들었다. 또한 화학 선수과목 시간에 진통이 와서 2학년 학생 모두를 헤어나기 어려운 충격에 빠뜨릴 가능성도 있었다. 그녀는 학교에 가지 않기로 한 결정을 결코 후회하지 않았다. 여름방학이 시작될 무렵에는 남의 구경거리가 되는 감정적인 피곤이 감당할 수 없을 만큼 커졌다. 아이들은 그녀를 복도에서든 어디서든 멀찍이 떨어져서 피해 갔다. 그래서 누군가와 우연히 부딪힌 것이 언제였나 기억할 수도 없었다.

피치는 동창회가 열리는 날 밤, 9시 3분에 태어났다. 바로 그날 맥스는 동창회의 왕이 되었다. 그레이스는 여자를 임신시킨 남자는 영웅이 되고 임신한 여자는 창녀가 된다는 사실을 쓰디쓰게 곱씹어야 했다. 그래도 맥스의 영광을 빼앗는 것은 피치에게 남겨 둘 노릇이었다. 피치는 마치 자신이 왕위의 계승자임을 알고서 왕관을 받기 위해 도착한 것 같았다.

그레이스는 마치 불타는 듯한 느낌을 받았고, 피치는 불덩이처럼 그녀에게서 빠져나왔다. 분만촉진제로 인한 엄청난 고통이 척추, 갈비뼈, 엉덩이를 조각낼 듯 덮쳐 왔다. 엄마는 손을 잡고 땀에 젖은 이마에서 연신 머리카락을 쓸어 올려 주었다. 마치 네 살배기 아이였을 때 그랬듯 그레이스가 아무리 "엄마!" 하고 불러도 개의치 않고 자신의 할 일만 했다. 피치는 그레이스가 그저 자신을 위한 도구일 뿐이며, 밖에서 기다리고 있는 진짜 부모인 다니엘과 카탈리나가 집으로 데려가 진짜 삶을 열어 주리라는 것을 알고 있다는 듯 그녀를 관통하여 몸을 비틀고 내뻗으며 자신의 길을 열었다.

피치는 머물 집과 돌보아 줄 사람들이 있어야 하며, 따라서 그레이스와는 끝을 내야만 했다.

때때로 늦은 밤 그레이스는 머릿속 어두운 곳에 의식을 둥둥 떠다니게 하며 생각했다. 피치를 안지만 않는다면, 피치의 살갗과 머리 냄새를 맡지만 않는다면, 피치가 맥스의 코와 그레이스의 검은 머리를 하고 있는 것을 보지만 않는다면 모든 것이 괜찮을 것이라 생각했다. 그러나 간호사가 그레이스에게 안아 보겠냐고 물었을 때 엄마의 걱정스러운 눈길을 무시하며 이 사이로 입술을 꽉 물었다. 그녀는 손을 뻗어 피치를 간호사에게서 받아 안았다. 그녀는 피치가 너무도 맞춤하다는 것 말고는 피치를 달리 설명할 길이 없었다. 피치는 그레이스의 갈비뼈 아래에서 맞춤했던 것처럼 그레이스의 팔에 안겨서도 맞춤했다. 피치는 부드럽고 안전한 곳에 깃들었다. 비록 자신의 몸은 그을음과 잿더미로 뒤덮인 것처럼 느껴졌지만 그레이스의 머릿속은 열 달 만에 처음으로 깨끗하게 씻겨 내려가는 것 같았다.

피치는 완벽했다. 그레이스는 완벽하지 않았다.

피치는 마땅히 완벽해야 했다.

물론 카탈리나와 다니엘은 아기를 피치라 부르지 않았다. 그레이스만이 아이의 태명을 알고 있을 뿐이었다. 그리고 피치도. 대신 그들은 아기의 이름을 아밀리아 마리, 애칭은 밀리라고 지었다.

두 사람은 항상 공개적인 입양이 될 것이라고 말하고는 했다. 특히 카탈리나는 공개를 원했다. 그레이스는 카탈리나가 피치를 자신의 아이로 삼는 것에 약간의 죄의식을 느끼는 것은 아닌가 싶었다.

"우린 와서 볼 수 있게 해 드릴게요. 아니면 사진을 보내 드릴게요. 그레이스, 당신이 편할 대로 무엇이든 할게요."

입양 상담소 사무실에서 만났을 때 카탈리나가 말했다. 그러나 피치가 태어난 이후 그레이스는 자신을 믿지 않았다. 아기를 다시 본다면 데려오지 않고는 견딜 수 없을 것 같았다. 아기가 태어난 직후 그레이스는 올림픽 출전 선수들이 경험하는 것처럼 아드레날린이 솟구치는 흥분 상태에 있었다. 그녀는 팔에 피치를 끼고 마지막 결승점을 향해 달리게 될 최종 주자처럼 튀어 나갈 준비를 거의 마친 듯이 느꼈다. 그녀는 피치와 함께라면 마라톤도 할 수 있을 듯했다. 그러나 그녀를 두렵게 만든 것은 자신이 피치를 데려올 수 없다는 사실을 너무도 잘 안다는 것이었다.

그레이스는 피치를 다니엘과 카탈리나에게 건네준 순간을 기억하지 못했다. 딸이 한 순간 자신의 품 안에 있었는데 다음 순간 낯선 이들과 함께 다른 누군가의 딸이 되어 차를 타고 가 버렸다. 영원히 그레이스에게서 떠나고 말았다.

그럼에도 그레이스의 몸은 기억하고 있었다. 그녀의 몸은 피치를 세상으로 밀어냈다. 그레이스가 병원에서 집으로 돌아오자 그녀의 몸은 피치를 깊이 갈망하고 있었다. 방문을 걸어 잠그고 적의로 몸을 뒤틀었다. 피치를 감쌌던 담요를 질식시키기라도 하듯 주먹으로 움켜쥐었고, 가슴을, 심장을, 자신의 장기들을 파내듯 쥐어짰다. 그녀는 더 이상 엄마조차 원하지 않았다. 엄마나 의사가 덜어 줄 수 있는 고통이 아니었다. 그레이스의 몸은 이전에는 결코 취해 본 적이 없는 자세로 뒤틀렸다. 마치 피치가 어디로 갔는지 혼란스러운 것처럼 발이 구부러지고 손이 마음대로 놀았다. 그레이스는 피치를 건네주었을 뿐인데 지금은 그녀 자신이 어디론가 사라져 버린 것처럼 느꼈다. 그녀는 어디에도 연결되지 못한 채 둥둥 떠내려가고 있었다.

그레이스는 한동안 침대에서 꼼짝도 하지 않았다. 열흘이 지나자 그녀는 날짜 감각조차 무뎌졌다.

어둠 속에서 2주를 보낸 뒤에야 그녀는 아래층으로 내려가 아침 식사를 하는 엄마 아빠 사이에 끼어들었다. 엄마 아빠는 모두 전에는 본 적 없는 사람을 보듯, 전과는 아주 다른 눈길로 그녀를 빤히 보았다. 어떤 면에서는 사실 새로운 그레이스였다. '이제 아기가 없는!' 그레이스 3.0이었다.

그리고 그레이스는 태어난 날부터 지난 16년 동안 엄마 아빠가 듣게 될까 가장 두려워했던 말을 내뱉었다. "임신했어요.", "양수가 터졌어요.", "사고를 쳤어요." 같은 말이 아니었다.

배를 텅 비우고 머리는 부스스한 그대로 아래층으로 내려가 그레이스는 엄마 아빠에게 말했다.

"나를 낳아 준 엄마를 찾고 싶어요."

그레이스는 자신이 입양되었다는 사실을 애초 알고 있었다. 엄마 아빠도 그것을 비밀로 숨기지 않았다. 그렇다고 그 사실을 굳이 말하지도 않았다. 그저 그대로 두었을 뿐이었다.

식탁에 앉은 엄마는 반사적으로 땅콩버터 병뚜껑을 열었다 닫았다 했다. 세 번쯤 그렇게 하자 아빠가 팔을 내뻗어 병을 빼앗았다.

"가족회의를 열어야겠다."

엄마의 손이 종이 수건으로 옮겨 갈 때 아빠가 말했다.

가장 최근 가족회의를 연 것은 그레이스가 임신을 알렸을 때다. 회의를 열었던 빈도를 생각하면 또다시 가족회의를 열 때가 아니었다.

"그럼, 오늘 해요."

그레이스가 말했다.

"내일. 오늘 난 약속이 있고, 우리는……."

엄마가 겨우 말을 꺼냈다. 엄마가 아빠를 흘깃 보았다.

"너를 위해 챙겨 둔 서류를 찾아야 해. 서류는 금고 어딘가에 있어."

그레이스와 부모님 사이에는 항상 암묵적인 동의가 있었다. 그레이스가 요구하기만 하면 엄마 아빠는 그레이스의 생물학적 가족에 관해 알고 있는 모든 것을 말해 준다는 것이었다. 그녀는 몇 번인가 호기심이 일었던 적이 있었다. 1학년 생물 시간에 DNA를 배울 때, 2학년 때

알렉스 피터슨의 엄마가 둘이라는 사실을 알고는 자신 역시 엄마가 둘일 수도 있다고 생각했을 때. 그러나 지금은 달랐다. 그레이스는 지금 자신이 상처받고 있듯 상처를 받았고 여전히 상처를 받고 있는 한 여자가 세상 어딘가에 있다는 것을 알았다. 그녀를 만난다고 해서 피치를 되돌려받을 수 있다거나 조각조각 부서져 내릴 것처럼 갈라진, 자신의 공허한 틈이 채워지지는 않을 것이었다. 그러나 무엇인가가 있어야만 했다.

그레이스는 다시 누군가에게 잇닿아 있고 싶었다.

엄마 아빠는 그레이스의 생물학적 엄마에 관해 아는 것이 거의 없었다. 그레이스는 전혀 놀라지 않았다. 변호사와 법원을 통해 이루어진 비밀스러운 입양이었다. 엄마의 이름은 멀리사 테일러였다. 그레이스의 부모는 그녀를 한 번도 만난 적이 없었다. 멀리사가 만나고 싶어 하지 않았다.

멀리사의 사진이나 지문 혹은 수첩이나 메모도 없었다. 그저 서명이 담긴 법원 서류만 있을 뿐이었다. 구글에서 몇 시간을 찾아도 아무것도 얻어 낼 수 없을 정도로 흔해 빠진 이름이었다. 그리고 멀리사는 누군가가 자신을 찾는 것을 결코 원치 않는 것 같기도 했다.

"변호사를 통해 우린 그분에게 편지를 보냈단다. 네가 태어난 직후에 우리가 얼마나 고마워하는지 전하고 싶었지. 그런데 반송되어 왔어."

얇은 편지봉투를 건네며 엄마가 말했다. 엄마가 마지막 말을 덧붙일 필요는 없었다. 그레이스도 흰 봉투를 가로질러 붉은 도장으로 '수취인 불명'이라고 찍혀 있는 것을 볼 수 있었다.

그레이스가 피치에 관해 무엇이든 알고자 하며 괴로워하고 아파하며 피치를 갈망하고 있는 것과 달리 그레이스를 갈망하고 원한 여자는 없었다. 그레이스는 비록 더 나빠지지는 않았지만 새롭고 조금 다른 절망을 느끼기 시작했다. 그러자 엄마 아빠가 그녀를 집어삼키려 드는 블랙홀을 즉각 닫게 만드는 말을 하였다.

"그레이스, 네겐 형제들이 있단다."

아빠가 지뢰 선을 끊듯 비장한 어조로 말했다.

그레이스는 아래층의 손님용 화장실로 급히 달려가 토했다. 그러고 물 한 컵을 마시고 식탁으로 다시 돌아왔다. 엄마의 얼굴에 깃든 두려움이 그녀의 마음을 아프게 했다.

엄마 아빠는 조심스럽게 그러나 미리 연습한 것이 분명한 단어들을 사용하며 이야기를 털어놓았다. 호아킨은 오빠다. 그레이스가 태어났을 때 한 살이었다. 그레이스를 집으로 데려온 며칠 후에 위탁가정에 맡겨졌다.

"그들이 우리에게 위탁부모가 되어 줄 수 있느냐고 물었어."

16년이 지난 지금에서야 엄마가 설명하고 있었다. 그레이스는 호아킨이 엄마의 표정에 새겨 놓은 후회의 주름들을 읽을 수 있었다.

"그런데 네가 새로 태어났고, 우린 아기 둘을 감당할 준비가 되어 있지 않았어. 그리고 할머니도 막 진단을 받으셨거든……."

그레이스도 이야기의 나머지를 알고 있었다. 자신에게 이름을 물려준 할머니, 글로리아 그레이스는 그레이스가 태어나기 한 달 전에 췌장암 4기 진단을 받았다. 그리고 그레이스가 첫 번째 생일을 보낸 다음 돌아가셨다.

"가장 좋은 해이기도 가장 나쁜 해이기도 했어."

엄마는 그 이야기를 할 때마다 늘 이렇게 설명했다. 그레이스는 너무 많은 질문을 하지 말아야 한다는 것을 알았다.

"호, 아, 킨."

그레이스는 이름을 입속에서 한 자, 한 자 굴리며 되뇌어 보았다. 그녀는 이전에 이름이 호아킨이란 사람을 한 번도 만나본 적이 없었으며 그 이름을 입에 올려 본 적조차 없음을 깨달았다.

"우린 그 아이가 입양을 대기하고 있다가 다른 위탁가정에 맡겨졌다고 들었어. 그게 그 아이에 대해 우리가 아는 전부야. 우린 계속 그 아이와 연이 닿고 싶었지만 쉽지 않았어. 복잡한 시스템 때문에……."

아빠가 그레이스에게 말했다. 그레이스가 고개를 끄덕였다. 만약 그녀의 삶이 영화로 만들어진다면 이 대목에서 차분한 오케스트라 음악이 흘러나올 듯했다.

"아빠 *형제*들이라고 했어요. 호아킨 말고 또 있다는 말이에요?"

엄마가 고개를 끄덕였다.

"할머니가 돌아가신 다음 우리는 널 입양하게 도와주었던 변호사한테서 전화를 받았어. 또 다른 여자아이가 생겼다고. 그렇지만 우리는……."

엄마가 단어들 사이의 간격을 이어 주기를 바라면서 아빠를 다시 바라보았다.

"우리는 할 수가 없었단다, 그레이스."

엄마가 말했다. 목청을 가다듬기 전 목소리는 떨리고 있었다.

"그 아이는 여기에서 20분 정도 떨어진 곳에 사는 다른 가족에게 입양되었다고 하더라. 우린 그 집에 관한 정보를 가지고 있어. 둘 중 어느 누구든 다른 아이를 만나고 싶어 한다면 언제든 만나게 해 주자고 약속했거든."

아빠가 그레이스에게 이메일 주소를 밀어 주었다.

"그 아이 이름은 마야야. 이제 열다섯 살이야. 우린 어제 그 아이 부모와 통화했어. 그분들은 마야에게 말했고. 만약 메일을 보내고 싶다면 그렇게 해. 그 아이도 기다리고 있을 거야."

그날 밤 그레이스는 노트북 앞에 앉았다. 마야에게 뭐라고 메일을 써야 할지 전전긍긍하는 동안 커서가 쉼 없이 반짝였다.

마야에게, 난 네 언니야. 그리고
아냐. 너무 판에 박혔어.

안녕, 마야. 부모님이 막 너에 관해 얘기해 주셨어. 우아!
이 문장을 다시 읽고 그레이스는 자신의 얼굴을 한 대 쥐어박고 싶어졌다.

안녕, 마야. 어때? 난 항상 여동생이 있었으면 했어. 그리고 지금 동생이 생겼네.
그레이스는 유령작가를 고용해야 할 지경이었다.

결국 거의 30분을 쓰고 지우고 다시 쓰며 씨름한 끝에 그나마 적당한 메일을 완성했다.

안녕, 마야.
내 이름은 그레이스야. 최근 너와 내가 같은 생물학적 엄마를 두고 있다는 사실을 알게 됐어. 우리 엄마 아빠가 오늘 너에 관해 들려줬어. 솔직히 충격을 받은 것은 사실이지만 흥분되기도 했어. 엄마 아빠는 네가 나를 알고 있다고 하셨어. 그래서 이렇게 메일을 보내. 너무 놀라지 않기를 바라며. 또 네 부모님이 호아킨에 대해 말했는지 모르겠다. 호아킨이 오빠라고 하더라. 우리가 같이 그를 찾는다면 정말 괜찮을 것 같지 않아?

우리 엄마 아빠는 네가 20분 남짓 떨어진 곳에 살고 있다고 하셨어. 그러니 만나서 커피나 뭐 다른 것을 먹을 수 있지 않을까? 네가 나를 더 잘 알고 싶듯 나도 널 더 많이 알고 싶어. 그래도 부담 갖지 않으면 좋겠어. 나도 이 일이 어쩌면 정말, 정말 기묘한 일일 수도 있다는 걸 알고 있어.

곧 소식 듣게 되길 바라며

그레이스

그레이스는 세 번 읽어 보고는 '보내기'를 눌렀다.

이제 그녀가 할 수 있는 일은 기다리는 것뿐이었다.

2. 마야

어렸을 때 마야가 가장 좋아했던 영화는 「이상한 나라의 앨리스」 디즈니 판이었다. 앨리스가 토끼 굴에 떨어진다는 발상이 아주 좋았다. 마야는 전혀 상상도 하지 못했던 일이었다. 물론 흰토끼가 작은 연미복을 입고 안경을 쓰고 있다는 발상도 더할 나위 없이 좋았다.

그러나 그녀가 정말 좋아했던 장면은 앨리스가 너무 커져서 토끼 집이 전혀 맞지 않게 된 부분이었다. 앨리스의 팔과 다리가 유리를 깨고 창문 밖으로 튀어나오고 머리가 지붕을 뚫고 나오면, 주변의 모든 사람이 비명을 질러 댔다. 마야는 그 장면을 사랑했다. 그녀는 엄마 아빠에게 그 장면을 거듭거듭 되감아 달라고 했고, 지붕이 걸어가 스스로 다시 자리를 잡는 장면에서는 배가 아플 정도로 웃어 댔다.

엄마 아빠가 서로 싸우고 집의 벽들이 답답하다고 느끼는 지금 마야는 유리창을 와장창 깨고 달아나고 싶었다. 그러나 집을 산산조각 내 날려 버린다는 생각은 그다지 재미있지는 않았다.

마야는 엄마 아빠가 싸우지 않은지가 언제였는지 사실 기억도 나지 않았다. 그녀와 여동생 로렌이 더 어렸을 때에는 문을 닫고 소리를 죽여 가며 싸웠다. 다음 날 아침 식탁에서는 억지로 쥐어짠 듯한 미소를 볼 수 있었다. 그러나 요즘 들어 점점 소리가 커져 갔다. 그리고 심지어 소리치고 끝내는 비명을 질러 대기도 했다.

비명 소리는 정말 최악이었고 끔찍했으며 찢어질 듯했다. 귀를 틀어막고 싶었으며 비명으로 되돌려 주고 싶을 지경이었다. 아니면 달아나 숨어 버리거나.

마야와 로렌은 후자를 선택했다. 마야는 로렌보다 13개월 더 빨리 태어났다. 그래서 로렌에 대해 책임감을 느꼈다. 그녀는 리모컨을 집어 들고 텔레비전 소리를 높였다. 너무 크게 틀어 누가 소리치는 사람이며 누가 소음 전쟁에서 더 이기고 싶어 하는지도 알 수 없을 지경이었다.

"텔레비전 소리 좀 낮춰!"

아빠가 소리를 지르면 너무도 부당하게 느껴졌다. 아빠가 먼저 큰소리를 질렀기 때문에 텔레비전 소리를 높였을 뿐이었다.

이제 마야와 로렌은 열다섯, 열네 살이다. 싸움은 전보다 더 심해졌다. 싸움은 늘 일어났다.

'당신은 항상 일만 하지! 당신은 항상 일만 하고 아무것도 하지 않아…….'

'당신을 위해서야! 딸들을 위해서고! 우리 가족을 위해 그런 거라고! 맙소사, 당신은 너무 많은 것을 원해. 그리고 정작 원하는 걸 해 주려고 해도…….'

싸움은 대부분 와인 때문이었다. 아빠가 일 때문에 집을 비우면 저녁 먹기 전에 한 잔, 저녁을 먹으며 두세 잔, 그리고 계속해서 다섯 번째, 여섯 번째 잔이 비워지고는 했다. 마야는 재활용 통에서 나뒹구는 빈 병을 본 적은 없었다. 그래도 식료품 선반에는 따지 않은 와인 병이 늘 보관되어 있는 듯했다. 그리고 누구 때문에 엄마가 증거물을 감추는지 의아했다. 딸들인지 남편인지 아니면 엄마 자신 때문인지.

엄마를 조용하고 평온한 상태로 유지할 수 있게만 할 수 있다면, 심지어는 그저 엄마를 *재울 수만 있다면* 하룻밤에 세 병을 마시게 할 수도 있을 듯싶었다.

그러나 와인은 경주를 앞두고 있는 차들처럼 엄마 아빠에게는 시동을 걸게 하는 것일 뿐이었다. 누군가가 깃발을 흔들며 *"출발!"* 하면 굉음을 내며 달리려는 듯 서로 총을 겨누고 있었다. 그리고 결국 맞부딪혔다. 마야와 로렌은 그쯤 되면 방해가 되지 않도록 해야만 했다. 친구 집이나 이 층의 침대에 안전하게 숨어 있거나 친구 집에 있겠다고 말하고는 뒷마당에 숨어 있고는 했다. 싸움이 폭력적이지는 않았다. 그러나 벽에 부딪히며 박살나는 유리잔보다 말들이 훨씬 더 격렬했고 얼굴을 주먹으로 갈기는 것보다 말들이 훨씬 더 상처를 깊게 했다.

반복되는 싸움의 양상을 되살리기는 아주 쉬웠다. 마야는 엄마 아빠가 원한다면 대화를 써서 보여 줄 수도 있다고 확신했다. 일단 고함이 시작되고 15분 정도 지나면 항상 엄마가 아빠에게 다른 여자가 있다고 비난하였다. 마야는 그것이 사실인지 아닌지는 알지 못했다. 솔직하게 그녀는 그 사실에 대해 그리 마음을 쓰지 않았다. 바람을 피우는 것이 아빠를 행복하게 한다면 그럴 수도 있다고 생각했다. 마야는 그것이 만약 사실이라면 엄마가 기뻐하지 않을까 생각했다. 마치 수십 년 동안 달려온 경주에서 최종적으로 이기기라도 하듯.

'밤 8시 전에 집에 있으면 누가 당신을 죽여? 정말? 죽을 것 같아?'

'아, 그래, 부엌을 다시 고치고 싶어 했던 사람이 누군지 다시 내게 알려 줄래? 그 돈은 어디서 저절로 나와?'

문을 두드리는 소리에 마야는 고개를 들었다. 그럴 리 없다는 것은 알지만 반쯤은 클레어였으면 했다. 그녀는 클레어와 사귄 지 다섯 달 남짓 되었다. 세상 그 어떤 뒷마당의 은신처보다 클레어의 품은 안전하고, 편안했다. 클레어는 안전지대였다. 마야는 때때로 클레어가 집이라고 느꼈다.

클레어 대신 문 앞에는 로렌이 있었다.

"언니, 잠깐만 나랑 놀 수 있어?"

마야가 문을 열자 로렌이 물었다.

"물론이지."

언제부터인지 확실하지는 않지만 어느 순간부터 그들의 대화가 달라져 있음은 분명했다. 터질 듯한 깔깔거림에서 비밀스러운 속삭임으로, 짧은 문장으로 그리고 한두 마디의 응답으로 바뀌고 있었다. 둘 사이의 13개월이란 나이 차는 다달이 더욱 넓어져만 가서 바다의 만처럼 서로를 멀찍이 떼어 놓았다.

마야는 항상 자신이 입양되었음을 알고 있었다. 빨강 머리를 가진 식구들 사이에서 그 사실은 너무도 분명했다. 마야가 어릴 때 밤에 잠들기 전 엄마는 마야를 어떻게 병원에서 집으로 데려왔는지 들려주고는 했다. 물론 그녀는 그 이야기를 수천 번도 더 들었지만 늘 다시 듣고 싶어 했다. 엄마는 훌륭한 이야기꾼이었다. 엄마는 대학에서 교내 방송의 진행자였다. 엄마는 마야를 처음 자동차의 유아용 좌석에 앉힐 때 얼마나 무서웠는지 그리고 여러 종류의 손 세정제를 얼마나 많이 샀는지에 관해 연기를 하듯 아주 과장된 몸짓을 섞어 말했다.

그 가운데 마야가 가장 좋아하는 부분은 항상 마지막 부분이었다.

"그러고는……, 우리와 함께 집으로 왔지. 네가 속해 있는 이곳으로."

엄마는 이불깃을 끌어 덮어 주고 다시 부드럽게 눌러 주며 말하고는 했다.

처음에는 마야가 입양되었고 로렌은 그렇지 않다는 것이 중요한 문제가 아닌 듯했다. 그들은 자매였으며, 그뿐이었다. 그러나 다른 아이들이 그녀에게 설명해 주었다.

다른 아이들은 정말 고약했다.

"아마 로렌이 먼저 태어났다면 널 데려오지 않았을 거야. 로렌은 생물학적 딸이고 넌 아니야. 그게 정확한 사실이야."

3학년 때 가장 친한 친구 에밀리 휘트모어가 어느 날 점심시간에 설명해 주었다. 에밀리는 누군가가 그녀에게 방금 가르쳐 준 것 같은 단어를 사용하였다. 마야는 그 '사실'을 설명하던 순간의 그 아이 얼굴을 지금도 기억할 수 있었다. 그리고 잘난 척하는 그 작은 얼굴을 여덟 살 아이의 주먹으로 정통으로 치고 싶었던 것을 지금도 날카롭게 잘라 낸 단면처럼 기억할 수 있었다. 에밀리는 그때 지나치게 *정직했다.* 그것이 아마도 지금까지 그 아이에게 친구가 많지 않은 이유이기도 할 것이다. 지금 그들은 고등학교 1학년이 되었다. 그 아이의 얼굴은 여전히 잘난 척하고 있고 마야는 여전히 그 얼굴을 한 대 갈겨 주고 싶었다.

그러나 에밀리에게 한 가지만은 옳았다. 마야를 병원에서 집으로 데려오고 난 석 달 후 엄마는 로렌을 임신했다. 그들은 10년 동안이나 한 아이를 가지려고 노력했지만 이제 두 아이를 갖는 축복을 얻었다. 그렇지만 축복은 마야가 사용하고 싶은 단어가 결코 아니었다.

"너희 중 누가 입양됐니?"

사람들은 때때로 마야와 로렌에게 묻고는 했다. 그럴 때마다 두 아이는 그저 사람들을 보며 눈을 깜박일 따름이었다. 처음에는 그 말을 이해하지 못했지만 마야가 로렌보다 훨씬 빨리 눈치를 챘다. 그녀는 그래야만 했다. 그녀는 계단을 따라 늘어선 가족사진들 속에서 유일하게 주근깨가 있는 흰 피부에 호박색 붉은 머리색이 아닌 사람이었으며 유일하게 짙은 갈색 점처럼 도드라지는 사람이었다.

엄마 아빠가 싸울 때 마야는 때때로 집 전체를 불 질러 버리는 상상을 하기도 했다. 상상 속에서 그녀는 항상 계단 위 가족사진에 제일 많은 휘발유를 뿌리고 싶었다.

마야가 자신이 다르다는 것을 안 것은 다섯 살 때였다. 유치원에서 금주의 스타가 되었을 때 모든 아이들이 물었다. 왜 입양되었느냐, '진짜 엄마'는 어디 있느냐, 나쁜 아이였기 때문에 버림받았느냐는 질문이었다. 그들 중 어느 누구도 그녀의 애완 거북이 스쿠치나 증조할머니 노니가 그녀를 위해 짜 준, 마야가 좋아하는 담요에 대해서는 묻지 않았다. 그녀는 행사가 끝나고 울었는데 왜 울었는지는 설명할 수가 없었다.

때로는 두려울 정도의 절망감을 느끼기도 했지만 그래도 그녀는 엄마 아빠를 사랑했다.

더러 그녀는 자신을 내다 버린 사람들 꿈을 꾸기도 했다. 갈색 머리의 얼굴 없는 사람들에게 쫓겨 달아나면서 그들의 팔이 막 닿으려 할 때 깨고는 했다. 마야는 달아나고자 노력하며 진땀을 흘리기도 했다. 엄마 아빠는 술, 싸움, 부엌 개조나 주택 대출금이라는 질식할 듯한 *어른들의 일들*을 제외하고는 좋은 사람들이었다. 아주 좋은 사람들이었다. 그리고 그들은 그녀를 깊이 온전히 사랑하였다. 그러나 마야는 엄마 아빠가 육아에 관해 읽는 책들이 항상 생물학적 아이에 관한 책이 아니라 입양된 아이에 관한 책임을 알고 있었다. 그들은 그녀의 삶을 정상으로 만들고자 많은 공을 들였다. 그러나 마야는 때때로 결코 정상이 아님을 느껴야 했다.

마야는 로렌을 위해 침대 한쪽을 치워 주었다.

"뭐 하고 있었어?"

"수학 숙제."

로렌이 대답했다. 로렌은 적어도 마야와 비교하면 수학을 지독히도 못했다. 학교에서는 고작 한 학년 차이에 불과했지만 수학 수업은 마야가 3년을 앞서고 있었다.

"언니는?"

마야는 노트북이 있는 쪽을 가리키며 말했다.

"에세이."

"아!"

정확하게 말하면 마야는 에세이를 쓰는 중이기는 했지만 그때 에세이를 쓰고 있지는 *않았다*. 일주일 내내 쓰려고 하긴 했지만 제출일이 이미 사흘이나 지난 다음이었다. 아무래도 에세이를 쓰느니 클레어와 채팅을 하는 것이 백 번 나았다.

클레어는 지난 3월 새로 전학을 왔다. 클레어가 다른 아이들과 달리 백팩을 양쪽이 아니라 한쪽 어깨에만 비스듬히 걸치고 운동장 앞 잔디밭을 걸어오고 있는 모습이 마야에게는 아직도 생생했다.

마야는 그녀가 첫눈에 좋았다.

클레어 손톱의 매니큐어는 항상 갈라져 있었지만 머리칼 끝은 갈라져 있지 않아서 좋았다. 마야는 클레어가 짝짝이 양말에 신발은 멋진 것을 신는 것도 좋았다. 마야는 클레어의 닥터 마텐 운동화를 탐냈지만 자신의 발이 그녀보다 두 치수나 더 크다는 사실을 저주해야 했다.

마야는 클레어의 손이 자신의 손 안에서 움직이는 느낌을 사랑했다. 때때로 마야가 만져 본 그 어떤 것보다 부드럽고 짜릿함을 느끼게 해 주는 그녀의 피부도 사랑했다. 마야는 클레어의 입술을 사랑했고 솔직히 거위 멱 따는 것처럼 들리는 끊어지는 웃음소리를 사랑했다. 클레어가 달콤하고 소중한 것인 양 자신의 머리칼을 토닥이는 것도 사랑했다.

마야는 자신이 어디에 적합한지를 알려고 노력하며 자신의 삶 전체를 던지는 클레어를 사랑했고, 지금까지의 삶 모두가 서로를 찾기 위해 기다려 온 것처럼 자신 옆에 온당하게 자리 잡고 있는 클레어를 사랑했다.

마야의 부모는 케케묵은 공룡들이 아니었기에 마야가 레즈비언이라는 사실을 걱정하지 않았다. 아니 정확히 말하면 괜찮은 정도가 아니었다. *자랑스러워했다.* 심지어 아빠는 차에 무지개 스티커를 붙이기까지 해서 이웃 사람들이 수군거릴 정도였다. 마야가 무지개 스티커를 차에 붙이고 다니면 '나는 게이입니다.'라는 뜻이고, 이웃들이 아빠를 게이로 오해할 수도 있다고 알려 주어야만 했다.

그래도 여전히 그것은 고마운 허세였다. 그들은 '레즈비언과 게이의 친구들'에 기금을 내기도 했고, 자선 마라톤 대회에서 아빠는 10킬로미터를 마야와 함께 달리기도 했다. 이 점에 관해서 마야는 필요로 하는 모든 지원을 받고 있었고 그것에 대해 정말 고마워하고 있었다. 다만 때때로 엄마 아빠가 그녀의 일보다 그들 자신의 관계에 더 관심을 가져 주었으면 하고 바랄 뿐이었다.

문이 쾅 하고 닫히는 또 다른 소리가 들렸고, 그 소리에 로렌이 움찔했다. 눈에 띌 정도는 아니었지만 마야가 알아차리기에는 충분했다.

엄마 아빠는 이제 딸들은 신경도 쓰지 않네요!

어떻게 감히 제게 그렇게 말할 수 있죠!

엄마 아빠는 마야에게 묻지도 않았잖아요.

두 자매는 서로를 바라보았다.

"그 여자애한테선 아무 소식도 없어?"

로렌이 한 박자 쉰 다음 물었다. 마야는 고개를 저었다.

"없어."

전날 밤 마야의 엄마 아빠가 그녀를 앉히고는 그레이스란 여자아이 이야기를 들려주었다. 엄마 아빠가 서로 으르렁거리지 않고 함께 집에 있는 것을 본 게 거의 몇 달 만에 처음이었다. 그레이스는 마야의 반쪽 언니이고 20분 남짓 떨어진 곳에서 부모랑 함께 산다고 했다. 아마도 처음으로 그레이스가 생물학적 가족에 관심을 가진 듯했다. 그리고 누군가가 잘못 두고 간 열쇠 뭉치처럼 지금은 어디에 있는지조차 모르는 호아킨이란 이름의 반쪽 오빠가 있다고도 했다.

"그레이스에게 네 이메일 주소를 알려 줘도 되겠니?"

아빠가 물었다. 마야는 그저 어깨를 으쓱했다.

"물론이죠. 괜찮아요."

사실은 괜찮지 않았지만 마야는 엄마 아빠가 자신을 지켜 줄 강한 존재라고 더 이상 전적으로 믿기 어려웠다. 그들은 서로 함께 있는 것조차 힘들어했다. 그녀에게 줄 에너지가 남아 있기나 한 것인지도 알 수 없었다. 마야는 그들에게 질문을 하거나 자신이 머릿속에서 무슨 생각을 하는지 어렴풋이 짐작하게 만들 단서조차 주고 싶지 않았다. 마야는 그들이 그릇 가게에 들어온 두 마리 황소처럼 행동할 때가 아니어도 마음속으로 신뢰하지 않았다. 그녀는 그와 같은 종류의 상처로부터 안전하게 떨어진 곳에서 자신을 지켜 나가고자 했다.

전날 마야는 끔찍한 악몽 때문에 깨어났다. 키가 크고 머리가 짙은 갈색인 사람들이 침실 창문 너머로 그녀를 끌어내기 위해 잡으려 들었다. 그녀는 비명을 지르며 깨어났다. 손이 너무 떨려 클레어에게 문자를 보낼 수도 없었다. 그녀는 무엇이 더 무서웠는지 확실하지 않았다. 그녀를 끌어내고자 했던 모르는 사람인지, 그들이 성공하기를 원한 자신의 숨겨진 마음 때문인지 알 수 없었다.

마야는 다시 잠들지 못했다.

'엄마 아빠는 마야를 알잖아. 마야가 엄마 아빠에게 어떤 것도 말하지 않는다면 엄마 아빠가 마야에게 물어야만 해! 마야는 로렌과 달라. 만약 그들과 함께 시간을 보내게 된다면…….'

입양되었다는 사실을 좋아하는 것은 결코 아니었다. 그러나 때때로 마야는 이 사람들이 생물학적으로 자신과 무관하다는 사실에 일종의 안도감을 느끼고 있었다. '안됐다, 로렌.' 그녀는 간혹 싸움이 너무 가까이서 너무 시끄럽게 일어날 때 이런 생각을 하고는 했다. 가능성의 세계, 말 그대로 아무도 자신과 관련이 없는 세계를 상상하는 것이 더 쉬웠다. 그때마다 때때로 세상이 너무 큰 것처럼 생각되고 어디에도 잇닿아 있지 않은 채 둥둥 떠다니는 것처럼 느껴졌다. 그러다 클레어의 손이 닿으면 그 손을 꽉 붙잡고 볏단이 서듯 설 수도 있을 것 같았다.

"언니는 엄마 아빠가 이혼할 거라 생각해?"

몇 달 전 아빠가 밖으로 나가고 엄마는 딸들의 잠자리를 확인하지도 않은 날 로렌이 물은 적이 있었다. 그날 밤 자매는 같은 침대에서 함께 잤다. 아주 어린 시절 이후 한 번도 없었던 일이었다.

"멍청한 소리 마."

마야가 말했다. 그러나 그 생각만으로도 그녀는 밤을 꼬박 지새웠다. 만약 이혼을 하게 된다면 그들은 누구를 선택할까? 에밀리 휘트모어가 지적했듯 로렌은 핏줄이다. 마야는 아니다. 분명 우스꽝스러운 생각이었다. 그렇지만 여전히 궁금했다.

모두 이 층으로 각자 흩어지고 로렌 역시 자기 방으로 돌아간 다음 문을 닫고 마야는 클레어와 문자를 했다.

엄마 아빠는 거의 이혼하기 직전이야. ㅎㅎ

전화기를 꺼야 하는 시간이 훨씬 지났지만 누구도 마야를 멈추게 하지 않았고, 마야는 침대에서 잠들지도 못하고 있었다. 새벽 3시에는 모든 것이 더욱 끔찍하게 느껴졌다. 그것은 사실이기도 했다.

마야의 전화에 갑자기 신호가 왔다. 이메일 알림이었다. 열어 보았다. 그녀는 침대에서 전화를 1분 잡고 있으면 잠을 1시간 놓치는 것이라고 어디선가 읽은 적이 있었다. 멍청한 말이라고 생각했지만 지금은 그럴 법하다고 느꼈다.

언니? 이메일 제목을 읽었다.

로렌은 아니었다.

마야는 메일을 열어 보았다.

3. 호아킨

호아킨은 이른 아침을 가장 좋아했다.

천천히 노랗게 물들고 그리고 깨끗한 아침을 여는 분홍빛 하늘을 좋아했다. 맑지 않은 날 담요처럼 도시를 감싸고, 언덕과 고속도로를 휘감는 안개를 좋아했다. 안개가 짙은 날 호아킨은 안개를 만질 수도 있겠다고 생각했다.

그는 아침의 고요를 좋아했다. 아침엔 부모에게서 갑자기 벗어난 아기들이나 천천히 어슬렁거리는 여행객들에 대한 걱정 없이 스케이트보드를 타고 거리를 마음껏 달릴 수 있었다. 그는 주변에 아무도 없이 혼자 있는 것을 좋아했다. 외로움은 그가 선택한 것이나 다를 바 없었다. 사람들에 둘러싸여 외로운 것보다는 그것이 훨씬 편했다. 일단 세상의 나머지 것들이 깨어나기 시작하고 현실이 자리 잡고 안개가 햇살로 녹아내리기 전에 언제나 느끼는 감정이었다.

호아킨은 예술센터를 향해 언덕을 내려가면서 왼쪽으로 몸을 기울였다. 보드의 바퀴들은 새 것이었고, 열여덟 번째 양부모로부터 '그냥' 받은 선물이었다.

마크와 린다는 좋은 사람들이었고 거의 2년 가까이 호아킨을 돌봐주고 있었다. 호아킨도 그들을 좋아했다. 린다는 자동차 뒷좌석 문에 낸 작은 흠집도 아랑곳하지 않고 그에게 낡은 미니밴을 운전하는 방법도 가르쳐 주었다. 마크는 지난여름 야구 경기장에 그를 여섯 번이나 데리고 갔고 스탠드에 나란히 앉아 침묵 속에서 심판이 적절하게 판정을 내릴 때마다 동의의 고갯짓을 하며 함께 경기를 보았다.

"아빠와 아들이 같이 경기를 보는 모습이 정말 보기 좋은데요."

어떤 노인이 경기 끝자락에 그들에게 말했을 때, 그리고 마크가 웃으며 호아킨의 어깨를 팔로 감쌌을 때, 거의 열이 나는 것과도 같이 아주 깊은 곳에서부터 얼굴이 붉어짐을 느꼈다.

그는 어린 시절에 대해 많이는 아니지만 몇 가지 기초적인 사실들을 알고 있었다. 한 살 때 엄마에 의해 위탁가정에 맡겨졌다거나 자신의 출생증명서를 한 번 본 적이 있어 엄마의 이름이 멀리사 테일러이며 아빠의 성이 구티에레즈라는 것도 알고 있었다. 그 이후 10명의 사회복지사를 거쳐 왔으니 멀리사의 친권은 오래전에 정지되었다. 그녀는 그가 아기였을 때에도 한 번도 찾아와 주지 않았다. 때때로 호아킨은 엄마조차 자신을 보러 오지 않았다면 자신이 세상에서 가장 최악인 아기는 아니었을까 하고 생각했다.

그는 아빠의 성과 함께 거울 속의 자신을 보았을 때 아빠가 백인이 아니라는 점을 제외하고는 아빠에 관해서도 아는 것이 전혀 없었다.

"넌 멕시코 사람처럼 보여."

자신의 출신이 어디인지 모른다는 것을 말하자 위탁가정의 형이 알려 주었다. 거기 있는 누구도 그 의견에 반대하는 사람이 없었기에 그렇게 굳어졌다. 호아킨은 멕시코 사람이었다.

위탁부모와 가정은 좋을 때도 나쁠 때도 있었다. 자기 분을 못 참아 나무 빗으로 호아킨의 뒤통수를 내려친 위탁모도 있었다. 그때는 정말 말 그대로 별을 본 만화 주인공이 된 것처럼 아팠다. 어떤 늙은 위탁부모는 호아킨이 결코 이해할 수 없는 이유를 대며 왼손을 움직이지 못하도록 테이프로 묶고 오른손만 사용하도록 윽박질렀다. 이 일은 성공하지 못했고 호아킨은 여전히 왼손잡이다. 어떤 위탁아빠는 호아킨이 결코 잊을 수 없을 만큼 허리를 꺾어 목 뒤를 조르는 것을 좋아했다. 어떤 부모는 생물학적 아이들을 위해서는 값비싼 좋은 시리얼들을 따로 보관하고 위탁아들에게는 그저 그런 음식을 주기도 했다.

그렇지만 어느 겨울 복통에 시달리고 있을 때 '귀염둥이'라고 부르며 머리를 쓸어 주던 위탁모 후아니타 같은 사람도 있었다. 이블린은 뒤뜰에서 물 풍선 싸움을 하도록 해 주었으며 엄마 닭의 날개 아래에서 잠드는 세 마리 병아리에 관한 노래를 밤마다 들려주기도 했다. 그리고 위탁아빠 릭은 오일 파스텔 물감 한 세트를 사다 주기도 했다. 그는 호아킨이 '정말 대단한 재능'을 가지고 있다고 생각했다. 그런데 6개월 후 릭은 술에 만취해서 이웃집 사람과 주먹다짐을 벌였고 호아킨은 파스텔 세트를 남겨 둔 채 그 집을 떠나야만 했다. 그는 여전히 그 파스텔을 아직도 잊지 못하고 있다.

마크와 린다는 현재의 위탁부모이고, 그들은 호아킨을 입양하고 싶어 했다.

어젯밤 호아킨이 보드의 바퀴를 새것으로 갈아 끼며 식탁에 앉아 있을 때 그들이 물었다. 그들은 맞은편에 앉아 서로 손을 맞잡고 있었고 호아킨은 이제 그만 떠나기를 요구하리라는 것을 바로 알아차렸다. 이전에도 17번이나 그런 일이 있었기에 호아킨은 그 신호를 잘 알고 있었다. 곧 미안함과 용서, 심지어는 눈물까지 보일 때도 있었다. 그러나 항상 같은 식으로 끝났다. 호아킨은 쓰레기봉투에 몇 가지 것들을 넣고 새 가정에 데려다줄 사회복지사를 기다렸다.

한번은 사회복지사가 그에게 진짜 가방을 선물로 주었다. 그런데 다음 가정에서 두 아이가 싸우는 북새통에 망가지고 말았다. 호아킨은 쓰레기봉투가 더 편했다. 쓰레기봉투를 사용하면 두고 나오는 것이 없었다.

"호아킨."

린다가 말을 꺼냈다. 그러나 호아킨이 그녀를 가로막았다. 그는 린다를 좋아했고 그녀에 대한 마지막 기억이 떨리는 목소리의 사과와 흐릿한 약속으로 채워지기를 바라지 않았다.

"예, 괜찮아요. 알았어요. 괜찮아요. 그런데 자동차 문 긁은 것 때문인가요? 고쳐 드릴게요."

물론 고칠 수 있을지 분명하지는 않았다. 예술센터에서 그가 하는 일은 백만장자를 만들어 주는 일이 아니었고 차를 수리하는 방법도 알지 못했다. 그러나 뭐 어떠랴. 유튜브는 그럴 때 활용하라고 있는 것 아닌가 생각했다.

"잠깐만, 뭐라고?"

린다가 말했다. 그리고 마크가 의자를 호아킨에 가깝게 끌어당겼다. 호아킨은 조금 뒤로 물러나 앉았다.

"호아킨, 차는 염려 마라. 우리가 말하고 싶은 건 그게 아니야."

호아킨의 예측은 거의 어긋난 적이 없었다. 그동안 그는 사람들이 무엇을 할지 어떻게 반응할지 예측하는 데에 아주 이골이 났다. 그들의 행동을 예측할 수 없더라도 특정한 행동을 어떻게 유발할 수 있는지는 알고 있었다. 심리상담사인 마크와 린다는 그것을 방어기제라 한다고 알려 주었다. 호아킨은 방어기제가 전혀 필요 없는 사람들이 그 말의 의미를 제대로 알고나 있을지 궁금했다.

그러나 린다는 호아킨이 경험으로 알게 된, 대본에 있는 그대로 말하지 않았다. 마크가 앞으로 몸을 기울여 손으로 호아킨의 팔을 잡고 가볍게 쥐었다 놓았다. 호아킨은 그것이 성가시지는 않았다. 그는 마크가 결코 해를 가하지 않으리라는 것을 알고 있었고, 그렇게 하려고 들어도 자신이 키가 8센티쯤 더 크고 몸무게도 13킬로쯤 더 나가니까 해볼 만한 싸움이었다. 그런데 호아킨은 오히려 마크가 침착하려고 노력하고 있음을 느꼈다.

"애야, 네 엄—, 린다와 나는 아주 중요한 일을 너와 얘기하고 싶단다. 너만 괜찮다면, 너만 승낙한다면 우린 널 입양하고 싶다."

마크의 말을 따라 고개를 주억거리는 린다의 눈이 빛나고 있었다.

"호아킨, 우린 너를 정말 사랑해. 네가 아들같이 느껴져. 우린 그래서 널 아들로 삼고 싶어."

호아킨은 머릿속이 윙윙거려 어지러울 지경이었고, 손에 들고 있는 보드의 바퀴를 내려다보기 전까지는 바퀴를 들고 있다는 것조차 느끼지 못하였다. 원한다면 자신들을 엄마와 아빠로 불러도 된다고 마크와 린다가 말했을 때 언젠가 이런 경우를 이전에도 한 번 겪은 적이 있었던 듯했다.

"물론 네가 *원해야* 하지만."

린다가 말했다. 호아킨에게서 등을 돌리고 있었지만 호아킨은 그녀의 목소리가 여전히 떨리고 있음을 알 수 있었다.

"애야, 네가 답할 차례다."

마크가 식탁에 앉아 말을 덧붙였다. 그곳에서 그는 노트북을 뚫어져라 바라보고 있었다. 호아킨은 그가 같은 화면을 위아래로 올렸다 내렸다 할 뿐 웹사이트를 뒤적이고 있지 않음을 알아차렸다.

"알았어요."

호아킨이 답했다.

그리고 그날 저녁 호아킨은 아침에 아무 일도 없었다는 듯 식탁에서 린다를 엄마가 아닌 린다라고 불렀다. 그들의 표정에 실망감이 떠올랐으나 호아킨은 짐짓 무시하는 척했다.

호아킨은 지금껏 누구를 엄마나 아빠라고 불러 본 적이 없었다. 이름을 부르거나 조금 더 엄격한 가정에서는 미스터 혹은 미세스 등의 호칭을 붙여 불렀다. 호아킨은 누구든 그렇게 불렀다. 다른 위탁아이들처럼 조부모나 삼촌, 이모 혹은 사촌이 함께 살았던 적도 없었다.

그럼에도 진실은 그가 린다와 마크를 엄마 아빠라고 부르고 싶어한다는 것이었다. 그 말을 하고 싶은 마음이 너무 간절해서, 뱉지 못한 말이 목을 새까맣게 그을릴 지경이었다. 그렇게 말만 하면 쉬워질 것이었다. 그렇게 하면 그들을 행복하게 만들 것이고 마침내 그는 자신을 지켜 줄 엄마와 아빠가 있는 아이가 될 것이었다.

그렇지만 그 두 단어는 그냥 말이 아니었다. 호아킨은 진실을 파악하는 저만의 방식으로 그 두 단어가 자신을 새로운 아이로 만들어 줄 것임을 알았다. 만약 그 말들을 일단 내뱉으면 앞으로 살아가는 동안 그 말을 계속 해야 할 것이었다. 그러나 호아킨은 사람이 변할 수 있다는 것을 아주 힘겹게 배운 터였다. 말과 행동이 다른 사람들도 있을 터였다. 그래도 마크와 린다가 그에게 그렇게 하리라고 *생각하지도* 않았고 그렇게 변할 것인지 지켜보고 싶지도 않았다.

한번은 2학년 때 선생님을 엄마라고 용기를 내어 불러 본 적이 있었다. 수학 시간이었다. 입에서 그 말이 어떻게 느껴지는지 귀에서는 어떻게 들리는지를 알고 싶었을 뿐이었다. 그러나 그 말이 다른 아이들에게 불러일으킨 당혹스러움이 너무나 날카롭고 날이 선 나머지 몇 년이 지난 지금까지 그 생각만 해도 여전히 불에 덴 듯 부끄러웠다.

그러나 그것은 그저 실수였을 뿐이었다. 작정하고 린다와 마크를 엄마와 아빠로 부른다는 것은 호아킨의 마음을 훨씬 더 부서지기 쉬운 무언가로, 부서졌을 때 원상회복이 불가능한 그 무언가로 변하게 만든다는 것을 의미했다. 그는 자신에게 다시 그렇게 할 수 없었고 하고 싶지도 않았다. 그는 지난번의 부서진 조각들을 아직도 모두 그러모으지 못했고, 구멍들이 마음속에 한두 군데 남아 그곳으로 차가운 바람이 들락거리고 있었다.

그러나 지금 마크와 린다는 입양을 원하고 있고 호아킨은 도서관을 지나 오른쪽으로 꺾으면서 발아래 보드 바퀴의 덜컹거림을 느끼고 있었다. 린다와 마크는 그가 엄마 아빠라고 부르든 부르지 않든 관계없이 엄마와 아빠처럼 있어 줄 것이었다. 그는 그들이 아이를 가질 수 없다는 것을 알았다.

"벽돌 같은 불모지래!"

린다는 언젠가 으레 사람들이 최악의 고통을 감추고자 할 때 그러하듯 몹시 재미있는 어조로 말한 적이 있었다. 그래서 호아킨은 자신이 그들이 원하는 아이를 얻을 수 있는 마지막 기회는 아닐까, 자신이 그저 목적을 달성하는 수단은 아닐까 하는 걱정도 들었다.

지나치는 도서관 창문 중 하나에 '엄마와 아빠, 그리고 나의 이야기'라고 적힌 현수막이 있었다.

호아킨은 아주 오래전부터 부모가 없는 것에 익숙해져 있었다. 어릴 때 시트콤에서 보았던 아이들처럼 귀엽고 재미있게 보이려고 애쓸 만큼 어리석지도 않았다. 시트콤의 아이들에게서는 웃음소리가 끊이지 않았고, 부모들은 아이들이 차로 부엌 벽을 들이받는 것과 같은 멍청한 일을 저질러도 그저 한숨만 쉴 따름이었다. 호아킨은 다섯 살 때부터 위탁가정이 수도 없이 바뀌어 세 군데 다른 유치원을 다녔다. 이는 금주의 스타라는 잔인한 총알을 그럭저럭 피할 수 있음을 의미했다. 유치원에서 아이들은 자신들의 집과 가족, 애완동물들, 호아킨이 가질 수 없는 것으로 고통스럽게 인식하고 있었던 모든 것들에 관해 끊임없이 재잘댔다.

10학년 때 호아킨은 영어 수업 시간에 에세이를 써야 했던 적이 있었다. 주제는 '시간을 되돌릴 수 있다면 언제로 돌아가고 싶은가.'였다. 그는 공룡을 보러 과거로 가고 싶다고 썼다. 지금껏 말한 거짓말 중 가장 황당한 거짓말이었다. 시간을 되돌릴 수만 있다면 호아킨은 열두 살 때로 돌아가 이가 흔들리고 끅끅거리는 소리가 날 때까지 자신을 흠씬 두들겨 패 주고 싶었다.

"너는 모든 것을 망치고 있어."

그때는 정말 최악의 시절이었다. 그는 살갗 아래에서 부글거리는, 이유도 모를 분노에 굴복했다. 그는 괴물이 빠져나갈 때까지 터져 버릴 듯 몸부림치고 비명을 질러 댔다. 결국 호아킨은 위로도, 처벌도 어찌할 수 없을 만큼 뒤틀리고 탈진한 상태가 되었다. 누구도 그런 아이를 원하지 않으리라는 것을 지금은 알게 되었다. 거의 매일 밤 침대를 적시는 아이를 사람들은 더욱더 원하지 않았을 것이다.

호아킨은 8살이 될 무렵 세상이 어떻게 돌아가는지 알게 되었다. 고르게 난 유치가 새 이로 바뀌어 가던 때였으며 틈도 많이 생겼을 때였다. 통통한 볼이 청소년기로 접어들면서 홀쭉해졌다. 그는 더 이상 귀여운 어린아이가 아니었고 미래의 부모들은 누구나 어린 아기들을 원한다는 혹독한 진실을 이해했다.

학부모 면담에서 자신이 정말 훌륭한 화가가 될 것이라고 선생님이 칭찬을 해도 들어 줄 사람이 아무도 없다는 것을 이해했다. 4학년 때 학교의 미술 전시에서 누군가가 그의 그림에 푸른 리본을 꽂아 주었을 때 푸른 리본 아래 서 있는 자신에게는 사진을 찍어 줄 사람이 없었다. 5학년 때는 옆 동네에서 열리는 생일파티에 그를 차로 데려다줄 사람이 없었다. 위탁부모들 중 어떤 사람들은 노력하기는 했지만 그런 데 쓸 돈이나 시간이 남아돌지는 않았다. 그래서 호아킨은 사람들이 그곳에 있어 주기를 기대하지 않으면 나타나지 않더라도 실망할 일이 없다는 것을 진즉에 깨우치고 있었다.

그는 아직도 그때의 푸른 리본을 가지고 있었다. 그는 양말 통 뒤에 감추어 간직하고 있었다. 18개월 남짓 베개 아래에 두고 잠을 잤기 때문인지 귀퉁이가 너덜거렸다.

그는 삶에서 행운의 세례를 많이 받지 못했지만 형제가 없다는 것이 행운임은 알고 있었다. 그는 다른 아이들에게 일어났던 일을 수도 없이 보아 왔다. 함께 있기 위해 얼마나 힘들게 애쓰는지, 그러고도 어쩔 수 없이 헤어지게 될 때 얼마나 깊은 상처를 입는지를 보아 왔다. 그는 어린 여동생들만을 원했던 가정에 입양되기 위해 나이 든 오빠들이 얼마나 절망적으로 노력하는지를 본 적도 있었다. 입양 가정에 세 아이를 모두 머무르게 할 방이 없다는 이유로 어린 동생들과 강제로 헤어져야 했던 나이 많은 누나들을 본 적도 있었다. 사회복지사들은 성별로 형제를 떼어 놓기도 했다. 호아킨은 자신을 빠뜨리려고만 드는 바닷물 위로 숨을 쉬며 마음과 정신을 지켜 나가기에도 충분히 힘들었다. 아마도 자기 자신 외에 표류하는 또 다른 누군가가 있었다 해도 결코 지켜 낼 수 없었을 것이다. 그는 그럴 필요가 없어서 정말 *다행이었다.* 그는 어디에도 잇닿아 있지 않았다. 비록 그 끈이 없어 자신도 그저 떠다니다가 죽은 뒤 아무도 알아주는 사람이 없을지도 모른다는 생각이 들기도 했지만 그래도 그 편이 나았다.

호아킨은 해가 구름을 헤치고 나오고 예술센터가 멀리서 보였을 때 깨달았다. 마크와 린다는 분명 그를 보살펴 줄 것이다. 그러나 그들은 그를 입양할 수는 없을 것이다. 그는 결심했다.

호아킨은 이전에 한 번 입양된 적이 있었다.

그는 다시는 그런 일이 일어나게 내버려 두지 않을 작정이었다.

4. 그레이스

그레이스의 엄마 아빠는 그녀가 임신했음을 알게 된 며칠 뒤 맥스의 부모를 만났다.

"의논입니다. 우리가 무엇을 선택할 수 있을지 같이 의논하고 싶습니다."

아빠가 말했다. 그러나 임신 14주차에 의논할 만한 선택 사항이 많지 않음을 그레이스는 알고 있었다.

맥스의 부모는 '선택 사항'을 의논하고 싶어 하지도 않았다. 그들은 모두 그레이스의 집 거실에 모였다. 그곳에는 텔레비전이 없었기에 그레이스와 부모님은 거의 쓰지 않는 공간이었다. 텔레비전은 서재에 있었다. 거실에서 맥스와 그레이스는 서로 마주 보고 앉았다. 모델 국가 연합에서 처음 만났을 때처럼. 모델 국가 연합이라니? 그때 그녀는 맥스와 연합하여 하나의 나라가 되었다는 농담을 한 것이 계속 생각났지만 입 밖으로 말하지는 않았다. 누구의 부모라도 그런 농담을 좋게 여길 것이라 생각되지 않았다. 그리고 무엇보다 재미있지도 않았다.

맥스의 아버지는 부들부들 떨 정도로 화가 나 있었다. 토요일 오후인데도 그는 칼라가 있는 셔츠와 자켓을 입고 있었다. 손을 맥스의 어깨에서 결코 떼어 놓지 않았는데 편안하게 올려놓은 것이 아니라 '넌 내 지시 아래 꼼짝 말고 여기 앉아 있어야 해.'라고 말하는 듯했다. 맥스는 아버지를 미워했다. 그는 항상 아버지를 등 뒤에서 꼰대라고 불렀다.

"나는 당신의 딸이 내 아들에게 무슨 짓을 했는지 모릅니다."

"그런 비난은 오히려……."

그레이스의 엄마가 말을 시작했다. 그녀의 손 역시 지금은 그레이스의 어깨 위에 올려져 있었다. 그렇지만 너무 더웠다. 그레이스는 피치가 자신의 안에서 계속 자라 이미 비좁다고 느꼈다. 그녀는 어깨를 흔들어 엄마의 손을 떼어 냈다. 그녀는 누구도 자신을 만지게 하고 싶지 않았다. 특히 맥스는 결코.

"맥스에게는 앞날이 창창해요. 맥스는 UCLA에 진학할 겁니다. 이건 계획에 없던 일입니다."

그의 엄마는 조용히 앉아 있기만 하고 아빠가 말했다. 그레이스 역시 내년에 버클리 대학으로 진학할 계획이었다. 그러나 그레이스의 가족은 더 이상 캠퍼스 투어를 입에 올리지 않고 있었다. 그레이스는 맥스가 프랑스어 시험 점수를 속였다는 것을 알고 있었지만 그것에 대해서도 말하지 않았다.

"그레이스도 앞날이 있어요."

그레이스 대신 아빠가 맥스 아빠의 말에 대꾸를 했다. 그들은 얼음 위에서 막 경기를 시작하려는 하키 선수들처럼 보였다.

"그리고 그레이스와 맥스 둘 다 책임이 있습니다."

"따님이 왜 제 아들을 이런 상황에 끌어들였는지 모르겠네요. 돈이라도 받아 내려고 생각한다면……."

맥스 아빠가 궤도를 이탈했다. 그의 콧구멍이 벌름거렸다. 맥스도 화가 났을 때 그렇게 하고는 했다. 때때로 그레이스는 그를 마법의 용퍼프라고 불렀다. 물론 머릿속에서만, 그것도 맥스에게 정말 화가 났을 때에만 그렇게 불렀다.

"아기에 관한 이야기입니다. 그리고 그레이스와 맥스에 관한 일이기도 해요."

엄마가 끼어들었다.

"맥스와 그레이스라는 말은 없습니다."

맥스의 아빠가 말했다. 그의 엄마는 어떤 말도 하지 않았다. 비굴하게 느껴졌다. 그레이스는 남자의 아기를 임신해 보면 그 남자의 가족이 어떤 사람들인지 금방 알게 되는구나라고 생각했다.

"맥스는 지금 다른 좋은 여자아이와 만나고 있습니다."

좋은 *여자아이*. 그 말이 공중을 떠돌았다. 그레이스는 맥스를 보았지만 그는 마룻바닥을 내려다보고 있었다.

"맥스?"

그레이스가 불렀다. 그는 그녀를 혹은 피치를 보지 않았다. 물론 스테파니는 좋은 여자아이였다. 그레이스는 그녀가 좋은 아이인지 아닌지는 생각해 본 적이 없었지만 맥스의 아버지는 명확하게 '좋은 여자아이'와 '배 속에 지금 아무것도 없는 여자아이'를 동일하게 취급하고 있었다. 그래서 그의 정의에 따른다면 그랬다. 스테파니는 99.99퍼센트 좋은 여자이고 그레이스는 100퍼센트 그렇지 못했다.

요약하면 이렇게 그레이스는 남자 친구와 헤어졌다.

맥스와 그레이스는 거의 1년 남짓 만나 왔다. 그 시간은 나중 이야기이긴 하지만 피치가 자라는 시간과 비슷한 정도의 시간이었다. 그러나 그레이스는 피치를 결코 이런 식으로 생각할 수가 없었다. 분만실에서 그랬던 것처럼 그녀를 조각조각 내는 듯한, 그녀를 활짝 열어젖힐 듯한 고통 없이는 피치를 생각할 수조차 없었다. 그레이스는 그날 밤보다 더 최악인 날을 생각할 수가 없었다. 엄마가 그녀의 손을 꼭 잡고 있었으며 간호사가 그녀에게 힘을 주라고 재촉했다. 그러나 맥스와 맥스 부모를 만난 날이 그날 밤보다 더 최악이었다.

제이니는 맥스가 영화배우 같다고 했다. 왜냐하면 그는 영화 속에서 볼 수 있는 남자와 비슷했다. 미식축구 선수에다 희고 고른 치아, 모두에게 다정한……. 그러나 몇몇에게는 더욱 다정한 남자였다. 당시에 그녀는 그것을 미처 알지 못했다. 그러나 그레이스는 그가 자신을 좋아했기 때문에 그를 좋아했다. 그러나 태풍이 몰아쳤을 때 매달려 있을 만큼 충분히 강한 나무는 아니었다. 물론 지금에서야 알게 되었다. 맥스와 피치 모두 가 버린 뒤에야 깨달았다.

"긴장되니?"

엄마가 물었다.

"난 긴장 안 돼. *엄마가* 긴장한 것 같은데."

"둘 *다* 떨고 있구면. 진정해."

아빠가 말했다.

"당신도 여기 실밥이……."

엄마가 아빠의 셔츠로 손을 뻗으며 말을 가로막았다. 아빠는 장난스럽게 엄마의 손을 막아 냈다.

"*난 긴장돼.*"

아빠가 말했다.

현관문은 아주 컸다. 게다가 그 현관문은 그저 단순한 문이 아니었다. 마야의 집 문이었다. 더욱 정확하게 말하면 마야 가족이 사는 집 현관문이었다. 마야와 그레이스가 이메일을 주고받은 지 일주일 뒤 마야 부모님이 그레이스네 가족을 저녁 식사에 초대했고 그들은 받아들였다. 딱히 초대를 거절할 적절한 핑계도 없었다.

마야와 그레이스는 그레이스의 첫 번째 메일에 '**음, 진즉 만났어야 했는데.**'라고 마야가 답을 하면서 시작을 열었고 이후 몇 차례 문자를 주고받았다. 짧게 요점만. 이것이 그레이스가 파악한 마야의 평상시 반응이었다. 마야는 이모티콘이나 세미콜론, 괄호를 사용하여 웃는 표정을 만들어 내지 않았다. 그레이스는 동생이 실제로 유머를 모르는 로봇은 아닌지 걱정이 되기도 했다. 그러나 로봇조차 윙크를 하는 이모티콘을 어떻게 보내는지는 알고 있을 것이다. 아마 마야는 새로운 기술에 대해 지나치게 반감을 가지고 있는지도 몰랐다. 아니면 30년 전에 그런 사람이 있었듯 타자기를 수집하거나 전봇대를 그리워하는 사람인지도 몰랐다.

그레이스는 마야에게 그리고 마야에 관해 하고 싶은 질문이 많았다. 그렇지만 어떻게, 어떤 질문을 해야 할지 알 수 없었다.

집 앞에 주차를 하고 그레이스의 아빠는 긴 숨을 내쉰 끝에 휘파람을 불었다. 엄마가 한마디 했다.

"어휴, 당신도 양복을 입고 올 걸 그랬어."

집을 구경하느라 바쁘지 않았더라면 그레이스는 '아빠는 양복 입는 것 안 좋아하잖아.'라고 말했을 것이다. 집은 일종의 돌로 지은 저택이었다. 탑만 있었더라면 디즈니 영화에서 튀어나온 듯한 작은 성 같았을 것이다.

마야가 사는 곳이었다.

"난 양복 입는 것 안 좋아해."

아빠가 말했다. 셋은 여전히 차 안에 앉아 있었다. 그레이스의 숨결이 차창을 뿌옇게 만들었기에 창문에 얼마나 가까이 붙어 있는지 보여 주었다. 그들이 웅장한 현관문에 도달하기까지 또 몇 분이 걸렸다. 그리고 엄마가 벨을 누르자 집 안에서 '환희의 송가'를 연주하는 차임벨 소리가 났다.

"우리가 교회로 잘못 왔나?"

그레이스가 속삭였다.

"넌 괜찮아?"

아빠는 벨 소리가 계속 울려 나오는 중에 그녀를 향해 돌아서며 말했다.

"예, 괜찮아요."

"정말이지?"

"1시간 뒤에 다시 물어봐요."

그레이스가 속삭였다. 문이 활짝 열렸고 웃고 있는 부부가 그들을 맞았다. 그들은 둘 다 빨간 머리였다. 남자는 양복을 입고 있었다.

그레이스는 뒤에서 아주 부드럽게 엄마가 투덜거리는 소리를 들었다. 아빠도 양복을 입었어야 했다.

"아유, 잘 찾아오셨네요! 들어오세요. 들어와요!"

여자가 말했다. 그녀는 제이니처럼 조금 과장되게 표현하는 듯했다. 그리고 아마도 제이니는 지금도 그렇게 말을 할 것이다. 제이니와 말을 한 지도 오래되었다.

"만나서 정말 반가워요! 전 다이앤이에요. 이 사람은 밥이고요."

두 사람은 곧 집어삼킬 듯한 표정으로 그레이스를 보며 웃고 있었다. 그레이스도 웃어 보였다.

그레이스는 엄마 아빠를 따라 집으로 들어갔다. 집 안은 모든 것이 빛나고 눈이 부셨다. 그런데 모두 대리석으로 치장된 때문인지 거대한 무덤에 들어온 듯한 냄새가 희미하게 떠돌았다. 이 층으로 올라가는 이중으로 된 나선형의 계단도 대리석으로 되어 있었다. 그레이스는 계단을 쭉 따라 액자에 전문가가 찍은 듯한 커다란 사진이 줄지어 늘어선 것을 볼 수 있었다.

눈에 보이는 먼지 하나 없었다.

"집이 정말 멋진데요."

그레이스의 엄마가 칭찬했다. 엄마는 종종 『건축 다이제스트』를 정독하고는 했다. 그래도 엄마가 『건축 다이제스트』에 나온 사람들처럼 사는 사람을 만나 본 적은 없었다. 하여간 그레이스의 엄마는 *압도되었다*. 그레이스는 엄마가 마음속으로는 집 거실의 카펫을 뜯어내 버리고 싶어 하는 것을 알 수 있었고, 거짓말을 조금 보태어 그레이스와 아빠를 버리는 대신 이 집에 살라고 하면 살 것처럼 보였다.

"정말 웅장해요."

그레이스는 이전에 엄마가 웅장하다는 단어를 사용하는 것을 한 번도 들은 적이 없었다.

아빠가 엄마 말에 뒤이어 인사를 했다.

"예, 초대해 주셔서 정말 감사드립니다. 그레이스는 정말 초대를 기다리고 있었거든요."

그레이스는 이 말이 롤러코스터가 정점으로 올라가기 시작한다는 말처럼 들렸다. 여기에 올라타려면 얼마나 좋은 안전띠를 매야 하는지, 이 선로의 안전 검사를 누가 마지막으로 언제 했는지 알 수 없었다.

다행스럽게도 그레이스의 처신은 장소에 어울렸고, 그녀는 앞으로 나가 다이앤에게 손을 내밀었다.

"안녕하세요, 그레이스예요. 뵙게 돼서 정말 반갑습니다."

그레이스의 손을 흔드는 다이앤의 목소리가 약간 갈라졌고 눈가는 젖어 들었다.

"만나게 돼서 정말, 정말 기뻐요. 마야도 고대하고 있다는 걸 내가 알아요. 마야를 위해서도 정말 좋은 만남일 거라 생각해요."

'마야를 위해서도 좋은?'

그레이스는 이 말이 약간 거슬렸다.

"정말 우리 딸과 닮았는걸. 안 그래? 신기할 정도지, 다이앤?"

밥이 말했다.

그레이스는 어떻게 말해야 할지 몰라 다시 한번 미소를 지었다. 그것이 사실인지 아닌지 판단할 수가 없었다. 그녀와 마야는 아직도 사진을 교환하지 않았다. 사회관계망서비스에서 그녀를 찾아보는 것이 두렵기까지 했다.

왜 그런지 그레이스는 알 수가 없었다.

그때 여자아이가 모퉁이에서 돌아 나왔다. 역시 빨간 머리였다. 그레이스는 자기도 모르게 숨을 깊이 들이마셨다.

'마야도 빨간 머리인가? 이 아이가 마야인가?'

밥은 마야가 그레이스와 닮았다고 말했다. 그러나 이 아이와 그레이스는 겉으로 보기에도 확연히 달랐다.

"오, 이 아이는 우리 딸 로렌이에요. 마야 동생이랍니다."

다이앤이 팔을 여자아이에게로 뻗어 가깝게 끌어안으며 말했다.

로렌은 웃었고 그레이스도 웃음으로 인사를 대신했다. 로렌은 아주 명확하게 생물학적인 딸이었고 기묘하기까지 했다. 그레이스는 누군가가 '이것들 중 하나는 나머지와 달라.'라는 끝없는 게임 속에 있는 것처럼 자신과 전혀 다른 3명의 거주자와 함께 사는 것이 어떤 느낌일지 궁금했다.

"마야는 내려오는 중일 거예요."

다이앤이 말하며 계단을 향해 한 걸음 내디뎠는데 로렌을 여전히 끌어안고 있었다.

"마야! 그레이스와 부모님이 오셨어!"

잠시 후 계단 위에 마야가 나타났다. 그녀는 아주 짧은 데님 반바지, 느슨한 탱크톱을 입고 있었고, 머리는 그레이스가 여러 번 시도했지만 그다지 길지 않아 한 번도 성공하지 못한, 위로 꽉 동여맨 모양을 하고 있었다. 마야는 빨간 머리를 한, 잘 차려입은 이방인들과 함께 살도록 누군가가 떨구어 놓고 간 아이처럼 보였다.

사실 누군가가 그렇게 했음이 분명하다는 걸 그레이스는 깨달았다.

"안녕, 내가 그레이스야."

그레이스가 살짝 손을 흔들며 말했다.

"안녕."

마야가 말했다. 그녀의 목소리는 이상할 정도로 높낮이가 없었다. 아마도 일부러 무심한 척하는지도 몰랐다.

그녀가 계단을 모두 내려온 다음 그들은 함께 서로를 바라보며 섰다. 그레이스는 자신들 뒤쪽에 있는 네 사람의 부모들이 처음으로 만나는 두 아이를 바라보면서 조용히 훌쩍이는 소리를 들을 수 있었다. 마야는 그레이스와 닮았다. 이는 명확한 사실이었다. 눈, 머리 색, 심지어 이상하리만큼 오똑 솟은 콧날까지도 닮았다. 그녀는 그레이스보다 키가 조금 작았지만 군데군데 주근깨가 있는 것도 똑같아서 거울을 들여다보고 있는 것만 같았다.

그레이스는 정말, 정말 어떤 생각도 할 수가 없었다.

"안녕. 미안, 뭐라 말해야 할지를 모르겠어."

그레이스가 다시 말했다. 그녀는 자기도 모르게 웃음이 나왔고, 이내 그조차 싫었다. 그러나 아주 기묘하게 느껴지는 모든 일들이 이미 시작되고 있었다. 그들은 공주의 성과 같아 보이는 집에 있다! 그녀는 자신과 정말 똑같이 생겼다! 그레이스는 자신을 빤히 쳐다보고 있는 생물학적인 여동생이 있고, 그녀는 정말 자신과 똑같이 생겼고, 그녀의 아빠는 양복을 입고 있다!

마야도 그레이스를 바라보기만 했다. 그러다 아빠를 보고 말했다.

"아빠 왜 양복을 입었어요?"

"손님이 오셨으니까 입었지."

그가 어깨를 잡고 마야의 방향을 거실로 향하게 하면서 말했다. 그레이스는 아기들에게 흔히 하듯 아빠가 이렇게 종종 마야의 관심을 돌려 놓고는 했다는 느낌을 받았다. 방향 전환이라고 하는 방법이었다. 그레이스는 그 용어를 한 번 본 적이 있었다. 아무도 그녀를 알아볼 수 없는 25킬로미터나 떨어진 서점에서 대담하게 고른 육아 책에서였다.

"애피타이저가 준비되어 있어요!"

다이앤이 로렌의 어깨 위에 팔을 두른 그대로 그레이스의 부모에게 몸짓을 건네며 말했다. 그레이스는 자매가 둘 다 서로 알은체를 하지 않고 있음을 알아차렸다. 그레이스는 아주 어렸을 때부터 항상 자매들이 서로 어떻게 노는지 살펴 왔다. 아빠가 심취하곤 했던, 텔레비전에서 보여 주는 「동물의 왕국」을 보는 것과 같았다.

"먼저 들어가시죠."

그레이스의 엄마가 역시 흰색의, 티 하나 없는 식당으로 들어서면서 말했다.

"어서 와."

엄마가 그레이스에게 말했다. 그녀는 엄마와 아빠 중간에서 걸었다. 함께 걸으면서 아빠가 그레이스에게 슬쩍 기대며 귀에 대고 속삭였다.

"네가 한마디만 하면 아빠가 차를 가져올게. 이 이상한 건물을 빨리 뜨자."

아빠가 중얼거렸다. 그레이스는 웃으며 엄마가 들을세라 아빠를 툭 쳤다.

저녁 식사 자리는 고역이었다.

물론 음식은 근사했다. 그러나 식전 빵이 어떠했나와 같은 문제가 아니었다. 그레이스는 달콤한 빵을 정확하게 한번 먹어 보려고 했으나 '달콤한'과 '빵'이 특별한 음식을 묘사하는 최악의 조합이라는 사실을 깨달아야만 했다.

저녁 식사는 그레이스가 가 본 어떤 레스토랑보다 환상적이었으나 기본적으로 그들 모두는 저녁 식사 자리에 앉아 있는 7명의 낯선 사람들이었다. 그들 중 두 사람이 혈연관계이긴 하지만 고작 20분 전에 만났을 뿐이었다. 사태를 더 악화시킨 것은 높은 천장이었다. 접시에 포크 긁히는 소리가 울려 누군가가 전축 바늘을 거듭 반복해서 긁어 대는 것처럼 들렸다.

"정말 우린 너희 둘이 만나서 너무 기쁘단다."

다이앤이 목소리를 필요 이상으로 크게 하여 말했다. 엄마들이 늘 그렇게 하듯 그레이스의 엄마는 그 공을 받아서 다시 들고 달렸다.

"아유, 우리도 마찬가지예요."

엄마가 마야와 그레이스를 웃음을 띤 채 번갈아 보며 말했다.

"너희 둘은 볼수록 닮았다. 그레이스는 늘 여동생이 있었으면 했어."

그레이스가 눈썹을 조금 치켜뜨며 엄마를 보았다. '내가 언제?' 그러나 곧 마야가 자신을 보고 있다는 것을 알아차리고는 얼굴 표정을 누그러뜨렸다.

"여동생을 그렇게 좋아한다면 내가 제안을 하나 해도 될까?"

마야가 로렌을 향해 몸짓을 하며 말했다.

"누가 먼저 차지하나 결투를 하는 거지. 우린 남아도는 스테이크 칼들을 사용할 수도 있어. 지금 당장 움직여야 할걸. 수술 집도의들은 만반의 준비가 되어 있어."

로렌이 마야를 흘겨보았다. 밥과 다이앤은 웃고 있었지만 그레이스는 그들이 눈으로는 마야를 죽이고 싶어 하는 것이 아닌가 생각했다. 그렇지만 자신도 따라 웃었다. 참을 수가 없었다. 이제야 그레이스는 왜 마야가 정상적인 사람들처럼 이메일이나 문자를 쓰지 않는지 그 이유를 알았다. 그녀의 유머는 너무 어두웠다.

"마야와 로렌은 제일 친한 단짝이거나 최악의 적수예요."

다이앤이 포도주 잔을 들며 말했고 마야가 닭 요리를 한 입 먹는 동안 다시 잔을 내려놓았다.

"우린 마야를 집으로 데려온 지 석 달 뒤에 로렌을 임신했다는 사실을 알게 됐어요. 거의 10년 동안 아이를 가지려고 노력했거든요. 그런데 말이에요! 석 달 사이에 기적이 두 번이나! 우린 정말 이 행운을 믿을 수가 없었어요."

그레이스는 마야와 로렌 사이를 흘낏 보는 아빠를 보았다. 아빠가 그레이스와 똑같은 생각을 하고 있는 건 아닌지 궁금했다. 이 두 아이 중 하나는 잘 차려진 정찬과는 별도의 디저트 코스가 아니었을까 하는 생각. 다이앤은 옛일에 대한 추억에 사로잡혀 있었다. 아니, 그보다는 저녁 식사를 아이들이 망치지나 않을까 전전긍긍하고 있었다.

"그레이스? 외동으로 지내는 건 어때요? 근사하죠? 근사하게 들리는데."

로렌이 물었다. 마야의 엄마가 목청을 가다듬고 포도주를 한참 들이마셨다. 그레이스가 잠시 동안 자신의 접시를 내려다보고는 로렌을 향해 말했다.

"음, 조용하다고 할까?"

식탁의 모든 어른들이 웃음을 터뜨렸다. 그레이스도 웃었다.

"좋아. 모르겠어, 잘. 그냥 괜찮아."

"그레이스와 전 먼저 일어나도 되죠? 우린 15년간의 공백을 채워야 하거든요."

마야가 그레이스를 보면서 말은 부모에게 했다.

"물론이지. 내 생각도 그렇다. 먹을 걸 좀 가져갈래? 더 먹어야 할 것 같은데."

마야의 엄마가 말했다.

"엄마도 알잖아요. 그런 말은 '딸이 식이장애를 갖게 하는 법'에 나오는 말 같아요. 안 그래요?"

마야는 말은 그렇게 하면서도 이미 의자를 뒤로 밀고 접시를 집어 들고는 그레이스에게 따라오라는 몸짓을 했다.

그레이스가 엄마를 보았다. 롤러코스터가 다시 가파른 선로를 오르고 있었다.

"괜찮아. 가 봐."

엄마가 말했다. 그레이스는 접시를 그대로 두고 대리석 바닥에 조금 미끄러지면서 마야를 따라 잽싸게 계단을 올라갔다.

처음 집에 들어섰을 때 그레이스가 보았던, 사진이 걸린 벽은 가까이에서 보니 훨씬 더 충격적이었다. 사진을 자세히 보기 위해 자신이 한층 천천히 걷고 있다는 것을 알아차렸다. 가족사진들은 정교하고 전문적이었다. 마야와 로렌이 갓난쟁이였을 때부터 작년 크리스마스 때 찍은 가장 최근의 것까지 몇 년에 걸친 것들이었다. 마야는 모든 사진에서 도드라져 보였다. 빨간 머리 가족 속에서 갈색 머리를 하고 있으며, 해를 거듭할수록 웃음이 줄어들고 있었다.

마야의 방에 들어서자마자 마야는 문을 닫고 숨을 깊이 내쉬었다.

"어휴, 정말. 미안해. 정말 야만적이야."

마야가 머리를 풀어 헤치며 말했다. 그레이스는 생각보다 그녀의 머리가 자기 머리보다 훨씬 더 길다는 것을 알았고 자기 머리도 저렇게 길게 자랄지 궁금했다.

"그래, 여기, 이건 정말 멋지다."

그레이스가 방을 둘러보며 운동경기에서 받은 듯한 푸른 리본상을 보고 말했다. 마야가 거울 속에서 그녀를 쳐다보았다.

"그 리본들은 그저 참가만 해도 주는 상이야. 알지?"

"그래."

마야는 머리를 어깨 위로 올리더니 다시 뒤로 넘겼다.

"내가 말씀드렸는데. *백만 번도 더.* 그럴듯한 저녁 식사 말고 그냥 피자나 비슷한 걸로 먹자고. 분위기 이상하게 만들지 말고. 그런데 어떻게 했어? 결국 망치고 말았어."

"그렇게 망친 건 아니야."

"우리 아빠 양복 입은 것 봤어, 그레이스?"

"그래. 그건 좀 이상하더라."

그녀도 동의했다.

마야의 방은 집의 다른 곳과 달리 염색 공장이 폭발한 것처럼 보였다. 한쪽 벽은 어두운 푸른색이었고 다른 쪽은 옅은 노랑, 그리고 두 벽은 흰색이었다. 포스터들이 벽을 가득 채우고 있었는데 대부분 밴드 포스터였다. 포스터와 나란히 청색 테이프로 붙여 둔 수십 장의 즉석 사진들이 벽을 메우고 있었다.

"이거 네가 찍은 거니?"

마야가 어떤 여자아이에게 팔을 두르고 웃으며, 눈을 감고 있는 그 아이의 볼에 키스를 하고 있었다. 사진을 더 자세히 보려고 다가서면서 그레이스가 물었다.

마야가 그녀를 슬쩍 쳐다보았다.

"그래. 내 여자 친구, 클레어야."

"예쁘다. 요정 같아."

마야가 잠시 멈추었다.

"내가 *여자 친구*라고 한 의미를 알아? 친군데 여자란 말이 아니야."

그레이스가 고개를 끄덕였다.

"그래, 알아. 여자 친구. 한 단어로 된. 만난 지 얼마나 됐니?"

그레이스는 마야가 새로 찾은 생물학적 언니가 레즈비언을 끔찍하게 싫어하는 악령에 들린 것인지 시험하는 것은 아닌가 생각했다.

"거의 6개월."

마야가 다음에 무슨 일이 일어날지 염려하는 실험실의 쥐처럼 보이지 않고 처음으로 편안해진 모습으로 말했다.

"클레어는 멋져. 우린 가톨릭 학교에서 만났어."

"너도 가톨릭 신자야?"

"결코 아니지."

마야가 침대에 엎드려 사진 속 클레어의 얼굴을 엄지손가락으로 문질렀다. 코를 문지를 때 사진이 뽀득하는 소리를 냈다.

"이 동네에서 가장 좋은 사립학교야. 엄마 아빠가 갖은 방법을 써서 로렌과 나를 보냈지. 근본적으로 우린 종교 학교를 다니며 죄를 짓고 있어. 재미있는 일이야."

그레이스도 마야의 즉석사진들을 계속 보면서 침대 귀퉁이에 앉았다. 과도하게 노출을 시켜 찍은 장미꽃, 기도하듯 모은 손들, 마야와 클레어를 함께 찍은 셀프카메라 사진들이 있었다.

"너랑 로렌은 서로 좋아해? 아님 미워해?"

"빨간 머리 금수저 아이 말하는 거야?"

그레이스는 그녀의 대답을 들었다고 추측했다. 마야가 그레이스를 거꾸로 올려다보기 위해 몸을 뒤집었다.

"그러니까, 동생이 없단 말이지?"

"없어."

그레이스가 말했다. 마야의 이불이 다리에 부드럽게 닿았다. 마모된 질감이 그레이스로 하여금 피치를 보낸 후 시트와 담요가 자신을 보호해 주기라도 할 것처럼 그것들로 몸을 감싼 채 혼자 침대에서 보내야 했던 많은 낮과 밤을 떠올리게 했다.

"왜 그렇게 슬퍼 보여?"

마야가 그녀를 향해 머리를 치켜들었다. 그 각도에서 보니 그레이스가 앵무새처럼 보였다.

"음, 그냥. 혼자서 자라야만 했던 것에 대한 불만이랄까."

그레이스가 속마음을 숨기며 말했다.

마야가 신음을 내며 침대의 다른 쪽으로 굴렀다.

"내 동생 가질래? 원 플러스 원 상품. 어때?"

마야가 물었다.

"넌 두 번씩이나 그 애를 가지라고 하네. 그 애가 끔찍해?"

그레이스가 물었다. 침대 벽에 붙은 사진들 중 마야의 가족사진은 한 장도 없다는 것을 깨달았다.

"아냐, 끔찍하지 않아. 좀 성가셔. 알지? 어느 교실에든 똑똑한 애가 있어. 항상 정답을 알고 선생님들이 잠시 교실을 비울 때면 대신 선생 노릇을 맡기는 애."

마야는 그레이스를 다시 거꾸로 볼 수 있도록 등을 구부렸다.

"로렌이 바로 그런 애야."

"같이 살면 재미있을 것 같은데."

마야가 웃었다.

"우린 둘 다 풍자 유전자를 물려받았네. 좋아."

그러고는 한숨을 쉬고 일어나 앉았다.

"부모님들은 내가 비꼬아 말하는 걸 사실 이해를 못 하셔. 그게 문제를 복잡하게 만들고는 해."

"음, 물려받았다고 하니 하는 말인데, 난 돈이나 다른 게 아니라 우리를 낳아 준 생물학적 엄마를 찾고 싶어."

그레이스가 말하자 마야가 그녀를 보더니 갑자기 사슴처럼 꼼짝도 하지 않았다. 마야가 마침내 긴 숨을 토해 내더니 다시 침대로 털썩 누웠다.

"으윽, 혼자 해."

"넌 싫어?"

마야가 얼굴을 마주 볼 수 있도록 돌아누웠다. 그녀는 에너지가 넘쳤고 그래서 그레이스는 불현듯 마야가 긴장하고 있는지도 모른다는 생각이 들었다.

"생각해 봐. 우리가 지금 같은 배에 타고 있다는 것을 난 알아. 그러니 뭐든 하고 싶은 대로 하면 돼. 그런데 그 여자는 우릴 버렸어. 우릴 포기했다고. 마치 파리, 새끼 박새를 버리듯. 무엇보다 날 원하지 않던 여자를 왜 내가 찾아 나서야 해?"

"그렇지만 사정을 잘 모르잖아!"

그레이스가 의도한 것보다 더 큰 목소리로 말했다. 방이 갑자기 더운 듯이 느껴졌다.

"만약 그녀가 아주 어렸다거나 무서웠다면? 만약 그녀의 부모들이 우리를 버리라고 했다면?"

"좋아, 그렇다면 왜 우리를 찾으러 오지 않았지?"

마야가 물었다. 그녀가 대답을 기다리는 것이 아님을 그레이스는 알았다.

"1 대 0."

"어쩌면 우리를 혼란스럽게 만들지 않으려고. 아니면……."

"그레이스, 이 봐. 만약 그녀를 찾고 싶다면 가서 찾아. 그러나 난 빼 줘. 난 이대로 졸업하고 클레어와 뉴욕으로 가고 싶어. 여기에서 벗어나서 진짜 내 인생을 시작할 거야. 거꾸로 돌아가는 것에는 관심이 전혀 없어. 알겠어?"

그레이스는 마야가 자신들의 생물학적 엄마에 대해 화가 나 있음을 즉시 알아챘다. 그리고 그 때문에 피치에 관해서 더 이상 말할 수 없게 되고 말았다.

"그래도 우리가 만나서 같이 어울리는 건 좋아."

마야가 덧붙였다. 그리고 그레이스는 자신의 표정이 어떻길래 마야가 그 부분을 덧붙여 이야기할 필요를 느꼈는지 궁금했다.

"그레이스는 좋은 사람인 듯해. 부모님들도 괜찮고. 만약 내가 신장 이식이나 수혈을 필요로 할지도 모르니 긴급 연락처에 포함시켜도 나쁠 건 없을 것 같아."

마야는 조금 웃어 보였다.

"물론 그 반대도 마찬가지겠지. 난 바늘 근처에만 가도 정신을 잃긴 하지만."

그레이스가 고개를 끄덕였다. 자신이 하고자 하는 것이 이 새 아이에게는 무모한 일을 함께 하자고 강요하는 것일 수도 있다는 생각이 들었다.

"알았어. 그게 네 생각이라면."

"정말이지? 정말, 쉽게 해결됐네. 로렌은 내가 '그래.' 할 때까지 끝까지 들들 볶는데."

마야가 베개를 집어 감싸 안았다.

"그래, 여동생이 그렇지 뭐. 내게 시간을 좀 줘. 혼자 할 수 있을 것 같아."

"그렇지만 오빠를 찾는 데는 관심이 있어."

그레이스는 고개를 끄덕였다. 그녀는 누구에게도 말하지 않았다. 말할 계획도 물론 없었다. 그러나 피치의 새 부모가 피치를 버리는 악몽을 꾸고는 했다. 피치가 갑자기 어디론가 사라져 버리고, 호아킨을 함정에 빠뜨린 그놈의 시스템 속에서 피치를 잃어버린다면? 이 모든 것을 말하는 대신 그레이스는 주머니에서 전화기를 꺼냈다.

"지난주에 호아킨을 담당하는 사회복지사와 통화했어. 부모님이 그의 정보를 추적할 수 있도록 도와주셨고. 그 사람이 우리가 호아킨에게 이메일을 보낼 수 있다고 말했어."

"사회복지사가 그랬다고? 왜 그에겐 사회복지사가 필요해?"

마야가 베개를 내려놓고 앞으로 기대어 왔다.

"왜냐하면, 음……."

그레이스는 몸을 약간 뒤틀었다. 이불이 더 이상 편하지 않았다.

"왜냐하면 그는 입양이 되지 않았어. 한 번도. 그는 여기에서 한 시간 정도 떨어진 집에서 살고 있어. 그리고 그 집에 살기 전까지 수많은 다른 가정을 전전했고."

마야의 눈이 점점 커졌다. 그레이스는 그 눈을 보며 그녀 속에 내재된 어린 여동생을 보았다. 그레이스는 마야가 아장거리며 쫓아오고, 성가시게 굴고, 머리를 잡아당기고, 묻지도 않고 자기 옷을 가져가 입는 것을 상상했다. 그레이스는 바람과 함께 흩어져 버린 빵 부스러기의 흔적을 따라 호아킨의 17년을 추적하려고 전화 통화를 했던 모든 사람들에 관해 마야에게 말하지 않았다. 그녀는 어떤 사람들은 천박했고 어떤 사람들은 도움을 주기도 했지만 자신의 마음에 상처를 남기기는 마찬가지였음을 말하지 않았다. 호아킨에게 가족이라는 나무는, 강한 태풍이 불어와도 버틸 수 있는 단단한 뿌리를 가진 나무가 아니라 허약하고 성근 가지들뿐인 나무였다.

"지금 당장 이메일을 보내자!"

마야가 흥분해서 그레이스에게 베개를 던지며 말했다.

"쓰기는 그레이스가 써. '안녕! 내 생각에 우린 연결되어 있는 듯싶어!'라는 이메일 정말 괜찮았거든."

"그건 1학년 때 작문을 선택과목으로 들은 덕분이지."

그레이스가 말하자 마야가 웃음을 터뜨렸다. 그레이스도 웃었다.

그래서 그레이스는 한 번도 만난 적 없는 형제에게 또 다른 이메일을 써야 하는 처지에 놓였다.

안녕, 호아킨.

당신은 날 모르지만 우린 어떤 식이든 가족으로서의 관계를 공유하고 있는 것 같아요. 당신의 사회복지사가 우리가 이메일을 보낼 수도 있다고 전하지 않았나요? 마야라는 여자아이와 나는 최근 우리가 생물학적인 자매 사이라는 것을 알았어요. 그리고 처음으로 서로 만났고 몇 가지 알아본 끝에 당신이 우리의 오빠임을 알게 되었어요.

우리를 만나는 데 관심이 있나요? 우리는 1시간 남짓 떨어진 곳에 살고 있어요. 그러니 어디서든 당신을 만날 수 있습니다.

행운을 빌며
그레이스와 마야

"행운을 빈다고? 진심이야?"

마야는 그녀가 보여 준 이메일을 보고 말했다.

"개인적인 느낌 없이 다정한 말이야."

그레이스가 어깨를 으쓱하며 설명해 주었다.

"개인적인 느낌 없이 다정하다고?"

마야가 반복했다.

"오우, 좋았어."

"그런데 빨간 머리 가정에서 사는 건 어때?"

그레이스가 화제를 바꾸려고 노력하면서 물었다.

마야는 웃음을 터뜨렸다.

"저기 백화점 사진 스튜디오에서 찍은 것들 봤지?"

그녀가 물었다. 그리고 노래를 불렀다.

"이것들 중 하나는 다른 것과 다르다네……."

"부모님은 네가 동성애자라는 걸 괜찮게 받아들이시니?"

그레이스는 갑자기 기묘하게도 그녀를 보호해야 한다는 느낌을 받았다. 마치 피치에게 가졌던 느낌과 마찬가지로.

"장난쳐? 기본적으로 우리 부모님은 스스로 남다른 관점을 갖고 있다고 주장하는 분들이야. 엄마 아빠는 내가 레즈비언이라는 말을 끝내기도 전에 '레즈비언과 게이의 친구들'에 아주 흔쾌히 가입했어. 아빠는 나와 함께 동성애자 축제에 가고 싶어 하기도 했어."

그레이스는 마야가 아주 끔찍하고 억압적인 가정에서 살지 않는다는 기묘한 안도감 때문에 깔깔거리지 않을 수가 없었다.

"그래, 정말 좋은 일이네. 그렇지? 그러니까 지지해 주신다는 거지?"

"물론. 전적으로 좋은 일이지. 정말 마치……."

함께 이 층으로 올라온 이후 처음으로 마야가 적절한 단어를 찾지 못해 망설이는 듯했다.

"정말 괜찮아."

마침내 그녀가 말했고 그레이스는 더 이상 몰아붙이지 않기로 작정했다.

그들은 서로 전화번호를 교환하고 마야가 고른 음악을 들었으며 클레어에 관해 이야기했다. 그레이스는 마야가 계속 말을 해서 말할 틈이 거의 없었기 때문에 피치나 맥스에 관해 말하지 않은 것 또한 그런 대로 괜찮은 것 같았다. 그레이스는 엄마 아빠와 차를 타고 돌아오면서 상대적으로 조용한 도요타 캠리의 정숙함을 음미했다.

"자! 위아래 게임!"

아빠가 잠시 후에 짧게 손바닥을 마주치면서 말했다. 그레이스가 끙 하고 소리를 질렀다. 엄마 아빠는 더러 일이나 학교가 끝난 밤에 위아래 게임을 하고는 했다. 각자 그날 있었던 좋았던 일과 안 좋았던 일을 말하는 게임이다. 그러나 그레이스가 임신했다는 사실을 밝힌 다음부터 거짓말처럼 그만두었다. 아래였다.

"아빠, 제발 ……."

"내가 먼저 할게! 내게 위는 네가 마야를 만난 거야, 그레이스. 그건 정말 잘된 일이야. 아빠인 내게도 아주 많은 걸 의미해."

"아빠, 제발. 난 이번 달엔 더 이상 울 수도 없어. 눈물샘이 다 말라 버렸다고."

"그래, 그래. 알았어. 그런데 나의 아래는 그 집을 우리가 함께 갈 때마다 조끼까지 챙겨서 양복을 입어야 한다는 걸 깨달은 거야. 내가 식탁에 앉은 농부 같더라니까."

아빠가 한숨을 쉬었다. 그레이스가 뒷좌석에서 아빠의 어깨를 두들겼다.

"팀에 맞는 옷차림을 했어요, 농부 아저씨."

아빠는 그녀의 손을 톡톡 두들기는 것으로 대답을 대신했다.

"그래. 이젠 내 차례, 내 차례."

엄마가 운전석에서 말했다.

"위는 그레이스의 웃음소리야. 네가 이 층에서 마야와 이야기하는 걸 들었는데 네 웃음소리를 들었다는 거야. 그레이스, 네가 웃는 소릴 들은 게 너무 오래됐거든."

"아마도 예전처럼 재미있지 않아서 그랬을 거예요."

그레이스가 말했다. 농담이라는 걸 엄마도 알 것이었다. 그녀는 반박하기가 아주 어려웠다.

"그리고 아래는 닭 요리를 칼로 자르려고 하다가 접시에서 떨어뜨린 거야. 죽고 싶더라."

그레이스의 아빠가 웃기 시작했다.

"난 심각했다고, 스티브! 그 집은 전부 다 음침한 무덤 같았어."

"맞아, 나도 그런 생각이 들더라!"

그레이스가 소리쳤다.

"그리고 식탁보에 수프 국물을 떨어뜨린 첫 번째 사람이 누구겠니? 바로 나."

엄마가 신음을 흘렸다.

"그래도 다이앤은 아주 기품 있게 대처하더라."

"우리 식탁보는 어디 있어? 있기는 해?"

그레이스가 물었다.

"지난 추수감사절 때 아빠가 우연히 불을 낸 이후에는 없지."

"아, 맞다."

그 특별한 명절의 위와 아래 게임은 아주 강렬했다. 연기와 함께.

"그래, 이제 네 차례."

엄마가 룸미러로 뒷좌석의 그레이스를 보며 말했다.

"좋아. 위는 당연 마야를 만난 것일 테고. 그리고 그녀가 정상이라는 것. 내 말은 적어도 살인을 할 사람이거나 그런 유의 애는 아니라는 것."

"그럼 아래는?"

아빠가 잠시 후에 물었다.

"글쎄. 그녀가 조금 성가시다는 것?"

그레이스가 말했다. 말을 뱉고 보니 정말 사실이었다.

"걘 계속 내 말을 가로막아. 자기 얘기만 잔뜩 늘어놓고. 솔직히 버릇이 없어."

"딸?"

엄마가 그레이스를 불렀다.

"왜?"

"여동생이 있는 사람들의 모임에 들어온 걸 환영해."

5. 마야

거의 일주일이 지난 다음에야 호아킨의 답장이 왔다. 마침내 답장을 받았는데도 마야는 전혀 즐겁지 않았다.

그녀는 요즘 항상 집에 있었다. 아빠가 출장을 가고 없는 날, 엄마는 잠들었으리라 생각하고 클레어를 만나러 밤에 몰래 빠져나갔다가 들켜 외출금지를 당했다. 엄마가 잠들었다는 것은 술에 취했음을 뜻했다. 그런데 마야가 새벽 2시 이 층으로 올라가려고 했을 때 엄마는 자고 있지도 술에 취해 있지도 않았다. 둘은 서로 딱 마주쳤다. 엄마는 그녀를 가리키며 "외출금지! 일주일."이라고 말했다. 그리고 이 층으로 가 버렸다. 만약 남자아이와 데이트를 했다면 엄마가 소리를 지르고 위협하며 누군가는 계곡에서 죽은 채 발견되었고 10대의 임신 통계가 어떻다는 둥 하며 훨씬 더 심각한 장면이 전개되었을 것이다. 마야같이 어리석은 애는 임신할 가능성이 충분히 있었다.

마야는 여자 친구와 만나는 것이 부모에게 훨씬 덜 위협적일 것이라고 추측했다.

운 좋은 마야.

마야는 호아킨의 이메일을 열었다.

안녕, 그레이스와 마야.

물론, 만나는 것 찬성입니다. 다음 주말에 만나면 어떨까요? 난 그날 예술센터에서 낮에는 일을 합니다. 그렇지만 오후 1시 이후에는 자유로워요. 두 사람과 만나 얘기하는 것 좋아요.

"이게 다야?"

그레이스가 전화를 받자마자 물었다. 마야는 집의 유선전화를 사용하고 있었다. 전화를 압수당한 것도 벌이었다. 그녀는 80년대 영화 속 주인공 같다고 느꼈다. 모욕적이었다.

"두 사람과 만나는 것 좋아요? 이 만남을 뭐라고 생각하는 거야, 도대체? 데이트?"

"맙소사, 그건 아니겠지."

그레이스가 말했다. 전화기 저편에서 무언가를 하고 있는 것 같은 소리가 들렸고 그것이 마야의 신경을 거슬리게 했다. 그녀는 그레이스를 단 한 번 만났을 뿐이고 호아킨은 만난 적도 없었다. 그런데 이미 형제들이 자신을 성가시게 하고 있었다. 전형적이었다.

"데이트라고 생각한다면 그게 더 심각한 문제 아닐까. 근데 넌 왜 문자 안 보내고 전화를 했어?"

그레이스가 덧붙였다.

"왜? 전화하면 안 돼? 목소리 대 목소리. 그게 훨씬 인간적인 관계 아니야?"

"좋은 시도야. 근데 너 외출금지 당했지?"

"그래. 엄마가 전화기를 압수했어. 컴퓨터도 숙제할 때만 쓸 수 있어."

마야는 엄마가 부엌에 가려고 지나갈 때 무겁게 한숨을 쉬었다. 그러고 덤으로 한 번 더 한숨을 쉬었다.

"이 *감옥*에서는 유선조차 5분밖에 못 써. 엿 같은 유선. 나는 지금 마차를 타고 다니던 시대에 사는 것 같아. 지금도 숙제 때문에 질문할

게 있다고 겨우 쓰고 있는 거야."

"그래 이메일을 받고는 어땠어? 됐어. 그런 질문은 안 할게. 그래서 그를 만나고 싶기는 해?"

"그럼. 난 만나고 싶어."

마야가 전화기 선을 손가락으로 꼬았다. 그렇게 하는 것이 기묘하게 마음을 누그러뜨려 주었다. 손가락 끝이 붉어지기 시작해서 그녀는 줄을 느슨하게 했다. 그리고 다시 또 줄을 감았다.

"그렇지만 네가 운전해야 해. 조수석은 내 자리!"

"차에 누구 또 탈 사람도 없어. 조수석을 찜할 필요가……."

마야는 때때로 그레이스에게 불편함을 느꼈다. 동생 없이 자라는 것과 기회 있을 때마다 "조수석, 찜!"이라고 외치는 것의 중요성도 이해하지 못하는 것을 상상해 보라. 그레이스는 정말 기회를 놓치고 있는 것이다. '딱정벌레 게임'(Slug Bug 게임: 도로 위에서 딱정벌레 모양의 차를 먼저 보는 사람이 'Slug Bug!'이라 외치며 상대방을 주먹으로 치는 게임—옮긴이)도 모를 것이다. 그런 것도 모르는 그레이스와 자동차 여행을 어떻게 할지 마야는 걱정이 되었다.

엄마가 이번에는 부엌으로 돌아오고 있었고 마야는 즉각 가장 순진한 얼굴 표정을 지었다. 그녀는 거울을 보며 그 표정을 연습했다. 그것은 은밀하게 무언가를 하다 들켰을 때 필요한 표정이었다.

"아, 그 문제가 이차방정식이라고?"

마야의 목소리가 갑자기 달콤하고 멍청하게 바뀌었다.

"그래, 알았어. 고마워."

전화선 저쪽은 순간 조용해졌다.

"수학 문제 때문에 심장마비라도 온 거니?"

착하고 순수하고 순박한 그레이스. 마야는 반드시 그녀를 거칠게 만들어 주겠다고 생각했다.

마야의 엄마가 그녀를 향해 눈을 크게 뜨고는 시계를 가리켰다.

"1분."

엄마가 입 모양만으로 말했다.

"알았어요, 알았어."

엄마는 거실을 떠나면서 그녀에게 경고의 눈길을 보냈다.

"*어쩌다* 외출금지를 당했는지 물어봐야 하는 거니?"

마야는 그레이스가 통화를 하면서도 키보드 두드리는 소리를 들었다. 어떻게 그럴 수 있지?

"옥수수밭에서 만난 아이들과 함께 악마를 숭배하는 의식을 치르러 지난주에 몰래 외출했어."

마야는 전화선을 이번에는 주먹 전체에 감쌌다.

"걔들은 제대로 된 대화주의자들이 아니야. 그렇지만 일단 모두 통과의례를 거치면 아주 잘해 주지."

그레이스가 이번에는 웃었다. 그것이 마야를 기분 좋게 했다. 그녀의 가족은 그녀의 위악적인 유머에 너무 익숙해서 이제 웃지도 않았다. 그레이스의 웃음소리는 마야를 마침내 완벽한 청중을 발견한 개그맨처럼 느끼게 해 주었다.

"좋아, 지금 가 봐야 해. 토요일 정오에 태우러 갈게. 늦지 마. 통과의례에 행운을 빌게."

늦지 말라는 그레이스의 말을 듣고 마야는 따뜻해졌다. 그녀는 로렌을 돌보면서 자신의 전 생애를 보낸 것처럼 느끼고는 했다. 로렌을 이곳에서 저곳으로 몰아가며 "서둘러!"라고 말하면서. 다른 사람이 고삐를 쥐고 있는 것은 괜찮은 일이었다. 비록 그 사람이 여전히 기본적으로 완벽한 이방인이기는 해도.

"옥수수밭의 아이들과 함께 너를 위해 기도할게."

마야는 그렇게 말하고는 그레이스가 대꾸하기도 전에 전화를 끊었다.

❧ ❧ ❧

마야는 호아킨을 만나는 것에 관해 엄마 아빠에게 시시콜콜 말하지 않았다. 쏟아지는 질문에 답하고 싶지 않았기 때문이다. 엄마 아빠는 모든 문제를 토의하는 데 아주 능숙했다. 해치워야 할 쉬운 일처럼 감정을 말로 아주 쉽게 표현했고 그런 점이 마야를 힘들게 했다. 로렌 역시 토의에 능숙했다. 마음속 생각을 무엇이든 다른 사람이 이해할 수 있도록 말하고는 했다. 그러나 마야에게 생각을 말하는 것은 색을 설명하는 것과 같았다. 석양의 분홍과 첫사랑의 붉은색, 상처 입거나 화가 났을 때 그녀의 머릿속을 구름으로 채우는 폭풍우 치는 푸른색 등.

클레어는 항상 그녀의 머릿속 팔레트를 들여다보는 듯했다. 마야가 말을 하지 않아도 어떻게 느끼는지 프리즘을 통해 색채들을 정리할 수 있는 듯했다. 몰래 빠져나갔다가 들킨 그날 밤도 그녀는 공원에서 클레어를 만났다. 클레어와 함께 오빠 칼렙에게서 훔쳐 온 마리화나를 번갈아 피웠다. 클레어는 또 2명의 어린 동생 카산드라와 크리스티안을 두고 있었다. 그들의 부모는 카라와 크레이그인데 크레이그가 5년 전에 돌아가셔서 계산에 넣지 않았다. 이름자마다 앞에 달린 ㅋ이 마야를 토할 것처럼 만들기는 처음이었다.

한동안 아무 말도 않고 그들은 마리화나를 피우기만 했다. 마야가 좋아하는 일 중의 하나였다.

그 후 그들은 축축한 풀밭에 누웠다. 마야는 머리를 클레어의 배 위에 올렸다.

"별들이 움직이고 있네."

그녀가 클레어에게 말했다. 마야 자신에게도 제 목소리가 시럽을 쏟아붓기라도 한 듯 달콤하게 들렸다.

"우리가 움직이는 거야. 별이 아니고."

클레어가 지적했다. 그녀의 손은 마야의 머리칼을 부드럽게 만지작거리고 있었다.

"그게 세상이 움직이는 방식이야."

"넌 호아킨도 나와 그레이스를 만나고 싶어 할 거라고 생각해?"

"모르겠어. 그만이 그걸 답할 수 있는 유일한 사람일걸."

"나라면 날 만나고 싶어 하지 않을 것 같아. 내가 그라면 날 싫어할 거야."

"그럼 네가 그 사람이 아닌 게 다행이네."

클레어가 말했다. 그러고는 고개를 숙여 그녀의 눈 뒤로 노란 불꽃이 반짝이게 하면서 마야에게 입을 맞추었다.

마야의 부모님은 항상 그녀의 입양에 관해 말하고 싶어 했다. 그녀가 더 어렸을 때는 더욱 그랬다. 마야는 그들이 마야가 아주 나쁘게 엇나가는 것을 막으려고 예방 작업을 하고 있는 것이 아닌지 의심했다. 만약 어느 날 그녀가 갑자기 미쳐 버려 방에 가득 찬 사람들을 죽인다면 엄마 아빠는 손을 번쩍 치켜들고 말할 것이다.

"우리는 할 만큼 했어. 정말 최선을 다했다고."

로렌이 친구들의 집에 가 있을 때 그녀는 심리치료사의 지도 아래 입양된 아이들과 집단 토의도 했고 부모와 함께 1 대 1의 토의를 한 적도 있었다.

"낳아 준 엄마에 관해 더러 생각해요?"

그들이 그녀에게 물었다. 마야는 "예?" 하고 반문했다. 그것이 올바른 대답이라고 생각했기 때문이다. 그러나 진실은 훨씬 더 뿌리 깊은 곳에 있었다. 진실은 무지개의 스펙트럼 속에 있는 색들마다에 있었고 마야는 자신이 느꼈던 것을 말할 단어를 찾지 못했다. 그래서 그녀는 아무 말도 하지 않았다. 그렇게 하는 것이 훨씬 더 쉬웠다.

그레이스는 토요일 정오 직전에 마야를 차에 태웠다. 계획은 11시 30분에 만나는 것이었지만 마야가 늦잠을 잤다. 마침내 일 층으로 내려왔을 때 마야는 까다로운 회오리바람이 부는 회색 소용돌이처럼 느꼈다. 분명히 그런 느낌이었다. 거기에 *50가지 빛깔*의 농담이 있었지만 농담을 하기에는 너무 피곤했다.

"스타벅스로."

마야가 그레이스에게 말했다. 그들은 실내에 있었지만 마야는 이미 선글라스를 쓰고 있었다.

"그래."

마야는 그레이스가 카페인이 부족한 자신의 상태를 너무 무서워해서 반박하지 않고 동의했다는 것을 확신했다.

"남자 친구는 있어?"

마야가 차 안에서 그레이스에게 물었다. 커다란 프라푸치노가 손에 들려 있었다.

"없어."

그레이스가 딱 잘라 말했다. 그녀 말에는 내면을 억누르는 무언가가 있었다. 그러나 마야는 그것이 무엇인지 알 수 없었다.

"그럼 여자 친구는? 나와 같은 유전자를 타고 났나?"

이번에는 그레이스가 웃었다.

"아니. 그 유전자는 다 네게로 갔어."

"그럼 있기는 했어?"

"뭐가?"

"남자 친구가 있었냐고? 아니면 여자 친구."

"예, 그리고 아니요."

마야는 그레이스가 거짓말을 하고 있는 것은 아닌지 궁금했다. 그레이스는 결혼식 첫날밤 처녀성을 바치기 위해 평생을 기다리고 '남자에게 평생 잊지 못할 성적 경험을 주는 법'을 알려 주는 여성 잡지를 읽는 유형의 여자인 듯했다. 하지만 그건 상관없었다. 마야는 누군가에게 몸이든 옷차림이든 이렇게 저렇게 해야 한다고 말하는 사람이 아니었다. 다만 자신을 상대적으로 더 지저분하고 더럽고 시끄럽게 보이게 만들 만큼 완벽한 사람과 함께 있는 것은 참기 어려웠다.

맙소사, 마야는 그레이스의 자세가 운전을 할 때조차 완벽하다고 생각했다.

"그런데 남자 친구에 대해 왜 이야기하고 싶지 않아?"

"누가 그래? 내가 이야기하고 싶어 하지 않는다고?"

"그냥, 뭐 증인 선서하듯 대답하고 있으니까."

"너야말로 법관처럼 내게 묻고 있는데."

"까다롭다, 까다로워."

마야가 선글라스를 콧등에서 밀어 올리며 중얼거렸다.

"안 좋게 헤어졌어?"

"그렇다고 할 수도 있지. 아니, 분명히 그랬어."

그레이스가 다시 웃었다. 마야가 동의하며 고개를 끄덕였다.

"그래, 나도 나쁘게 헤어진 적 있어. 클레어를 만나기 전에. 줄리아라는 애가 있었는데. 윽, 최악이었어. 내가 그 애를 왜 좋아했는지 모르겠어."

"그렇군."

그레이스가 말했다. 아빠가 관심 없는 것을 말할 때마다 엄마가 대꾸하는 식이었다.

"내 말은, 내가 그 애의 어떤 점을 좋아했는지를 안다는 거야."

마야가 창문을 내리면서 말을 이어 갔다.

"그런데 그게 좋아할 만한 게 아니었더라고. 알 것 같아?"

그레이스가 곁눈으로 그녀를 보았다.

"그 여자애가 매력적이었어?"

"그렇기는 했지."

마야가 단정적으로 말했다.

"야, 말 좀 해 봐. 에어컨 좀 켜 줘. 꼭 우리 엄마처럼 운전해."

"칭찬이 아닌 게 확실한 듯한데."

"맞아."

그레이스가 한숨을 쉬고는 에어컨을 작동시키려고 손을 뻗었다.

"다른 요구는 없어?"

"라디오 채널 바꾸자."

마야가 라디오의 버튼을 눌러 대기 시작했다.

"알고 있는지는 모르겠지만 난 중늙은이가 아니야. 할머니, 난 정말 공영방송을 듣고 싶진 않아요."

마야는 왜 자신이 말을 멈출 수 없는지 알 수가 없었다. 그녀는 그레이스가 좋았다. 그레이스는 괜찮았다. 그레이스는 마야와 함께 오빠를 만나기 위해 운전을 하고 있는 것뿐이었다. 게다가 스타벅스에서 커피도 사 주었다. 마야는 집에서 그레이스와 처음으로 만났을 때에도 똑같이 행동했다. 말들이 불을 뿜듯 튀어나왔으며, 말하고 또 말하고, 로렌과 엄마 아빠를 놀리고, 그레이스가 한마디도 말할 기회를 주지 않았다. 그녀가 정말 말하고 싶었던 것은 '*제발 나를 좋아해 줘.*', '*제*

*발 내 친구가 되어 줘.'*였다.

마야는 친구가 많지 않았다. 학교에서 알고 지내는 여자애들은 있었지만 대부분 복도에서 지나치며 인사나 나눌 정도였다. 어쩌다 수업 시작 전 선생님이 도착하지 않았을 때 이야기를 나누는 정도였다. 이전 학교는 유치원생부터 8학년까지 있었고 그때까지만 해도 마야와 로렌이 딱 붙어 다닐 때였다. 심지어 아주 어렸을 때에는 같은 옷을 입고 다녔다. 로렌이 있었기에 그녀는 친구가 많이 필요하지도 않았다.

그러다 9학년 첫날 상황이 달라졌다. 갑자기 로렌과 다른 학교를 다녀야 했고, 마야는 유치원생 때부터 함께 공부했던 여자아이들에게 둘러싸여 있기는 했지만 자신이 외톨이가 되어 있음을 알았다.

그리고 술에 취해 있는 엄마 때문에 학교가 끝난 후에도 누군가를 집으로 데려오거나 수영장 파티나 파자마 파티에 초대하기가 힘들었다. 마야는 몇 년 동안 친구를 집으로 데려오지 않았다. 클레어만은 예외였지만 그녀조차 집에까지 데려오는 일은 거의 없었다.

마야는 처음 몇 달 동안 혼자서 점심을 먹어야 했다. 다른 아이들의 깔깔거리는 소리가 목덜미의 머리칼을 곤두서게 했다. *'쟤들이 나를 흉보고 있지는 않나?'* 늘 신경이 쓰였다.

학교에서 그녀가 유일한 레즈비언이 아니라는 사실을 알게 되었고 그래서 놀림을 받거나 괴롭힘을 당하지는 않았다. 그러나 자신이 다른 친구들에게 어떻게 친근감을 표현할지 모른다는 사실을 알게 되었다. '안녕!' 하고 그저 껴안기만 해도 자신에게 반한 것으로 생각하면 어쩌나? 그저 있는 그대로를 드러내면 이상한 애라고 생각하지 않을까? 로렌과 함께 있을 때에는 괜찮았지만 새로운 학교에서 마야는 쉼 없이 자신을 억제하고 있음을 알았다. 친근감의 표시로 말을 비꼬기 시작했고 그것이 습관이 되었고 마침내 그것이 자신의 본질이 되고 말았다.

"넌 *언제나* 이래? 진지하게 말하는 거야. *그러니?* 만약 그렇다면 난 차를 세우고 널 뒤 트렁크에 쑤셔 넣을 거야."

마야의 생각을 가로막으며 그레이스가 말했다. 마야는 커피를 한 모금 마셨다. 만약 자신을 자동차 여행 중에 마야가 지독하게 말을 안 들어서 트렁크에 처넣겠다고 위협을 한 첫 번째 사람이라 생각했다면 그레이스는 틀렸다.

"내가 뭐 어떻다고?"

"성가셔."

마야는 어깨를 으쓱하고는 얼굴을 차창으로 돌렸다.

"그래."

"카페인을 좀 줄이는 건 어때?"

"언니가 여동생을 다루는 게 익숙하지 않아서 그래."

마야가 말하고는 자리 깊숙이 앉으며 발을 대시보드에 올려놓았다. 그레이스가 발을 쳐 냈다.

"무슨 말을 한지 알아? 너 방금 날 언니라고 불렀어."

마야는 행복하게 한숨을 쉬는 척했다.

"다음은 뭔 줄 알아? 우리가 세포라에 같이 갈 거라는 거야. *언니에게만* 해당되지만 남자애들 얘기, 나랑 같이 입을 수 있는 옷 얘기를 하면서. 아마도 영화에서처럼."

마야는 다시 커피를 한 모금 마셨다. 커피는 설탕과 카페인이 섞여 아드레날린을 내뿜으며 융합이 완벽한 단계에 가까워지고 있었다. 5분 남짓 지나면 마야는 달까지라도 날아갈 수 있을 것처럼 느꼈다.

"진지하게 말한 거야?"

그레이스가 말했다.

"옷 같이 입자는 것? 아니, 그냥 과장해서 말한 것뿐이야."

마야의 눈길이 그레이스의 발가락 샌들과 너무 펑퍼짐한 바지, 그리고 베이지 중에서도 가장 베이지 색인 스웨터로 옮겨 갔다.

"원한다면 옷 좀 사러 가자. 도와줄게. 난 로렌도 도와줬어. 걔 인생을 바꿔 줬지."

"그만 얘기해라."

"난 그냥……."

"트, 렁, 크에서 말할래?"

마야가 손을 위로 올렸다.

"알았어, 알았어. 여기 꼼짝 않고 앉아 있을게. 조용히. 한마디도 안 하고. 잠자코. 공영방송에서 뭔가를 배울지도 모르겠네. 아, 잠깐만……."

"5분, 5분만!"

그레이스가 소리를 질렀다.

"잠시만이라도!"

"그렇지만……."

"마야, 제발 부탁이야."

마야가 창문을 가리켰다.

"저기 출구!"

"뭐? 젠장!"

그레이스가 급하게 차선을 네 개나 바꾸며 두 대의 차 사이를 누비다 앞질렀다. 다행이 순찰차는 보이지 않았다. 마야는 승객용 문에 달린 손잡이를 꽉 움켜잡은 채 출구가 가까워 오는 것을 보고 있었다. 옆 거울에 비친 자신의 얼굴은 활짝 웃고 있었다.

"아주 멋졌어! 한 치 오차 없는 *빠르고 열정적인 움직임!*"

마야가 소리를 질렀다. 그레이스가 그녀를 보았다.

"이제 입 다물어."

그레이스가 말했다. 그리고 그녀의 입술을 채우고 열쇠를 밖으로 던져 버리는 시늉을 했다.

해변은 토요일이어선지 사람들로 북적거렸다. 예술센터에 가까이 갈수록 기어가듯 속도가 줄었다.

"많이 막히네."

마야가 말했다. 그레이스가 그녀를 쏘아보자 즉각 다시 조용해졌다. 예전에 어느 누구도 그녀를 *정말* 트렁크 속에 가둔 적은 없었다. 그렇지만 그레이스의 인내심이 어느 정도인지 아직 모르기에 더 이상 입을 여는 것은 위험했다. 침묵은 확실히 금이었다.

주차를 했을 때는 거의 오후 1시경이었다. 마야가 차에서 내리면서 투덜거렸다.

"1시간이 좀 더 걸렸네."

그레이스가 햇빛에 눈을 찡그리며 말했다. 마야는 왜 그레이스가 선글라스를 쓰지 않는지 알 수가 없었다.

"어쨌든. 난 어려. 아직도 자라고 있고. 그러길 *바라*."

마야는 키가 작은 것에 대해 민감해져 있었다. 정확히 말하면 그레이스와 비교해 작아 보인다는 사실에 민감해져 있었다. 그녀는 주변을 둘러보았다.

"오우, 그림이 많은데."

"예술센터라 이름 짓고 다른 짓 하는 건 아닌가 본데."

"언니, 비꼬는 건 *내* 특기야."

그레이스가 문을 닫고 잠근 것을 확인할 때 마야가 가방을 어깨에 메면서 말했다.

"비꼬는 거라고? 난 그저……."

그레이스가 말을 하기 시작했다. 마야가 그녀를 자세히 보려고 선글라스를 내렸다. 그레이스가 한숨을 쉬었다.

"긴장해서 그래."

"언니가 날 트렁크에 가둔다 했을 때 알아챘어."

마야가 빈정거렸다.

"그건 ……."

그레이스가 깊게 숨을 들이쉬고는 팔을 흔들었다.

"넌 정말 호아킨을 만나는 게 조금도 긴장되지 않아?"

마야가 어깨를 으쓱하며 빈 커피 잔을 재활용 통에 던져 넣었다. 그녀는 자신의 느낌이 어떤지를 분명하게 알 수가 없었지만 경고이기도 질문이기도 한 밝은 오렌지색임은 분명했다.

"긴장할 필요가 어디 있어? 내 방식대로 할 거야. 만약 그가 엄청나게 괴짜거나 사이코 살인마라면 우린 이렇게 하면 돼. '어휴, 죄송합니다. DNA 검사가 잘못됐나 봐요.' 하고 우린 전화나 이메일을 차단하면 돼. 야, 저기. 껌 종이로 고래를 만들었어! 정말 멋진데."

그레이스가 마야의 시선을 따라가 보았다. 정말 누군가가 껌 종이로 고래를 만들어 놓았다.

"그래, 넌 생물학적 오빠를 만나자마자 여차하면 내쫓을 준비가 되어 있다는 거네. 너 나를 만날 때도 그렇게 할 작정이었니?"

"그럼. 언니가 할머니처럼 제멋대로 운전하고 또 *빠르고 열정적으로* 운전한다든지 공영방송 음악을 듣는 괴짜라면 그러려고 했지."

그레이스의 표정에는 변화가 없었으며, 마야는 그녀가 자신의 유머 감각에 흥미를 갖는 것이 그저 일회적인 것이 아니었나 하는 의구심이 들었다.

"농담이야! 자, 가족의 *끈끈함*을 느껴 보자!"

결국 마야가 말했다.

그들은 입장료를 지불하고 센터로 향했다. 덥고 북적거렸으며 안내 부스를 찾는 데에도 몇 분이 걸렸다.

"안녕하세요."

창구에 다가가 선글라스를 머리 위로 올리며 마야가 말했다.

"혹시 호아킨이란 사람을 알아요?"

"아, 알지요."

남자가 말했다.

"호아킨은 도자기 텐트에 있어요."

"도자기. 오우, 정말이군. 오빠는 나를 닮은 게 분명해."

마야가 말하며 그레이스를 보았다. 그레이스는 마야가 더 이상 안내 창구에 다가서지 못하게 몸으로 막았다.

"도자기 텐트는 어디에 있어요?"

그가 그레이스의 머리 너머 축제가 열리고 있는 한가운데를 가리켰다.

"저기 아이들 줄 서 있죠? 그 줄을 따라가면 찾을 수 있어요."

"고마워요, 아주 친절하시네요."

마야가 말했다.

"잠깐만요! 여동생들이죠?"

마야가 다시 창구로 몸을 들이밀며 말했다.

"아마도요. 들은 적이 있어요?"

남자가 웃어 보였다.

"오늘 자길 만나러 여동생 둘이 올 거라고 말했어요."

마야가 안내 창구의 틈새로 손을 내밀었다.

"안녕하세요! 전 마야고요, 여긴 그레이스예요."

"안녕하세요."

그레이스는 마야가 옆구리를 찌르자 마지못해 말했다.

"거스입니다. 호아킨을 오빠로 뒀다니 운이 좋은 분들이시네요. 그 친구는 도자기 부스에서 작업하고 있어요."

"그가 예술적 재능이 있다고 말하는 거예요?"

마야가 거스에게 물었다.

"꼭대기에 맨슨(1960년대 미국 캘리포니아에 Charles Manson이 세운 생활공동체. 1969년 Sharon Tate라는 배우와 다른 4명을 살해한 사건으로 살인마의 전형처럼 회자된다.—옮긴이) 가족이 있다면 그는 어느 정도……?"

"고맙습니다."

그레이스가 다시 창구 밖으로 마야를 끌어내며 말했다.

"찾으러 가 볼게요."

그녀는 마야의 팔을 잡고 몇 발 끌고 나와서야 손을 놓아 주었다.

"야, 이제 막 만난 사람과 호아킨이 사이코패스일지 모른다는 너의 관심사를 공유하고 싶니?"

"아무렴 어때. 거스는 괜찮아 보이던데. 우리가 기댈 수 있겠던데."

마야가 선글라스를 고쳐 쓰고는 주변을 둘러보았다.

"그리고 혹시 알아? 호아킨을 만나는 것이 전부일 수도 있지만 거스와 친구가 될 수도 있지. 언니, 좀 더 큰 그림을 그려 봐. 근데 도자기 던지기는 어디서 하지?"

마침내 텐트를 발견했다. 거스가 말한 대로였다. 주변을 둘러싼 아이들의 긴 줄이 있었고 그 아이들은 모두 자원봉사자 두 사람이 각자 아이 1명과 함께 도자기 만드는 것을 지켜보고 있었다. 두 아이는 조심스럽게 도자기 물레를 돌리고 있었다. 자원봉사자 중 한 사람은 할머니라 불러도 될 만큼 나이 들어 보였고 다른 한 사람은 이마 뒤로 검은 머리를 넘겨 짧은 꽁지 머리로 묶어 두고 있었다. 앉아 있는데도 키가 훌쩍 컸다.

그가 마야와 그레이스를 올려다봤을 때 둘은 작게 한숨을 내뱉었다. 호아킨이었다.

"너랑 닮았어."

둘은 농시에 말했다. 그리고 마야는 누구도 틀리지 않았음을 알 수 있었다.

그들 셋은 서로를 오랫동안 바라보며 서 있었다. 아이들과 학부모들이 그들 사이를 누비며 진흙으로 만든 그릇을 들고 분주하게 움직였다. 호아킨은 두 여동생들처럼 백인은 아니었다. 그 점은 명백했지만 그는 마야의 갈색 눈동자와 검은 곱슬머리를, 그레이스의 단단하고 단정한 턱을 가졌다. 마야는 갈비뼈를 무언가가 누르고 잡아당기는 것 같은 느낌을 받았다. 이전에는 한 번도 사용하지 않았던 근육이 움직이는 것 같았다. 그녀의 감정은 해를 향해 흙을 밀치고 움트며 자라는 풀이나 씨앗 같은 초록색이었다.

마야가 그를 보고 웃었고 그 또한 마주 웃었다. 그들 모두는 앞니가 구부러져 있었고 앞니 하나가 다른 앞니를 조금 덮고 있었다. 호아킨은 여전히 그대로였지만 마야는 2년 동안이나 교정기를 껴야 했다. 그녀는 지금 그렇게 한 것을 후회했다. 자신과 피를 나눈 사람들과 닮고 싶었다. 거리에서 만나면 사람들이 멈춰 서서 "너흰 형제임이 틀림없네."라고 말해 주기를 원했다. 이 세상 어느 누구도 흉내 낼 수 없는 방식으로 그녀는 그들에게 속하고 싶었고 그들 또한 자신에게 속하게 하고 싶었다.

그레이스는 그녀 옆에서 훌쩍이고 있었다.

"왜 그래?"

호아킨이 '잠시만 기다려요. 금방 끝낼게요.'라는 만국 공통의 몸짓을 하고 돌아서 가는 동안 마야가 속삭였다.

"정말 지금 여기서 그렇게 울어야겠어?"

"닥쳐. 호르몬 때문이야."

그레이스가 눈가를 닦으며 웅얼거렸다.

"우리 호르몬 사이클도 벌써 같아졌어?"

마야가 눈을 크게 뜨며 말했다.

"나도 이제 막 생리를 시작하려 하거든. *내일쯤이나. 그리고……*."

"안녕."

마야가 자신들 옆에 다시 서 있는 호아킨을 보기 위해 고개를 들었다. 커져라. 형제들 틈에서 키가 더 커지고 싶다는 희망이 격렬하게 솟구쳤다.

"안녕, 난 와크야."

그는 마치 왁처럼 발음했다.

마야는 악수를 할 때 자신의 손이 떨리고 있다는 사실을 감추려고 했다. 남자와 접촉하는 데에 익숙하지 않았고 남자들 손이 모두 이렇게 건조한지 궁금했다. 옆에 있는 그레이스는 여전히 눈물을 닦고 있었고, 호아킨이 그녀를 마주하자 팔을 뻗어 허리 주변을 껴안았다.

"안녕! 만나서 정말 좋아!"

그레이스가 말했다. 호아킨은 자신이 포식자가 아니라 먹이라는 사실을 막 깨달은 동물처럼 보였다. 그러나 그것을 감추는 데에 아주 능숙했다.

"안녕. 나도 그래."

그는 어색하게 손으로 그녀의 어깨를 토닥였다.

"언닌 날 만났을 때는 왜 울지 않았어?"

마야가 손을 양쪽 허리에 올리며 따지고 든 다음 다시 호아킨을 향해 섰다.

"나를 처음 봤을 때는 언니가 한 번도 눈물을 보이지 않았어. 오빠는 행운이라 생각해."

"물론! 전적으로 그렇게 생각할게. 그러지."

그는 여전히 그레이스의 어깨를 토닥이며 말했다. 마침내 마야가 그녀를 그에게서 떼어 놓았다.

"언닌 오빠를 당황하게 하고 있어. 그만 좀 해."

마야가 속삭였다.

"뭘 좀 먹을 수 있는 곳으로 갈까?"

호아킨이 출구를 가리키며 물었다.

"난 오늘 할 일이 끝났어. 그러니 점심을 먹거나……."

그는 마치 제대로 질문을 한 건지 확신하지 못하겠다는 듯 질문을 매듭짓지 않고 다른 가능성을 열어 두고 있었다.

"그래. 괜찮은 생각이야. 가요."

그레이스가 말했다.

마야가 방향을 돌리자 같은 방향으로 향하는 셋 모두의 그림자가 보였다.

6. 호아킨

호아킨은 여동생들을 만나기 전에 이미 그들이 백인임을 알고 있었다.

사회복지사 앨리슨이 몇 주 전에 그와 마크, 린다에게 와서 알려 주었다. 앨리슨이 조심스럽게 상황을 설명하는 동안 그들은 부엌 식탁에 앉아서 과자를 살사 소스에 찍어 먹었다. 호아킨에게 하나가 아닌 두 여동생이 있고 그들 모두는 엄마가 같다는 것. 두 아이는 태어나자마자 입양되었으며 최근 그의 존재를 알게 되었고 직접 만나고 싶어 한다는 것이었다.

그는 세상 돌아가는 일을 순진하게 보고 있지는 않았다. 백인 여자 아기가 대부분의 사람들이 생각하는 '언젠가는 가지고 싶은 아기들' 목록의 첫 번째 순위였다. 그는 그들이 훨씬 더 비싸다는 것도 알고 있었다. 백인 아기를 입양하기 위해 법률적 비용으로 거의 만 불을 치러야만 한다는 것도 알고 있었다. 그러니 이 여자아이들을 입양한 부모들 역시 돈이 있는 집임이 분명하다. 그래, 이 아이들에겐 좋은 일이지. 그 때문에 호아킨은 동생들을 탓할 수는 없었다.

자신의 *여동생*들.

젠장.

호아킨은 앨리슨이 계속 말을 하고 마크와 린다가 거듭 고개를 끄덕이는 동안 가만히 앉아 있었다. 그레이스와 마야가 자신에게 이메일을 보내도 되겠느냐고 앨리슨이 물었을 때 "예, 좋아요." 하고 말했다.

그리고 숙제가 있다는 핑계를 대고 이 층으로 올라가 음악을 들으며 새 스케치 패드에 목탄으로 작업을 했다. 숙제는 없었고 그와 피붙이 인 사람이 세상에 둘이나 있다는 사실에 대해 깊이 있게 생각하지도 않았다. 자신이 가장 두려워하는 일이 한 번이 아니라 두 번이나 일어 나고 있었다.

마크와 린다는 그를 밀어붙여서는 안 된다는 사실을 알고 있었고 그래서 그러지 않았다. 호아킨은 이메일을 받자 메일함을 닫기 전에 세 번이나 읽어 보았다. 그리고 다시 열어 두 번 더 읽고 닫았다. 그는 답을 해야 하는지도 알 수 없었다.

자신이 이 아이들에게 엮인다면 어쩌면 그들을 완벽한 타원형의 궤 도에서 끌어내려 모든 것이 뒤틀린 세상으로 팽개쳐 버리는 것이 아 닐까 생각했다.

"그레이스와 마야에게서는 뭔 소식을 들었니?"

어느 날 밤 린다가 식기세척기에 그릇들을 넣으면서 말했다. 호아 킨은 그녀와 마크가 이 대화를 연습했음을 알 수 있었지만 그렇다고 불편하게 생각되지는 않았다. 그는 자신을 위해 그들이 연습을 한다는 것을 좋아했다. 그들은 그를 올바르게 대하고 싶어 했다. 바람직한 자 세였다. 때때로 그는 마크와 린다가 그렇게 할 때마다 자신이 학예회 에 있는 누군가의 엄마거나 아빠가 된 듯한 느낌이 들었다. 그는 다른 아이들에게 그 부모들이 하듯 손가락을 치켜들며 큰 소리로 "열심히 노력했어!"라고 그들에게 말해 주고 싶었다.

"예."

쓰레기 처리기를 켜며 호아킨이 대답했다. 그리고 처리가 끝났을 때 그것을 껐다. 린다는 여전히 우두커니 서 있었다.

"답장은 했어?"

호아킨은 그저 그녀를 쳐다보기만 했다.

"알았어, 좋아, 졌다."

그녀는 말하고는 고무장갑으로 그의 어깨를 장난스럽게 내리쳤다. 그녀는 같이 살게 된 첫 주에도 그렇게 때려 깜짝 놀라게 했다.

"마크와 난 단지 걱정이 돼서. 그게 다야."

"괜찮은 애들 같아요. 예쁜 여자애들 같아요."

호아킨이 그녀에게 수저들을 건네며 말했다.

"그래, 어떨 땐 여자애들은 여자애들 같아야지. 그건 자연스러운 일이야."

"그들이 절 만나고 싶어 할 거라 생각해요?"

린다가 멈칫했다.

"누군가가 네게 메일을 보냈을 때는 만나고 싶어 그런 게 분명하지. 좋은 신호야."

호아킨은 바로 머리를 내저었다.

"아뇨, 제가 말하는 건 절 만나는 걸 좋아할까 하는⋯⋯."

린다가 다시 뜸을 들였다. 어조가 부드러웠다.

"내 생각에는 많은 사람들이 널 만나고 싶어 할걸, 꼬마야. 너만 그걸 아직 몰라."

그녀가 말하고는 아직 따뜻한, 비누가 묻은 손을 그의 어깨에 올렸다.

그래서 그는 답장을 썼다.

그는 생물학적인 동생들에게 만나자는 이메일을 수천 통이나 보내본 것처럼 아무렇지도 않은 척 애썼다. 그는 자신이 그럭저럭 해낸 건지 염려했는데 다음 날 바로 답장이 왔다. 그레이스가 그들 둘 사이에서 대변인 역할을 하는 듯했다. 그래서 호아킨은 그녀가 언니라고 짐작했다. 토요일 예술센터에서 만나면 좋겠다고 했다.

'그래, 좋아. 아무렴 어때.'

호아킨은 전날 밤 잠들기가 아주 힘들었다. 그는 온라인으로 그 애들을 찾아보지 않았다. 실제로 만나기 전에 어떤 사람인지 알고 싶지 않았기 때문이다. 그러나 그의 머릿속에는 채워야 할 너무 많은 공간이 남아 있었다. 그래서 잠을 자는 것이 아니라 둥둥 떠다니는 것처럼 느껴졌다. 마크가 잠이 안 올 때 항상 그렇게 했듯 새벽 3시에 그는 시리얼이라도 먹으려고 아래층으로 내려갔다. 그런데 15분 남짓 뒤에 마크가 내려와 식탁에 앉았다.

"시리얼 좀 남았니?"

호아킨은 통을 그에게 내밀었다.

"안 잤니?"

"예."

호아킨이 고개를 끄덕였다. 그리고 마크에게 우유를 밀어 주었다. 마크는 시리얼을 절반 이상 먹고 나서야 다음 질문을 했다.

"그레이스와 마야를 만나려니 긴장되니?"

2년 전이었다면 호아킨은 "아뇨."라고 대답했을 것이다. 그러나 더이상 2년 전이 아니었다.

"그 애들이 절 좋아하지 않으면 어쩌죠?"

시리얼을 잔뜩 떠서 입속에 우겨 넣기 전에 물었다. 마크는 사려 깊게 고개를 끄덕였다.

"그래, 만약 그 애들이 널 좋아하지 않는다면 불행하게도 네가 바보 같은 애들과 형제라는 사실이 명백해지겠지. 미안해. 우리 대부분이 그래. 너만 그런 거 아니야."

호아킨은 웃음을 감추려고 다시 먹으려 했지만 마크가 웃는 그를 보았다.

"정말이야. 사람을 처음으로 만나는 건 힘든 일이야. 게다가 그들이 너의……, 그러니까 네가 그들과 혈연관계라면. 너희 모두는 서로를 알아 갈 필요가 있어. 적어도 먼저 만나 본 다음에 누가 누구를 좋아하는지 결정해라."

호아킨이 콧잔등을 찡그렸다.

"그렇게 하지 마, 이 괴짜야."

마크가 시리얼 통을 다시 끌어당기며 그를 보았다.

"벌써 이 통에 든 걸 다 먹었어?"

"주무세요!"

호아킨이 그릇을 싱크대에 넣고는 한번에 두 걸음씩 계단을 올라갔다.

다음 날 예술센터에서는 아주 바빴다. 실제로 얼마 동안은 마야와 그레이스에 관해 까맣게 잊고 있기도 했다. 그는 브라이슨이란 꼬마와 함께 도자기를 만들었는데 꼬마는 부득부득 꽃병을 만들겠다고 우겼다. 그러다 결국 전부 다 연필꽂이처럼 만들었다. 그러나 꼬마의 부모는 연필꽂이든 꽃병이든 아이가 만든 모든 것을 신기해했다. 호아킨은 그들의 집에 기울어진 연필꽂이들을 둘 공간이나 있을지 궁금했고 전시해 놓으면 어떻게 보일까 그려보고 있는 참이었다. 그가 고개를 드니 두 여자아이가 그를 뚫어져라 보고 있었다. 한 아이는 눈물이 그렁그렁했으며 다른 아이는 겁에 질린 듯했다.

호아킨은 자신과 피를 나눈 누군가를 처음으로 보았다.

둘 다 백인이었다. 키가 작은 아이는 자신과 아주 흡사하게 곱슬머리를 하고 있었으며 자신과 마찬가지로 코가 왼쪽으로 비뚤어져 있었다. 키가 큰 아이는 울고 있는 것을 절망적으로 감추려고 하고 있었는데 자신과 마찬가지로 턱 선이 뾰족했다. 그는 이 아이가 비밀이 있다는 것을 보자마자 알 수 있었다. 그녀의 자세는 너무 곧았으며 등뼈는 너무 경직되어 있었다. 여하튼 그녀에게 좋은 일이 있기를. 호아킨 역시 비밀들이 있었다. 아마도 그들은 서로 감추고 싶은 것을 존중하고 깊이 파헤치려고 들지 않을 것이었다.

그는 어디 가서 뭔가를 먹자고 말하긴 했지만 입 밖에 튀어나오자마자 그 말을 후회했다. 그러나 어리고 키가 작은 마야는 입 밖으로 튀어나오는 어떤 말도 후회하지 않는 듯했다. 그리고 말을 많이 했다.

"처음에는 바짝 긴장했어."

함께 걸으면서 마야가 말을 했다. 마야는 호아킨과 처음 터져 나온 말 외에는 어떤 말도 하지 않고 있는 다른 여자아이, 그레이스 사이에서 걷고 있었다.

"난 이미 여동생, 로렌이 있거든. 그 아인 엄마 아빠에겐 기적 같은 아기야. 날 입양한 다음에 바로 그 아이를 가졌거든. 정말 *재미있지?* 걘 가끔 날 아주 짜증 나게 해. 그런데 그런 자매가 하나 더 있다는 거야. 처음 듣는 말이었어. 그런데 사람들이 또 오빠에 대해 말하는 거야. 난 '다, 꺼, 져.'라는 심정이었어. 내 말은 마치 인공가족처럼 생각됐을 거야, 안 그래? 그냥 밀가루 반죽에 물만 더 부어서 만들어 낸 것처럼. 원숭이들처럼."

호아킨이 고개를 끄덕였다. 헬륨 가스를 마시고 말하는 만화 주인공이 떠올랐다. 그가 실제로 들을 수 있었던 말도 세 단어에 한 단어 정도였다. *아기, 기적, 인공가족.*

"마야."

그레이스가 말했다.

"미안, 난 긴장하면 말을 많이 해."

마야가 말했다. 그녀는 후드 티 주머니에 손을 집어넣었다.

"괜찮아."

호아킨이 말했다. 그리고 길 아래쪽을 가리켰다.

"저기 언덕 아래 햄버거 가게가 있어. 프렌치프라이가 아주 괜찮아. 만약 너희 중 누군가가, 응, 고기를 못 먹는 건 아냐? 아니면 프렌치프라이나?"

"소도 갖다 주면 먹어."

마야가 말했다.

"프렌치프라이, 괜찮겠다."

그레이스가 그를 보고 웃으며 말했다. 그렇게 할 때 그녀의 코에 주름이 잡혔다. 호아킨은 자신도 똑같이 그렇게 한다는 것을 알고 있었다. 여자 친구 버디가 그러는 그를 사랑스럽다고 했다.

잠깐. 이제는 이전 여자 친구 버디였다. 그는 그 사실을 계속 잊고 있었다. 자신이 그녀와 헤어지기로 하였기에 그녀를 아직도 여자 친구라고 생각하는 것 자체가 이상하게 여겨졌다.

호아킨은 버디가 누구인지 알고 있었지만 실제로 말을 나누기까지는 정확하게 127일 걸렸다. 그는 전학을 자주 다녔기에 오랫동안 다른 아이들과 사귀는 것에 익숙하지 않았다. 마크와 린다는 그를 2학년 때 공동학군으로 운영하는 고등학교에 전학시켰으며 그곳에서 첫날 수학 시간에 버디를 보았다. 물론 그녀는 그가 누구인지 알지 못했다.

그해 크리스마스 방학 직전 미국사 수업에서 보조 교사가 그를 따로 불러 20달러 지폐를 건네주었다.

"호아킨."

그녀는 웃으며 말했다. 이름은 크리스티였으며 늘 그를 다정하게 대해 주었다. 호아킨은 자신에게 잘해 주는 사람에게 흠뻑 빠지는 스타일이었다. 그것이 가장 심각한 단점이었다.

"생각해 봤는데 이번 크리스마스에 너의 가족에게 타말을 좀 사면 좋겠는데."

처음에 호아킨은 무슨 말인지 이해하지 못했다. 가족이라고 할 만큼 가까운 사람은 마크와 린다뿐이었다. 그런데 마크는 유대인이라 돼지고기를 먹지 않았다. 그리고 린다는 매월 보름이면 해변가 드럼 서클에 다녔다. 그들 중 누구도 교육용 유튜브를 보고 따라 하거나 옆에 멕시코 요리사가 없다면 타말을 만들 수가 없었다.

그런데 호아킨은 크리스티가 자신이 위탁아라는 것을 모른다는 것을 알아차렸다. 그녀는 그를 크리스마스이브마다 타말을 만들어 먹는 멕시코계 대가족의 일원이라고 생각하고 있었다. 그는 그녀를 바로잡아 주는 것이 성가셨다. 그녀에게 굳이 진실을 말하고 싶지도 않았다.

다음 날 그는 컴퓨터로 크리스마스이브에 가장 훌륭한 타말을 만드는 집을 찾았고 다른 많은 사람들과 나란히 줄을 서서 차례를 기다렸다. 크리스티가 준 20달러는 후드 티 주머니에 안전하게 넣었다. 카운터에서 남자가 그에게 스페인어로 말했고 호아킨은 "스페인어 몰라요."라고 대답해야만 했다. 누군가가 그에게 스페인어로 인사를 할 때마다 하던 말이었다.

"넌 피부가 갈색이 두드러지기는 한데 그렇다고 충분하지도 않아."

예전 위탁가정에서 또래 아이인 에바가 한 번 말해 준 적이 있었다.

"백인들은 그저 널 멕시코 사람으로 볼 거야. 그런데 넌 스페인어를 한마디도 못 하잖아."

에바의 목소리 어조로 미루어 보아 그것이 매우 큰 결함이라는 것은 분명했다. 호아킨은 맞설 수도 없었다.

호아킨은 마침내 타말을 집으로 가져와서 냉동고 가장 안쪽에 감추었다. 그곳은 린다와 마크가 결코 보지 않는 곳이었다. 그리고 다시 짧은 방학이 끝난 월요일에 그것을 학교로 가져왔을 때 크리스티는 정말 기뻐했다. 그러나 호아킨은 그녀를 증오했다. 자신을 그와 같은 처지로 내몬 그녀를 증오했다.

그때 버디가 그에게 말을 걸어왔다.

"너 타말도 만들어?"

크리스티가 교사 휴게실을 향해 사라지자마자 그녀가 말했다. 호아킨은 교사 휴게실에 정확히 한 번 가 본 적이 있었다. 적잖이 실망했다.

"아니야."

호아킨이 말했다. 그는 버디가 뒤에 있다는 것도 알지 못했다. 그녀는 가지 위에 앉아 있는 매처럼 조용히 관찰하고 있었다. 그는 갑자기 자신이 생쥐처럼 느껴졌다.

"그냥 선생님을 위해 사다 준 거야."

"그래, 네가 그렇게 착한 사람이었어?"

버디가 그를 향해 웃으며 말했다.

"새해 복 많이 받아, 호아킨."

그들은 그다음 263일 동안을 함께 지냈다. 호아킨에게는 일생에서 가장 행복한 나날이었다.

버디는 사람을 좋아했다. 긴장될 때 말을 너무 많이 하거나 부끄러운 행동을 하고는 그것을 어떻게 숨겨야 할지 몰라 사람들이 당황해하는 모습을 보길 좋아했다. 그녀는 잘 웃었다. 그러나 결코 악의적이지 않았다. 때때로 잠을 충분히 자지 못했을 때 그녀는 까다롭고 괴팍하게 굴었는데 그것도 그녀를 더욱 좋아하게 만들었다.

그는 무언가를, *어떤 것을* 좋아하는 것을 그동안 얼마나 많이 놓치고 있었는지조차 깨닫지 못했다. 마크와 린다가 그에게 보내 준 심리치료사인 애나에 따르면 그는 감정을 스스로 마비시키고 있었다. 그래서 다가올 미래의 고통도 느끼지 못할 것이라 했다. 그러나 버디와 함께 지내고서야 호아킨은 행복이란 감정을 그동안 느끼지 못하고 있었음을 깨달았다. 그녀가 그를 보고 웃을 때면 그의 척추를 타고 흐르는 작고 구불구불한 따뜻함이 등을 감싸 안는 듯한 좋은 느낌을 받았다. 손에 쥐고 있던 얼음이 피부에 닿아 녹아내리는 것처럼. 호아킨은 그런 느낌에 익숙하지 않았다.

그는 한번에 한 걸음씩 버디와 사랑에 빠졌다. 징검다리를 건너듯 돌 하나를 건너 그녀의 품속에 안전하게 도달했음을 확인하고서야 다음 돌로 발을 내디뎠다. 이제야 그는 사람들이 가정이라고 말할 때 그 의미가 장소가 아닌 사람이었음을 이해할 수 있었다. 버디는 사면으로 둘러싸인 벽이었고 지붕이었으며 호아킨은 그 공간을 결코 떠날 수 없을 듯했다.

그러나 버디는 호아킨이 줄 수 없는 것을 원하였다. 그녀는 뉴욕으로 가서 금융을 공부하고 싶다고 말했다. 그녀는 경영대학원에서 석사 학위를 받을 계획이었다. 이탈리아어를 배우고 적어도 1년 동안은 로마에서 살고 싶어 했다. 그녀는 그 일들이 일어날 앞날을 알고 있다는 듯, 그리고 그렇게 할 때 옆에 그가 있을 것이라고 확신한다는 듯 이 모든 일을 그에게 말했다. 그러나 호아킨은 앞을 내다보았을 때 도무지 어떤 것도 보이지가 않았다.

어느 날 밤 그는 그녀의 집으로 저녁을 먹으러 갔다. 버디의 부모님은 항상 그에게 친절하게 대해 주었다. 호아킨에게 주디와 데이빗이라 부르라고 계속 채근했지만 그는 브라운 씨, 브라운 부인으로 그들을 불렀다. 저녁을 먹은 다음 브라운 부인이 사진첩을 가져왔다. 버디가 계속 "안 돼, 엄마."라고 말했지만 속으로는 즐거워하는 것이 분명해 보였다.

호아킨은 아기 사진을 모두 보았고, 학교에서의 모든 첫 번째 날을, 모든 크리스마스 아침을, 모든 할로윈을 보았다. 앞니 두 개가 빠져 버린 버디, 어느 해 치어리더처럼 차려입은 버디, 그다음 해는 과학자 옷을 입은 버디가 있었다. 버디의 웃음은 전혀 가식적이지 않았고 학교 행사에 누가 올 것인지 아닌지 걱정해 본 적이 없는 표정이었다. 아침에 일어난 집과 그날 밤 잠자리에 들 집이 다른 사람의 표정이 아니었다.

그리고 결코 그녀에게 이런 삶을 줄 수 없으리라는 끔찍하고도 무서운 느낌이 호아킨에게 엄습했다. 그에 대해 그녀에게 말해 줄 수 있는 사람도 없었으며, 버디가 즐거워할 만한 그에게 일어났던 창피했던 이야기들을 나눌 사람도, 그의 아기 때 사진을 그녀에게 보여 줄 사람도 없었다. 마크와 린다도 집 주변에서 찍은 사진들을 가지고는 있었다. 그러나 똑같지가 않았다. 버디는 세계를 원하고 있었다. 아니 필요로 했다. 그녀는 그것에 익숙해 있었다. 이 사진들이 그녀의 지도였다. 그러나 호아킨은 자신에게는 방향키가 없으며 그저 그녀를 미궁으로 이끌 뿐임을 알게 되었다.

그는 자신을 억제해야 할 것 같은 느낌이 들었다.

그는 버디를 너무나 사랑하는 나머지 그녀가 길을 잃고 헤매게 할 수가 없었다.

그는 다음 날 그녀와 헤어졌다.

그것은 정말 참담한 일이었다. 처음 버디는 그가 장난을 치는 줄 알았다. 그러다 그녀는 울고 또 울었다. 소리 지르고 또 소리 질렀다. 그런데도 호아킨은 심지어 '미안하다.'는 말조차 하지 않았다. 왜냐하면 어떤 것에 대한 사과는 무언가 잘못했음을 의미하는 것이라고 느꼈기 때문이었다. 그는 자신이 잘못한 것이 없음을 알고 있었다. 그는 그녀를 안으려고 했지만 그녀는 그를 팔로 때렸다. 그것이 그의 삶에서 그 어떤 것보다 고통스럽게 느껴졌다. 집으로 오자마자 그는 곧장 자신의 방으로 올라가 이불을 머리끝까지 뒤집어썼다.

마크와 린다가 밤늦게 올라왔다. 각자 침대 가장자리에 앉았다. 마치 그가 떨어지는 것을 막는 받침대처럼.

"주디 브라운이 막 전화했어. 괜찮은 거니?"

마크가 조용히 말했다.

"예."

이불을 뒤집어쓴 채 호아킨이 말했다. 그는 그들이 비켜 주었으면 하고 바랐다. 왜냐하면 해야 할 말이 아직 준비가 되지 않았는데 누군가 듣고자 기다리고 있는 것보다 더 최악의 상황은 없기 때문이었다. 마크와 린다는 그러고도 한동안 있다가 그를 혼자 남겨 두고 떠났다. 그것이 다소간 그를 더 외롭게 했지만 적어도 익숙한 것이기도 했다. 거의 편안하기까지 했다.

물론 그는 학교에서 버디를 보았다. 그러나 그녀는 복도에서 노여움을 담아 노려보았을 뿐이었다. 부어오른 눈으로 격노한 채.

"넌 정말 엿 같은 자식이야. 알아?"

어느 날 아침 그가 사물함 앞에 있을 때 버디의 친한 친구 마조리가 말했다. 호아킨이 "나도 알아."라고 대답하자 그녀는 정말 화들짝 놀라더니 쌩하니 사라져 버렸다.

다음 날 사회복지사 앨리슨이 들렀고 그들에게 알려 주었다. 호아킨에게 여동생이 둘 있으며 그들이 그를 만나고 싶어 한다고.

새가 머물렀던 텅 빈 가지.

"정말 이상해, 그렇지?"

그레이스는 이제 호아킨의 옆에 앉았다. 마야는 주문한 버거를 기다리는 동안 냅킨을 가지러 카운터에 가서 바투 붙어 있었다.

"우린 이제 막 서로 만났는데 지금은 예전부터 그래 왔다는 듯 버거를 같이 먹으려 해."

호아킨은 허리를 세워 조금 더 반듯하게 앉았다. 그레이스의 자세는 그를 상대적으로 게으름뱅이처럼 느끼게 했다.

"버거 안 좋아해? 길 건너에 브리또 파는 데 있어. 아니면……."

"아냐, 아냐. 내 말은 그게 아니야."

그레이스가 말했다. 그레이스의 미소에는 딱딱함이 있었다. 마치 불 속에서 단조된 적이 있는 것 같았다. 호아킨은 그것을 존중하기로 했다. 또한 그것에 대해 물어서도 안 된다는 것을 알았다.

"난 그저 이 모든 것이 정말 이상하다는 것을 말하는 거야."

마야가 돌아왔는데도 그녀는 계속 말을 했다. 마야는 팔 아래에 냅킨을 끼우고 손에는 소스들로 가득 찬 작은 종이컵을 잔뜩 들고 있었다.

"무슨 이야기를 할지 알면 좋겠는데. 모르겠어."

"그러게 말이야."

호아킨이 말했다. 마야가 한숨을 쉬며 그의 다른 쪽에 털썩 주저앉았다. 그리고 다리를 꼬았다.

"음, 난 사실 구글로 찾아봤어."

그가 인정했다.

"정말? 나도 찾아봤어."

마야가 키득거렸다.

호아킨은 그들의 구글 검색이 다소 다르다고 확신했지만 말을 하지는 않았다.

'여동생들이 생긴다는 것은 어떤 느낌인가?'

'여동생들이 나를 미워할까?'

'나는 여동생들을 미워할까?'

'누군가가 당신의 여동생이라면 어떤 느낌인가?'

'왜 사람들은 내가 아닌 내 여동생들을 원했을까?'

'여동생들이 당신을 좋아하게 하려면 어떻게 말해야 할까?'

"그래. 구글은 정말 그런 점에서는 쓸모가 없어."

마야가 소스들을 그녀 앞에 나란히 늘어놓으면서 말했다. 호아킨이 소스를 가리키며 말했다.

"어? 마요네즈를 가져왔네. 두 개나."

"응. 좀 느끼하지. 우리 식구들은 모두 이것 때문에 날 놀려. 그런데도 난 프렌치프라이에는 마요네즈가 좋더라. 그런데 다른 음식에 들어간 마요네즈는 *정말 싫어.* 이상하지?"

"아냐. 전혀. 나도 프렌치프라이에 마요네즈 찍어 먹는 것 좋아해."

호아킨이 말했다. 마야의 말을 끊기는 쉽지 않았다. 그녀는 단문을 쭉 이어서 끊임없이 말했다. 쉼표도, 마침표도 없었다.

"말도 안 돼."

마야가 말했다.

"나도 그런데. 내가 제일 좋아하는 거야. 부모님들은 느끼하다고 생각하셔."

그레이스가 맞장구를 쳤다.

그 이후 잠잠해졌다. 그들 셋은 마야가 활짝 웃으며 침묵을 깰 때까지 서로를 바라보았다.

"우리는 통하는 거야. 스스로!"

"그건 시작일걸."

호아킨이 대답했고 그레이스는 그들 모두를 위해 마요네즈를 더 가지러 가려고 일어섰다.

음식이 오고 난 다음에는 더욱 단순해졌다. 그들은 이야기하는 대신 먹기만 했다. 호아킨은 여전히 무엇을 말해야 할지 딱히 떠오르지 않았다. 그래도 가족과 학교에 대한 여자아이들의 수다를 듣는 것은 그나마 쉬웠다. 그저 고개를 끄덕이기만 하면 됐다.

"그런데 난 월요일에는 *학교*로 다시 돌아가야만 해."

프렌치프라이 두 개를 젓가락처럼 사용해서 피클 조각을 집어 올리며 그레이스가 말했다.

"방학이었어? 아니면?"

호아킨이 물었다. 그는 역시 열린 질문을 하는 것에 실제로 능숙했다. 자기 자신에 대해 어떤 것도 말하지 않고 다른 사람들이 자신들에 관해 말하도록 했다. 그의 심리치료사는 그것을 대처기법이라고 했지만 호아킨은 예의 바른 태도라고 생각했다. 그런 점에서 두 사람의 의견이 일치하지 않는다는 사실에 일치를 보았다.

그레이스의 표정에 '아, 이런!' 하는 낭패감이 떠올랐다. 마치 성으로 들어가는 다리 위에서 무언가를 빠뜨린 표정이었다. 그러나 그녀는 천천히 이마를 쓸어 올리며 말했다.

"난 거의 한 달 넘게 학교를 안 갔어. 전염성 단핵증(성인과 청소년이 걸리는 바이러스성 감염 질환—옮긴이)."

"운도 좋다. 학교를 한 달 빠질 수 있다면 뭐라도 하겠다."

"그래, 정말 운도 좋았지. 하와이에 있는 것 같더라."

그레이스가 말했다. 마야가 눈을 흘겼다. 호아킨은 그들이 서로 얼마나 편하게 대하는지 믿을 수가 없었다. 그들은 마치 리듬을 타는 듯했다. 여자아이들이기 때문인가? 아니면 남들은 다 알지만 자기만 모르는 무언가가 망가졌기 때문인가? 심리치료사는 부정적인 생각이라고 했다. 호아킨은 아주 명료한 용어라고 생각했다.

"그래, 근데 난 무슨 짓을 저질러서라도 학교를 쉬고 싶어."

마야가 어깨를 으쓱하며 말했다.

"학교는 최악이야. 학교에 가는 유일한 이유는 여자 친구가 거기에 있다는 것."

호아킨은 자신이 끼어들 때임을 알았다.

"만난 지 얼마나 됐어?"

그가 물었다. 그는 마야가 그 질문에 싸울 준비가 되어 있다는 것을 알 수 있었다. 그러나 마야는 그와 싸우려고 들지 않았다.

"6개월 남짓."

그녀가 어깨를 조금 추켜올렸다. 볼도 붉어진 듯했다.

"부모님들은……? 별로 개의치 않으셔?"

호아킨은 컵에 남아 있는 콜라를 휘저었다.

마야가 다소 반듯하게 앉았다.

"아, 그럼, 그럼. 전적으로 지지해 주셔. 뭐랄까, 그 일로 이웃들 사이에서는 멋있는 부모로 통하지."

"내가 좋아했던 같은 위탁 여동생들 중 하나도 동성애자였어. 우린 거의 한집에서 6개월가량 있었는데 위탁모가 그 아이가 동성애자라는 것을 알고는 쫓아내 버렸어. 결국 센터로 돌려보냈지."

마야는 앉은 자리에서 조금 더 작아져 보였다.

"동성애자라는 이유 때문에?"

호아킨이 고개를 끄덕였다. 갑자기 마야에게 부적절한 이야기를 꺼냈음을 깨달았다.

"그 아인 정말 괜찮은 애였어. 지금도 보고 싶어. 이름이 미카야. 갠자기 아이팟을 내게 주고 갔어. 어떤 때는 지금도 그걸 들어. 좋은 노래들이야. 디제이가 되고 싶어 했는데."

마야가 고개를 끄덕였고 눈이 동전처럼 동그래졌다.

"멋진데."

"호아킨에게 클레어랑 어떻게 만났는지 얘기해 줘."

그레이스가 말했고 호아킨은 다시 음료수를 마셨다.

레스토랑이 붐비고, 호아킨과 그레이스가 바로 옆에 앉아 있는데도 클레어를 이야기할 때 마야는 볼이 붉어지고, 입술을 조금 깨물고, 계속 미소를 머금고 있는 것을 호아킨은 보았다. 그는 자신도 버디에 관해 이야기할 때 저렇게 넋이 빠진 것처럼 멍하게 보였을까 궁금했다.

"오, *완전히* 사랑에 빠진 모습인데."

버디와의 첫 번째 공식적인 데이트를 하고 돌아온 밤에 마크가 말했다. 호아킨은 한마디도 하지 않았는데 마크가 어떻게 알았을까 의아했다. 지금 클레어에 관해 말하는 마야를 보면서 그는 마크가 어떻게 알았는지를 이해했다. 그리고 그 얼음 조각을 결코 녹지 않게 하겠다고 다짐했던 기억이 아주 쓰라리게 되살아났다.

점심을 먹은 다음 그 질문이 나왔다. 그들은 해변으로 내려갔다. 호아킨은 그 질문을 피해 갈 수 없음을 알았다. 그것이 자신이 위탁아임을 사람들에게 먼저 말하지 않는 이유이기도 했다. 호기심에 가득 차서 묻는 질문은 항상 그것이었으며 질문은 마치 호아킨에게 자신이 과학 실험 대상이거나 조심스러운 이야기의 소재가 된 듯한 느낌을 불러일으켰다.

"그런데 위탁가정에서 지내기는 어땠어?"

마야가 걸어가면서 물었다.

마야와 그레이스는 신발을 계단 위에 벗어 두고 왔지만 호아킨은 손에 들었다. 그는 자신의 소유인 물건이 많지도 않았고 사람들이 가져갈지도 모르는 곳에 놓아 두는 습관이 들지 않았다.

"마야."

그레이스가 으르렁거렸다.

"아, 괜찮아."

호아킨이 어깨를 조금 으쓱하며 말했다. 사람들이 자신에게 듣고 싶은 것이 바로 그 이야기라는 것을 알았다. 사실 뉴스에서 다루는 것처럼 그렇게 나쁘지 않았으며, 아무도 그를 때리거나 다치게 하지 않았고, 그 또한 다른 누구를 때리거나 상처 입히지 않았다. 호아킨이 생각하기에 사람들은 실제로 추악한 세부적인 내용에 부딪히기 전까지는 항상 그것에 대해 알고 싶어 하는 것 같았다.

"난 지금의 위탁부모들, 마크와 린다를 좋아해. 그분들은 정말 괜찮으신 분들이야."

적어도 이 부분만은 진실이었다. 마야가 눈에 염려를 담고 그를 올려다보았다.

"오빠가 입양이 되지 않았다는 걸 알고 마음이 언짢았어."

그녀가 털어놓았다. 그녀는 전화기의 카메라를 열고 걸어가면서도 매 순간 사진을 찍었다.

"말하기가 힘들어? 힘든 것은 사실이잖아."

"아냐, 그렇게 나쁘진 않았어."

그가 말했다. 그리고 사실 그렇게 나쁘지 않았다.

"아기였을 때 거의 입양될 뻔했어. 내가 등록된 다음 어떤 가족에게 나를 입양시키려고 했어. 그들도 나를 입양하려고 했고. 그런데 서류가 완성되기 전에 그 엄마가 임신을 했지. 그런데 그들은 한 아이만을 원했어."

호아킨이 다시 어깨를 으쓱했다. 그가 루소 가족을 실제로 만나 본 적은 없었다. 그저 파일을 보았을 뿐이었다.

마야는 충격을 받은 듯했다.

"그렇지만 실제로 오빠는 거의 그 사람들 아이 아니었어?"

"생물학적인 게 늘 위탁을 이겨."

호아킨이 그녀에게 말했다. 집집마다 규칙이 다르다고 해도 오직 한 가지 확고하고 명확한 규칙이 그것이었다. 호아킨은 위탁되어 간 집의 가장 나이 많은 생물학적인 아들이 위탁아들 하나하나에게 "너희를 머무르게 할지 보낼지는 내가 결정한다."는 말을 인사말로 하던 집을 지금도 기억하고 있었다. 그의 말은 틀리지 않았다. 호아킨은 그곳에서 그저 한 달 남짓 있었을 뿐이었다.

마야는 전혀 마음이 편치 않아 보였다.

"그럼. 그게…… 어휴."

호아킨은 너무 많은 정보가 여동생들과의 사이에 보이지 않는 선을 긋게 하지 않을까 염려했다. 그러나 선을 넘은 것은 분명해 보였다.

"그런 집은 그곳뿐이었어. 다른 집들은 대체로 괜찮았어."

"그런데 왜 입양이 되지 않았지? 착한데도."

호아킨은 그들에게 거짓말을 하기로 결심했다. 호아킨은 자신을 거짓말쟁이라고 생각하지 않았다. 그리고 실제로 거짓말쟁이가 아니지만 언제 정보를 드러내고 감추어야 할지는 잘 알았다.

"모르지. 아마도 나이가 너무 많아서가 아니었을까. 대부분의 사람들은 아기를 원해. 여자아이나."

"우리처럼?"

그레이스가 웅얼거렸다.

"그런 것 같아. 그런데 너희들 가정은 괜찮지? 너희들에게 잘 대해주지?"

말을 하면서 그는 비로소 만약 누군가가 이 아이들 중 하나에게 상처를 입힌다면 가만히 두지 않겠다고 생각하고 있음을 깨달았다.

"응, 우린 괜찮아. 좋아. 우리 부모님은 괜찮으셔."

그레이스가 말했고 다른 쪽에 서 있던 마야도 그에게 고개를 끄덕였다.

"그렇긴 한데……. 우리 부모님은 아마도 이혼하시게 될 것 같아."

마야가 젖은 모래를 발끝으로 차면서 말했다.

"그렇지만 지금도 여전히 잘해 주셔. 내가 커밍아웃을 했을 때 아빠는 며칠 동안 차에 무지개 스티커를 붙이고 다니셨어. 내가 설명해 주기 전까지 이웃들은 모두 아빠를 게이라고 생각했을 거야."

호아킨은 누군가를 잡으려고 쳐 둔 그물이 걷히는 것이 어떤 느낌일지 상상할 수조차 없었다. 그는 다시 위탁가정에서 만난 여동생을 생각했다. 그녀는 그 집에서 쫓겨날 때 제발 머물 수 있게 해 달라고 울었다. 누구도 센터로 다시 돌아가는 것을 원하지 않았다. 그것은 러시안 룰렛과도 같이 어떤 집에 들어가게 될지 알 수 없는 일이기 때문이다. 마야는 정말 운이 좋은 경우였다. 그러나 그 사실을 그녀에게 말하지는 않았다. 때때로 얼마나 자신이 운이 좋은지를 모르는 것이 더 나았다.

"정말 잘됐네."

그것이 그가 지금 말할 수 있는 전부였다.

"정말 잘됐어."

"질문 하나. 음, 오빠는 엄마를 기억 못 해? 전혀?"

그레이스가 물었다.

그때 호아킨은 걸음을 멈추었다. 질문 때문이라기보다 길의 끝에 도달했기 때문이다. 뒤로 돌아가거나 미끄러워 보이는 커다란 바위를 타 넘어야 했다. 마야와 그레이스 역시 걸음을 멈추었다. 그들 셋은 한동안 수면 위를 바라보았다. 그들은 여행객들과 해변을 찾은 사람들을 지나쳐 왔다. 파도가 잔잔해서 서핑을 하는 사람이 거의 없었다. 단지 보드를 타고 있는 남자아이와 여자아이가 멀리 눈에 띄었다. 무엇 때문인지 여자아이가 웃고 있었지만 호아킨은 그 소리를 들을 수가 없었다.

"엄마를 기억하기는 해. 예컨대 엄마가 있던 곳. 엄마 자체에 대해서는 아니고."

그가 마침내 말했다.

"어떻게 생겼는지는 기억나?"

그레이스가 물었다. 그녀가 희망을 잔뜩 안고 말했기에 호아킨은 실망시킬 수가 없었다.

"갈색 머리였어. 우리처럼 곱슬머리. 그리고 많이 웃었어."

호아킨은 꾸며 내고 있었다. 그러나 그는 진짜 엄마에 관해 생각할 때마다 이 모습을 그리고 있었다. 그를 향해 웃고 있는 꿈을 꾸었다.

"엄마를 본 적은 있어? 음 그렇게……."

"말해도 괜찮아."

호아킨이 그레이스에게 말했다.

"엄마가 나를 버린 다음에?"

"응, 그래. 그거."

그레이스가 말했다.

"엄마가 권리를 잃어버리기 전에 몇 번 찾아볼 기회가 있었지."

호아킨이 그들에게 말하지 않은 것은 그녀가 어떤 경우에도 나타나지 않았다는 사실이다. 호아킨은 아마도 알아보지도 못할 엄마를 기다리면서 방 안을 이리저리 돌아다녔던 것을 기억하고 있었다. 그때 위탁모는 자동판매기에서 꺼낸 사탕을 쥐여주며 그를 달래려고 했다. 그러나 그는 탁자 아래에서 끌려 나올 때까지 울기만 했고, 그러고는 집으로 돌아왔다.

호아킨은 지금도 사탕을 싫어했다. 그리고 자동판매기도.

"엄마는 아름다웠어. 정말 아름다웠어."

지금 호아킨은 이렇게 말했다.

그들이 예술센터의 주차장으로 돌아왔을 때 호아킨은 코끝이 햇볕에 덴 듯한 느낌이 들었고 해변의 타르가 발바닥에 들러붙은 듯한 느낌이 들었다. 집에 가기 전에 떼어 내야겠다고 생각했다. 린다는 나무로 된 마룻바닥을 좋아했다. 그는 그 바닥을 더럽히고 싶지 않았다.

"하고 싶은 말이 있는데."

그레이스가 갑자기 소리를 높였고 마야가 그녀를 보기 위해 돌아섰다. 호아킨은 이미 그녀가 무슨 말을 할지 알고 있었다. 그는 그레이스가 생물학적 엄마를 언급했을 때 이미 알아차렸고 그녀가 그 말만은 꺼내지 않기를 바랐다.

"우리가 생물학적 엄마를 찾아봐야 하지 않나 생각하는데."

그녀는 두 손을 앞으로 모아 말 그대로 말을 쥐어짜고 있었다. 호아킨은 책에서 그렇게 하는 사람에 관해 읽은 적이 있었다. 그러나 이전에 *그렇게 실제로 하는* 사람을 본 적은 없었다. 고통스러워 보였다.

옆에 있는 마야는 조용했다. 호아킨은 그 침묵이 결코 좋은 신호가 아님을 분명히 알 수 있었다. 총을 발사하는 것을 보는 것과 총소리를 듣는 것 사이의 짧은 순간처럼 느껴졌다.

그가 맞았다. 늘 그랬듯이.

"*멍청한* 소리 하고 있어! 왜 우리가 그 여자를 찾아야 해? 그녀는 우릴 *버렸어.* 그녀가 오빠를 낯선 *사람*에게 넘겼다고."

마야가 날카롭게 대꾸했다.

"그렇지만 그건 17년 전 일이야."

그레이스가 맞받았다.

"고작해야 우리 나이밖에 되지 않았어. 아니면 오빠 나이? 그녀도 아이였다고. 분명 우리가 어떻게 지내나 알고 싶을 거야. 내 말은……."

그레이스는 말을 잇기 전에 잠시 멈추었다.

"그녀는 아직도 우리를 사랑하고 있는 게 확실해."

호아킨은 웃었다. 참을 수가 없었다. 그는 누군가가 자신에 대해 걱정을 하고 있을 것이라는 그레이스의 믿음이 부러웠다.

"미안."

두 여자아이가 그를 보자 그가 말했다.

"나는 그저……. 나는 그녀를 찾고 싶지 않아. 원한다면 너희 둘이 그렇게 하든지. 나는 빠질게."

"나도 같은 생각."

그레이스는 막 울음을 터뜨릴 것처럼 보였다. 호아킨은 가슴속에서 두려운 작은 샘물이 차오르는 것을 느꼈다. 그러자 그녀가 눈을 깜박였고 얼굴을 강철로 된 판처럼 매끈하게 폈다.

"좋아, 둘은 그럴 필요 없어. 그래도 난 혼자서라도 그녀를, 엄마를 찾을 거야."

"그렇게 하시든지."

마야가 말했다.

"좋아."

호아킨이 대답했다.

"그래, 좋아."

그레이스가 말했다.

그 이후는 모든 것이 기묘하게 끝나고 말았다. 헤어질 때 그들은 포옹을 해야 할지 손을 잡아야 할지 그저 안녕이라고 말하며 손을 흔들어야 할지도 알 수 없었다. 그래서 셋을 모두 섞어 어정쩡한 조합으로 끝내고 말았다.

호아킨은 포옹에 익숙하지 않았다. 그러나 노력했다.

7. 그레이스

월요일 아침 그레이스는 학교에 갈 때 무엇을 입어야 할지를 정하느라 시간이 많이 걸렸다. 가진 옷은 너무 펑퍼짐한 임산부 옷이거나 너무 꽉 죄는 것들뿐이었다. 그녀의 배는 아직도 조금……. 그것을 설명하는 데에는 '헐렁하다'는 것이 유일한 현실적인 말이었다. 그녀는 파자마 바지를 입고 싶었다. 그렇지만 엄마는 그레이스가 아이를 몇 명을 낳았든 상관없이 체크무늬 플란넬 파자마를 입혀서 학교에 가게 내버려 두지는 않을 작정이었다.

결국 그녀는 청바지를 입고 옷장 속에 처박혀 있던 적갈색 셔츠를 입었다. 적갈색은 이제 막 가슴과 목에 돋기 시작한 스트레스성 발진과 잘 어울렸다. 물론 엄마는 알아차렸다.

"정말 학교에 가고 싶은 거야? 아주 바쁜 한 주를 보냈잖아. 마야와 호아킨을 만난 일도 그렇고."

엄마가 여행용 커피 컵과 자동차 열쇠를 챙기며 말했다.

"학교에 갈 거야."

그레이스가 가방을 집어 들며 말했다. 가방이 가볍게 느껴졌다.

"더 이상 집에만 처박혀 있을 수가 없어. 마야와 호아킨은 아무 상관도 없는 일이고."

그레이스는 얼굴을 찌푸리지 않고서는 그들의 이름을 말하기가 힘들었다. 그녀는 그들 모두에게 거짓말을 했다. 그녀는 호아킨과 같이 있은 지 1시간도 되지 않아 잘 알지도 못하는 상태에서 그들에게 거짓말을 했다. 최악은 자신이 전염성 단핵증을 앓았다고 믿게 한 것이었다. 그들은 *동정적*이었다.

그레이스는 자신이 언니나 동생으로서의 의무를 포기하면 어쩌나, 아니면 누군가가 그녀로부터 그들을 데려가 버리면 어쩌나 하는 걱정을 했다. 마치 미인대회의 우승자가 섹스팅 스캔들에 휩싸였을 때처럼.

엄마는 학교로 가는 내내 라디오를 틀어 놓았다. 진행자가 하는 농담에 웃기도 하며 그레이스 또한 재미있어하는지를 곁눈질로 살피기도 했다. 재미있지 않았다. 진행자가 성차별주의자 자식이라 그레이스는 재미있다고 결코 생각하지 않았다. 그래도 엄마를 향해 웃어 보여 주었다. '나는 정상적인 사람이고 이건 정상적인 미소'라는 세심하게 연출된 웃음이었다. 분명히 4주 전에 아기를 낳은 사람의 미소는 아니었다.

엄마가 학교 주차장에 차를 세우며 말했다.

"아가, 함께 들어가면 좋겠어?"

"진짜로 하는 말이야?"

그레이스가 물었다.

"안 돼. 맙소사, 아니야."

"하지만······."

"엄마."

그레이스가 그녀의 말을 잘랐다.

"어떤 순간에는 나 혼자 꼭 가야만 해. 엄마는 그냥 내가 가게 해 주면 돼."

그레이스는 문자 그대로 얘기했지만 엄마의 표정을 보면 은유적으로 받아들이고 있음이 분명했다. 엄마가 작별 키스를 하려고 기대 왔을 때 선글라스를 쓴 눈에 눈물이 차 있는 것을 보았다.

"알았다."

엄마가 코를 훌쩍거리고 목청을 가다듬었다.

"맞아. 네가 옳아. 아침에 아빠가 울지 말라고 했는데 또 우네. 필요하면 전화해, 알았지?"

엄마는 혼자 웃었다.

"그래."

전화하지 않을 것이라 알고 있었지만 그레이스는 대답했다. 엄마는 임신했을 때 학교의 아이들이 그녀에게 했던 말이 어느 정도인지 실제로 알지 못했다. *창녀, 애기 엄마, 범고래* 등의 목록이 쭉 이어졌다. 그레이스는 엄마에게 말할 수가 없었다. 엄마는 교장에게 말할 것이고, 그렇게 되면 놀림이 더욱 잔인해질 것이었기 때문이다. 그리고 그레이스가 말을 안 한 것은 엄마가 자신을 안타깝게 볼 것을 알았기 때문이기도 했다.

연민은 힘이 아니었고, 그레이스는 무너지지 않고 견뎌 내느라 충분히 힘든 시간을 보냈다. 게다가 그녀는 부모님과 그녀 자신 모두를 망가뜨리고 싶지도 않았다.

그레이스는 조심스럽게 차에서 내려 텅 빈 백팩을 어깨에 멨다. 오늘의 첫 번째 수업은 영어였다. 그녀는 사형 집행대를 향해 걸어가는 느낌이 들었다. 그보다 나쁜 것은 죽는 게 아니라 오히려 온종일 살아서 견뎌야 한다는 것이었다. 다른 수업들이 잇달아 기다리고 있었다.

실제로 그레이스는 자신을 빤히 쳐다보는 여러 눈들을 처음 보았을 때 사형 집행대가 훨씬 더 낫겠다고 생각하지 않을 수 없었다.

그레이스는 이미 모든 과제를 면제받았다. 학년 말 전에 보충해야만 했지만 괜찮았다. 그러나 학생들을 지나치며 걷다 보니 그녀가 자습 시간에 열심히 사용했던 형광펜과 플래시 카드 등 모든 것이 그대로 있었다. 가장 친한 친구였던 제이니는 이 모든 암기 장치를 두고 놀려 대곤 했다. 유럽사 기말시험 공부를 하는 그레이스를 흉내 내며 제이니가 말했다.

"자, 나폴레옹은 키가 작았어. 그건 문어를 연상시켜. 문어는 보라색이야. 그것은 우리 집 소파 색이고. 그 소파는 브레첼 가게 옆에 있는 가게에서 샀어. 그리고 브레첼은 독일 과자야. 그것은……."

그레이스는 그때는 딱 달라붙었던 배를 움켜쥐고 깔깔대며 웃었다.

"그레이스!"

그녀는 멈춰 섰고 환상은 깨졌다.

"제이니, 안녕?"

그녀가 대답했다.

제이니는 밀리가 태어난 이틀 후 집에서 만난 다음 만나지 못했다. 그레이스는 그날 넷플릭스에서 드라마 「프렌즈」를 같이 봤다는 것 말고는 다른 기억이 나지 않았다. 그때 그레이스는 흠씬 두들겨 맞은 것 같았고 압도적인 상실감이 주는 슬픔에 잠겨 있었다. 솔직히 디테일들이 뒤죽박죽이었다.

"안녕."

제이니가 머리를 한쪽으로 기울이며 말했다. 그레이스는 자신이 무언가 잘못했다는 명확한 느낌을 받았다. 친구 사이의 코드를 위반하고 있다는 어떤 느낌. 그러나 그녀는 그것이 무엇인지는 몰랐다. 더 정확하게는 *얼마나 많은* 위반 사항들이 있는지를 몰랐다.

"학교에 올 거라고 내게 말 안 했잖아."

아, 이거였다.

"아, 그래."

그레이스가 웃으려고 애쓰며 말했다. 그러나 오히려 저리 꺼지라는 경고 신호로 친구에게 이빨을 드러내는 것에 더 가까웠다.

"어젯 밤에서야 결정했어. 집에 있는 데 지쳤거든."

그레이스는 어깨를 으쓱했다. 마치 아이를 낳고 학교로 돌아오기를 가장 친한 친구에게 말하는 것을 잊어버리는 일이 그저 일상적이라는 듯이.

"그래, 만나서 좋아! 좋아 보인다."

제이니는 *좋다*는 단어를 전에는 결코 쓰지 않았으며 무엇보다 나란히 두 번이나 말하지 않았다. 이것은 정말 좋지 *않은* 신호였다.

"고마워."

그레이스가 제이니 옆에 서 있는 여자아이를 보며 말했다. 그레이스가 백팩을 어깨에 축 늘어뜨리고 있는데 비해 그들 둘은 모두 책과 바인더를 넣은 가방이 왼쪽에 오도록 어깨에 걸치고 있었다. 언제부터 제이니가 백팩을 없애 버렸나?

제이니 옆에 있는 아이는 레이철이었다.

"안녕? 난 그레이스야."

그레이스가 그녀에게 인사를 건넸다.

"알아."

그녀는 그레이스가 결코 입에 올려서는 안 되는 이름인 라스푸틴이나 볼드모트라고 자기소개라도 한 듯 대답했다.

"그레이스, 널 만나서 정말 좋다."

제이니가 다시 한 번 말했다.

세 번째 *좋다*는 말이었다. 그레이스는 생각하지 않을 수가 없었다. *스트라이크가 셋이면 넌 아웃이야.*

"점심시간에 근처에 있으면 우리랑 같이 먹자. 알았지?"

제이니는 그레이스를 향해 웃어 보였다. 그리고 그녀와 레이철은 가 버렸다.

그레이스는 점심에 관해서는 생각지도 않았다. 이제는 미리 생각해 뒀더라면 좋았을걸 하는 마음이었다. 초등학교 3학년 때부터 제이니는 친구였다. 그래서 누구와 점심을 먹을지 어디에 앉아 먹을지에 대해 전혀 걱정해 본 적이 없었다. 그런데 이제 그런 것들을 생각하려고 하니 갑자기 학교가 끝이 없는 것처럼 크게, 부쩍 크게 느껴졌다. 이전에 그녀는 그런 꿈을 꾼 적이 있었다. 낯선 곳을 배회하고 출구를 찾을 수 없는 꿈이었다.

제이니와 레이철이 가 버리자 그레이스는 백팩의 끈에 엄지손가락을 걸었다. 갑자기 그들이 자신을 배신했음을 느꼈다. 그녀는 손가락을 풀고 계속해서 영어 교실로 가는 언덕을 걸었다. 어떤 까닭인지 임신하지 않은 지금이 오르기가 더 힘들었다. 그녀는 학교에서 마지막 달을 어디에서나 가쁜 숨을 몰아쉬며 보냈다. 또 화장실까지 정확하게 982,304,239번 왕복했다. 왜냐하면 피치가 자신의 방광을 편안한 베개처럼 가지고 놀기를 좋아했기 때문이다. 그러나 지금의 발걸음이 더욱 무겁게 느껴졌다. 마치 발들이 영어 수업에 들어가고 싶지 않아 하는 것처럼. 마치 그녀의 뇌에 가지 말라고 경고를 보내는 것처럼.

그레이스는 그 말을 듣기에 너무 늦었다는 것을 깨달았다.

수업 시작종이 울리기 직전 교실에 들어서자 모두가 그녀를 쳐다보았다. 그러나 그레이스는 그 많은 시선에 준비가 되어 있지 않았다. 어느 누구도 30명의 눈동자가 갑작스럽게 붙박힌 채 바라본다면 준비를 갖출 수가 없을 것이다. 그녀는 잭 앤더슨의 머리 뒤쪽 벽을 보고 웃었다. 누군가를 향해 웃고 있다고 그들이 생각해 주기를 바라며. 그때 멘도자 선생님이 와서 어깨에 손을 올리며 말했다.

"만나서 정말 반갑구나, 그레이스."

그리고 그레이스는 조용히 자신에게 말했다. '울지 *마*, 울지 *마*.' 주문은 제대로 작동했고 눈물은 목구멍을 타고 배 속으로 흘러들어 갔다.

"고맙습니다."

그것이 그레이스가 소리 내어 한 말의 전부였다. 그리고 걸어 들어가 자리에 앉았다. 누군가가 플라스틱 책상에 *창녀*라고 새겨 놓았다. 그러나 그녀는 그 말이 자신을 가리키는 것인지 혹은 다른 여자아이를 가리키는 것인지 알 수가 없었다. 어휘는 부족한데 손으로는 할 일이 너무 없어 지겨워진 2학년이 쓴 것인지도 몰랐다. 그레이스는 생각했다.

'*내 말은 지금이 영어 시간이라는 거야. 그러니까 그가 누구든 동의어를 좀 더 알아야 한다고 생각해. 매춘부, 아니면 걸레 혹은 매음녀?*'

"그레이스?"

그녀가 올려다보았다. 멘도자 선생님이 내려다보며 웃고 있었다. 마치 신부가 병원을 방문하여 아픈 사람들을 만날 때 미소를 짓듯이. 자애로운 그러나 조용히 손 세정제를 원하는 표정이었다.

"말하려고 했는데, 며칠 동안 도서관에서 밀린 공부를 보충하면서 보내면 어떨까 해서. 그럼 조금 더 따라잡을 수 있을 텐데."

"아, 아뇨. 괜찮습니다."

그녀 뒤쪽에서 킬킬거리는 소리가 들렸다. 잭의 소리 같았다. 그리고 그레이스가 성을 결코 기억하고 싶지 않은 미리엄이었다. 사람들이 등 뒤에서 자신을 한동안 비웃는 것을 듣다 보면 그 비웃음이 누구의 것인지를 구분할 수 있었다.

"아기가 없어 너무 슬퍼요."

목소리가 말했다. 그레이스가 정확했다. 잭이었다.

"숙제를 안 해도 되고. 잘했어, 이 친구야."

"야, 넌 최악이야."

미리엄이었다. 처음에 그녀는 미리엄이 자신을 편들고 있다고 생각했다. 그래서 그레이스는 고개를 돌려 미소를 지으려고 하다가 미리엄이 말한 것을 다시 *생각했다*. 미리엄은 여자애들이 남자애들을 놀릴 때 말하는 식으로 "넌 최악이야."라고 말했다. 마치 '넌 최악이야. 그래도 난 너랑 사귈 만큼 너를 좋아해. 비록 정서적으론 한참 부족하지만.'라고 하듯이.

그렇다고 해도 그레이스가 누구를 평가할 수 있을까? 그레이스가 *좋아했던* 마지막 남자는 그녀를 임신하게 하고, 그녀를 혼자 남겨 두고, 또 다른 여자아이를 그녀가 출산한 그날 밤 동창회에 데리고 갔다. 그녀는 형편없는 인생을 선택한 것 때문에 미리엄을 비난할 수가 없었다.

만약 *마야가* 이런 상황이었다면 잭에게 어떻게 말했을지 궁금했다. 그레이스는 마야를 오래 알지는 못하였지만 로마 시대 콜로세움 안을 달리던 사자처럼 날카로운 이빨과 턱을 드러내며 잭에게로 돌진했으리라는 것을 분명하게 알 수 있었다.

그레이스는 정신을 차리고 기력을 모았다.

그녀가 잭을 돌아보며 말했다.

"그래, 넌 어떤 것도 놓치지 않는구나. 관찰력이 정말 뛰어나네."

그레이스는 자신이 사자 대신 앙칼진 고양이와 비슷하다는 것을 잘 알고 있었다. 잭은 능글맞게 웃기만 하고 야구 모자를 벗어 다시 쓰기 전에 머리를 부드럽게 매만졌다.

"아무렴 어때, 애기 엄마."

그가 말했다.

"오, 잭, 그만해."

미리엄이 끼어들었다. 그레이스는 미리엄의 어깨를 잡고 머리가 목에서 덜렁거릴 때까지 흔들 수만 있다면 자신이 가진 모든 것을 내어 줄 수 있을 것 같았다.

그때 멘도자 선생님이 말했다.

"잭, 모자를 벗어. 교실에서의 규칙을 잊었니?"

그레이스는 펜을 찾고 공책을 펼쳤다. *정상적으로 행동하자.* 그녀는 스스로를 다잡았다.

그녀는 영어에 이어 둘째 시간인 화학 시간에도 정상적으로 행동했다. 그러나 셋째 시간 모든 것이 망가져 버렸다. 만약 망가졌다는 것이 *산산조각이 나서 인사불성이 되는 것을* 의미하는 것이라면.

셋째 시간은 미국사 시간이었다. 셋째 시간에는 맥스도 함께 있었다.

제이니만이 그레이스가 학교로 돌아왔다는 것을 알아차리지 못한 아이가 아니었다. 맥스의 얼굴을 보자 그런 판단이 들었다. 그는 애덤과 이야기하며 웃고 있었다. 그리고 그레이스가 교실로 들어갔을 때 그의 눈은 마치 만화 주인공처럼 아주 커졌다. 만약 그레이스가 그를 심하게 미워하지 않더라면 재미있는 장면이었을 것이다. 그러나 그녀가 느낀 유일한 감정은 그를 놀라게 했다는 병적인 쾌감이었다. 그녀는 남은 일생 동안 그를 괴롭히는 유령이 되어 그가 결코 생각지도 못한 곳에서 툭 뛰어나와 공포에 질린 채 사는 것을 상상하고는 했다.

그레이스는 그것이 가능하지 않다는 것을 알고 있었다. 그녀가 들어섰을 때 교실의 모든 아이들이 말을 멈추고 그녀와 맥스 사이를 번갈아 쳐다보는 것을 느꼈다. 마치 이번 수업이 통속극의 새로운 에피소드이기나 한 것처럼, 그리고 오래전에 죽었다고 생각해 온 쌍둥이 악마가 이제 막 도시로 돌아와 어슬렁거리고 있는 것처럼.

그녀는 정상적으로 정해진 자리에 앉았는데 불행하게도 맥스와 대각선에 있는 자리였다. 그녀는 올해 초에 그 자리를 선택했다. 그 자리가 맥스와 이야기를 나누기에 편한 곳이었기 때문이다. 지금 그녀는 이처럼 끔찍한 결정을 한 지난날의 그레이스를 저주하였다. 지난날의 그레이스는 정말 멍청한 년이었음이 유감없이 입증되었다.

애덤이 킬킬거리며 말했다.

"인마, 인마."

조용히, 자신만의 비밀을 털어놓을 때 하듯이.

"닥쳐."

맥스가 그를 향해 으르렁거렸다. 애덤은 돌처럼 멍청한 놈이었다. 그레이스는 그가 여전할 것이라고 생각했다. 옆에서 눈치나 보고 있다가 터치다운을 했을 때 다른 사람들과 하이파이브나 하는 것이야말로 미식 축구의 스타일을 증명하는 것이라고 생각하는 남자애들 중 하나였다. 그레이스는 그를 결코 좋아하지 않았고 맥스도 그것을 알고 있었다.

앞선 두 수업의 선생님들과 달리 힐 선생님은 그레이스를 무시하였고 자기 일에 집중했다. 그녀는 그것이 고마웠다. 연민이 때로는 무시하는 것보다 더 나빴다.

"좋아, 시체들."

힐 선생님이 크게 말했다. 그는 항상 학생들을 '시체들'로 불렀다. 그것이 때로는 다소 불쾌했는데, 그레이스는 시체로 가득 찬 교실을 그려 보지 않을 수 없었다.

"집중해라!"

그레이스는 맥스를 보지 않겠다고 다짐하면서 펜을 찾아 가방 안을 뒤적거렸다. 그렇지만 그의 발을 보았다. 그는 새 신발을 신고 있었다.

그것이 그녀의 마음을 돌변하게 했다. 그녀가 딸을 낳고 반쪽 형제들을 만나고 학교로 돌아올 시간 동안 맥스는 어딘가에서 쇼핑을 하고 새 신발을 샀다. 마치 자신의 삶은 여전히 정상적인 것처럼. 마치 어떤 것도 달라지지 않았다는 듯이. 그리고 진실은 그것만이 아니었다. 이 세상 어딘가에서는 또 다른 부부가 맥스의 생물학적 아이를 기르고 있었다. 그런데도 그는 새 신발을 샀다.

그레이스가 펜을 찾았을 때 얼굴은 붉게 타오르고 있었다. 펜으로 맥스의 신발을 온통 낙서로 채우고자 하는 충동이 너무나 강해 고통스러울 정도였다. 그러나 그녀는 펜을 책상 위에 놓고 앞을 보았다.

"야!"

힐 선생님이 교실 앞에서 칠판 쪽으로 몸을 돌렸을 때 책상 줄을 가로질러 애덤이 속삭였다.

"야, 그레이스! 여기 봐."

그녀는 돌아보지 않았다. 애덤이 기분이 어떠냐 혹은 첫날 잘 지내길 바란다 혹은 필요한 게 있냐를 물으려고 부르는 게 아님을 알았다.

"그레이스! 네 젖은 이제 축 처졌냐?"

누군가가 그레이스 뒤에서 낄낄거렸고 그녀 귀로 소리가 밀어닥쳤다. 그녀는 맥스가 "조용히 해, 멍청한 놈아."라고 말하는 것을 들었다. 그레이스는 맥스가 「왕좌의 게임」에서 그런 놈들에게 하듯 작대기로 머리를 내리쳤으면 조금은 나았을 것이다. 그러나 맥스는 그저 "조용히 해, 멍청한 놈아."라고 다시 말했을 뿐이었다.

그레이스가 펜을 움켜쥐었다. 맥스가 언제부터 솜사탕 먹고 남은 꼬챙이처럼 약골이 되었나 의아했다. 그날 약국에서 임신 진단 테스트기를 사려고 줄을 서서 기다리던 때부터? 아니면 그의 아빠가 맥스는 그레이스 대신 '좋은 여자애'와 데이트를 한다고 말한 그날부터 변화가 일어났는지도 몰랐다. 아니면 그레이스가 힘겹게 아이를 몸에서 밀어내고 있는 동안 동창회에서 싸구려 플라스틱 왕관을 쓰고 춤을 추던 그날부터 그렇게 되었는지도 몰랐다.

이렇게 달라진 맥스는 그레이스가 데이트를 하고 잠을 자고 사랑을 했던 그 아이가 아니었다. 그리고 어딘가에 반은 그를, 반은 자신을 닮은 아기가 있다는 것이 그녀를 거의 미치게 만들었다. 그녀는 갑자기 그와 같은 교실에 있는 것을 더 이상 참을 수 없게 되었다.

"그레이스!"

애덤이 다시 목소리를 낮춰 불렀다.

힐 선생님은 전체 독백을 또박또박 쓰면서 여전히 칠판을 보고 서 있었다. 그래서 그레이스는 맥스를 보려고 고개를 돌렸다. 그의 얼굴조차 나약해 보였다. 어떻게 저런 턱선을 가진 자식과 데이트를 할 수 있었을까? 피치가 그를 닮지 않아 정말 하느님께 감사한 마음이 들었다.

"네 친구 입 좀 닥치라고 말할 수 없어?"

그레이스가 맥스를 보고 낮게 쏘아붙였다. 그녀는 애처로운 그의 얼굴에 미안하다고 온통 쓰여 있음을 알았다. 그녀는 자리에 바로 앉았다. 볼이 불에 덴 듯 달아올랐다.

그때 애덤의 전화가 울렸다. 아기 울음소리였다. 막 태어난 아기의 울음소리. 피치의 울음소리처럼 들렸다. 피치가 우는, 그레이스가 들었던 첫 울음소리 같았다. 그것은 세상에 자신이 도착했음을 알리는 미친 듯이 절망적인 외침이었다.

먼저 움직인 것이 자신의 몸이었는지 손이었는지 그레이스는 몰랐다. 그러나 그녀는 체육 수업 시간에 장애물을 넘듯 책상을 뛰어올라 주먹을 애덤의 얼굴에 정통으로 날렸다. 그는 누군가가 그의 몸에서 바람을 빼는 듯한 소리를 냈다. 그리고 그가 뒤로 넘어졌을 때 그의 책상이 바닥으로 같이 넘어갔다. 그레이스는 그를 찍어 누르고 다시 그를 후려쳤다. 피치를 낳은 이후로 그렇게 아드레날린이 솟구치기는 처음이었다. 느낌이 좋았다. 세 번째로 애덤을 치면서 그녀는 조금 웃기까지 했다.

결국 맥스와 힐 선생님, 진짜 미식축구 선수인 호세라는 이름의 아이가 달려들어 그녀를 애덤에게서 떼어 냈다. 호세는 그레이스를 잡고 빙글 돌려 세차게 주저앉혔다. 이가 같이 덜컥거렸다. 그다음 그레이스는 일어나 교실을 나와 버렸다. 가방을 뒤에 두고. 애덤과 맥스와 미국사 수업을 뒤로 두고.

그레이스는 복도 끝의 화장실로 뛰어 들어갔다. 생물 교실 가까이에 있어 실험실에서 환풍구를 타고 때때로 포름알데히드 냄새가 스며들기 때문에 누구도 사용하지 않는 화장실이었다. 역겨웠지만 그녀는 개의치 않았다. 그녀는 지금 가슴속의 폭풍이 마침내 터져 나왔을 때 쏟아 낼 수 있는 곳이 필요했다.

소리 내어 우는 내내 피치의 울음소리가 귓가를 울렸다.

문에서 가장 멀리 떨어져 있는 세면대 밑바닥에 그녀는 주저앉아 무릎을 가슴에 끌어당겨 안았다. 바닥은 차가웠다. 그러나 차라리 차가운 것이 더 좋았다. 왜냐하면 그레이스의 피부는 불같이 뜨거웠으며 손은 욱신거렸기 때문이다. 누군가의 얼굴을 치면 친 주먹도 엄청나게 아프다는 것이 명확해졌다. 그녀는 조금 신음을 흘리며 타일 벽에 주먹을 갖다 댔다.

숨을 가다듬기가 쉽지 않았다. 피치가 태어났을 때처럼 그녀의 몸이 머리와 분리되어 움직이는 것 같았다. 그녀는 눈을 꼭 감고 숨을 고르려고 애썼다. 화장실은 추웠고 조용했다. 아마도 지금 20명 남짓 되는 사람들이 자신을 찾고 있을 것이었다. 그러나 그레이스는 신경 쓰지 않았다. 그녀는 그저 조용히 머물러 있기를 원했다.

잠시 후에 문이 열리고 한 남자아이가 걸어 들어왔다. 그레이스가 전에 본 적이 없는 아이였다. 지난 몇 달 동안 그레이스가 학교에 특별히 무관심했기에 모르는 아이일 수도 있었다. 어쨌든 그 아이가 화장실 바닥에 그녀가 있다는 것을 예상하지 못한 것은 분명했다.

"아, 미안. 누가 있는 걸 몰랐어……."

그가 말했다. 그리고 문 뒤를 흘낏 보았다.

"근데, 여긴 여자 화장실인가 아니면……?"

그레이스가 여전히 울면서도 머리를 흔들었다. 그녀는 자신이 우는 것조차 깨닫지 못했다. 그러나 볼은 젖어 있었으며 머리를 움직일 때 머리카락이 눈물에 달라붙었다.

"너……?"

남자아이가 뒤로 물러났다가 다시 앞으로 한 발짝 내디뎠다. 아주 느리게 움직였다.

"젠장. 미안해. 사람들이 울면 어떻게 해야 할지 모르겠어. 너……, 괜찮니?"

"괜찮아."

그레이스가 말했다. 머릿속과 정반대로 말하는 날임이 명확했다. 왜냐하면 '괜찮다'는 것은 단언컨대 지금 이 순간의 그녀를 설명하는 단어가 아니기 때문이다. 그는 계속 문 옆에 서 있었다.

"널 거짓말쟁이라거나 달리 부르려는 건 아니야. 근데 넌 괜찮아 보이질 않아."

그레이스가 다시 울기 시작했다.

"손은 어쩌다 그리 된 거야?"

"애덤 듀페인의 얼굴을 세 번 주먹으로 때렸어."

그레이스가 말했다. 그보다 더 듣기 좋은 말을 할 수는 없을 듯했다. 그래서 그레이스는 말하는 게 어렵지 않았다. 여하튼 그가 듣지 못한 것 같지는 않았다. 아마도 동영상이 이미 인터넷에 돌고 있을지도 몰랐다. 그레이스는 퇴학당할 것이었다. 그런데 자신에게 그 소리가 얼마나 멋있게 들리는지 깜짝 놀랄 지경이었다.

남자아이의 눈이 휘둥그레졌다.

"우아, 그래? 난 애덤 듀페인이 누군지 몰라. 그렇지만 넌 좋은 사람 같아. 그러니 그는 아마도 맞을 짓을 했을 거야."

"엿 같은 놈이야."

그레이스가 말했다.

"완전히 엿 같은."

남자아이가 동의했다. 그녀를 웃기려는 건지 놀리는 건지 알 수가 없었다. 그렇지만 상관없었다.

"음, 아마도 거기에 뭔가 좀 처치를 해야 할 것 같다."

그가 말했다. 부어오른 손을 가리키면서. 그리고 백팩을 내려놓고 손 닦는 종이 수건을 몇 장 뽑아서 차가운 물에 적셨다.

"여기. 아이스 팩은 아니지만 도움은 될 거야."

그가 그것을 그레이스에게 건넸다. 그레이스는 그저 그를 빤히 쳐다보았다.

"넌 누구야?"

그녀가 마침내 물었다. 그녀의 코가 작동하기 시작했고 끔찍하고 불쾌한 냄새가 났다. 그리고 끔찍하고 불쾌한 느낌 탓에 당황스러웠다.

"아, 미안. 난 래피얼이야. 래피얼 마르티네스. 그냥 라피라고 불러도 돼. 형식적이거나 뭐 격식을 갖출 필요는 없어. 난 전혀 위협적이지 않아. 걱정하지 마. 그래, 내 말은, 네가 누군가를 막 주먹으로 치고 온 사람이니까 넌 걱정하진 않을 것 같다는 거야. 어쩌면 내가 걱정해야 할 것 같은데. 날 믿어. 난 정말 약골이야."

말을 하면서도 그는 다른 종이 수건을 적셔 그녀에게 건넸다.

"내 말은, 난 피를 보기만 해도 기절해. 정말이야. 과장이 아니야. 근데 내가 한 가지 질문을 해도 되겠니?"

이 라피라는 아이는 그녀의 머리를 비로소 돌아가게 하고 있었다.

"응?"

"여기서 나는 이 *끔찍한* 냄새는 뭐니?"

"포름알데히드. 죽은 고양이들, 옆방에."

그레이스는 단답형으로 대답했다.

"해부학 수업?"

그가 추측했다.

그녀가 고개를 끄덕였다.

"그렇군."

그레이스는 손이 욱신거려 얼굴을 찌푸렸다. 이제 온몸이 아팠다. 머리, 팔, 허리. 그리고 그녀는 눈물을 흘리지 않으려고 애썼다. 그러나 소용이 없었다.

오늘의 주인공인 라피는 화장실 문의 자물쇠를 걸고 그녀 옆에 나란히 앉았다. 그레이스는 그가 그녀의 어디에도 몸을 닿지 않게 하려고 아주 조심하고 있다는 것을 알았다. 그리고 왜 그런지 그것이 그녀를 조금 슬프게 만들었다.

그가 마치 날씨에 관한 이야기라도 하는 것처럼 대화를 시작했다.

"그래, 애덤이 엿 같은 놈이란 말이지?"

"맥스는 내내 개 옆에 앉아 있기만 했어. 한마디도 안 하고."

그레이스가 말했다. 그녀는 정확히 말하면 이미 울고 있었기 때문에 다시 울지는 않았다. 그녀의 얼굴은 여전히 젖어 있었으며 목에 끔찍한 어떤 덩어리가 걸려 있는 듯했다.

"알아. 개똥 같은 자식."

라피가 한숨을 쉬며 말했다.

"넌 내가 누구에 대해 말하는지 알지도 못하잖아! 왜 넌 내 말에 맞장구를 치는 거야?"

그레이스가 소리를 질렀다.

"아, 네가 슬퍼하니까. 그럼 넌 내가 너랑 논쟁이라도 하길 바라는 거야? 난 그저 울음을 멈추게 하고 싶어서. 그럼 이렇게 할까?"

라피가 다소 혼란스럽다는 듯 말했다. 그가 목청을 가다듬었다.

"네가 잘못한 거네. 애덤이 최고고."

그레이스가 코를 훌쩍거렸다.

"아냐, 난 다만……, 다만 조용히 있고 싶어. 알겠어?"

"알았어. 네가 원하는 건 뭐든지."

그러나 그레이스는 아기의 소리를 멈추게 할 수가 없었다. 피치가 내는 바로 그 첫 번째 소리, 그녀의 마음을 포함하여 모든 것을 압도하는 전쟁 같은 울음소리를 지울 수가 없었다. 그레이스가 다시 울기 시작했을 때 라피는 조심스럽게 어깨가 서로 닿도록 몸을 그녀에게 기댔다.

그는 아주, 아주 조용히 있기만 했다.

그레이스는 자신이 얼마나 오래 바닥에 앉아 울었는지 가늠할 수조차 없었다. 그러고도 한참 후에 문을 두드리는 소리가 들렸다.

"그레이스?"

누군가가 그녀의 이름을 불렀다.

"엄마야."

그레이스가 눈가를 닦으면서 알려 주었다.

"곤란한 거야? 원한다면 화장실에 숨겨 줄게."

라피가 물었다. 그레이스는 갑자기 엄마가 몹시 보고 싶었다. 마음이 아팠다.

"아니. 들여보내 드려. 괜찮으니까."

"아, 아가."

엄마가 그녀를 보자 말했다.

"집으로 가자."

그날이 그레이스가 2학년을 다닌 마지막 날이었다.

8. 마야

호아킨을 만나고 난 다음 마야는 잠들기가 힘들었다.

'이전 위탁모는 그녀가 동성애자라는 걸 알고는 쫓아내 버렸어. 생물학적인 것이 항상 위탁을 이겨.'

마야는 자신이 위탁이 아니라 입양된 것을 알고 있었다. 병원에서 그녀는 입양되었고 그녀의 부모가 그녀를 선택하였고 그녀를 원했다. 엄마 아빠가 항상 하던 말이었다. *그녀는 특별했기 때문에 선택된 것이었다.*

그러나 그녀는 로렌이 아니었다.

곧 새벽 3시가 될 것이고, 마야는 깬 채 침대에 누워 밖에서 지나가는 차들이 천장에 비추는 빛을 보고 있었다. 빛이 지나가면 방은 다시 어두워졌다. 그녀는 휴대전화로 인터넷을 뒤져 보았다. 그녀는 '호그와트의 어떤 기숙사에 배정될 것인가?'라는 게임에서 세 번 퀴즈를 풀었는데 매번 결과는 후플푸프여서 잔뜩 화가 났다.

그리고 클레어로부터 온 오래된 메시지들을 훑어보았다. 그녀의 문자는 이모티콘과 포옹과 입맞춤의 기호들, 그리고 아주 은밀한 얘기들이어서 만약 누군가 읽으려 든다면 읽기 전에 전화기를 화장실에 던져 버려야 할 정도였다. 그녀는 가장 최근의 문자를 보면서 현재 클레어가 그녀에게 문자를 보내고 있음을 나타내는 작은 거품들이 방울방울 피어오르기를 바랐다. 클레어가 그녀에게 문자를 보낸다는 것은 이세상에서 마야가 혼자라는 것을, 그리고 어떤 시간보다 한밤중에 더 외로움을 느낀다는 것을 알고 있음을 의미했다.

물론 클레어는 자고 있으며 그 때문에 화를 내는 것은 멍청한 일이다. 클레어는 자야 한다. *마야* 역시 자야 한다. 마야는 고양이가 담요를 가지고 놀 듯 불면이 머릿속 중요한 실타래를 잡아당겨 더 이상 작동하지 않을 때까지 풀어 헤치기 시작했음을 느끼고 있었다. 그 주에 그녀는 두 번이나 역사 수업 시간에 졸았다. 엄밀히 말하면 잠이 부족해서라기보다 역사 선생님의 단조롭고 밋밋한 목소리와 훨씬 더 관계가 깊었다. 물론 그렇다고 생각하고 싶은 마음이었다.

점심시간에 햇살이 비추는 풀밭에 앉아 그녀는 클레어의 무릎에 머리를 올리고 클레어는 마야의 머리를 쓰다듬고 있었다. 마야는 누구나 결국에는 죽어야만 한다면 사랑하는 이의 무릎을 베고 얼굴에 햇살을 받으며 죽는 것이 그렇게 나쁘진 않을 것이라고 생각했다.

"응?"

클레어가 물었다.

"난 아무 말도 안 했는데."

눈을 감은 채 마야가 말했다. 햇살은 그녀 눈꺼풀 뒤에 피처럼 붉은 공간을 만들었다. 그녀는 눈을 뜨고 돌아누워 클레어의 허벅지에 얼굴을 묻었다.

"그래, 넌 아무 말도 하지 않았어."

클레어가 동의했다.

"그렇지만 넌 생각하고 있었잖아."

"난 항상 생각해. 그런 점에서 난 아주 똑똑하지. 그게 네가 날 사랑하는 이유 아닌가?"

마야가 그녀에게 말했다.

"흠. 그건 아직 모르겠고."

클레어가 말했다. 그러면서 그녀는 손을 마야의 셔츠 위에 올리고 손바닥으로 마야의 등을 눌렀다.

"돌아와, 돌아와. 어디에 있든."

그녀가 속삭였다. 마야가 어디에 속해 있든 그녀는 지금 여기에 있었다. 그것만으로 충분했다.

며칠 후 마야는 포도주 병을 발견했다.

그레이스와 몇 번 문자를 주고받았는데 주로 그레이스의 다소 어색한 문장들에 대한 응답이었다.

안녕! 학교는 잘 다녀?

아주 엿 같아.

그렇게 답장을 하고 나서 며칠 동안 그레이스가 반응을 보이지 않자 후회했다.

그녀는 호아킨에게도 문자를 보내지 않았다. 보내고 싶지 않아서가 아니라 정말 무슨 말을 해야 할지 알 수 없었기 때문이다. 그녀는 입양됐고 오빠는 그렇지 못했으며 이는 자신이 어찌할 수 없는 것들 때문에 선택된 일이라는 점이 아주 명확해서 할 말을 찾기가 쉽지 않았다. 시계가 새벽 3시에서 4시로 천천히 넘어갈 때 자동차의 불빛들이 속도를 줄이지 않을 때 마야는 죄의식을 느끼는 건 멍청한 짓이라고 때때로 스스로에게 말하곤 했다. 그러다가 누군가를, 가족을, 사람을 기다리는 어린 아기 때의 호아킨을 그려 보기도 했다. 그러면 고통스러운 느낌이 가슴속을 메웠고 그녀의 목에서부터 숨이 막혀 왔다.

최악의 경우 그녀 마음속의 가장 어두운 부분에서 마야는 호아킨에게 일어난 일이 자신에게는 일어나지 않기를 원했다. 그러나 호아킨이 그랬듯 그것을 막기 위해 어떻게 해야 할지 알 수 없었다.

유럽사 수업에서 프랑스 혁명을 무대에 올리기로 했다. 그 수업을 듣는 애들 중에서 마야가 참수를 하고 싶은 사람의 수를 생각한다면, 그것은 매우 적절한 선택이었다. 그리고 마야는 연기에는 너무 소질이 없었기 때문에 의상 준비를 맡았다. '그거야 뭐 누워서 떡 먹기지.'라고 생각하며 엄마의 옷장을 뒤져 보기 위해 이 층으로 올라갔다.

와인 병이 옷장 뒤쪽에 쑤셔 박혀 있었다. 마리 앙투아네트의 역할을 누가 맡든지 간에 신으면 딱 어울릴 것이라 생각되는 낡은 부츠 옆에 병들이 세워져 있었다. 부츠를 끌어내려고 잡아당기는데 아주 무거웠다. 신발 한 짝을 옷장에서 침실로 끌어내느라 씨름을 하는 중에 와인 병이 툭 굴러 떨어졌다.

마야는 한동안 그 병을 바라보았다. 그리고 남은 부츠 한 짝을 꺼내려다 또 그 뒤에서 붉은 진판델 병을 발견했다. 싸구려 술임을 상표로 알 수 있었다. 그것이 마야를 더욱 화나게 했다. 옷장 속에 감추어 둘 것이라면 편의점 같은 곳에서 살 수 있는 술이 아닌, 적어도 더 좋은 술이어야 했다.

"뭐 해?"

누군가가 말했다. 마야는 빠르게 돌아서느라 자칫 병을 떨어뜨릴 뻔했다. 문 앞에 로렌이 아랫입술을 손으로 잡아당기며 서 있었다. 마야는 로렌의 그 버릇을 싫어했다.

"거기서 뭘 해?"

"그냥."

자신은 침실에 서 있고 허락도 없이 옷장을 뒤졌고 반쯤 마신 와인 병을 들고 있었다. 말을 하고 보니 그 어떤 것보다 멍청한 대답이었다.

"아무것도 아니야."

마야가 수정했다. 조금 나은 듯했다.

"왜 와인 병을 들고 있어? *마시고 있는 거야?*"

로렌이 물었다.

그들은 고작 열세 달 차이가 날 뿐이었다. 그러나 로렌은 더 어렸다. 마야는 그레이스와 호아킨이 자신보다 나이가 더 많다는 것을 알 듯 로렌이 어리다는 것을 본능적으로 인지했다. 그들이 서로 피를 나누었는지 아닌지는 관계없었다. 마야는 어린 여동생을 책임져야 했다. 그녀는 동생을 보호해야만 했다.

"비켜 줘. 저리 비켜, 로렌. 정말이야."

그녀가 로렌에게 말했다.

"그런데 왜 언니가……."

"꺼지라고."

마야가 와인 병으로 문을 가리키며 말했다. 좋은 생각이 아니었다.

"*네* 일이 아니야. 한 번 정도는 그냥 내 말 들어."

마야는 이후로 아주 오랫동안 로렌의 얼굴 표정을 기억하게 될 것이다. 이제 새벽 3시에 자신의 눈꺼풀 안을 보게 된다면 전보다 훨씬 더 외로워질 것임을 알았다.

"그거……, 엄마 거야?"

로렌이 물었다. 마야는 병을 꽉 그러쥐고 아무 말도 하지 않았다.

"옷장 속에서 찾았어?"

로렌은 연이어 뜻밖의 말을 했다.

"나도 차고에서 병을 발견했기 때문에 하는 말이야."

마야는 거기 서서 로렌의 말을 들으며 증거물을 들고 있으면서 동시에 감추려고 했던 것이 바보 같은 짓이었다고 느꼈다. 로렌이 마무리를 지었다.

"병은 낡은 쇼핑백 안에 있었어. 내 생각에는 어제 그걸 다 마신 것 같아."

로렌이 결국 방으로 들어오기 전까지 두 자매는 잠시 서로를 보며 서 있었다.

"아래층 낡은 전기냄비에도 병이 있어."

마야는 무릎이 자신을 지탱해 줄지 알 수 없어 침대에 주저앉았다.

"엄마가 그런다는 걸 안 지 얼마나 됐어?"

"한 달쯤? 더 전인가? 잘 모르겠어."

"왜 내게 말 안 했어?"

로렌이 어깨를 으쓱했다.

"언니가 그레이스랑 호아킨을 만나려는 걸 안 다음이었어. 잘 모르 겠지만 언니에게 부담을 지우고 싶지 않았어. 언니도 여러 가지 일이 많았잖아."

로렌이 그녀 옆에 앉았다. 두 사람의 어깨가 힘없이 맞닿았다.

"내겐 말했어야지."

마야가 잠시 후에 말했다.

"왜?"

로렌이 물었고 그 질문에 딱히 할 말이 없었다.

"아빠도 아실까?"

마야가 물었다.

"아니."

로렌이 대답했다.

"아빠는 여행 중이셔. 시간이 있을 때도 엄마의 부츠 속을 뒤지지는 않지."

"엄마가 운전도 하는 것 같아? 술 마신 다음에 말이야."

그녀는 손에 든 병을 흔들었다. 마야는 로렌에게 이런 식으로 질문

하는 데에 익숙하지 않았다. 보통 자신이 모든 것을 알고 있는 언니였고, 책임을 져야만 하는 사람이었으며, 게임의 규칙을 만들고 누가 이기고 졌는지를 결정하는 사람이었다.

"몰라. 그렇지는 않은 것 같아. 엄마가 어제 학교에 날 데리러 왔는데 괜찮은 것 같았어."

로렌이 말했다.

'그렇지만 엄마는 점심시간에 술을 마실 수도 있다.'고 마야는 생각했다. 접시에 담긴 빵과 샐러드, 그리고 와인 두 잔, 그 정도는 감추기 어렵지 않을 것이다.

그녀는 여전히 진판델 병을 들고 있었기에 그것을 바닥에 조심조심 내려놓았다. 마치 병이 갑자기 산산조각이 나서 카펫을 그들의 비밀로 모두 얼룩지게 할지도 모른다는 듯.

"다시 갖다 놓아야 할까?"

"내게 줘."

로렌이 말했고 마야는 그것을 건네주었다. 로렌은 아래층으로 내려가서 다시 돌아오지 않았다. 마야는 따라 내려갔고 부엌에 서 있는 그녀를 발견하였다. 로렌은 한 손에는 코르크 마개를 다른 손에는 병을 거꾸로 들고는 개수대에 쏟아붓고 있었다.

"뭐 하는 거니?"

마야가 말했다.

"엄마가 어떻게 할 것 같아?"

로렌이 물었다.

"은닉품을 쏟아 버렸다고 우리에게 화를 낼까? 그렇게 하지 않을 거야. 그럴 수가 없을걸. 왜냐하면 그러려면 했던 일을 인정해야만 할 테니까."

마야는 그녀를 한동안 바라보았다. 그리고 이 층으로 올라가 두 번째 병을 가지고 왔다. 로렌은 그것도 따고는 쏟아부었다. 붉은 포도주가 개수대로 소용돌이치며 내려가는 것을 바라보았다.

엄마 아빠가 마침내 중대 발표를 했을 때 마야는 실제로는 그다지 놀라지 않았다. 나중에 엄청난 고통이 뒤따르리라는 것을 알았지만 피할 수 없는 일이라는 점에서 커다란 반창고를 떼는 것과 같다고 생각했다.

누군가가 문을 두드렸을 때 마야는 물리 숙제를 하고 있었다. 그날 밤은 조용해도 너무 조용했다. 그래서 마야는 같은 문제를 네 번이나 풀었지만 여전히 정답을 찾지 못하고 있었다. 그녀는 엄마 아빠가 싸우고 있을 때 공부가 더 잘되는 게 아닌지 의아했다. 만약 고등학교를 제대로 마치기 위해서는 아마도 핵전쟁이 매일 밤 일어나야 하지 않나 생각했다.

젠장.

그녀가 "들어오세요."라고 말하자 문이 열렸고 엄마 아빠가 모두 그 앞에 서 있었다. 걱정스럽고 긴장된 모습이었다. 어린아이들 같았다. 마야는 이전에는 엄마 아빠의 표정에서 그와 같은 모습을 본 적이 없었다. 로렌이 그들 뒤에 있었다. 자신의 표정이 동생과 비슷하리라는 것을 확인하기 위해 거울을 볼 필요도 없었다.

"아빠와 난 너희에게 하고 싶은 얘기가 있다."

엄마가 말했다. 그러자 로렌이 엄마 아빠를 밀치며 와서 마야의 침대에 앉았다. 책상에 앉아 실제로 숙제를 하고 있었던 마야는 의자에서 일어나 그녀 옆에 앉았다. 마야는 갑자기 자신이 *다른* 언니도 거기에 있으면, 그리고 오빠도, 그리고 클레어도 옆에 있으면 좋겠다는 것을 깨달았다. 그녀는 한 무리의 사람들이 그녀 뒤편에 버티고 서서 칼을 뽑아 들 준비를 하고 있었으면 하고 바랐다.

물론 어느 누구도 와 주지는 않았다.

"아래층에 내려가서 얘기할까?"

엄마의 목소리가 다소 잠긴 듯했다. 마야 역시 누군가 새벽 3시의 느낌을 자신의 목에 지긋이 밀어 넣는 기분이 들었다.

"괜찮아. 우린 그저 가족회의를 열려고 할 뿐이야."

엄마가 재빨리 말했다.

그들은 마야가 여덟 살 때, 로렌이 일곱 살 때 마야가 금붕어를 죽인 일에 대해 어찌할 것인지 가족회의를 연 뒤로 가족회의를 한 번도 열지 않았다. 마야는 여전히 성경에 손을 얹고 그 축축하고 비늘이 있는 것에 손을 대지 않았다고 맹세할 수 있었다. 로렌은 병적일 정도로 끔찍하게 물고기를 아끼는 보호자였다. 그게 전부였다.

"숙제해야 해요."

마야가 말문을 열었다. 그녀는 갑자기 관성의 법칙을 떠올렸다. '움직이는 물건은 외부의 힘에 의해 저지될 때까지 움직임을 이어 가려고 한다.' 물리 교과서에 쓰여 있는 말이었다. 그녀는 지금 이대로 모든 일이 계속되기를 원했다. 비록 싸우는 것은 끔찍했지만 그나마 익숙한 일이었다. 마야는 변화를 받아들일 준비가 되어 있지 않았으며 잠재적으로 일어날지도 모를 일에 준비되어 있지도 않았다.

"마야, 부탁이다."

엄마가 말했다. 그녀는 달리 말할 수가 없었다.

아래층에서 마야와 로렌은 엄마 아빠가 사태를 설명하는 동안 소파에 나란히 앉아 있었다.

'우리 사이가 썩 좋지 않다는 것은 너희도 알지?'

'이렇게 하는 것이 훨씬 나을 거야.'

'이제부터 너희는 주말에는 아빠와 보낼 수 있다. 너희와 아빠만.'

'너희들은 훨씬 더 행복해질 거야.'

물론 로렌은 울었다. 로렌은 항상 감정적이었다. 죽은 금붕어 때문에 가족회의를 연 것만 봐도 그렇다. 슬픈 장면이 이어지면 영화관 밖으로 내보내야 할 정도였다. 왜냐하면 너무 흐느껴서 다른 사람들을 방해했기 때문이다.

그렇지만 마야는 아빠가 집을 옮길 것이라는 것, 엄마와 아빠는 딸들을 아주 많이 사랑한다는 것, 이 일은 두 딸들과는 전혀 상관이 없다는 것, 그리고 마야나 로렌의 잘못이 아니라는 것 등을 부모님들이 설명하는 동안 그저 조용히 앉아 있을 뿐이었다.

"물론 우리 잘못이 아니지요."

마야가 웅얼거렸다. 듣고 있기에는 근래 들은 가장 어리석은 말이었기 때문이었다.

"지난 10년 동안 싸웠던 사람들은 *우리*가 아니에요."

'그리고 옷장 속에 와인을 감추지도 않았어요.' 그녀는 하마터면 덧붙일 뻔했다. 그러나 그러지 않는 것이 더 낫다고 생각했다. 로렌은 여전히 울고 있었고 마야는 동생을 더 상처 입히고 싶지 않았다.

아빠가 목청을 가다듬는 동안 엄마가 눈을 깜빡였다.

"네 말이 맞아. 그게 맞는 말이지."

아빠가 이윽고 말했다.

"너흰 나와 함께 여기에서 그대로 사는 거야. 이 집에서. 원하면 언제든 가서 아빠를 볼 수 있어."

엄마가 말했다.

"우리가 아빠와 살고 싶다면 어떻게 해?"

마야가 물었다. 사실 그녀는 아빠와 살고 싶은지 알지 못했다. 그러나 그들 중 누가 그녀를 훨씬 더 강하게 끌어당기는지를 알기 위해 두 사람 사이에 서 있고 싶다는 강렬한 욕구가 생겨났다. 15년 전 그녀를 얻기 위하여 열심히 노력한 것처럼 그녀를 지키기 위해 그들 중 누가 더 열심히 싸울지 알고 싶었다.

"우린 그 문제도 해결할 수 있을 거다."

아빠가 말했다. 엄마는 답할 수가 없었다. 엄마는 눈을 깜박거려 눈물을 감추고 팔로는 로렌을 쓰다듬느라고 바빴다. 그녀는 마야도 껴안으려고 했지만 마야가 소파 저쪽으로 옮겨 앉아 둘 사이에 거리를 두었다. 마야는 누구도 자신을 만지게 하고 싶지 않았다.

"우리는 노력할 거고 이 상황에서도 너희 둘을 가능한 한 편하게 해 줄 거다. 그러니 너무 염려 마라."

아빠가 덧붙였다.

마야는 짧고, 날카롭고, 씁쓸하게 웃었다. 웃지 않을 수가 없었다.

"'*편하게*' 해 줄 단계는 아주 오래전에 지났다고 생각하는데요."

그녀가 말했다.

"마야……."

아빠가 다시 말을 시작하였으나 그녀는 손을 들어 올렸다.

"아뇨, 그만요."

말이 갑자기 목구멍에서 가로막혔다. 벽들이 너무 가깝게 그녀에게 다가왔고 공기는 너무 희박했다. 폭발이 일어난 후 달아나는 영화 속 인물 같은 느낌이었다. 길은 바로 한 발짝 뒤에서 부서져 재가 되어 버리고 그녀를 끌어당기는 타르 구덩이 같은 심연에서 밝은 빛만을 빨아들이는 블랙홀 같은 데에서 빠져나오려고 기를 쓰는 인물이었다.

"일어날게요."

마야가 말했다. 그리고 전화기를 손에 쥐고 현관문을, 잔디밭을 지나 진입로를 달려갔다. 길 끝에 닿고서야 그녀는 맨발임을 깨달았다. 짧은 거리인데도 발이 쑤셔 왔다. 그러나 개의치 않았다.

그녀는 클레어에게 문자를 보냈다.

공원에서 만날까? 보고 싶어.

답장을 기다리는 동안 가슴이 몸 전체를 두근거리게 했다. 클레어가 답했다. 늘 그랬듯 변함없이 그 자리에서 그리고 분명하게.

출발했어. 괜찮아?

마야는 답장하지 않았다. 그저 달렸다. 공원에 도착하자 초록색이 느껴졌고 발바닥을 날카롭게 찌르는 느낌이 더 강하게 들었다. 폐는 회색처럼 불타올랐고 희뿌연 연기처럼 숨을 내뱉을 수가 없었다.

그녀는 더욱 빨리 달렸다.

마야가 모퉁이를 돌아 주차장에 들어섰을 때 클레어가 차에서 내리려 하고 있었다.

"여기……."

클레어가 말했고 마야는 그녀의 팔로 뛰어들었다. 클레어는 조금 뒤로 물러났고 마야의 달리던 힘 때문에 둘 다 넘어졌다.

"야, 안녕……. 야, *야*."

클레어가 말했다. 마야가 울기 시작했다. 어떤 말도 할 수가 없었다. 무엇을 말해야 할지 알 수 없었기 때문이 아니라 하고 싶은 말이 너무나 많았기 때문이었다. 마야가 세상의 모든 사전을 가졌다고 해도 이 공간의 어둠, 그레이스처럼 혼자가 된다는 것의 두려움, 호아킨처럼 누구도 원치 않게 되는 것을 설명하기에는 충분하지 않을 듯했다.

클레어는 그녀를 주차장에서 오랫동안 안고 잡고 있었다. 그녀가 다시 입을 열었을 때 마야가 겨우 속삭인 첫 마디는 "가지 마."였다.

"아무 데도 안 가."

클레어가 속삭임을 되돌려 주었다.

그녀의 목소리는 기도처럼 부드러웠다.

9. 호아킨

호아킨이 마크, 린다와 함께 살게 된 이후 처음 심리치료사를 만났을 때에는 상담이 그렇게 잘 진행되지 않았다.

그들은 고층 빌딩에 있는 사무실에서 만났다. 빌딩이 너무 높아서 호아킨은 바다로 이어지는 모든 길을 볼 수 있었다. 그것만으로도 약간 어지러움을 느꼈으나 사무실 자체는 깨끗하고 하얗고 현대적이었다. 그 방의 유일한 색이라고는 심리치료사 애나의 책상 위에 있는 보라색 난초뿐이었다. 눈부시게 하얀 모든 것들이 호아킨으로 하여금 얇은 시트가 깔린 아기 침대를, 손목에 가해졌던 옥죄임과 상처를, 그리고 전혀 잠을 잔 것 같지 않게 느껴지게 하는 약에 취한 졸음을 떠올리게 했다. 사무실은 아주 조용해서 냉방기가 윙하고 돌아가는 소리도 들을 수 있었다.

호아킨은 걸어 나오기 전 거기에서 2분 남짓 있었을 뿐인데도 머리칼이 땀에 젖었고 손이 떨려 왔다.

"전 거기 다시는 가지 않을 거예요."

호아킨이 린다와 마크에게 말했는데, 그 말이 처음으로 그들이 들으면 좋아하지 않을 말을 적극적으로 한 것이었다. 그는 그들을 행복하게 하기 위해, 그들이 그를 *원하도록* 하기 위해 아주 열심히 노력하였으나 그 사무실에는 다시 발을 들여놓고 싶지가 않았다.

그들은 그가 숨을 고르는 사이에 보도블록 위에 함께 앉았다. 호아킨의 심장이 천천히 정상적인 상태로 돌아올 때까지 마크는 손을 조심스럽게 그의 어깨 위에 대고 있었다. 그들은 그가 설명해 주기를 조용히 기다리면서 족히 20분은 넘게 함께 앉아 있었다. 그리고 호아킨이 설명하지 않고 혹은 설명할 수 *없자* 그에게 질문하기 시작했다. 때때로 호아킨은 그들이 질문을 할 때가 좋기도 하고 싫기도 했다. 때로는 자신을 지나치게 배려하는 것 같은 느낌이 들었고 때로는 너무 많은 것을 알려고 한다는 느낌이 들었다.

"너무 병원 같아요."

호아킨이 마침내 간신히 말했다. 지금은 질문을 받는 것이 싫었다.

"아……."

린다가 말했다.

"알았다."

마크가 동의했다.

그다음 주 그와 애나는 집 근처에 있는 식당에서 만났다. 호아킨은 지금껏 '우리 집' 혹은 '나의 집'이라고 생각해 본 적이 없으며 지금도 다르지 않았다. 그렇지만 좋았다. 여전히 좋은 집이기 때문이었다. 거기에서 사는 것이 좋으면 됐지 그의 것일 필요는 없었다.

"여기는 괜찮아? 사무실이 너무 소독약을 많이 친 것처럼 보인다고 했다며?"

애나가 그의 맞은편 자리에 앉으면서 물었다.

"예, 여긴 괜찮아요."

"알고 있니? *괜찮다*는 말은 기본적으로 심리치료사에겐 그다지 좋은 말로 받아들여지지 않는다는 걸."

애나는 웨이터에게 레모네이드를 주문하면서 말했다.

"망할, 불안감, 불안정, 감정 과잉과 비슷하지."

그녀가 손가락으로 하나하나 감정을 꼽아 가며 읊조렸다.

"심리치료 입문."

물론 호아킨은 그 모든 것들을 알고 있었다. 함께 위탁된 나이 많은 형이 실제로 '난 괜찮아.'라는 문신을 어깨를 가로질러 새겼다. 호아킨은 '괜찮아요.'가 의미하는 모든 애매한 경우들을 알고 있었다

"예, 정확해요."

그는 애나에게 말했고 그녀는 웃었다.

그녀는 그가 한 자리에서 콜라를 세 병이나 마셨다는 것도 린다에게 이르지 않을 만큼 좋은 사람이었다. 그런데도 호아킨은 그녀를 만나고 싶지 않았다. 그러다 그는 린다와 마크가 자신들의 주머니에서 애나에게 돈을 지불하고 있다는 것을 알았고 적어도 그녀를 만나는 것이 그들에게 진 빚을 갚는 것이라 생각했다. 위탁부모들은 대개 그런 일에 자신들의 돈을 쓰는 것을 좋아하지 않았다. 호아킨은 린다와 마크가 잘해 준다고 해서 마음대로 하고 싶지 않았다.

18개월 뒤에도 여전히 애나와 호아킨은 금요일 저녁마다 만나고 있었다. 그들은 항상 같은 것을 시켰다. 애나는 레모네이드와 콥 샐러드, 호아킨은 야채 버거와 감자튀김, 콜라를 시켰다. 그리고 식당 뒤쪽의 같은 자리에 앉았다. 음향시설 때문에 사람들이 피하는 자리였다.

"그래서, 어땠어?"

마야와 그레이스를 처음으로 만난 뒤 금요일, 애나는 그의 맞은편 의자에 앉으며 말했다.

호아킨이 처음부터 애나의 단도직입적인 접근을 고맙게 생각하지는 않았다. 그러나 점차 익숙해졌다. 그녀는 또 욕도 아주 잘했는데 호아킨은 그것도 좋았다. 대부분의 심리치료사들은 그를 마치 언제 터질지 모르는 폭탄인 듯이 다루었다. 사실 그는 자기 삶을 그렇게 느끼기는 했다. 그리고 지금도 다르지 않았다.

"괜찮았어요."

호아킨은 말하고는 그녀가 눈을 흘기자 빙긋 웃었다.

"농담이에요. 좋았어요."

만약 *괜찮았어요*(fine)가 애나에게 은메달에 해당하는 단어라면 *좋았어요*(nice)는 분명 금메달 감이었다.

"둘 다 백인이에요."

호아킨은 웨이트리스가 음료를 가져왔을 때 빨대의 종이를 찢으며 덧붙였다. 웨이트리스는 이제 그들의 주문을 외고 있었다. 애나와 호아킨은 석 달 동안 메뉴판을 보지 않았다.

"그럴 것이라 생각했었잖니. 걔들은 어땠어? *좋아 보이든?*"

애나가 말했다. 호아킨이 혼자 빙긋 웃었다.

"재미있는 얘들이에요. 걔들은 이미 서로 아주 친해요. 그리고 그게 내게도 느껴졌어요."

이어서 애나가 질문을 하기 전에 호아킨은 미리 말했다.

"좋았어요. 걔들이 서로 좋아해서 기뻤어요."

"그리고 걔들이 너도 좋아했어?"

호아킨은 어깨를 으쓱하고 콜라를 한 모금 마셨다.

"그런 것 같아요. 지금 우린 단체 채팅 방이 있어요. 이번 일요일에 또 만나기로 했고요."

"잘됐다."

애나가 말했다. *잘됐다, 좋다, 괜찮다.* 애나는 지금 울퉁불퉁한 길을 매끄럽게 포장하려고 애쓰고 있었다. 호아킨은 그것을 알 수 있었다.

"그건 정말……."

그가 말을 시작했다. 그리고 콜라로 손을 뻗었다. 애나가 눈썹을 들어 올렸다.

"그건 정말……?"

그녀가 재촉하듯 말했다.

호아킨은 이슬이 맺힌 유리잔을 엄지손가락으로 훑어 내려 물기 없는 줄을 만들었다.

"걔들은 둘 다 입양됐어요. 알아요? 부모가 걔들을 얻기 위해 많은 돈을 지불했다는 걸."

애나가 고개를 끄덕였다.

"아마 그랬겠지, 알아."

그다음 호아킨이 반응을 보이지 않자 그녀가 덧붙였다.

"그게 널 힘들게 하니?"

"그것 때문에 힘들지는 않아요."

그가 말했다. 그리고 유리잔에 또 다른 줄을 만들었다.

"그저……, 사람들은 나를 데리고 있으려고 돈을 *치르기도* 했어요. 물론 결코 충분하지는 않았지만."

애나가 탁자를 가로질러 그를 보았다.

"그건 네게 어떤 느낌이 들게 하는데?"

호아킨은 어깨를 으쓱했다. 그는 여동생들 얘기를 더 이상 하고 싶지 않았다. 걔들에 대해 어떤 느낌을 가지고 있는지를 묘사할 단어를 아직 찾아야 했다. 그래도 애나는 자신이 정확한 단어를 찾을 때까지 기다려 주리라는 것을 알고 있었다.

"전 버디랑 헤어졌어요."

그가 화제를 바꾸었다. 그는 마야와 그레이스 때문에 지난번 만날 때 그 얘기를 하지 않았다. 물론 버디에 대해 말하고 싶지 않기도 했다. 두 새 여동생을 찾아낸 것이 *실제로* 어려운 화제를 회피하는 데에 도움이 되었다.

애나는 눈을 깜박였다. 그녀는 여간해서는 잘 놀라지 않았다. 호아킨은 지난 1년 반 동안 놀랐음에도 평온한 그녀의 얼굴을 여러 번 보아 왔다. 그녀를 놀라게 만든 것은 너무 많은 희생을 한 후에 얻은 것 같은 기묘한 승리감을 느끼게 했다.

"와우."

그녀가 10초는 충분히 지났을 즈음 말했다. 그중 9초 동안 호아킨은 공연히 버디 얘기를 꺼낸 것은 아닌지 걱정했다.

"이유를 내게 말해 줄 수 있어?"

놀라움은 사라졌고 애나의 얼굴은 원래의 심리치료사의 표정으로 천천히 되돌아왔다.

"네가 정말 그녀를 좋아했다고 생각했는데."

"맞아요. 그게 그녀와 헤어진 이유예요."

호아킨이 말했다. 애나가 호아킨을 향해 머리를 기울였다.

"음. 그 말은 마치 18개월 전에 내가 만났던 호아킨이 했음직한 말처럼 들려."

"전 같은 사람이에요."

호아킨이 그녀에게 말했다. 그는 애나가 과거의 자신과 현재의 자신을 구분하는 것이 싫었다. 호아킨은 그렇게 분리하는 것이 불가능하다는 것, 그리고 그는 항상 과거에 했던 일들, 과거에 함께 보냈던 가족들과 뒤얽혀 있다는 것을 알고 있었다. 그는 그것들로부터 벗어나려고 몇 년을 보냈기 때문에 잘 알고 있었다.

"전 그저 그것이 좋은 생각이 아님을 깨달았어요. 그게 다예요."

"넌 지난달에는 네 인생 전체에서 그 어떤 누구보다 버디가 널 가장 행복하게 해 준다고 했잖아."

호아킨은 때때로 애나가 그렇게 훌륭한 기억력을 갖지 않았으면 했다.

"지금도 그래요. 아니 *그랬어요.*"

그는 곧바로 고쳐 말했다.

"전 그저……. 그녀는 아기 때 사진들을 모두 가지고 있었어요."

애나는 의자에 깊숙이 기대앉으며 레모네이드를 집어 들었다.

"그런데 넌 가지고 있지 않고."

호아킨은 자세를 고쳐 앉았다. 주문한 음식이 왜 안 오는지 궁금했다. 그는 배가 고팠다. 그는 언제나 배가 고팠다. 마크와 린다는 그가 얼마나 음식을 많이 먹는지 놀려 대곤 했다. 호아킨은 눈치를 채고는 먹는 것을 줄였다. 그가 일부러 먹는 것을 자제하고 있다는 것을 알았을 때 그들은 깜짝 놀랐다. 더 이상 음식에 대한 농담을 누구도 하지 않았다. 그들은 심지어 그를 위해 냉장고에 특별히 빵을 넣어 두기도 했다.

"호아킨, 단지 아기 때 사진들이 없다고 해서 과거가 없다는 것을 의미하지는 않잖아."

"알아요. 제가 그걸 모를 거라고 생각해요? 우리는 여기에서 매주 저의 과거 때문에 만나고 있어요. 전 정말 버디와 연결되고 싶지 않아요."

애나는 한 박자 쉬었다가 말했다.

"네가 하고 싶어 한 것들은 어떻게 되는 거니?"

"그건 중요하지 않아요. 그녀가 더 중요해요."

"너희 둘 *다* 중요해, 호아킨. 마크와 린다의 집에 오기 전에 어떤 일을 겪었는지 버디에게 말한 적 있니?"

호아킨은 어이없다는 듯 눈을 휘둥그레 뜨며 비웃었다.

"네에. 내가 열두 살 때 그들이 어떻게 나를 정신병원에 처넣었는지 모두 이야기해 줬어요. 여자애들은 그런 이야기를 아주 좋아하죠. 특히 예쁜 여자애들은."

그는 비꼬듯 대답했다.

"그건……?"

"버디는 원하는 게 많아요. 알아요?"

호아킨이 그녀를 가로막으며 말했다. 때때로 애나에게 말하는 것이 아주 절망적일 때가 있었다. 그의 시각에서 사태를 보는 것을 거부할 때였다. 만약 호아킨에 대해 누군가가 전문가라고 한다면 그 누군가는 당연 호아킨 자신이어야만 했다.

"제가 의미하는 것은 물건이 아니라 *삶* 그 자체예요. 전 결코 그녀가 원하는 삶을 줄 수가 없어요."

"그녀가 그렇게 말했어? 아니면 *네가* 그렇게 말했니?"

애나가 곧장 반박했다.

호아킨은 딴청을 부렸다. 두 사람은 이미 그 답을 알고 있었다.

"마야와 그레이스는 어때?"

애나가 그에게 물었다.

"걔들에게 어떤 일을 겪었는지 말할 거니?"

"아뇨."

그는 마지막 말을 토해 내듯 대답하고는 창밖을 보았다. 아이들을 가득 태운 밴이 지나갔다. 서핑 보드들이 차 뒤로 삐져나와 있었다. 호아킨은 그들 중 몇 명은 틀림없이 자신과 같은 학교에 다닐 것이라 생각했다. 그는 그 애들이 부럽기도 하고 결코 그 애들처럼 되고 싶지 않기도 했다.

"동생들이 이해해 줄 것이라고는 생각하지 않지?"

호아킨의 관심을 레스토랑으로, 식탁에 음식을 내려놓고 있는 종업원에게 돌리면서 애나가 물었다.

"물론 걔들은 이해하지 못할 거예요."

호아킨은 종업원이 가자마자 말했다.

"걔들은 완벽한 가족과 살고 있어요. 걔들은 완벽한 삶을 누리고 있어요. 제가 뭐라고 말해야 하나요. 걔들과 전혀 닮지 않은 자기들의 오빠가 '*미쳤다*'고 제 입으로 말해야 하나요?"

애나가 눈썹을 치켜떴다. 그녀는 그 단어를 싫어했다.

"미안해요."

호아킨이 말했다.

"난 그 애들 중 누구도 몰라. 그러나 그 애들의 삶도 완벽하지 않다는 건 말해 줄 수 있어. 네가 가진 문제들과 똑같진 않겠지. 그러나 걔들은 걔들 나름의 문제를 가지고 있어. 그건 내가 장담해."

애나가 부드럽게 말했다.

호아킨은 팔짱을 꼈다.

"여동생들은 입양됐는데 넌 그렇지 못해서 화가 난 거니?"

"내가 그렇게 살았다고 왜 걔들이 저와 똑같은 삶을 살아야 해요? 그건 멍청한 생각이죠. 걔들은 좋은 가족을 가져야만 해요. 걔들은 좋은 가족들을 *가지고 있고요*."

그는 잠깐 멈추었다가 덧붙였다.

"그레이스, 걔가 언니인데요. 걔는 함께 생물학적 엄마를 찾고 싶어 해요."

"그래서 넌 뭐라고 말했어?"

"고맙지만 싫다고 했어요. 마야도 그렇게 말했고요. 여하튼 마야는 진짜 이렇게 말했어요. '그 여자는 호아킨을 *낯선 사람들*에게 넘겼어.'"

호아킨은 가족을 외면한 것이 세상에서 가장 최악의 일이라는 듯

저주를 내뱉듯이 말한 마야의 분노를 흉내 내려고 했다.

"그레이스는 혼자서라도 찾으려고 해요."

"그레이스가 왜 생모를 찾고 싶어 하는지 이유도 말했어?"

호아킨은 어깨를 으쓱했다.

"몰라요. 그런 건 자기 심리치료사에게 말하겠죠."

애나가 그를 보고 웃었다. 그리고 호아킨도 웃음을 되돌려 주었다.

"잠깐 동안 버디 얘기로 돌아가도 될까?"

애나가 물었다.

"물론이죠. 은유적으로라면."

"오우, 내가 졌다. 그녀가 보고 싶어?"

호아킨은 버디의 모든 것이 그리웠다. 그녀 피부의 향기를 그리워했고 그녀가 어깨에 머리를 기댈 때마다 그의 팔 여기저기 흘러내리는 머리칼도 그리웠다. 그녀의 웃음소리도 그리웠고 누군가가 그녀와 의견이 다를 때마다 격렬하게 화를 내는 것도 그리웠다.

"조금, 때때로."

그는 하루의 매 순간 그녀를 그리워했다.

"그럼 네 동생들에 대해서는 어때? 그 애들을 더 잘 알게 되면 똑같이 밀쳐 낼 거야? 네가 그들에 비해 모자라다고 생각해서 버디에게서 달아나듯 달아나 버릴 거야? 누구든지 간에?"

호아킨은 감자튀김을 먹으며 아무 대답도 하지 않았다. 감자튀김이 식었을 때는 정말 끔찍한 맛이다. 그런데 지금 먹는 것은 뜨겁고 바삭거렸다. 그는 하나 더 집어먹었다.

"네게 알려 줄 새 소식이 있기 때문이야."

애나가 계속 말을 했다.

"넌 언제까지고 가족을 밀쳐 버릴 수가 없어. 언제나 그들과 연결되어 있거든."

호아킨은 유리잔에서 흘러내린 물기로 탁자 위에 낙서를 했다.

"아 그래요? 그 얘긴 저의 생모에게나 말해 주세요."

"호아킨."

애나가 이번에는 목소리를 부드럽게 만들어 말했다.

"넌 너의 삶에서 누군가를 부모로 받아들일 자격이 있어. 마크와 린다도 너를 아들로 받아들일 만한 사람들이고. 넌 어떤 일이 있었든 이젠 네 자신을 용서해야만 해."

"그럴 수가 없어요."

그는 스스로 자제하지도 못한 채 말을 쏟아 냈다.

"전 절 용서할 수가 없어요. 제가 그런 짓을 했을 때 도대체 어떤 놈이었는지를 모르겠어요. 전 그 자식을 전혀 몰라요. 갠 모든 것을 망쳐 버린 아주 엿 같은 멍청이예요."

그를 바라보는 애나의 눈빛이 다소 슬퍼 보였다. 물론 그녀는 진실을 알고 있었다. 그녀는 병원 기록과 경찰 조서, 호아킨의 입양 가족인 부캐넌 씨의 진술서를 보았다.

"전 그냥 아무 일도 일어나지 않은 척하고 싶어요."

한참 뒤에 그가 말했다.

"아, 그래? 그게 어떻게 너한테 도움이 될까?"

"정말 기분 더럽죠. 그렇지만 그렇게 하면 저만 상처를 받으면 되니까요."

그가 대답했다. 그리고 자신도 모르게 웃음을 터뜨렸다.

"과연 그럴까?"

애나가 물었다.

호아킨은 창밖을 보았고 대답하지 않았다.

그날 밤 늦게 호아킨은 악몽 때문에 잠에서 깼다. 침대 시트와 티셔츠가 땀으로 흥건히 젖었다. 살갗 아래 피가 아주 격렬하게 뛰어 외부에서 무언가가 마구 뒤흔드는 듯 느껴졌다.

"얘야, 얘야. 됐어. 이제 괜찮아."

등을 쓸어내리는 마크의 손은 따뜻했다. 그는 손으로 누르면서 호아킨을 침대에 눕게 했다.

"괜찮아. 그저 잠이 깬 것뿐이야."

"전 괜찮아요."

호아킨은 간신히 말했다. 그의 눈 뒤의 색이 피부를 찌를 듯 너무 밝고 날카로웠다.

린다는 마크 옆에 서 있었다. 그녀는 호아킨에게 물 한 컵을 건넸다. 한밤중에 머리를 풀고 화장을 지운 그녀는 더욱 부드럽게 보였다.

"죄송해요."

호아킨이 말했다.

"죄송해요. 전 괜찮아요. 깨워서 죄송해요."

마크와 린다는 침대 위 그의 양 옆에 앉았다. 호아킨은 그들이 자신을 보내지 않으리라는 것을 알 수 있었다. 그는 자신을 위해 누군가가 곁에 있게 하려고 노력하면서 17년을 보냈다. 그리고 지금 그들이 그렇게 하고 있었다. 그런데도 지금은 정말 그들이 가 줬으면 했다.

"어떤 꿈인지 말해 볼래?"

마크가 물었다. 처음에 호아킨은 악몽을 꾼 다음 마크가 방 안에 함께 있는 것을 어찌할 줄 몰라 했다. 그런데 지금은 견딜 만했다. 그는 이것이 애나가 *진전*이라고 부르는 것이 아닐까 생각했다.

"그저⋯⋯. 기억할 수가 없어요."

호아킨이 손으로 얼굴을 문지르며 말했다. 그는 깨끗하고 마른 셔츠가 필요했다. 그는 완전히 새로운 뇌가 필요했다.

"그냥 깼어요."

물론 진실이 아니었다. 그는 꿈에서 동생들을 보았다. 파도가 모래 해변을 거칠게 몰아치는 가운데 마야와 그레이스가 바다 끝에 서서 그를 불렀다. 그는 그녀들에게로 가고자 했지만 발이 땅에 붙어 움직이지 않았고 바다에 휩쓸려가는 그녀들을 바라보고만 있었다.

"넌 그레이스와 마야를 부르며 소리치고 있었어. 그 애들 꿈을 꿨니?"

린다가 부드럽게 물었다.

호아킨이 어깨를 으쓱했다.

"모르겠어요."

마크와 린다가 자신의 머리 위로 눈짓을 교환하고 있다는 것을 알기 위해 굳이 올려다볼 필요가 없었다. 만약 그들이 그렇게 할 때마다 1달러를 받았다면 그는 집을 나와 자신의 공간을 가질 수도 있었을 것이다. 그리고 차도.

"잠들 수 있을 것 같아?"

마크가 잠시 침묵한 끝에 물었다. 그의 손은 여전히 호아킨의 등에 머물러 있었다. 호아킨은 그들 모두를 좋아했다. 그는 조용히 기다려주는 마크의 배려를 좋아했다. 곧바로 대답을 요구하지 않는 것도 좋았다. 마크는 때때로 호아킨이 언어를 사용하지 않고서도 아주 많은 것을 말하고 있음을 깨달았다.

"예, 전 괜찮아요. 잠을 깨워 죄송해요."

호아킨이 다시 물을 한 모금 마시며 말했다.

"미안해할 것 없어. 마크는 깨어 있었어. 아마 인터넷에서 쓸데없는 걸 보고 있었을 거야."

호아킨이 웃었다. 그가 실제로 웃고 싶었기 때문이라기보다 린다가
그러기를 기대했기 때문이었다.

10. 그레이스

애덤의 엄마는 그레이스에게 책임을 묻지 않기로 결정했다. 그레이스로서는 다행이었다. 학교는 폭력에 대해 무관용의 원칙을 견지했으나 괴롭힘에 대해서도 무관용의 원칙을 가지고 있었다. 그리고 애덤이 모든 것을 촉발시켰기에 학교는 그에게 근본적인 책임이 있다고 결정하였다. 애덤의 엄마는 홀어머니였고 그녀는 아기 울음소리로 그레이스를 놀린 것 때문에 정말 아들에게 화가 났다.

물론 학교는 그레이스에게 그저 호의적인 것만은 아니었다. 그레이스는 엄마가 방문 앞에서 그들에게 전화로 '호르몬'과 '아기' 등에 관해 말하는 것을 들었다. 그리고 분명 그러한 말들은 학교 행정가들에게는 공포를 불러일으키는 말들이었을 것이다. 그레이스는 자신이 학교 역사에서 처음으로 임신한 여학생일 가능성이 높다고 확신했다. 또한 10대가 임신한 비율이 높은 학교가 좋은 평가를 받지 못한다는 사실도 알게 되었다.

결국 그들은 타협했다. 그레이스는 올해 남은 기간은 홈스쿨링을 하고 가을에 3학년으로 진급하기로 했다. 솔직히 그것은 타협이라기보다 선물처럼 생각되었다. 그 복도를 다시 걸어가지 않아도 된다면 그레이스는 무엇이든 괜찮다고 생각했다. 그녀는 엄마 아빠가 영화에 나오는 것 같은 동부 해안의 기숙학교에 보내 주기를 바란 적도 있었다. 그러면 그녀는 처음부터 다시 시작할 수 있을 것이며 예전의 그녀가 했던 모든 잘못된 결정과 예전의 자신을 버리고 다른 누군가가 될 수 있을 듯했다. 그러나 그녀는 과거를 벗어날 수 없음을 알고 있었다. 그리고 피치도. 그녀는 피치를 결코 벗어날 수 없었다.

토요일 아침 11시쯤 엄마가 그레이스를 아래층으로 불렀다. 침대에 처박혀 텔레비전 프로그램을 한꺼번에 몰아 보는 행태를 더 이상 참고 보아줄 수 없는 한계에 도달했음이 분명했다. 전날에는 그레이스에게 침대 시트를 갈고 침대 아래를 청소하게 했다.

"창문을 열어. 여긴 호빗의 굴에서나 날 법한 냄새가 난다."

엄마가 말했다. 그레이스의 엄마는 대학에서 톨킨에 관한 논문을 썼다. 그래서 그녀는 걸핏하면 '호빗의 굴'에 빗대고는 했다. 그레이스와 아빠는 그에 적응하는 법을 배웠다.

엄마는 그레이스가 내려오자 말했다.

"여기, 이걸 반품 좀 해 줘."

그녀는 '위스크트 어웨이'에서 나온 주방용품이 든 가방을 건네주었다. 계단 손잡이를 놓고 마지막 계단에 발이 닿기도 전에 그레이스는 자기도 모르게 가방 안을 들여다보았다.

"이게 뭔데?"

"반품할 물건."

그레이스는 엄마를 무시하고 포장지를 헤집어 보았다.

"이것들은 뭐냐고?"

"질문이 너무 많다."

그레이스는 엄마를 조금 더 무시하기로 했다. 그것은 작은 도자기 스튜 냄비에 담긴, 달걀 프라이 모양의 작은 도자기였다.

"이건……? 이건 소금과 후추 가는 거네!"

그레이스가 달걀 모양 도자기를 들어 올렸다.

"이것들이 형편없는 건지 멋진 건지 알 수가 없네."

"수면 부족 중에 산 거야."

엄마가 말했다. 엄마의 불면증은 새벽 3시경에 온라인으로 아주 많은 상품을 구매하게 만들었다. 그리고 낮의 차갑고 환한 빛 속에서 확인된 상품들은 종종 도착하는 즉시 반품되었다. 그레이스는 불면증이 엄마로 하여금 톨킨의 모든 작품들을 완벽하게 섭렵하게 한 이유가 아닌지 의심했다.

"끔찍한데."

그레이스가 마침내 결론을 내렸다.

"*아빠도 싫어할 거야.*"

"아빠는 아주 싫어해!"

아빠가 부엌에서 소리를 질렀다. 엄마는 '*내가 지금 왜 여기에서 이러는지 보면 모르겠니?*'라고 말하듯 그레이스를 향해 눈을 치켜떴다.

"잔말 말고 그냥 반납해."

엄마가 20달러를 주며 잘라 말했다.

"아주 커다란 커피든 언 요구르트든 뭐든 사 먹고 와."

엄마에겐 다행스럽게도, 그레이스는 쉽게 매수되고는 했다. 그녀는 소금과 후추를 가는 통과 돈을 집어 들었다. 그리고 자동차 열쇠도.

그레이스는 쇼핑센터에 차를 주차하자마자 심각한 실수, 엄마의 소금과 후추 통보다 훨씬 큰 실수를 했음을 깨달았다. 그날은 토요일, 학교를 가지 않는 날이었다. 주차장이 붐비지는 않았고 학교 주차장에서 보았던 차들을 알아볼 수는 없었지만 그렇다고 갑자기 속이 울렁거리는 증상이 나아지지는 않았다. 지난번 학급 아이들을 마지막으로 본 날 그레이스가 그들 중 한 아이의 얼굴을 후려치는 것으로 끝을 보았다. 그녀는 다시 또 그 경험을 반복해서 겪고 싶지는 않았다.

만약 그레이스의 엄마가 '집 밖으로 쫓아내기 위해' 의도적으로 심부름을 보냈다면 그레이스는 엄마에게 욕을 퍼부을 작정이었다.

그레이스는 주차장을 가로질러 눈에 띄지 않게 걸어가면서 선글라스를 썼다. 그리고 꼬마 아이들의 물장난을 위해 만든, 예쁘게 장식한 분수를 지나는 대신 상점의 뒷문으로 가는 길을 택했다. 그레이스는 저 나이 또래의 피치는 어떤 모습일까를 생각하지 않고 그들을 마음 편히 볼 수 있을지, 물에서 그들이 내지르는 소리를 들을 수 있을지 자신할 수가 없었다. 텔레비전에 아기가 나오기만 해도 그녀는 채널을 돌렸다. 그것은 마치 가장 거대한 종류의 사랑이라는 칼이 심장에 꽂혀 있는 것과 같았으며 그 원천과 무관하게 고통은 너무 극심해 견디기 어려웠다.

그레이스가 도착했을 때 위스크트 어웨이 부스는 텅 비어 있었다. 그녀는 부엌용품을 둘러보는 것이 토요일 오전에 할 수 있는 그럴듯한 일은 아닌 모양이라고 생각했다. 그녀는 가계수표로 계산을 하고 있는 여자의 뒤에 줄을 섰다. 세상에 아직도 가계수표라니!

계산대로 갈 차례가 되었을 때 그레이스는 몇 명의 학생들이 들어오는 것을 보았다. 그들의 이름은 알지 못했지만 학교에서 본 적이 있었다. 항상 착하게 보였던 여자애들 2명이었다. 그래도 그레이스는 갑자기 앨리스처럼 구멍 속으로 떨어져 버리고 싶었다. 누군가 그녀를 보기 전에 이상한 나라로 사라져 버리고 싶었다. 그리고 그녀의 가슴이 경주의 출발선에서 총소리를 들었을 때처럼 거듭 반복해서 달리라고 그녀에게 말하는 듯 쿵쾅거리며 뛰기 시작했다.

그레이스는 말 그대로 달리지는 않았지만 줄에서 벗어나 재고 할인 판매대를 지나 가게의 뒤쪽으로 우스꽝스러울 정도로 빠르게 걸어갔다. 그곳에서 그들은 요리 수업을 하기도 했다. 그 뒤쪽은 을씨년스럽고 시원했다. 그녀는 환풍구 아래에 서서 숨을 고르려고 했다.

아주 바보 같은 행동이었다. 그들은 그녀가 누구인지 몰랐을 수도 있고 알았다 할지라도 신경이나 썼을까 싶었다. 그레이스가 총으로 위협하여 강도 짓을 하는 것을 들킨 것도 아니지 않은가.

물론 그레이스는 이 모든 것을 알았지만 가슴이 머리를 따라잡기에는 시간이 좀 걸렸다.

"혹시 도울……. 아, 안녕."

그레이스는 점원에게 괜찮다고, 도움이 필요하진 않다고, 그냥 둘러보는 중이라고 뭐든 그를 떼어 놓을 말을 하려고 돌아보았다. 그리고 누구인지를 깨달았다. 라피, 공포의 포름알데히드 화장실에서 만났던 아이였다.

'물론 너구나.' 그레이스는 생각했다. '물론 그렇지.'

"오, 안녕. 난 그저 음, 반품할 게 있어서."

"반갑다."

그는 말했지만 움직이지 않았다. 입고 있는 초록색 앞치마가 그의 눈을 훨씬 더 갈색으로 보이게 했다. 단순히 빛 때문에 그런지도 몰랐다. 아니면 전시된 테프론 그릇에 반사되어 그런지도. 아마도 그럴 것이었다.

"그래."

그레이스가 다시 말했다. 그녀의 말은 자신이 들어도 현명하게 들렸다. 이것으로 그레이스는 쉽게 최고의 대화상 정도는 받을 수 있을 듯했다.

"넌, 음, 그러니까 여기서 일해?"

이건 확실히 금메달 감이었다.

"아냐. 난 그저 앞치마를 좋아해서."

라피가 말했다. 그가 너무 진지하게 말해서 그녀는 시체를 오븐에

넣으려는 사이코패스와 우연히 대화를 나누게 된 것은 아닌지 걱정하면서 눈을 깜박였다. 그러자 그가 웃었다.

"농담! 미안, 아무도 내 유머를 이해 못 하더라고. 농담이야. 여기서 일해. 그렇지만 나는 정말 앞치마를 좋아해. 아무한테도 말하지 마."

그레이스가 어떻게 하면 이 대화와 쇼핑센터에서 빨리 벗어날 수 있을까 궁리하며 고개를 끄덕였다.

"앞치마는 주머니가 있어. 그래서 좋아."

"맞아."

라피가 말했다. 그리고 손을 앞의 주머니에 넣고 살짝 펄럭거렸다.

"내 모든 비밀들을 담기에 넉넉해. 미안, 또 내가 농담한 거야. 네가 이해 못 했을까 봐 말하는 거다."

그는 당혹스러움과 매혹 사이의 어디쯤엔가 있었다. 그레이스는 자신이 그를 좋아하는 것인지 아니면 그를 그저 나쁘게 느끼는 것인지 마음을 정할 수가 없었다.

"이번에는 알아들었어."

그녀가 말했다.

"그래, 반품할 게 있다고?"

그가 물었다. 그레이스는 인정해야만 했다. 지난번에 봤을 때 이제 막 다른 남자아이를 흠씬 두들겨 패고, 옆방에는 과학이란 이름으로 난도질당한 죽은 동물들이 도처에 있는 화장실 바닥에 앉아 울고 있던 여자와 대화를 하려는 것이 쉬울 리가 없을 것이다.

그레이스가 가방을 들어 보이며 말했다.

"난, 엄마 심부름. 엄마는 불면증이 있어. 그래서 온라인으로 물건을 마구 사고는 그걸 반품해."

"아, 그건 내가 도와줄 수 있어. 불면증이 아니라 반품."

그레이스가 가게 정면 쪽을 흘낏 보았다.

"음, 여기에서 반품할 수 있을까?"

라피가 그녀의 눈길을 따라가더니 다시 그녀를 돌아보았다.

"저기에 혹시 진상 고객이나 뭐 비슷한 사람이 있니? 아니면 냄새가 지독한 사람이라도?

"아니, 그저……. 학교 애들이 있어서."

"아, 그 애들과 5일 내내 함께 보냈구나. 그리고 지금은 주말인데 아직도 그 애들을 안 볼 수가 없는 거네."

"그래, 비슷해."

그레이스가 말했다. 그러나 그는 상점 앞쪽으로 가고 싶지 않은 그녀의 진짜 이유를 알고 있는지 의심스러울 정도로 그녀를 향해 웃고 있었다.

"널 다시 봐서 정말 반가워. 이번에는 포름알데히드 냄새도 안 나고."

그는 그녀를 뒤쪽 등록대로 안내하면서 말했다.

"난 냄새에 대해 네게 경고를 하려고 했어. 네가 들으려고 하질 않았어."

그녀가 그에게 말했다.

"그래, 여러 가지로 아주 흥미로운 경험이었어."

그는 그레이스를 보지도 않고 가방을 받아 들었다.

"이건 뭐니?"

"소금과 후추 가는 통. 말했잖아, 불면증. 새벽 3시만 되면 이상한 선택을 하시고는 해."

"이것들이 끔찍한 건지 멋진 건지 알 수가 없네."

"그건 내가 한 말인데!"

그레이스가 소리를 질렀다.

"아빠는 끔찍한 것에 한 표를 던졌어, 그래서……."

뒷주머니의 전화기에서 진동이 울렸다. 그러나 그녀는 무시했다.

라피가 반품 처리를 시작하면서 말했다.

"그러니까, 달리 또 누굴 패 줬어? 긴장하고 있어야지. 닌자는 결코 쉬지 않아."

"난 진짜 닌자가 아니야."

라피가 앞에 놓인 키보드의 버튼을 여러 번 눌렀다.

"네가 닌자가 아니란 걸 어떻게 아니?"

"어떤 증명서 같은 게 필요한 거야? 배지나 학위 같은 것?"

"몰라. 닌자들은 내가 질문할 틈도 없이 사라져 버리니까."

그레이스는 저도 모르게 웃음이 나왔다.

"그 뒤로는 누구도 때리지 않았어. 그건 정말 전무후무한 일이었어."

그녀는 인정했다.

"부모님이 남은 인생 동안 외출금지 안 시키셨어?"

"아니."

그녀는 라피가 실제 그것으로 요리라도 하는 것처럼 프라이팬에 작은 달걀 모양 도자기를 능숙하게 뒤집으며 반품을 마치는 것을 지켜보았다.

"지금 부모님은 내 눈치만 살피고 계셔."

"아, 그래? 왜? 부모님도 맞을까 무서워하시는 거야?"

그는 등록대에서 그녀를 올려다보았다.

"아무한테도 얘기 못 들었어? 정말로?"

그레이스가 마침내 물었다. 전화기가 다시 부르르 떨렸다. 그녀는

다시 무시했다.

"뭔 얘길 들어? 어머니 계좌로 환불될 거야."

라피가 영수증을 건네주었다.

"잠깐만. 넌 정말 내가 그 자식을 왜 두들겨 팼는지 모른다는 거야?"

"이렇다니까. 전학생이 겪는 엿 같은 일 중의 하나지. 시시콜콜한 소문을 전해 줄 친구가 없다는 것."

그레이스는 심장이 쿵 하고 내려앉는 것을 느꼈다. 그가 그녀에게 그렇게 잘해 준 것이 놀랄 일이 아니었다. 그는 전혀 모르고 있는 것이었다.

"다행이라 생각해라. 나 같은 외톨이보단 낫잖아. 지금 곧 쉬는 시간인데. 같이 냉동 요구르트나 뭐 다른 거 먹을래? 먹으면서 내가 알아야 하는 모든 것을 알려 주면 되겠다. 바로 나만을 위한 연예 정보 프로그램?"

그레이스는 피치를 가진 이후로 냉동 요구르트를 먹지 않았다. 타르트베리(미국의 냉동 요구르트 가게 이름—옮긴이)를 생각하는 것만으로도 구역질을 동반한 복통이 일어났다. 그러나 지금은 그리 끔찍하게 들리지는 않았다. 그렇지만 *다른 누군가와* 냉동 요구르트를 먹는 것은 다른 이야기였다. 아주 나쁜 이야기. *아주 끔찍하게 들리는 이야기.*

"할 말이 있어."

그레이스가 라피를 똑바로 보며 말했다. 최근 들어 눈을 마주치며 사람을 바라보기가 정말 힘들었다. 균형을 잃지 않으려면 고개를 숙이거나 돌려야 할 정도로 머리가 무거웠다.

"흠. 그 문장은 결코 좋은 말로 연결되는 법이 없는데."

"나는 그냥……. 난 실제로 지금은 누군가와 사귀거나 데이트를 하고 싶지 않아. 알겠어? 난 그러고 싶지 않아."

"잠깐, *잠깐.*"

라피가 두 손을 들고 그레이스가 지금 막 총으로 위협을 하며 금전 등록기의 돈을 내놓으라고 말하기라도 한 듯 주변을 둘러보았다.

"누가 사귀거나 *데이트를 하자고* 했어? 난 그냥 요구르트를 먹자고 했어. 그 둘은 라임도 맞지 않아!"

그는 그레이스를 자신도 모르게 웃게 만들고 있었다. 맥스도 가끔 비슷한 식으로 농담을 했었다.

"난 그냥 냉동 요구르트를 먹고 싶고 내 생각에는 너도 냉동 요구르트를 좋아할 거라 생각했어. 그리고 내 휴식 시간은 고작 15분이야. 그러니 데이트라기엔 정말 값싼 데이트가 되는 거지. 게다가 나와 데이트하면 *안 돼.* 난 데이트에 아주 형편없거든."

"넌 아주 이상해."

잠시 뜸을 들인 후 그레이스가 말했다. 그는 어깨를 으쓱했다.

"내 형제들은 나보다 훨씬 나이가 많아. 그래서 난 기본적으로 외동이랑 다를 바가 없어. 난 많은 시간 혼잣말을 하며 보내."

"나도 그래."

그레이스가 말했다. 그러다 갑자기 자신이 외동이 아님을 깨달았다. 이제 더 이상은.

"그래, 일종의 외동. 말하자면 길어."

라피는 그녀를 향해 눈썹을 치켜떴으나 대답을 강요하는 눈빛은 아니었다.

"냉동 요구르트는?"

"좋아. 내 건 내가 계산할 거야."

"당연하지. 난 주방용품 가게에서 일해. 넌 내가 돈을 얼마나 벌 거라 생각하니?"

요구르트 가게는 줄을 설 필요가 없어 다행이었다. 그레이스는 학교의 누군가, 혹은 제이나 맥스가 알아본다면 어떻게 해야 할지를 알지 못했다. 그 생각은 너무 끔찍해 땀이 등줄기로 흘러내렸다. 그녀 앞에서 라피는 눈을 가늘게 뜨고 토핑을 고르고 있었다.

"뭐가 좋을까? 요구르트 칩?"

그레이스가 머리를 저었다.

"아냐. 칩은 이 사이에 끼일걸."

"현명해. 아주 현명해."

그는 말린 과일 조각들과 곰돌이 모양의 젤리를 집어 자신의 요구르트에 섞었다. 그레이스는 석류와 딸기를 집으며 무의식중에 피치 몸에 좋은 것을 고르고 있다는 것을 깨달았다. 사태가 통제할 수 없다고 느꼈을 때 그레이스가 할 수 있는 것이라고는 자신을 건강하게 유지하는 것뿐이었다. 그래서 그녀는 항산화제와 오메가3, 엽산 등에 관해 공부했다. 그레이스는 딸기를 내려놓고 대신 쿠키 조각들을 집었다.

"그 속에 날달걀이 들어 있다는 것 너 알아? 어쩌면 살모넬라균이 있을지 몰라. 그리고……."

그레이스는 이번에는 라피의 눈을 정면으로 바라보았다. 그리고 쿠키 조각을 조금 떠서 입에 넣었다.

"오케이, 계속 드시든가."

그들은 계산대로 갔고 그레이스는 엄마가 준 돈을 내밀었다.

"잠깐, 난 이게 데이트가 아니라고 했는데! 네가 계산하면 안 돼."

라피가 소리쳤다.

"우리 엄마가 사 주시는 거야. 불면증이 불러일으킨 문제를 해결해 준 값으로."

그레이스가 그에게 말했다.

"좋았어, 엄마에게 고맙다고 전해. 이럴 줄 알았으면 곰돌이 젤리를 더 많이 가져올걸."

"넌 내가 계산하는 것 괜찮아?"

그레이스가 계산원으로부터 잔돈을 받았다.

"내 마지막 남자 친구는 항상 모든 것을 계산했어."

그녀는 가게 창문에서 가능한 한 아주 멀리 떨어진 자리로 갔다.

"멋진 놈인데. 우리 학교에 다녀?"

그레이스가 고개를 끄덕였다.

"그럼 그가 예전 남자 친구?"

그레이스가 다시 고개를 끄덕였다.

"이 스무 고개 재밌는데. 첫 단어는 뭐야?"

그레이스가 웃으며 스푼을 입에서 빼냈다.

"내가 패 준 남자애? 걘 남자 친구의 절친한 친구."

라피의 눈이 커졌다.

"우아, 넌 정말 냉정하다."

"그럴 만했어."

그레이스는 어떤 아이 엄마가 유모차를 밀며 서둘러 창밖을 지나가는 것을 지켜보았다. 라피는 요구르트 속 과일 조각들을 휘젓기 시작했다. 색색깔이 무지개 색 소용돌이 속에서 마구 뒤섞였다.

"그래, 왜 네가 예전 남자 친구의 절친한 친구를 두들겨 팼는지, 왜 부모님들은 그런데도 널 외출금지를 시키지 않는지, 왜 넌 이제 학교를 오지 않는지 말해 줄 거지?"

"내가 이제 학교를 가지 않는 건 어떻게 알았어?"

그레이스의 전화기가 다시 울렸다. 일정을 알려 주는 신호였다.

라피가 어깨를 으쓱했다.

"알게 됐어."

"그 이유를 *정말* 알고 싶어?"

그가 고개를 끄덕였다. 그레이스는 숨을 크게 쉬고 다시 창문 밖을 보았다. 아기 엄마와 유모차는 가고 없었다.

"내가 임신했기 때문이야. 지난달에 아기를 낳았어."

말들이 마치 탈출을 기다렸다는 듯이 그녀의 입에서 튀어나왔다. 라피가 눈을 크게 떴다.

"아기가 있어?"

"*있었어.* 입양시켰어."

그레이스는 힘겹게 이 단어들을 내뱉었다.

"아긴 정말 괜찮은 가정으로 갔어."

그러자 날카롭게 찌르는 듯한 고통이 그녀의 명치 사이를 찔러 왔다. 라피가 고개를 끄덕였다. 그는 여전히 요구르트를 휘젓고 있었고 이제 그것은 분홍색을 띤 회색으로 변해 있었다.

"와우, 알았어. 그래."

"내가 두들겨 팬 놈은 애덤이야. 내 예전 남자 친구 맥스의 절친한 친구이고. 학교로 다시 돌아간 첫날이었어. 전화기로 아기 울음소리를 틀었어. 나도 모르게 정신이 나갔어."

그레이스가 마치 그것이 정상적이고, 평범하고, *착한* 사람들이 매일매일 겪는 일이라는 듯 어깨를 으쓱했다.

"아기 이름은 뭔데?"

그레이스가 올려다보았다. 지금껏 누구도 그녀에게 그 질문을 하지 않았다. 아기가 태어난 뒤 피치에 대해 누구도 묻지 않았다.

"밀리."

그녀가 말했다.

"아밀리아. 그런데 난, 음, 피치라고 불렀어. 내 머릿속에서 나만 아기를 부르는 이름이야."

"아기 보고 싶어?"

그레이스는 고개를 끄덕였고 턱이 떨리는 것을 라피가 보지 못하도록 요구르트를 한 입 먹었다.

"매일매일."

"예전 남자 친구는?"

"걘 아기와 관련된 어떤 것도 원하지 않았어. 그의 부모들도 절대로 안 된다는 식이었고. 걘 아기에 대해 알고 난 다음 2초도 안 돼서 자신의 권리를 포기한다고 서명했어."

"데이트마다 모든 걸 산 놈하고 같은 사람이라고?"

그레이스가 고개를 끄덕였을 때 라피는 의자 깊숙이 앉았고 긴 한숨을 토해 냈다.

"그래, 기사도가 공식적으로 죽었군. 냉동 요구르트는 사 줄 수 있는데 아기는 돌보지 않는 남자를 누가 좋다 하겠어?"

"너는 내게 냉동 요구르트도 사 주지 않았어."

그녀가 지적했다.

"옳은 지적이네. 이제 더 이상 그 누구도 믿지 마."

그의 목소리는 부드러웠지만 그레이스는 그가 놀리는 것이 아님을 알았다. 그녀는 사람들 목소리의 차이점을 구분하는 것에 아주 익숙해져 있었다. 누군가가 "오, 임신했다고!"와 "아, 임신했구나."라고 말할 때처럼.

라피가 쿠키 조각 하나를 입에 넣었다.

"그렇다면 그 자식을 두들겨 패 준 건 잘했네. 근데 네 예전 남자 친구도 패 줬어야 했는데."

그레이스가 플라스틱 스푼을 들어 올렸다.

"완전 동감."

그녀가 말했다. 그는 그녀의 스푼에 자기 스푼을 탁 소리 나게 부딪쳤다.

"다음에는 확실하게."

"그래 좀 이상하긴 하지만."

그레이스가 스푼을 낮추었다.

"넌 항상 낯선 사람들에게 이렇게 질문하니?"

그녀의 엄마 아빠는 그녀에게 그 질문을 하지 않았다. 생각해 보면 누구도 그녀에게 어떤 질문도 하지 않았다. 비록 현명한 처신이라고 받아들이고는 있었지만 라피는 기본적으로 후버 댐에 금을 가게 하고 있었다. 댐 뒤에는 막 쏟아져 나오려는 엄청난 물이 있었다.

그녀의 질문에 그는 어깨를 으쓱했다.

"넌 항상 낯선 사람들의 질문에 이렇게 대답하니?"

그러고 보니 요즘 그레이스는 화장품 가게 계산대에 앉아 있는 아주머니의 빨래 건조기의 먼지 거름망에 대한 질문에라도 대답했을 듯싶었다. 그녀는 대화에 굶주려 있었다.

"이상하지 않아. 그냥 모든 것이 정말 달라졌어. 내 말은 이제 더 이상 친구도 없고 부모님도 나를 조심스럽게 대하고. 누구도 내게 문자조차 안 해……."

"그래? 전화기는 계속 진동이 울리잖아."

"아마도 엄마야. 아니면 마야. 마야는 내……."

여동생. 그녀의 입속에 머금고 있는 단어가 이상하게 느껴졌다.

"긴 이야기야."

라피는 입으로 가져가려던 스푼을 그대로 든 채 있었다.

"내가 좋아하는 종류의 이야기네."

"걘 생물학적 여동생. 우리는 얼마 전 만났어. 오빠도 있어. 호아킨."

"너의 생물학적……. 우아."

라피가 웃기 시작했다.

"이것 봐, 그레이스. 이런 한 해를 보낸 네가 내년에 해야 할 일은, 뭔지는 모르겠지만 정말 엄청난 일이어야 할 것 같다. 마치 너를 잡아먹은 피라냐가 너를 토해서 스카이다이빙을 하게 만든다든가 하는 엄청난 일 말이야."

"그 경험은 다음 기회로 미룰게."

그레이스가 대답했다. 그녀의 요구르트는 여전히 그녀 앞에 있었다. 비록 피치는 가고 없지만. 그녀는 컵을 라피 쪽으로 밀었다.

"마야가 지금 내게 문자를 보내는 유일한 사람이야."

"친구도 없고 문자도 없다. 나랑 비슷하게 살고 있는 것처럼 들리네."

"상당히 처량하지."

"넵."

그는 곰 모양 젤리의 머리를 질겅거리고 씹더니 한숨을 쉬었다.

"우린 데이트조차 할 수 없다니. 끔찍하군."

그레이스가 저도 모르게 미소를 지었다. 라피가 자신의 전화를 보며 말했다.

"좋아, 가게로 돌아갈 시간이 내겐 정확하게 4분이 남아 있어. 나랑 함께 걸을래?"

그레이스는 어떻게 할까 생각하는 척했다.

"원하다면 너도 앞치마를 입게 해 줄게."

"쳇."

말하면서도 그녀는 일어서서 그를 따라갔다.

그는 그녀를 위해 문을 잡아 주었다. 맥스도 한때 그렇게 했었다.

그레이스는 차로 돌아오자마자 전화를 열어 보았다. 차 문을 잠그고 창문도 올렸다. 차 안은 더웠고 공기 역시 답답했다. 밖의 사람들의 웅얼거리는 말소리가 끝까지 올려진 창문을 통해 들렸다. 그레이스는 숨을 쉴 수 없을 것 같은 느낌이 들었다. 문자는 엄마에게서 온 것이었다.

네게 온 우편물이 있어.

그레이스는 달팽이처럼 느린 속도로 집으로 운전을 했다. 만약 달팽이가 운전면허증을 받을 수 있고 정말 집에 돌아가고 싶지 않았다면 이 속도였을 것이다. 그녀는 피치를 자신이 키우지 못하리라는 것을 처음부터 안 것처럼, 기다리고 있는 우편물이 무엇인지 이미 알았다. 그냥 알았다.

집에 오자 엄마가 부엌에 서 있었다. 부엌 선반 위에는 작은 마닐라 봉투가 흰 타일과 대조되어 반짝이며 놓여 있었다. 그레이스는 편지를 보고 엄마를 보았다.

"네게 온 거야."

그녀는 엄마도 봉투의 발신자인 입양 사무소를 의식하고 있음을 알았다. 다니엘과 카탈리나는 첫해 동안 피치의 성장을 이메일과 사진으로 그레이스에게 매달 알려 주기로 약속했었다. 그래서 그레이스는 처음 온 편지에도 그리 놀라지 않았다.

그레이스는 엄마의 시선을 무시하고 봉투를 집어 이 층으로 올라갔다. 엄마가 함께 부엌에서 봉투를 열어 보고 봉투 속에 있는 모든 것을 보고 싶어 하는 것은 알았다. 그렇지만 그레이스는 봉투를 열자마자 마룻바닥에 쓰러져 버리지나 않을까 두려웠다. 그런 일이 일어날 바에야 혼자 있는 것이 좋을 듯싶었다.

다니엘과 카탈리나에게 피치를 보낸 지 30일이 지난 날이었다. 피치를 되찾을 여지가 있는 30일. 입양에 이의를 제기하고 피치를 안고 다시 자신의 품으로 데려올 수 있는 30일. 30일째 되는 날 그레이스는 침대에 누워 시계가 째깍거리며 가는 것을 지켜보았다. 전화기의 숫자가 12시 1분으로 바뀔 때 그레이스 안의 무언가가 툭 끊어져 버렸다.

30일이 지났다. 입양은 공식화되었다. 피치는 정말 떠나 버렸다.

방에 들어와 그레이스는 바닥의 너저분한 것들, 처박아 둔 빨래들, 읽지 않은 책들과 잡지들을 치워 공간을 깨끗하게 만들었다. 그리고 양반다리를 하고 엄지손가락으로 봉투를 열었다. 어김없이 종이가 손가락을 베고 지나가는 통증이 느껴졌으나 무시했다.

편지와 두 장의 사진이 떨어져 내렸고 그레이스는 그중 한 장을 바닥에 닿기 전에 잡았다. 아기 사진이었다. 통통했고 그레이스가 기억하고 있는 것처럼 붉거나 주름이 지진 않았다.

피치였다. 아기의 눈이 아주 또렷하게 카메라를 보고 있었다. 아기는 완벽했다.

그레이스는 몇 분이고 사진을 뚫어져라 보았다. 그리고 마루에 떨어진 편지지를 집어 들었다. 분홍색의 세련된 글자체로 *밀리 존슨*이라고 인쇄된 개인 편지지였다. 밀리 존슨이 도대체 누구인지를 깨닫기까지는 한참 시간이 걸렸다.

피치는 자신의 봉투를 가지고 있었다. 그레이스는 피치에게 봉투까지 만들어 줄 생각은 결코 못 했을 것이다. 그레이스는 크건 작건 다 지나간 뒤에야 피치에게 필요한 것이었음을 깨닫게 될, 다른 것들이 얼마나 많을지 짐작조차 되지 않았다.

그레이스에게,

편지는 이렇게 시작하고 있었다.

우리는 서로 정기적으로 이메일을 보내는 것에 동의했지만 당신에게 보내는 첫 번째 편지는 손으로 써야 한다고 생각했어요. 그것이 조금이나마 덜 형식적으로 느껴질 것 같아서요.

당신이 우리에게 허락하여 우리 삶에 가져다준 아름답고 소중한 선물에 마음 깊은 곳에서 우러나는 고마움을 어떻게 표현해야 할지 시작도 하기 어렵네요. 밀리는 우리에게 눈을 맞춘 그 순간부터 기쁨이었고 날이 지날수록 밀리를 향한 우리의 사랑은 점점 더 넓고 더 깊어지고 있어요. 우리는 밀리가 어떻게 성장할지 어떻게 달라질지 보는 것을 기다리기조차 어렵습니다. 속담처럼 우리 마음은 잔이 흘러넘치듯 가득 차 있어요.

그러나 그 사랑 속에는 당신이 밀리에게 준 사랑, 그리고 우리 가정을 위해 보여 준 희생에 대한 거대한 감사가 존재한답니다. 우린 밀리에게 매일매일 낳아 준 엄마가 설명할 수조차 없을 정도로 용기 있고 아름다운 분이며 밀리를 사랑한다고 말해 줄 거예요. 그리고 우린 항상 밀리가 당신을, 당신에 대해서, 당신이 이 세상에 밀리를 데려온 이타적인 방식을 알게 할 것입니다.

우리는 지난 30일 동안 당신이 느꼈을, 갈등하는 감정들을 상상만 할 수 있을 뿐입니다. 그러나 우리는 이 세상 그 누구보다 밀리를 소중히 귀하게 여길 것임을, 밀리가 우리 아기이기도 하지만 한때 당신의 아기였음을 기억해 주세요. 우리는 당신이 선물한 은혜를 결코 잊지 않을 것입니다.

당신과 당신의 가족에 대해 우리의 가장 따뜻한 바람과 가장 깊은 감사를 담아
다니엘, 카탈리나, 그리고 아밀리아(밀리)

그레이스는 편지를 다시 한 번 읽었고 그리고 한 번 더 읽었다. 단어마다 그녀를 잘라 내고 불태우며 그녀 가슴의 밑바닥에 새겨지는 것 같았다. 그녀는 두 번째 사진을 집어 뒤집어 보았다. 뒤에는 '아밀리아 존슨, 생후 4주.'가 세심한 손 글씨로 쓰여 있었다. 앞에는 피치가 작은 세일러복을 입고 있었다. 작은 모자와 깜찍한 보트 신발을 차려입고 있었다. 그레이스는 두 장의 사진을 집어 조심스럽게 그녀 셔츠 안의 배에 대고 꾹 눌렀다. 한때 피치가 있었던 곳이었다.

기묘하다는 것을 그녀도 알고 있었다. 이건 그저 사진일 뿐이며 피치는 결코 한때 그러했듯 그레이스의 몸에 들어올 수 없었다. 그러나 그녀는 어떻게 해서든 그것을 다시 한번 느껴 보고 싶었다. 그레이스의 갈비뼈를 누르는 작은 발의 느낌과 아침이면 세 번 작은 주먹으로 두들기는 그 느낌을 기억하려고 애썼다.

그러나 결국 그것은 그저 사진일 뿐이었고 그레이스는 마침내 그것을 꺼내 어리석다고 느끼면서 서랍 속에 넣었다. 영원히 그 사진들을 보고 싶었지만 다시는 보고 싶지 않기도 했다. 편지는 접어 그녀의 스웨터 서랍 뒤쪽에 집어넣었다. 그 안에는 그녀가 가장 좋아하는 스웨터가 있었다. 그녀가 임신했을 때 입었던 부드럽고 따뜻한 니트 스웨터였다.

그레이스는 다시는 되돌아갈 수 없음을 알았다. 그러나 뒤죽박죽이 된 방에 서서 마치 피치를 보호하려는 듯 한 손으로 배를 감싸고 있으면서 그녀는 정확하게 앞으로 어떻게 해야 할지 도무지 모른다는 것 역시 깨달았다.

11. 마야

마야의 아빠는 일요일 아침 이사를 했다.

처음에는 당분간 이사를 하지 않겠다고 약속했다. 그저 '별거 계획'의 시작 단계에 있는 것이라고 말했다. 그런 말들이 이혼을 하는 것이 아니라 마치 땅속에서 뭔가를 파내는 일을 계획하는 것처럼 들린다고 마야는 생각했다.

그러나 10분 남짓 떨어진 인근에서 괜찮은 조건의 아파트를 발견한 아빠는 서류에 서명을 하고, 한 무더기의 접힌 종이 상자를 들고 집으로 왔고, 아무 말도 없이 이 층으로 사라져 버렸다.

침대가 두 개 있는 아파트였고 그래서 마야는 자신과 로렌이 어떤 침실을 쓸 것인가에 대한 대화를 나누는 것이 애초 불가능하겠다고 생각했다.

"아빠, 그 아파트에서는 강아지 키워도 돼?"

어느 날 밤 아빠가 상자에 책을 넣고 있는 동안 마야가 문 손잡이에 기대어 물었다. 마야는 항상 강아지를 원했지만 엄마는 털이 빠지고 침을 흘리고 바닥에 토해서 안 된다고 말했다.

"로렌도 그래요. 그래도 로렌은 키우잖아."

마야는 여러 번 그 사실을 지적했지만 이제는 그 농담도 식상해져 강아지 사 달라는 말을 더 이상 하지 않게 되었다.

"불행하게도 애완동물은 안 된대. 금붕어는 괜찮을지도?"

"우리 집에서 금붕어는 그렇게 좋은 추억을 남기지 않았을걸요."

마야는 금붕어를 키웠던 사실을 상기시키면서 맨 위 선반에서 책을 꺼내려고 아빠가 발끝으로 서는 것을 보았다. 어렸을 때 그녀는 아빠가 세상에서 제일 키가 큰 사람이라고 생각했다. 한밤중에 깨었을 때에도 항상 아빠는 집에 있는 사람이었으며, 강도나 곰, 괴물과 맞서 쫓아 버릴 수 있는 사람이었다.

손가락 끝으로 선반 끄트머리에 있는 책을 꺼내려고 애쓰고 있는 이렇게 작은 아빠를 보는 것이 낯설었다. 갑자기 아빠가 미워졌다. 그들 모두에게서 떠나 버리는 것을 더 이상 미룰 수 없다는 듯 이렇게나 빨리 떠나는 것도 싫었다.

그녀는 아빠가 옷장 서랍에 마시다 만 포도주 한 병이 있다는 것을 알고나 있는지 궁금했다. 그녀는 그걸 아빠에게 말해야 할지 알 수가 없었다. 그 사실을 알아도 이사를 간다고 할까? 그녀와 로렌을 함께 데리고 가려고 할까? 그렇게 되면 누가 엄마를 돌보아야 하나?

아빠가 떠나는 날 마야는 그레이스와 호아킨을 만날 작정이었다. 그들은 매주 일요일 만나기로 했다. 그것이 그들의 계획이었다. 마야는 만남이 얼마나 길게 이어질지 생각하지 않을 수가 없었다. 누군가에게 더 나은 어떤 일이 생기거나 만나야 할 더 나은 사람들이 생겨 그 약속을 이어 갈 수 없다고 할 때까지? 새 형제들이 생긴 신기함이 과연 언제 시들해질 것인지 궁금했다. 그렇게 되면 그들은 만날 때 그랬던 것과 마찬가지로 아주 쉽게 헤어질 것이다.

마야는 그레이스가 제일 먼저 빠져나갈 거라는 데 돈을 걸어도 좋다고 생각했다. 그레이스는 *항상* 초조한 듯이 보였다. 혼자 자란 아이의 전형적인 모습인가 하고 마야는 생각했다. 모든 것을 혼자서 독차지하는 데 익숙해서 나누려고 하지 않는 것이라고 생각했다. 그러다 그녀는 자신에게 그저 잘해 주기만 하는 누군가에 대해 그렇게 생각하는 것이 끔찍하다고 느꼈다.

마야는 왜 그런지 알 수가 없었지만 어둠의 소용돌이가 자신이 사랑하는 사람들을 휘감기 시작하는 것을 느낄 수 있었다. 확실히 로렌은 신경 쓰이게 하는 존재였다. 그리고 그 성가심에는 봉투의 끄트머리처럼 날카로운 끝이 있어서 열 때마다 손가락을 깊게 베었다. 엄마는? 마야는 현재 집 안 여기저기에 보이든 감추어져 있든 간에 자리를 차지하고 있는 술병들을 떼어 놓고 엄마를 생각할 수 없었다. 술병의 내용물은 꾸준히 그리고 빠르게 비워지고 있었다. 그녀의 아빠. 아빠는 집을 떠나기엔 마음이 너무 약했다. 그래서 결국 마야와 로렌에게 뒤치다꺼리를 하도록 만들고 있었다.

그러나 가장 최악은 클레어였다. 마야는 온 마음을 다해 그녀를, 그녀의 몸 세포 하나하나를 마치 그녀만이 조립할 수 있는 퍼즐이기라도 한 듯 사랑했지만 마야는 이 조각들 역시 쉽게 재배열할 수 있으리라 느끼기 시작했다. 또 그녀의 주먹이 완성된 퍼즐을 내리쳐서 한때 클레어였던 존재의 조각만을 남기고 모든 것을 바람에 흩어 버릴 것 같기도 했다.

마야는 누군가를 사랑하는 일에 얼마나 큰 힘이 드는지를 몰랐다. 처음에 그녀는 사랑이 힘의 원천이라고 생각했지만 지금은 잘못 사용되면 운이 나쁜 날에는 그 힘이 이루었던 모든 것을 파괴할 만큼 충분히 강력하다는 것을 깨닫고 있었다. 마야는 클레어를 보고 말하고 싶었다.

"도망치자. 도망칠 수 있을 때."

그러나 어떤 말도 하지 않았고 어두운 나무 넝쿨이 그녀를 휘감고 다리를 묶어 다른 모든 사람들이 멀리 떠나가는데도 자신만 같은 장소에 붙잡아 두는 듯 느꼈다.

아빠가 짐을 옮겨 나갈 때 마야는 울지도 모르겠다고 생각했다. 그러나 울지 않았다. 로렌은 울었다. 어렸을 때 마야가 자신과 놀아 주지 않는다고 화를 냈을 때처럼 대성통곡을 했다. 로렌은 아직도 아기였다. 그녀는 뭐든 제 뜻대로 하려고 했다.

아빠는 차에 옷가지와 상자, 책 들을 싣고는 다가와서 로렌을 힘껏 껴안고 그녀의 머리에 대고 무언가를 속삭였다. 그리고 마야를 껴안았다. 아빠가 머리에 대고 속삭일 때에도 나무 덩굴이 자신을 조용히 그대로 움직이지 않도록 꽉 붙잡고 있다고 느꼈다.

"많이 사랑해. 곧 보러 오마. 오늘 밤에는 전화도 하고. 사랑한다. 사랑해."

마야는 아빠의 가슴에 대고 고개를 끄덕이고는 뒤로 물러섰다. 그녀는 이 모든 일이 아주 작위적이고 허접하게 느껴졌다. 그녀는 영화에 출연하고 있거나 꿈을 꾸고 있는 것은 아닌지 의아했다. 심지어 영화에 출연하는 꿈을 꾸고 있는 건 아닌가 하는 생각이 들기도 했다. 그녀는 목욕 가운의 끈을 단단하게 묶은 채 현관에 서서 그 장면을 보고 있는 엄마의 존재를 뒤에서 느낄 수 있었다. 마야는 엄마가 햇살 때문에 눈을 찌푸리는 모양새나 목욕 가운 안의 어깨를 잔뜩 웅크리는 것을 보고 숙취 상태라는 것을 알았다.

마야는 마시다 만 포도주가 여전히 옷장 안에 있을지 아니면 마저 다 마셔 버렸을지 궁금했다.

마야의 아빠는 엄마에게 다가가려고 했으나 엄마는 현관 앞 계단에 발이 걸릴 때까지 뒤로 물러섰다. 엄마 옆에 있는 로렌은 후드 티의 소매로 얼굴을 닦고 있었다. 마야가 생각할 수 있는 것은 대단한 가족이라는 것이었다.

"동생 잘 챙겨."

아빠가 말했다. 그때 그녀는 아빠의 턱이 떨리는 것을 보았다. 물론 그녀는 이전에도 아빠가 우는 것을 본 적이 있었다. 그러나 그것은 실제 생활에서가 아니라 영화를 보거나 아주 슬픈 텔레비전 드라마를 볼 때였다. 그녀는 아빠가 자신이나 로렌 혹은 심지어 엄마를 처음 보았을 때에도 울었을까 의아했다. 아마도 엄마를 보고는 울지 않았을 듯했다. 처음 보았을 때 우는 남자와 데이트를 하는 것은 정말 이상할 것이다. 마야는 엄마가 그보다는 나은 취향을 가졌기를 희망했다.

"마야?"

로렌이 생각에서 벗어나게 하려고 마야의 팔꿈치를 툭 치며 말했다.

"왜?"

로렌이 아빠를 가리켰다. 아빠는 그들에게 상자를 하나씩 건네주었다. 마야는 상자를 받았다.

"내가 가고 나면 열어 봐. 그저 너희가 날 기억해 주면 좋겠다. 그게 전부야."

"죽으러 가시는 것도 아닌데요."

마야가 말했다. 분위기를 조금 가볍게 하려고 우스갯소리를 한 것이었지만 오히려 날카롭게 들렸다. 마치 죽으러 가지 않는 것은 좋은 일이 아니라는 비난처럼 들렸다.

"아빠는 그냥 이사를 가는 것뿐이에요. 우린 심지어 오늘도 저녁을 같이 먹을 수 있잖아요."

그녀는 아빠가 '오늘 저녁은 나랑 함께 먹자.'라고 말해 주기를 기다렸다. 아빠는 아무 말도 하지 않았다. 대신 한 번 더 작별 키스를 했다. 면도를 하지 않은 볼 때문에 마야의 볼이 따가웠다. 그리고 아빠는 차에 올라타 가 버렸다. 로렌은 손을 흔들었지만 마야는 흔들지 않았다. 차가 모퉁이를 돌아 나가자 그녀의 마음속에 슬픔이 둥둥 떠다니다 점차 희미해지고 마침내 사라져 갔다. 아빠처럼.

"얘들아."

엄마가 말을 꺼냈지만 마야는 그저 지나쳐 안으로 들어갔다. 엄마의 말을 듣고 싶지 않았다. 지금은 적어도 그랬다. 어쩌면 한동안 그럴지도 몰랐다.

호아킨과 그레이스는 카페에서 마야의 맞은편에 앉았다.

"엄마 아빠가 이혼하실 것 같아."

아침에 마야는 샤워를 하면서 그 문장을 말하기 위해 연습을 했다. 처음에는 말을 꺼내기가 쉽지 않았지만 뜨거운 물을 잠그고 찬물을 틀자 충격 때문인지 말이 튀어나왔다. 문장을 반복해서 말하자 이가 덜덜 떨렸고 입술은 파랗게 질렸다.

"어휴."

호아킨이 한숨을 쉬었다. 그러나 그리 놀란 것 같지는 않았다. 객관적으로 보면 그녀의 반쪽 오빠가 제법 잘생긴 남자라는 생각이 들었다. 그러나 그의 눈은 끊임없이 사람에서 장소로, 물건으로 옮겨 다니며 공간 안의 모든 것을 관찰하고 있었다. 바닥에 비춘 레이저를 앞발로 붙잡으려고 애쓰며 쫓아다니는 고양이를 떠올리게 했다. 그렇지만 마야는 그 생각을 호아킨에게 말하지 않았다. 그녀는 그 안에 담긴 유머를 그가 알지 장담할 수 없었다.

"어휴, 정말?"

그레이스가 말했다. 그녀는 충격을 받은 듯했다. 그녀는 아이스커피의 빨대를 계속 씹어 대고 있었는데, 이제 빨대는 그녀의 분홍 립글로스로 물이 들었고 결국 끝이 쪼개지기 시작했다.

"언제 부모님이 네게 말했어?"

"지난주."

마야가 순순히 털어놓았다.

"아빠는 오늘 아침에 집을 나갔어."

그녀는 어깨를 으쓱하고는 쿠키 한 조각을 집어 들었다. 나눠 먹기로 한 것이지만 마야가 이미 대부분을 먹어 버렸다.

"그래. 아빠는 10분 남짓 떨어진 곳에 집을 구했어. 내 생각에는 빨리 떠나고 싶으셔서 조바심을 치시는 듯."

그녀는 이 말도 소리 내어 연습하려고 했다. 그러나 아무리 차가운 물을 맞아도 그 말은 끌어낼 수가 없었다. 지금도 여전히 그 말은 아픔을 수반했다.

"엄마가 속상해하셨어?"

호아킨이 물었고 동시에 그레이스도 물었다.

"입양에 영향을 미치지는 않겠지?"

"뭐?"

마야가 새된 소리를 질렀다.

"왜 그게 입양에 영향을 미쳐? 난 열다섯 살이야! 거래는 끝났다고!"

"난 그저……."

그레이스는 순수함이 아니라 죄책감으로 눈이 커졌다.

"내 말은……. 그게 입양을 무효로 만들거나 그런 것은 아니지? 부모님은 이혼할 수 있지만 그렇다고 해서 그게 다른 걸 의미하는 것은 아니겠지."

마야가 눈을 위로 치켜떴다.

"오빠, 오빠가 확실히 말해 줘. 언니에게 이혼이 입양에 영향을 미치지 않는다고 말해 줘."

그녀가 그레이스를 가리키며 말했다. 호아킨이 한 여동생에게서 다른 여동생으로 시선을 돌렸다.

"그건 입양에 영향을 미치지 않아. 적어도 나는 그렇게 생각해. 그렇지만 난 그 문제에 대답할 가장 적합한 사람은 정말 아니야."

마야와 그레이스 둘 다 고개를 돌렸다. 때때로 호아킨이 위탁부모인 마크와 린다와 함께 계속 살지 않았다는 것을 쉽게 잊고는 했다. 그들은 그날 오후에 카페로 호아킨을 데려다준 사람들이었다. 그들은 근처에서 쇼핑을 할 것이라고 말했다. 그러나 마야는 99퍼센트 직접 마야와 그레이스가 보고 싶어 온 것임을 확신했다.

그들은 정말 괜찮은 사람들인 듯했다. 마크는 키가 컸다. 어린 시절 아빠가 그렇다고 상상한 것보다 훨씬 더 컸다. 그는 두 여자애들과 악수를 하며 미소를 지었는데 그 미소는 누군가의 자랑스러운 아빠는 이렇게 웃을 거야라고 예상함직한 것이었다. 린다는 따스하고 친절했다. 그들 셋만 남겨 두고 떠나기 전에 호아킨의 팔을 살짝 쥐었다가 놓았다.

"있고 싶은 만큼 있어도 돼."

그녀가 그렇게 말하자 호아킨이 고개를 끄덕였다. 그들은 부모 같았다. 호아킨도 그들의 아들 같았다.

그러나 지금 그는 자신의 냅킨을 정사각형 조각들로 정교하게 찢고 있었다. 마야는 자신만이 이런 괴팍한 습관이 없는 유일한 형제가 아닐까 생각했다. 현실을 회피하려고 기를 쓰고 있다고 그녀는 생각했다. 그레이스가 입으로 빨대를 물고 무엇을 하는지도 잊어버린 채 계속 잘근잘근 씹어 대고 있는 것과 다르지 않았다.

"미안해. 난 그저 네가 괜찮다는 걸 분명히 해 두고 싶었어. 그게 전부야."

그레이스가 말했다. 자신을 방어하려는 듯 정말 뉘우치는 것처럼 보였다.

"괜찮아."

마야는 말하면서 호아킨이 고개를 들어 바라보며 눈썹을 추켜올리는 것을 보았다.

"엄마 아빠는 늘 미친 듯이 싸웠어. 벽이 흔들릴 만큼 서로 큰 소리를 지르지 않는 시간을 갖는 건 괜찮을 거야. 나는 이제야 다시 잘 잘 수 있을 것 같아."

그레이스는 고개를 끄덕였지만 확고하게 믿는 것 같지는 않았다. 그리고 마야는 화제를 바꾸려고 전전긍긍하면서 호아킨에게 눈길을 던졌다.

"그런데 오빠는 잘 지냈어? 새 소식은 없어?"

그녀가 물었다.

"마크와 린다가 날 입양하고 싶어 해."

마야의 쿠키가 목에 걸렸다.

"뭐라고? 정말이야? 호아킨, 정말 잘됐다!"

그레이스가 입에서 빨대를 확 뽑으며 말했다. 호아킨은 그저 어깨를 으쓱했을 뿐이다.

"그래, 그분들은 멋져. 아주 좋은 분들이야."

"정말, 정말 좋은 분들이시구나."

마야가 조금 앞으로 몸을 기울이며 말했다. 어떤 이유에서인지 그녀는 호아킨을 담요로 덮어 주고 싶은 충동을 느꼈다. 그는 항상 추워 보였고 혼자 잔뜩 웅크리고 있었다. 그녀는 호아킨이 마크와 린다 앞에서는 어떤 모습일지 궁금했다. 그리고 더 이상 알고 싶지 않다는 것을 재빨리 깨달았다.

"정말이지, 오빠, 그분들 끝내주게 멋있다."

마야가 다시 말했다.

"오빠도 그분들 좋아하지? 그분들은 오빠에게 잘하고 뭐든지 잘해주지?"

그레이스가 덧붙였다. 그녀는 호아킨의 대답에 전 세계의 운명이 매달려 있는 듯이 보였다.

"그래, 그래. 그분들은 대단해."

호아킨이 말했다.

"그러니까 정말……. 이건 정말 큰 일이야. 난 아직도 어떤 일인지 파악하려고 노력 중이야."

"17년은 가족을 기다리기엔 너무 긴 시간이야."

마야는 자신이 지치거나 낙담했을 때 클레어가 항상 그랬듯 그에게 격려로 들리도록 노력하면서 말했다. 호아킨이 입꼬리를 올리면서 미소를 지었으나 그 미소가 그를 행복하게도 슬프게도 보이게 하지 않았다.

"그래. 제기랄, 정말 긴 시간이지."

그가 동의하고는 웃었다.

"그럼 오빠 이젠 모든 서류 작업을 해야겠네? 기념식에 우리도 가도 돼?"

"그레이스, 좀 천천히. 브레이크를 밟아."

마야가 그녀에게 말했다.

"미안."

"내가 '예.'라고 말할 건지를 아직 모르겠어. 마크와 린다가 한 달 전에 물어봤어. 그러나 그건 내가 결정할 문제야."

호아킨이 덧붙였다. 그레이스와 마야가 서로 눈길을 교환했다.

"왜……, 안 받아들이려고? 오빠도 이제 막 그분들이 대단한 사람들이라고 말했잖아."

마야가 거침없이 물었다. 호아킨은 자세를 바로 하며 입을 열었다가 다시 닫았다. 그리고 다시 열고는 말했다.

"확실하진 않아. 다만 생각해 봐야 할 게 아주 많아."

마야는 만약 호아킨을 흔들어 그가 붙잡고 있는 모든 생각들을 생일날 받은 사탕 바구니에서 사탕을 쏟아 내듯 떨어내 버린다면 어떻게 될지 궁금했다. 그것은 매력적인 이미지였다.

그레이스가 먼저 물었다.

"왜 오빠는 입양을 원하지 않아? 이건……. 오빤 뭐든 말해도 돼. 난 판단하려는 게 아니라 그냥 궁금해서 그래."

호아킨은 이 모든 대화를 중단하고 창문 밖으로 보이는 자동차에 관심이 있는 것처럼 보였다.

"설명하기 정말 어려워. 여러 가지 생각할 게 많아."

마야는 그레이스가 다시 입을 열려고 하는 것을 볼 수 있었다. 그래서 어릴 적 로렌을 종종 꼬집어 줄 때처럼 조금 꼬집었다.

"아야!"

그레이스가 비명을 질렀다.

"손이 미끄러졌어."

마야가 말했다.

"아니잖아. 꼬집었잖아!"

마야가 어깨를 으쓱했다.

"언닌 호아킨을 난처하게 하고 있어. 그냥 혼자 내버려 둬."

"그래? 미안해."

그레이스가 말했다. 그렇게 말을 하면서도 그녀는 여전히 입술을 깨물고 있었다. 마야는 그레이스가 다른 할 말이 있다는 것을 알았다.

"난 여전히 우리가 친엄마를 찾아야 한다고 생각해."

그레이스가 말했다.

그럼 그렇지. 피곤이 몰려왔다.

"완전, 싫어. 절대로 안 만나. 그 얘기 좀 끌어들이지 마. 웃겨."

"결코 웃긴 일이 아니야. 전적으로 합리적인 일이야."

그레이스가 받아치듯 말했다.

마야는 호아킨을 보았다. 둘 사이에 있기보다 고속도로에서 고장 난 차에 앉아 있는 것이 낫겠다는 표정을 짓고 있었다.

"제발 내 편을 들어 줘."

마야가 말했다. 호아킨은 마야를 가리키면서 여전히 그레이스를 보았다.

"마야가 말한 대로야."

"고마워."

마야가 한숨을 쉬고는 뒤로 기대어 앉았다. 그리고 음료수를 집었다.

"안 돼!"

그레이스가 말했다. 이제 그녀는 화가 난 듯했다.

"호아킨, 왜 친엄마를 찾고 싶지 않은지 말해 봐. 그저 '마야가 말한 대로.'라고 말하지 마. 그건 정당하지 않아. 그녀는 오빠 엄마이기도 해."

"아니. 그녀는 아니야. 오래전에 엄마이기를 포기했어."

호아킨이 웅얼거렸다.

마야는 '알겠어?'라고 말하듯 그레이스를 향해 눈썹을 치켰다.

"그레이스, 네가 그렇게 찾고 싶다면 그렇게 해. 난 널 말리지는 않을게. 난 정말 상관없어. 난 그저 끼어들고 싶지 않을 뿐이야. 난 그녀에 관해 알고 싶지도 않아. 난 내가 원치 않을 때를 알아. 이해해?"

"그레이스, 그 대신 지난주는 어땠는지 말해 줘?"

마야가 제안했다.

"우리 엄마 아빠는 이혼할 거야. 호아킨의 부모님은 오빠를 입양하고 싶어 하셔. 언니도 재미있는 이야기를 해 봐. 그리고 '난 친엄마를 찾고 싶다.'는 말은 하지 마. 그럼 이번에는 더 아프게 꼬집을 거야."

그레이스의 얼굴이 짜증에서 고민이 깃든 표정으로 바뀌었다. 그리고 마침내 말했다.

"나는 학교에서 어떤 자식을 패 줬어. 그래서 이번 학기 끝날 때까지 홈스쿨링을 해야 해."

만약 그레이스가 집 뒷마당에서 코끼리를 키우고 있다가 체포되었다 해도 마야는 이렇게까지 놀라지는 않았을 것이었다.

"언니가 뭘 *했다고?*"

마야는 저도 모르게 말이 튀어나왔다.

"아냐. 그럴 리가. 난 언니 말 안 믿어. 오빠는 믿어?"

"난 믿어."

호아킨이 부드럽게 말했다. 그리고 그레이스의 오른손을 가리켰다. 그녀의 엄지손가락에 멍이 들었다는 것을 마야는 비로소 알아차렸다. 그녀의 다른 손가락 하나에는 베인 자국의 딱지가 나 있었다.

"엄지손가락을 접지를 않았네. 저런."

그레이스는 그저 어깨를 으쓱했다.

"너무 순식간에 일어난 일이라."

"진짜 남자앨 친 거야?"

마야는 1분 전에 그레이스를 꼬집기 전에 이 사실을 알았어야 했다고 생각했다.

"엄지손가락 얘기는 뭐야? 그레이스가 아무도 모르게 권투 선수라도 된 거야?"

그레이스는 웃음인지 아닌지 알 수 없게 웃었다. 그리고 자신의 눈 위에 손을 갖다 댔다.

"결정적으로 아무도 모르게는 *아니야.*"

"누군가를 칠 때는 말이야, 엄지손가락을 두 번째와 세 번째 손가락 관절 위에 올려야 해. 여기, 이렇게."

호아킨이 마야에게 보여 주려고 손을 들어 올렸다.

"이렇게 하면 훨씬 더 잘 칠 수가 있고 상처 입지 않고도 효과를 극대화할 수 있어."

"다음에 그럴 일은 없을 거야."

그레이스가 주장했지만 그녀 옆의 마야는 이 새로운 정보를 얻은 것에 기뻐하며 고개를 끄덕였다.

마야에게는 호아킨이 이 모든 것을 알고 있다는 사실이 인상적이었다. 그와 함께 자랄 수 있었더라면 어땠을까를 생각했다. 자신을 보호해 주는 오빠, 그녀에게 어떻게 스스로를 보호해야 하는지를 가르쳐 주는 오빠, 침대 밑이나 냉장고 안에 있는 빈 와인 병들을 찾아내서 치워야 하는 짐을 덜어 주는 다른 누군가. 마야는 욕실 세면대 아래 청소용 세제들 틈바구니에서 또 다른 병을 발견했으나 로렌에게는 말하지 않았다.

"왜 그랬어? 걔가 언닐 건드렸어?"

대신 마야가 물었다. 만약 그런 경우라면 마야는 그 자식을 찾아내서 그레이스 대신 다시 죽어라 패 주지 않을 수 없을 듯했다. 그녀는 엄지손가락 기술 역시 기억할 것이다.

"걔……."

그레이스는 호아킨이 조금 전 그랬듯 불편해하고 있었다. 몸을 비틀고 꼼지락거리며 아랫입술을 깨물고 있었다.

"갠 우리 가족에 대해 아주 심한 말을 했어. 그게 전부야. 난 그 자식을 그냥 내버려 둘 수가 없었어."

"가족이 소중하지."

호아킨이 말했다. 마야도 고개를 끄덕였다. 그렇지만 자신의 가족이 계속 조각조각 부서지고 있는 것처럼 느껴지는 지금 가족이 얼마나 소중할지 궁금했다.

그날 밤 마야는 침대에 누웠다. 축복받은 침묵이 집 전체에 크고 선명하게 들어차 있었다. 로렌은 이미 잠이 든 듯했다. 그녀와 마야는 엄마가 이 층에서 전화를 하는 동안 밤에 텔레비전을 봤다. 마야는 엄마의 목소리는 들을 수 있었지만 말을 알아들을 수 없어 엄마가 술에 취했는지를 알 수 없었다. 로렌은 그녀 옆에 축 처져 소파에 앉아 있었다. 마야가 채널을 웨딩 쇼에서 싸구려 영화로, 이전에도 오십 번은 더 같이 봤던 로맨틱 코미디로 돌렸지만 한마디 불평조차 하지 않았다.

그녀는 클레어와 문자를 하려고 했지만 반응이 없었다. 그래서 마야는 검은 넝쿨이 이제는 전화기를 타고 올라와 클레어가 답장을 못하게 가로막고 있는 것처럼 느꼈다. 그녀는 클레어가 왜 답장을 하지 않는지에 대한 백만 가지도 넘는 타당한 이유를 알고 있었다. 숙제를 하고 있거나 외출금지를 당했거나 전화가 꺼졌거나 할머니와 영화를 보고 있다거나 그 밖에 여러 가지 이유가 있을 수 있었다. 그래도 마야는 답장을 계속 확인했다. '아빠가 오늘 집을 옮겼어.'라는 자신의 문자가 답을 얻지 못하고 있는 것을 볼 때마다 더욱 화가 치솟았다.

마침내 마야가 잠자리에 들었을 때 마야는 완전히 지쳐 버렸다. 그녀는 잔뜩 목소리를 죽여서 싸우는 소리 없이 잠들 수 있다는 것이 얼마나 좋은지 생각했다. 그러나 1시간여 동안 이리저리 뒤척거리고 나자 집을 내리누르는 침묵이 오히려 더 소란스럽고, 못 견디게 고요하다는 것을 깨달았다. 너무 조용한 나머지 마야는 거의 모든 소리를 들을 수 있었다. 누군가가 집을 갉아먹고 있는 것 같은 작은 소리까지 들을 수 있을 듯했다. 물론 우스운 생각이었다. 그들은 미국에서 가장 안전한 지역에 살고 있었다. 누구도 실제로 집을 침입하지는 못할 것이다. 이전에 마야는 잠재적인 위협에 대해 걱정해 본 적도 없었다. 그녀의 아빠는 항상 그녀를 보호하며 거기에 있었다. 아빠가 사업차 출장을 갔을 때조차도 결국에는 돌아올 것임을 알고 있었다.

지금은?

그녀는 침묵이 얼마나 무서운 소리를 낼 수 있는지 한 번도 생각해 본 적이 없었다. 그녀는 마침내 불안한 잠에 빠졌다. 그러나 얼마 되지 않아 그녀의 전화기가 울려 깼다. 문자 메시지가 왔다는 신호였다. 클레어였다.

미안!

문자가 말하고 있었다.

가족과 캠핑 중이었어. 문명 세계로 이제 돌아왔다. 넌 괜찮아?

마야는 캠핑에 관해 잊고 있었다. 클레어의 부재 때문에 화를 냈다는 것이 더없이 멍청하게 느껴졌다. 그녀는 오랫동안 자판 위에 손가락을 올려 둔 채 있었다. 그녀가 말해야만 하는 모든 것을 위해, 그녀에게서 튀어나오고 싶어 했던 모든 말들을 위해서는 알파벳의 문자들로는 충분치 않은 듯이 느껴졌다.

어디 있었어?

네가 필요했어.

네가 필요해.

네가 얼마나 필요한지 무서울 정도야.

이렇게 문자를 보내는 대신 '난 괜찮아. 이제 잘 거야. 내일 얘기하자.'라고 보냈다. 그리고 그녀는 몇 년 동안 듣지 않았던 전화에 들어 있는 노래를 찾아 들었다. 클레어를 만나기 전에 들었던 노래였다. 노래를 들으며 그녀는 잠이 들었다. 노랫말들은 방 안의 침묵과 함께 꾸준히 자라나 그녀 마음속에 자리 잡은 빈 곳을 천천히 채웠다.

12. 호아킨

"그래, 마야와 그레이스는 어땠어?"

마크가 앞 좌석에서 물었다. 린다는 어쩔 수 없는 경우가 아니면 고속도로 운전을 하지 않았다. 그녀는 고속도로가 그녀의 신경을 지나치게 과민하게 만든다고 했다. 호아킨은 린다가 고속도로를 운전할 때 차 안의 *모두가* 오히려 신경과민을 느낀다고 생각했다.

"걔들은 괜찮아요."

호아킨이 말했다. 그리고 덧붙였다.

"마야의 부모가 곧 이혼하려나 봐요."

마크와 린다에게는 '괜찮아요.'란 말만으로 충분하지 않다는 것을 알기 때문이었다. 그들은 그에게서 늘 더 많은 것을 기대했다.

"그래? '괜찮아요.'가 *괜찮게* 들리질 않네."

린다가 자리에서 뒤를 돌아보며 말했다.

"내 말은 그렇게 나쁘지는 않다는 거예요. 난 그저 걔들이 손발이나 몸을 다치지 않았다는 거예요."

호아킨이 설명했다.

"괜찮다는 너의 기준이 너무 낮은데."

차선을 바꾸면서 마크가 웃었다.

"그리고 그레이스가 어떤 놈을 쳤다네요."

"'괜찮다'는 말을 다른 말로 안 바꿔도 되겠어?"

린다가 물었고 바로 마크가 말했다.

"그레이스가 어떤 놈을 *때렸다고?* 그 아인 동물로 치면 새끼 고양이 같아 보이던데."

호아킨은 그것이 의미하는 것을 정확히 알 수 없었다. 그래도 묻지 않았다. 때때로 마크의 두뇌는 이상하게 창조적인 방식으로 작동했다.

"학교에서 누군가가 그 애 가족에 대해 나쁘게 말한 것 같아요. 그래서 걔가 그 자식 얼굴을 때렸대요."

그날 밤 늦게 자신의 방이 있는 이 층에 있을 때 호아킨은 자신이 한 말을 후회했다. 그레이스에 관해 한 말이 아니라 어떻게 주먹질을 해야 하는지 알고 있음을 여동생들에게 한 말 때문이었다. 아마도 그레이스와 마야는 그가 지금도 폭력적이라고 생각할지도 모른다. 그들은 무엇보다 왜 그가 주먹을 날리는 능력을 갖췄는지 궁금해할지도 모른다.

호아킨은 실제로 이전에 주먹으로 싸워 본 적이 없었다. 그런데 그는 열 살 때 어떤 가족과 함께 살았다. 2명의 위탁 여동생들, 자기보다 나이 많은 생물학적 딸인 여자아이, 그리고 호아킨. 엄마는 롱비치의 행정보좌관이었고 위탁아빠는 아마추어 권투 선수였다. 처음에 호아킨은 가족 중에 싸움꾼이 있다는 점을 염려했다. 그러나 그 아빠는 실제로는 아주 좋은 사람이었다. 그는 심지어 차고에 걸려 있는 샌드백을 어떻게 치는지를 호아킨에게 보여 주기도 했다. 그곳은 어떤 차도 주차하기 어려울 정도로 온갖 물건들로 가득 차 있었다.

"이렇게."

그는 어느 날 오후 호아킨에게 말하였다. 그리고 호아킨의 작은 손이 완벽하고 견고하게 주먹을 쥘 수 있도록 시범적으로 자신의 손가락을 말아 쥐어 보였다.

"이제 그 백을 쳐. 힘껏 쳐."

호아킨은 힘껏 쳤다. 그는 위탁아빠가 그런 일을 같이 할 아들을 갖는 것이 그냥 좋았던 것이라고 생각했다. 여자애들은 먼지 나는 차고에서 주먹으로 샌드백을 치는 일에는 전혀 관심이 없었다. 그 집은 정말 좋은 집이었다. 가장 좋은 집 중의 하나였다. 그러나 사회복지사 중한 사람이 집의 크기에 비해 너무 많은 아이들이 있다는 것을 알게 되었다. 그래서 호아킨이 가장 나중에 들어왔기 때문에 가장 먼저 나와야만 했다.

그때가 결국 부캐넌의 집으로 가야 했던 때였다.

호아킨은 17살이 될 때까지 아주 많은 것을 배웠다. 가정에서 가정으로 옮겨 다니면서 얻게 된 것들 중의 하나는 적응력이었다. 주위 환경에 섞일 수 있도록 카멜레온처럼 어떻게 색을 변화시킬 것인지를 배웠다. 그는 항상 자신이 옳은 일들을 하고 옳은 말을 한다면 누구도 자신이 위탁이라는 것을 모를 것이라고 생각했다. 이웃들, 학교 사람들, 식료품을 담아 주는 사람들 등 모든 사람들이 그저 자신을 영원히 피로 연결된, 생물학적 아이들 중의 한 아이, 절대로 교환하거나 교체되거나 방출될 수 없는 아이로 생각할 것이었다.

그래서 그는 한 가정에서는 권투를 배웠다. 그는 또한 맛있는 초콜릿 칩 쿠키와 빵 만드는 방법을 로스앤젤레스의 멋진 레스토랑 제빵 요리사였던 위탁아빠의 가정에서 배우기도 했다. 또 어떤 위탁엄마는 그에게 손 글씨를 가르쳤으며 나이 많은 위탁 형은 초기 펑크 음악에 흠뻑 빠져 있었는데 문간에서 앨범을 들고 호아킨을 맞이하곤 했다.

"너도 이 곡을 한번 다 들어 봐."

호아킨은 그와 같은 관심을 사랑했다. 물론 음악은 그다지 좋아하지 않았고 그 음악은 더러 신경을 거슬리게 하기도 했다.

그는 그처럼 적응하는 것을 싫어하지 않았다. 길을 따라가면서 그 거래의 요령을 터득하였고 마지막 전투까지 계속 단계를 올리며 이 돌에서 저 돌로 옮겨 디디는 것쯤으로 여겼다. 그는 가족들이 저녁 식사 전에 감사 기도를 하기 위해 기다리는지, 냅킨을 무릎 위에 놓는지, 팔꿈치를 식탁에 올리지 않는지를 관찰했다. 그들이 무엇을 하든 호아킨 역시 그렇게 했다.

화가 날 때는 그가 뭘 *모른다*고 사람들이 지레짐작할 때였다. 그는 한 위탁엄마를 여전히 기억하고 있었다. 장미 꽃잎을 갈아서 옷에 뿌린 것이 아닌가 싶을 정도로 지독하게 강렬한 향수 냄새가 나던 여자였다. 그녀는 집에 도착한 호아킨 앞에 웅크리고 앉아 누런 이를 드러내고 웃으며 말했다.

"애야, 넌 *아이스티*가 뭔지 아니?"

호아킨은 자신이 멕시코인처럼 보이기 때문에 그런 질문을 한다는 것을 즉각 알아챘다. 그는 그와 같은 목소리의 어조, 그가 영어를 이해하지 못할 경우를 대비해서 느리게 하는 말, 그 *잘난 아이스티*와 같은 기본적인 것조차 전에 경험해 보지 못했으리라는 질문에 깔린 전제 등을 알았다. 그가 고개를 *끄덕이고* "예, 알아요."라고 말했을 때 그녀는 기회를 잡기도 전에 누군가가 호아킨에게 깃발을 꽂기라도 한 듯 정말 실망한 것 같았다.

그날 이후 호아킨은 아이스티를 싫어했다.

그날 저녁 마크와 린다는 서로 계속 눈길을 교환하고 있었다. 호아킨은 두 사람 사이에서 좌우를 살피면서 마치 테니스 경기를 보고 있는 듯한 느낌이 들었다.

그는 결국 더 이상 참을 수가 없었다.

"왜요?"

그가 브로콜리 한 조각을 포크로 찍으며 말했다. 마크와 린다의 집에서 호아킨은 매일 식사 때마다 채소를 먹는 것에 적응하였다. 브로콜리와 시금치는 괜찮았다. 그러나 방울 양배추는 버터로 요리를 했을 때조차 끔찍한 맛이었다.

"뭐가 왜야?"

마크가 대답했다. 대체로 질문은 그들에게 일상적인 것이었다.

"두 분이 서로 계속 보고 있잖아요. 뭔가 있는 거죠?"

그가 포크로 그들을 가리키는 시늉을 하며 말했다. 마크와 린다가 다시 서로를 바라보았다.

"내 말이 맞잖아요."

호아킨이 말했다.

린다가 미소를 지었다.

"우린 그저 지난달에 꺼낸 말에 대해 너와 얘기를 하고 싶단다."

호아킨은 포크를 내려놓고 냅킨을 다시 정리했다.

"아, 예."

그가 말했다.

마크가 목청을 가다듬었다. 그가 긴장하고 있음을 호아킨은 알 수 있었다. 마크는 온갖 종류의 숨길 수 없는 무의식적인 습관들이 있는데 그것도 그중의 하나였다.

"우린 그 문제에 대해 네가 생각해 봤는지 알고 싶다. 우린 이번 달이 네게 아주 바쁜 달이었다는 것은 알고 있어. 마야와 그레이스를 찾았고 또 서로 알아 가느라."

"그래도……."

린다가 급히 덧붙였다.

"생각할 시간이 더 필요하다면 우린 기다리는 것도 괜찮아. 얘야, 우린 조금도 널 밀어붙이고 싶진 않아."

호아킨은 새로운 생각이라고는 더 이상 없다고 할 만큼 아주 많이 생각해 보았다.

"여전히 생각하고 있어요. 염려 마세요."

마크가 다시 목을 가다듬었다. 린다는 희망을 비치지 않으려 노력하고 있었지만 얼굴을 스치고 지나가는 표정을 감추는 데에는 그리 성공하지 못했다.

호아킨은 자신의 가족을 지키려는 그레이스를, 부모가 이혼을 하려하고 아빠는 집을 떠난 마야를 생각했다.

"질문이 있어요."

마크와 린다는 동시에 놀란 토끼처럼 귀를 바짝 세우며 앉았다.

"응, 해. 우리는 네가 질문이 있으리라 생각했어. 네 질문에 답을 하기 위해 우리가 여기 항상 있다는 걸 알잖아."

"솔직하게 질문에 답해 주마."

린다가 덧붙였다. 그녀는 호아킨에게 중요한 질문임을 알았다.

"예."

호아킨이 의자에 깊숙이 앉으며 천천히 말했다.

"만약 제가 아니라고 말한다면, 그러니까 입양을 원하지 않는다면, 이 집을 나가야 하나요?"

린다는 금세 풀이 죽은 것 같았고 마크는 호아킨이 일곱 살 때 생일 파티에서 받은 헬륨 풍선 같아 보였다. 호아킨은 풍선을 집에 가져오면서 아주 흥분했고 간직하려고 했다. 그런데 다음 날 풍선은 바람이 빠져 거의 바닥에 가라앉아 있었다. 일어나 풍선을 보았을 때처럼 마크의 표정이 호아킨의 기분을 언짢게 했다.

"제 말씀은, 아니라고 말하려는 것이 아니에요."

그는 급히 덧붙였다.

"그저 저는……. 예, 그냥 알고 싶어요."

이제 호아킨이 자신의 목을 가다듬었다.

"호아킨, 네가 어떤 결정을 하든 앞으로 어떤 일이 일어나든 이곳, 이 집은 항상 너를 위한 곳이란다."

린다가 말했다. 그가 악몽을 꿀 때마다 일어날지도 모를 나쁜 일과 호아킨 사이에 보호 벽이 될 만큼 그녀의 목소리는 부드러웠다. 호아킨은 고개를 끄덕였고 목구멍이 조여 오는 느낌이 들었지만 무시했다.

"그 문제에 대해 애나와 얘기해 본 적이 있니?"

마크가 물었다. 호아킨이 고개를 끄덕였다.

그는 이야기하지 않았다. 그는 애나가 입양을 100퍼센트 호의적으로 받아들일 것임을 알았다. 그리고 그녀가 자신을 흔들어 대는 것을 원치 않았다. 호아킨은 진즉에 어떤 문제든 애나에게 들고 가기 전에 자신의 머릿속에서 먼저 사태를 정리할 필요가 있음을 깨달았다. 그렇지 않으면 호아킨 *자신이* 어떻게 느끼는지를 더 이상 확신할 수 없을 정도로 그녀가 생각을 뒤흔들어 놓을 것이기 때문이었다.

"한동안 혼자서 그 문제를 생각할 필요가 있다고 말했어요."

호아킨이 말했다. 반은 진실이고, 따라서 실제로 거짓말은 아니었다.

"지금 전 제가 아니라고 했을 때 어떤 일이 일어나는지를 알고 싶었을 뿐이에요. 그게 다예요."

마크는 다시 묻기 전에 몇 초간 조용히 있었다.

"만약 네가 입양에 응하겠다고 한다면 어떤 일이 일어날지 두려운 거니?"

호아킨이 알게 된, 적응하면 생기는 일들 중의 하나는 가족 속에서 편할 수 있다는 것이었다. 그들의 말이 또한 자신의 말이 될 것이고, 그렇게 되면 두려워하는 것들을 자신이 심지어 알기도 전에 그들이 알게 될 것이라는 점이었다.

"제 말씀은 어쨌든 변화가 있으리라는 거예요. 그렇지 않나요?"

호아킨이 말했다. 그러고 일어서려고 했다.

"먼저 일어설게요."

"호아킨."

린다가 말했다. 호아킨은 중간에서 멈칫했다.

"우린 널 입양하는 걸 두려워하지 않아. 만약 그게 네가 걱정하는 것이라면. 마크와 난 널 사랑해. 우린 널 알아. 널 *믿어*. 절대적으로."

호아킨은 린다가 부캐넌 씨 가족, 병원 보고서, 호아킨의 부러진 팔 엑스레이 사진 등에 관해 생각하고 있는지 궁금했다.

"전 두렵지 않아요."

그가 말했다. 그리고 목을 가다듬었다. *제기랄.*

"그렇다면 됐다."

마크가 말을 시작했지만 린다가 말했다.

"우린 정말 널 원한단다."

"알아요. 그건 알아요."

호아킨은 둘 모두에게 말했다. 그는 그것을 알고 있었다. 그것이 그를 이다지도 주저하게 만들고 있었다.

다음 날 학교에서 호아킨은 버디를 보았다.

사실 학교에서 그녀를 보게 될 가능성은 *언제나* 있었다. 호아킨은 그녀와 헤어진 다음 다른 학교로 갈 수 없을까 하는 생각을 말해 보았지만 마크와 린다가 그 생각을 단박에 주저앉혔다. 대신 그는 다니던

길을 바꾸었다. 다른 복도로 다녔으며 정원을 통과하는 지름길 대신 영어 교실을 빙 돌아가기도 했다. 정원은 버디의 손을 잡고는 헤어질 때마다 작별의 입맞춤을 했던 곳이었다.

"구티에레즈!"

교감이 그들이 키스하는 것을 보고 때때로 호아킨을 불러 경고의 의미로 노려보기도 했다.

"선생님, 왜 *제* 이름은 부르지 않나요?"

한번은 버디가 톡 쏘아붙였다. 교감은 그 후 그들을 내버려 두었다.

호아킨은 그녀를 아주 잘 피해 다니고 있다고 생각했다. 그러나 그날 오전 간식 시간에 그는 미적분 수업에 일찍 들어가려고 체육관의 뒤편을 지나가고 있었다. 그래서 대학 선수 과목인 시민사회 수업으로 가는 버디와 마주치지 않으리라 생각했다. 그는 언제라도 그녀가 어디 있는지를 알려 주는 추적 장치가 있었으면 했다. 절실하게 그것을 원했지만 얼마나 어이없는 생각인가를 즉각 깨달았다.

그러나 그날 오전 버디는 다음 수업이 있는 교실로 일찍 출발했거나 직전 수업이 있던 교실에서 늦게 나왔다. 그 때문에 체육관을 돌던 호아킨과 딱 마주쳤다. 그들은 서로 부딪히지는 않았다. 그렇게 되었다면 조금은 완벽하고 근사했을 것이다. 그들은 서로를 보자마자 둘 다 동시에 멈춰 섰다.

"안녕?"

버디가 말했다.

"안녕."

손을 후드 티 주머니에 찔러 넣은 채 신발을 내려다보며 호아킨이 대답했다. 버디를 보는 것은 몹시 힘들었다. 너무나. 그녀는 여전히 호아킨을 죽이고 싶어 하는 것처럼 보였고 그것이 그를 초조하게 만들었다. 그래도 그녀를 비난할 수가 없었다. 때때로 그녀를 괴롭히는 짓을 하고 있는 자신을 죽여 버리고 싶기도 했다.

버디는 움직이지 않았고 호아킨이 둘러 가고자 발을 뗐다.

"기다려, 와크. 안 돼."

그녀가 손으로 그의 팔을 잡으며 말했다. 그녀의 손은 항상 차가웠다. 그는 후드 티의 소매를 잡혔는데도 그것을 느낄 수 있었다.

그녀가 붙잡자 호아킨은 얼어붙었다. 그러나 그녀는 놓아주지 않았다. 그녀가 처음 그에게 키스했을 때 그녀가 얼마나 부드러운지, 그녀의 입술이 얼마나 뜨거운지 깜짝 놀랐다. 그는 어떻게 그렇게 찬 손을 가진 사람이 그렇게 뜨거운 입술을 가졌는지 도무지 이해할 수가 없었다.

"난 해야 할……."

그가 말을 꺼냈지만 사실 그는 할 일이 없었다.

"기다려."

그녀가 다시 말했다.

"잠깐만……. 와크, 난 네가 정말 보고 싶었어. 정말……."

그녀의 목소리가 떨리기 시작했다. 용기를 내어 호아킨이 고개를 들었을 때 그녀는 울고 있었다. 열 달 남짓 데이트를 하는 동안 버디가 우는 것을 한 번도 본 적이 없었다.

"나도 보고 싶었어."

"제발, 이유라도 말해 줄 수 없어?"

그녀는 얼굴을 펴려고 애쓰면서 말했다.

"제발……, 우리는 서로에게 거짓말을 하지 않았어. 네 말이 지금 거짓말이란 걸 아니까 도무지 끝낼 수가 없어. 이렇게 끝내고 싶지 않아."

호아킨은 다시 아래를 내려다보았다. 그는 이 느낌을 싫어했다. 그가 하고자 하는 말들이 거대한 공 모양으로 엉켜서 어떤 말도 빠져나오지 않게 단단히 뭉쳐져 있는 것 같은 느낌이 들었다. 그 말들이 가슴에 처박힌 채 공기를 내보내게 하는 폐를 꾹 누르고 있었다.

"난 거짓말을 하지 않았어."

그가 마침내 한 말의 전부였다. 너무나 간절하게 그녀를 껴안고 싶었다. 자신의 품으로 끌어당겨 그녀의 울음을 멈추게 하고 싶었다. 무엇보다도 그는 혼자서 우는 것이 어떤 느낌인지를 잘 알고 있었다. 그는 버디가 그런 느낌을 갖는 것을 원치 않았다.

"그런데 왜? 머릿속으로 거듭거듭 아무리 생각해도 이유를 알 수가 없어!"

이제 그녀는 화를 내고 있었다. 호아킨은 화를 내는 버디를 여러 번 본 적이 있었다. 그녀는 화를 나게 한 사람과 결코 좋게 끝나지 않았다.

"네가 내게 거짓말을 *하고 있잖아!*"

그녀가 소리를 질렀다.

"넌 거짓말로 헤어지고 싶다고 했어. 난 네가 두려워한다고 생각해. 넌 달아나려 해. 다시 혼자 남게 되는 것보다 훨씬 더 쉬우니까."

호아킨은 그녀의 말이 자신의 가슴을 쾅쾅 울리는 것을 그대로 두면서 계속 자신의 신발을 내려다보았다. 어떤 말도 그에게 와닿게 할 수 없을 것이다. 심지어 그가 찾으려고 애썼던 단어들을 언제나 풀어낼 수 있게 해 주었던 버디조차도.

"그게 맞지?"

그녀가 한 걸음 그에게로 다가서면서 물었다.

"내 말이 맞지, 그렇지? 넌 두렵기 때문에 도망치려고 하는 거야."

"그렇지 않아……."

그녀로부터 한 걸음 물러서면서 그가 말하려고 했다.

"네가 두려워해도 난 관계없어!"

그녀가 울부짖었다. 이제 그녀는 다시 펑펑 울기 시작했다. 호아킨은 버디의 친구들이 이 모습을 보지 않기를 바랐다. 그들은 학교가 끝난 뒤 어떤 질문도 하지 않고 복도에서 그를 죽여 버릴 것이었다.

"넌 두려워할 수도 있어! 넌 모르지? 누군가를 사랑할 때 생기는 것이 두려움이라는 걸. 네가 두려워할 때 어떤 사람들은 용감해지기도 해! 난 용감할 수 있어. 너를 위해, 그리고 우리 둘을 위해!"

버디는 여전히 소리를 질렀다.

"넌 그럴 수 없어."

조금 웃으며 호아킨이 말했다. 물론 재미있지는 않았다. 어떤 것도 전혀 재미있지 않았다.

"아니야. 난 그럴 수 있어."

버디가 주머니 속에 있는 그의 손을 끌어당겨 잡으면서 둘 사이의 공간을 좁혔다. 그녀의 손은 얼음장 같았다.

"날 믿어도 돼. 왜 그걸 몰라?"

호아킨이 고개를 끄덕였다. 그는 그녀의 손에서 손을 빼내려고 했다. 그렇지만 그녀는 더욱 꼭 붙잡았고 그는 한 걸음 뒤로 물러섰다.

버디는 대화를 하는 가운데 처음으로 희망을 보았다.

"그런데 왜? 호아킨, 뭐가 문제라는 거야?"

말들이 갑자기 호아킨의 폐에서 스스로 밀려 나와 그를 한층 가볍고 자유롭게 만들어 주었다.

"난 나 자신을 믿지 않아. 그건 너도 어찌할 도리가 없어. 버디, 날 혼자 내버려 둬."

그가 결국 손을 빼내고 돌아서 갈 때까지 그녀는 여전히 울고 있었다.

13. 그레이스

마야, 호아킨과 만난 뒤 며칠 동안 그레이스는 뒤죽박죽이었다.

예민해졌고 수면 부족이었으며 카페인을 과도하게 섭취했다. 그녀는 작은 세일러복을 입은 피치를 계속 꿈에서 보았다. 배를 타고 멀어지고, 태어난 날 그랬듯 지칠 줄 모르고 울고 있는 피치에게 그레이스는 갈 수가 없었고, 닿을 수가 없었고, 안을 수가 없었다.

팔을 뻗은 채 숨을 헐떡이며 깼지만 피치의 울음소리가 여전히 귓속에서 울리고 있었다.

그레이스는 물론 그것이 무엇을 의미하는지 알고 있었다. 피치의 부모를 잘못 선택했을지도 모른다는 생각이 밀려들어 왔다. 마치 마야의 부모처럼 다니엘과 카탈리나가 이혼을 하면 어쩌나 하는 걱정이 들었다. 그녀는 또 입양이 유효한지 아닌지 마야에게 물은 것에 대해서도 여전히 불편한 느낌을 가지고 있었다. 그렇게 말하는 것이 지극히 어리석은 일임을 그레이스도 알았지만 그때는 자신을 억누를 수가 없었다. 피치에게 잘못된 부모, 잘못된 가정을 골라 주었다는 생각은 혼자 있을 때마다, 마음이 조용할 때마다 등을 할퀴는 공포로 몰아넣었다. *네가 잘못했어.* 목소리가 말했고 그레이스는 떨어야 했다. *넌 피치의 엄마로서 한 가지밖에 하지 않았어. 그런데 넌 완벽하게, 완전히 그걸 망쳐 버렸어.*

피치 이전에 그레이스는 사실 친엄마를 그다지 생각하지 않았다. 그러나 지금 이 낯선 여자가 계속 그녀의 마음을 지배하고 있었다. 그녀는 친엄마가 그녀나 마야 혹은 호아킨에 대해 걱정한 적이나 있을지 궁금했다. 틀림없이 걱정했을 것이다. 그러지 않았을까? 설혹 마야와 호아킨이 그레이스와 의견이 다를지라도 그녀는 그들보다 더 많은 것을 알았다. 그녀는 직접 그것을 겪었다. 그들은 그레이스가 느끼고 있는 끌림을 완전하게 이해할 수 없을 것이었다.

그녀는 그 문제에 대해 엄마나 심지어 아빠에게 묻고 싶었다. 뭔가를 알고 싶을 때 그레이스는 그저 묻기만 하면 된다고 서로 동의한 상태였다. 그러나 그럴 경우 모든 압박과 책임이 그레이스에게로 돌아올 것이었다. 어떻게 물어야 할지 몰랐던 질문들도 있었고 때로는 만약 부모님이 정말 그녀가 뭔가를 알기를 원한다면 그냥 알아서 말해 주면 되지 않은가 하고 느낄 때도 있었다. 도대체 왜 그녀가 질문을 해야만 할까? *그들이 부모이지 않은가? 그녀는 여전히 아이이지 않은가?*

그러나 지금 그녀는 어쨌든 엄마가 되었다. 그리고 그레이스는 아이와 엄마의 차이를 어떻게 받아들여야 할지 아직 알 수가 없었다. 그녀가 아는 한 가지는 그녀의 부모와 함께 집에 있는 것이 그녀를 서서히 미치게 만들기 시작했다는 것이었다.

그레이스는 엄마 아빠가 그녀를 계속 바쁘게 만들기 위해 그리고 더 이상 전화도 하지 않는 친구들로부터 완벽하게 분리되었다는 느낌을 갖지 않게 하려고 노력하고 있다는 것을 알았다. 그레이스는 친구들이 단지 무슨 말을 해야 할지 모르는 것이라고 생각했다. 솔직히 연락을 한다 해도 자신도 어떻게 응답해야 할지 몰랐을 것이다. 그러나 어쨌든 간에 그들은 자신의 *부모*였다. 엄마 아빠는 고지식했고 게다가 실제적인 직업을 가지고 있었다. 그레이스는 아침마다 펼쳐 보지도 않은 역사 교과서를 들고는 텔레비전의 토크쇼를 보면서 집에 있는 자신을 발견하였다. 그녀는 특히 법정드라마를 좋아했다. 그 사람들의 문제는 그녀 자신의 문제와 비교할 때 항상 더 최악인 듯했는데도 훨씬 더 쉽게 해결되고는 했다.

엄마 아빠는 집에 있을 때 그녀를 바쁘게 만들기 위해 노력했다.

"나랑 요가 하러 가자."

어느 날 아침 엄마가 제안했고 그레이스는 침대에서 돌아누우며 이불을 머리끝까지 덮어 썼다.

"골프 배우고 싶지 않아?"

어느 날 아빠가 물었을 때 그레이스는 너무 웃겨서 질문에 대답조차 하지 못했다. 나중에 아빠는 세차하는 걸 돕게 했는데 그레이스는 세차보다는 골프를 배우겠다고 할 걸 그랬나 생각했다.

그레이스가 피치를 포기했던 이유들 중의 하나는 그녀 자신의 삶이 멈추기를 원하지 않았기 때문이었다.

"넌 너무 *어려*."

엄마 아빠가 거듭 반복해서 애원했다. 그러나 누구도 그녀의 삶이 어차피 멈추게 될 것이라는 말을 해 주지 않았다. 세상의 나머지가 그녀 주변에서 계속 변화하는 동안 그녀는 피치의 임신이라는 황색 신호에 걸려 멈출 것이라는 것도 말해 주지 않았다.

어느 오후 엄마가 집에서 일을 하고 있을 때 그레이스는 머리를 사무실 문에 기댔다.

"엄마, 나 차 좀 빌려줘."

"왜냐고 물어도 돼?"

엄마가 계속 컴퓨터를 보면서 말했다. 그레이스는 재빨리 생각했다.

"음, 제이니가 전화했어. 상가에서 만날 수 있는지 알고 싶어 해."

엄마가 컴퓨터에서 머리를 들었다.

15분 후 그레이스는 상가로 차를 몰고 있었다. 신선한 공기를 다시 느낄 수 있도록 차창을 모두 열었다. 엄마는 뻔한 거짓말에도 많은 질문을 하지 않았고 그레이스는 기본적인 것 외에 어떤 것도 설명하지 않았다. 학교로 돌아간 운이 나빴던 날 이래 제이니에게 말을 하지 않고 있다는 것을, 제이니는 그레이스가 맥스 친구의 얼굴을 후려친 이래 문자를 전처럼 보내지 않고 있다는 것을 굳이 알릴 필요가 없었다. 그래도 그레이스는 그것 때문에 제이니에게 화를 낼 수조차 없었다. 그녀는 제이니에게 좋은 친구가 아니었다. 그녀 역시 전화나 문자를 하지 않았다. 그녀는 제이니의 전화와 문자를 무시했다. 자신이 어떻게 느끼고 있는지를 어떻게 설명할지, 이 새로운 세계의 낯설음을 어떻게 설명할지 몰랐기 때문이다. 만약 상황이 정반대라면 제이니 역시 그녀에게 전화를 하거나 문자를 하지 않았을 것이다. 그레이스는 아무 생각이 없었다. 그녀는 지금 현재의 자신을 알 뿐이며 자신이 더 이상 친구가 없는 여자애라는 것만을 알 따름이었다.

그러나 그녀에게는 라피가 있었다.

"안녕!"

위스크트 어웨이의 전자제품 진열대를 어슬렁거리는 그녀를 보고 그가 말했다.

"추측해 볼까? 엄마가 다시 불면증에 걸렸고 연어를 요리하는 전자레인지를 샀구나."

"원하지 않는 일이야."

그레이스가 코를 찡그리며 말했다.

"좋아, 그래. 그거 잘 안되니까. 아무 말도 하고 싶지 않았어."

그레이스가 그를 향해 웃자 그가 덧붙였다.

"난 여기서 일해. 멋진 기계와 소품 들을 나쁘다고 하면 안 돼. 그런데 사실은 별로 안 좋아. 전자레인지는 제대로 작동하지 않을 거야."

그레이스가 그 말을 듣고 웃었다.

"그래. 우리는 전자레인지가 없어. 우리 엄마 아빠는 그걸 신뢰하지 않아."

라피가 그녀를 보고 눈을 크게 떴다. 그리고 걸어와서 조심스럽게 두 손을 그녀의 어깨 위에 올렸다. 그가 조용히 말했다.

"그레이스, 이게 도와 달라는 신호니? 내가 전화를 걸어 줘야 한다면 눈만 깜박거려."

그녀는 다시 웃었다.

"배 안 고파?"

"배고파."

그가 손을 어깨에서 거두며 말했다. 따스함이 함께 사라졌다.

"배 많이 고파. 점심시간 동안 보충 시험을 봐야지. 넌 이미 먹었어? 부모님이 적어도 점심을 먹게는 해 준다고 내게 말해 줘. 그렇지 않으면 내가 아동보호소에 전화를 해야 하니까."

이번에 그레이스는 조금 덜 웃었다. 이미 호아킨을 알고 있기에 더 이상 재미있는 농담이 아니었다.

"나도 먹어야지. 그런데 난 내 점심 살 돈밖에 없어."

그녀가 말했다.

"좋다 말았군. 2분만 기다려 줘."

라피가 대답하고는 앞치마를 벗기 시작했다.

그들은 상가에서 조금 내려온 곳에 있는 샌드위치 가게로 갔다. 그레이스는 이동 거리를 짧게 하려고 애썼다. 그녀가 정말 피하고 싶은 것은 학교에서 알던 사람을 만나는 것이었다.

"질문 하나 해도 돼?"

각자의 샌드위치를 왕성하게 먹다가 그레이스가 말했다.

"아니, 난 내 도리토스를 조금도 양보할 마음이 없어. 먹고 싶으면 너도 사서 먹어."

그레이스는 그저 콧잔등을 찡그렸을 뿐이었다. 그녀는 피치를 임신했을 때 방부제와 식용 색소에 관해 읽은 뒤로 도리토스를 먹을 수가 없었다.

"난 네 도리토스 안 먹어. 그 가짜 치즈, 너나 많이 드셔."

"z로 쓰여 있지 않은 것은 결코 진짜 치즈가 아니지. 내가 또 옆길로 샜군."

"그런데 네 부모님은 이혼했니?"

그레이스가 물었다.

"예, 아가씨. 내가 5살 때 헤어졌어. 그들이 이혼했기 때문에 세상이 아직도 돌고 있다고 난 확신해. 그렇지 않았다면 두 분 싸움 때문에 아마도 이 행성은 폭발했을 거야."

싸우는 부모는 그레이스에게 아주 낯설었다. 그녀의 부모는 항상 방문을 닫고 말다툼을 했고 무엇으로 다투었든 간에 다음 날 해가 떠오르면 언제 그랬냐는 듯 차분해졌다. 그녀는 엄마 아빠가 서로 소리 지르는 것을 들어 본 적이 없었다.

"너는 어때?"

라피가 물었다.

"나? 우리 부모님은 같이 잘 살고 계셔."

"축복받은 케이스네."

"그런데 마야, 그녀가……."

"네 동생?"

그레이스가 잠시 멈추었다.

"일종의 동생?"

라피가 수정했다.

"아냐. 걘 실제 동생이야. 마야는 '일종의' 동생이 아니야."

자신의 목소리가 곤두서 있어 그레이스는 놀랐다.

"미안. 그런 말은 말 같지도 않은 소리지. 너의 비애의 스토리나 계속해 봐."

라피가 말했다. 목소리나 표정 모두 정말 미안해했다.

그레이스가 눈을 부라렸다.

"됐어."

"아냐, 기다려. 젠장."

그가 말했다. 그리고 자신의 과자를 내려놓았다.

"그래. 정말 미안해. 네가 진지한 문제를 말하려고 했는데 내가 김을 뺐네. 다시 시작하자. 응?"

그는 되감기 버튼을 누르는 척했다.

"이이제에 다시."

그레이스는 그의 노력에 점수를 주어야 했다.

"그래, 그러니까 마야의 부모님이……. 너의 실제, 진짜, 사실상 100퍼센트 여동생의 부모님이. 그래, 계속해 봐."

"이혼할 거래."

"그래? 큰일이네. 걘 충격을 받았어?"

"겉으로 드러내는 성격이 아니라 속은 알 수가 없어."

사과 조각을 집으며 그레이스가 대답했다.

"걘 대부분 아무렇지도 않은 척하는 애야."

"바람직하게 들리네. 그래도 내면으로는 무척 많이 혼란스러울 거야. 네가 동생과 한번 얘기해 봐."

"난 아직도 어떻게 이야기할지 고민하고 있어. 그리고 호아킨 역시."

둘 다 정말……. 그들은 달라."

"그래, 그렇구나. 형제가 있는 사람으로서 동생과 오빠가 생긴 걸 환영한다. 우리 아빠는 엄마와 만나기 전에 아이가 둘 있었어. 그래서 내 형과 누나는 벌써 20대야. 4명의 부모를 가지고 있는 것과 같아. 여하튼 난 그 경험을 추천하고 싶지는 않다."

"그런데 너는……."

그레이스는 가능한 한 조심스럽게 단어를 고르려고 노력했다.

"네 생각에는…… 좋아, 그래. 부모님이 이혼했을 때 어땠어? 너는……?"

"그게 완전히 나를 망쳐 버리진 않았냐고?"

라피가 물었다.

"그게 네가 알고 싶은 거야?"

그레이스가 안도의 한숨을 쉬며 말했다.

"그래, 바로 그거야."

"글쎄, 그렇지 않았기를 바라야겠지. 나랑 점심을 먹자고 한 사람은 바로 너니까."

라피가 손을 뻗어 그레이스의 사과 조각 하나를 낚아챘다.

"긴장하지 마. 난 그저 인공적인 도리토스를 사과로 중화시키려고 하는 거야."

"과학적으로 말이 안 되는 것 같은데."

그레이스가 말했다.

"아무럼 어때, 과학자 선생."

라피가 입에 사과 조각을 넣고는 씹었다.

"네 질문에 대답하자면 아니라는 거야. 그건 날 엉망으로 만들지 않았어. 물론 이혼이 문제를 한층 어렵게 만들기는 했지. 그리고 여전히 나는 크리스마스 두 번, 생일도 두 번 지내. 다 좋은 일이야. 그 무엇보다 난 멀쩡해."

"그렇지만 더 나은 경험을 할 수 있었다고는 생각 안 해?"

라피는 그녀를 주의 깊게 바라보았다.

"왠지 네가 듣고 싶어 하는 답을 말해야 할 것처럼 느껴진다."

"왜냐하면 내가 원하고 있으니까."

그녀가 인정했다. 그리고 두 쪽으로 갈라질 때까지 빨대 끝을 씹고 있었다는 것을 깨달았다.

"기다려 봐. 아냐. 네가 무슨 생각을 하고 있는지 생각의 고리를 따라가 볼게."

라피가 의자 뒤로 기대면서 말했다.

"학교에서 대학 선수 과목으로 심리학을 듣는 중이야. 그러니 걱정 마. 넌 유능하고 안전한 전문가와 함께 있는 거야."

"멋지군. 내 두뇌는 지금 바로 아주 안전하다고 느끼고 있어."

라피는 거의 30초 남짓 그녀를 빤히 바라보았다. 그레이스는 30초가 실제로 얼마나 긴지 미처 몰랐다.

"넌 지금 피치를 위해 선택한 입양 부모들이 이혼을 하게 될까 봐 걱정하고 있어."

마침내 라피가 말했다.

"그게 네가 이 모든 질문들을 하는 이유야. 넌 지금 마야를 걱정하고 있는 게 아니야. 넌 아기를 걱정하고 있어. 오, 세상에. 내가 정말 심리학 시험에서 만점을 받을 것 같은데. 내가 심리학을 완전히 꿰뚫을 것 같아."

라피의 입에서 아기의 이름을 듣자마자 그녀의 눈에 눈물이 가득 찼다.

"맞아."

그녀가 말했다. 목소리가 떨리고 있었다. 그러자 라피는 미래의 심리학 시험에서 좋은 점수를 얻을 것이란 득의양양한 표정에서 완전히 겁에 질린 표정으로 바뀌었다.

"오, 이런. 내가 널 울렸구나. 오우 이런. 이건 좋지 않아."

"아냐, 괜찮아. 괜찮아."

그레이스가 그에게 손을 흔들며 말했다. 그러나 라피는 이미 자신의 자리가 있는 칸막이에서 나와 그녀 쪽으로 오고 있었다.

"괜찮아, 괜찮아. 지금껏 누구도 그 이름을 말한 적이 없어. 네가 아기를 피치라고 부른 유일한 사람이야."

그녀는 눈물을 닦기 위해 냅킨을 한 장 사용하면서 갑자기 굴욕감이 들었다. 아마도 이런 것이 친구들과 연락하며 지내는 게 힘든 이유일 것이다. 그녀는 너무 자주 울었고 자신이 울 때 친구들이 옆에 있는 것을 결코 원하지 않았다.

라피는 이제 그녀 옆에 앉았다. 그의 허벅지가 그녀의 허벅지를 눌러 왔다. 피치를 가지게 된 섹스를, 맥스와 한 그날 밤 이후 그레이스에게 이렇게 가깝게 다가왔던 남자는 누구도 없었다. 그러나 그녀는 그를 밀치지 않았다.

"전에도 말한 적이 있는데. 여자애들이 울 때 난 최악이야. *끔찍해.* 실제로 다 망쳐 버릴 거야. 그러니까 내가 우리의 아름다운 우정을 망치기 전에 울음을 그칠 수 없겠니?"

라피가 부드럽게 말했다. 그레이스는 계속해서 눈물을 닦으면서 소리 내어 웃었다.

"아니야. 넌 괜찮아. 내가 문제야. 이제 나도 괜찮아."

라피는 미덥지 않은 듯했다. 그러나 그는 더 이상 묻지 않고 그녀에게 새 냅킨을 내밀었다.

"좀 나아졌어?"

그레이스가 고개를 끄덕였다.

"그게 내가 그 아기의 엄마로서 했던 유일한 일이었어. 알아? 나는 아기의 부모를 골라야만 했고, 그리고 정말 잘 선택했다고 생각했는데 만약 그렇지 않다면? 만약 15년 후에 다니엘과 카탈리나가 헤어져 그녀의 삶을 망치게 된다면 어쩌나 그런 생각이 든 거야."

"그런데 왜 그게 그녀의 삶을 망치게 된다는 거야? 우리 부모님도 헤어졌어. 그것이 내 삶을 망치진 않았어."

"난 그 아이를 힘들게 하는 어떤 것도 원하지 않아. 나는 그저 아기를 위해 옳은 선택을 했다고 말하고 싶을 뿐이야. 그게 다야."

그레이스가 인정했다.

"넌 옳은 선택을 했어. 너도 네가 그랬다는 걸 *알잖아*. 그리고 누구에게도 쉬운 삶이란 없어, 그레이스. 나도 아니고 분명히 너도 아니야. 내 말은 넌 열여섯에 아기를 가졌어. 그렇지? 그렇지만 네 삶은 *망가지지* 않았어."

"난 친구가 없어. 아무도 내게 문자를 하거나 전화를 하거나 집에 들러 안부를 묻지 않아. 난 제이니와 크로스컨트리 경주도 더 이상 할 수가 없어."

그레이스가 말했다. 그리고 다시 울고 있었다.

"너 크로스컨트리 경주를 했어?"

그레이스가 고개를 끄덕였다.

"학교 대표였어. 그런데 지금은 온종일 부모님과만 보내. 그리고 부모님은 말이라도 잘못하면 내가 부서질 것처럼 처신하셔. 그리고 나는 아기를 위해 부모를 찾아야만 했어. 내가 그것을 망쳐 버렸고. 맥스는 열 받게도 동창회 무도회에서 왕이 되었어!"

사람들이 어깨너머로 울고 있는 그녀를 보기 시작했다.

"괜찮아요. 콘택트렌즈 때문이에요. 최악이야. 안 그래?"

그레이스는 라피가 말하는 것을 들었다. 그리고 그는 사람들이 그녀를 보지 못하게 하려고 몸을 기울였다.

"이것 봐. 동창회 다음 날 아무도 신경 쓰지 않는 게 뭔 줄 알아? 누가 동창회의 왕이 되었나 하는 거야. 그리고 실제 동창회 무도회가 아닌 자리에서 자기 자신을 동창회 왕이라고 소개하는 인간들은 완전히 쓰레기 같은 놈들이야. 그러니 그건 너무 걱정하지 마."

그러더니 그가 갑자기 말을 멈추었다.

"맥스가 아빠구나, 맞지?"

또 다른 냅킨을 집으면서 그레이스가 끄덕였다.

"좋았어. 그럼 한 가지 문제는 해결됐어. 이 아기에 관해서는……."

"피치라고 불러도 돼. 괜찮아."

라피는 믿지 못하는 듯했다.

"아기에 관한 한 그 애의 삶이 쉽지만은 않을 거야. 올바르게 삶을 살아가려고 하는 한 그 아이에게도 힘든 시기가 다가오겠지. 그렇지만 자신이 선택한 부모에 관해 이렇게 많이 염려하는 사람이 있으니 분명 아이에게 그분들은 아주 좋은 부모일 거야. 그리고 이제 친구에 대해 말하자면 나는 네 친구야. 안 그래? 내 말은 우린 함께 점심도 먹잖아. 그게 친구끼리 하는 일이라면 아주 확실해. 그런데도 내가 네게 전화나 문자를 하지 않는 유일한 이유는 네 전화번호가 없기 때문이야."

라피가 눈썹을 추켜 올렸다.

"넌 전화가 있지? 부모님이 억지로 비둘기를 날려서 의사소통을 하라고 하지는 않으시겠지? 왜냐하면 그게 아무도 네게 전화하지 않는 이유일 수도 있으니까."

그레이스가 탁자 위에 있는 반쯤 남은 샌드위치를 보며 미소를 지었다.

"휴대전화는 괜찮아. 우리가 서부 개척 시대를 사는 건 아니니까."

"좋아, 그럼 됐네. 네 전화기를 이리 줘. 내가 문자를 할게. 그럼 네가 답장을 하면 돼. 쿵 하면 짝 하고 이런 식으로. 쿵짝. 고마워. 은유적으로 말하는 거야. 난 너랑 그러지 않을 거야."

그레이스가 그를 보았다.

"긴장할 때 말을 많이 하니?"

"응, 긴장하면 열라 말을 많이 해. 그건 비밀인데 어떻게 안 거야?"

라피가 그녀를 보고 씩 웃었다.

"그냥 느낌상. 그리고 단지…… 지금 누구랑 데이트를 하고 싶기나 한지는 모르겠어. 그게 전부야."

라피는 놀라서 뒤로 물러서는 시늉을 했다.

"알았어. 솔직히 말할게, 그레이스? 넌 왜 내가 너랑 데이트를 하려한다고 계속 주장하는데? 이건 성적인 희롱이야. 이게 바로 그런 거야. 심지어 여긴 내 *직장*이야."

그레이스가 이제 깔깔거렸다. 실제로 이렇게 웃어 본 적이 언제였는지 기억할 수도 없었다.

"플라토닉한 문자? 그게 전부라고?"

라피가 한 손을 들어 올렸다.

"스카우트의 선서, 보이 스카우트였던 적은 없지만. 그래도 날 믿어도 돼. 그렇지만 넌 내 직장에서 날 괴롭히는 걸 멈춰야 해. 그렇지 않으면 인사과에 불만 신고를 접수할 거야. 그럼 너도 그걸 처리하느라 서류 작업에 파묻히게 될걸."

그레이스는 손을 내밀어 그의 전화를 건네받았다. 그리고 자신의 번호를 눌렀다.

"근데 위스크트 어웨이에 인사과가 있기는 해?"

그녀가 물었다.

라피가 자신의 전화기를 돌려받으며 말했다.

"이제 다 울었어? 내가 고쳤어?"

"이제 편히 쉬어, 병사."

그레이스가 말했고 라피는 그녀의 머리를 헝클어뜨린 후 자신의 자리로 돌아갔다.

1시간 후 그녀는 집에 도착했다. 남은 샌드위치 반쪽은 종이봉투에 포장해 왔다.

"그레이스? 너니?"

엄마가 사무실에서 불렀다.

"아니! 연쇄 살인범!"

그레이스가 소리를 질렀다.

"그놈에게 내가 커피메이커를 확실히 껐나 확인 좀 해 달라고 말해 줄래?"

"살인범이 남자라는 걸 어떻게 알았어?"

"대개 남자잖아!"

그레이스가 커피메이커를 살펴보았다.

"껐는데."

그녀는 엄마의 문을 살금살금 지나치려고 했다. 그런데 엄마가 그녀를 멈춰 세웠다.

"기다려."

엄마가 말했다. 그리고 그레이스는 반 발짝 뒷걸음질했다.

"너 울었어?"

"아, 아니, 아니."

그레이스는 다시 계단을 향하며 말했다.

"콘택트렌즈 때문에. 최악이야. 안 그래?"

14. 마야

마야는 클레어와 헤어지려고 생각한 것은 아니었다. 어떻게 된 건지……, 어쩌다 보니 그렇게 되고 말았다.

마야는 아빠가 집을 옮긴 그날 밤 문자에 바로 답하지 않은 것 때문에 클레어에게 화가 난 것이 풀리지 않았다. 물론 말도 안 되는 것이라는 것을 알고는 있었지만 그래도 여전히 그 화가 벗겨지지 않는 윗도리처럼 그녀에게 매달려 있었다. 왜 마야가 그렇게 화가 났는지 클레어가 이해하지 못한 것도 일조를 했다.

"말했잖아."

그다음 날 점심시간에 클레어가 말했다. 이번에는 클레어의 무릎에 머리를 베지 않았다. 대신 마야는 맞은편에 앉았다. 둘 사이에 벽처럼 도시락이 펼쳐져 있었다. 빵 조각과 오렌지 껍질로 만들어진 장벽이었다.

"난 캠핑을 갔었어. 전화기도 없었고. 난……."

"전화기 없는 사람이 어딨어?"

마야가 몹시 화를 내며 물었다.

"내 전화기가 내 손에 달라붙어 있었다는 건 아주 확실해! 그런데 어떻게 넌 전화기를 안 가지고 있었어?"

"그래, 내가 전화기를 가지고 있었다고 하자."

클레어가 조금 똑바로 앉으며 말했다.

"난 가족과 캠핑 중이었어. 기본적으로 수신이 거의 안 돼. 그런데 네 아빠가 집을 옮겼다고 문자를 보냈어. 내가 뭘 어떻게 할 수 있었겠니?"

마야는 자신의 눈 뒤쪽에서 태양이 폭발한다고 생각했다.

"오, 나야 모르지."

그녀는 그때 자신의 목소리가 로렌이 말할 때처럼 얼마나 높고 날카롭게 들리는가를 의식하지 않을 수가 없었다.

"아마 내 문자에 답장은 할 수 있지 않았을까? 물론 이건 하나의 가능성을 말하는 것뿐이야."

"그다음엔 뭘? 난 너랑 이야기를 할 수도, 너한테 갈 수도 없었어. 마야, 내 말은 네 아빠가 돌아가신 게 아니라는 거야. 그저 10분 거리에 있는 집으로 이사를 했을 뿐이야."

마야가 가방을 챙기기 시작했다.

"아냐, 기다려. 마야, 안 돼."

클레어가 마야의 허리를 붙잡았다.

"미안, 난 그런 뜻이 아니었어."

"아냐, 넌 그런 뜻으로 말했어."

마야가 말했다. 그러나 그녀는 동작을 멈추었다. 가방이 손에서 달랑거렸다.

"난 그저……."

클레어가 한숨을, 깊은 한숨을 쉬었다.

"이봐. 우리 아빠는 곁에 있지도 않다는 걸 알잖아. 적어도 네 아빠는 있잖아. 안 그래? 넌 여전히 원할 때마다 매일 아빠를 볼 수 있어. 넌 지금도 당장 아빠에게 문자를 보낼 수도 있고. 아마 30초도 안 돼 아빠는 네게 답장을 하실걸."

그것은 모두 사실이었다. 마야는 항상 그녀의 문자에 아빠가 너무 빨리 답을 했기에 조금은 기쁘고 조금은 당황스러웠다. 그녀의 생활은 이모티콘 키보드를 아빠가 알게 된 다음부터 한층 더 복잡해졌다. 마야는 불평할 여지가 많지 않다는 것을 알았다. 그녀는 대부분의 아이들보다 여전히 훨씬 더 나았다. 호아킨을 보면! 그는 심지어 부모도 없지 않은가. 그러나 그 사실이 그녀의 기분을 더 낮게 해 주지는 않았다.

"이건 그저 새로운 상황이라 그럴 거야."

클레어가 계속 말했다. 여전히 마야의 허리를 잡고 풀밭에 앉은 채로.

"그리고 미안해. 그날 내가 거기에 없었어, 그렇지? 내가 할 수만 있었다면 금방 너에게 갔을 거야. 맹세해. 알지? 알지? 난 너랑 싸우기 싫어. 난 너랑 잘 지내고 싶어. 그게 훨씬 더 재미있잖아."

그녀는 마야가 반응하지 않자 반복해서 말했다. 마야의 입 귀퉁이가 살짝 올라갔다.

"그게 더 재미있는 방법이지. 그런데도 난 화가 나."

클레어가 그녀를 풀밭에 앉히려고 잡아당겼고 마야의 무릎이 풀밭에 닿았다. 가방도 그녀 옆에 툭 소리를 내며 떨어졌다.

"화해의 의미로 우리 사랑하는 건 어때? 아주 뜨거울 거라고 들었는데."

클레어가 마야의 입에 웃으며 입술을 갖다 댔다. 마야가 다시 웃었다. 그녀의 이가 클레어의 입에 부딪혔다.

"학교 체육관 뒤에서 사랑을 나누는 것보다 더 뜨거운 건 없겠지. 정말 그런지 확인해 볼까?"

그녀는 클레어의 목을 팔로 감으며 말했다.

클레어가 대답했다. 그리고 그들은 풀밭에 쓰러졌다.

이별은 닷새 후에 일어났다.

되돌아보니 사실 둘 중 누구의 잘못도 아니었다. 토요일이었고 둘은 함께 보내기로 했다. 그런데 클레어는 어린 남동생을 돌보아야 했고 마야는 물리 숙제가 쌓여 있었다. 학교 풀밭에서 나눈 사랑은 멋지긴 했지만 문제를 근본적으로 해결해 주지는 않았다. 마야는 그것이 어렸을 적 그녀와 로렌이 좋아했던 헬로 키티 반창고와 같다는 생각을 했다. 정말 마음에 들기는 했지만 상처를 낫게 하는 데에는 그다지 큰 도움이 되지는 않았다.

그날 오후 마침내 함께 만났을 때 마야는 숙제 때문에 신경이 날카로웠고 클레어는 어린 동생을 보살피느라 진이 다 빠져 있었다. 게다가 영화를 볼 작정이었는데 보려고 했던 영화는 매진이었고 다른 영화는 서로 의견이 맞지 않았다.

"이건 어때?"

마야가 광고판을 가리키며 제안했다.

"지루할 것 같아."

클레어가 슬쩍 보고는 말했다.

"말 그대로 제목만 그럴지도 모르지. 이 영화가 지루하다는 건 어찌 알았어?"

"지루하게 *들려*."

마야가 한숨을 쉬었다.

"그래. 저건?"

"외계인 나오는 건 안 봐."

"그건 또 어떻게 알았어?"

"말 그대로 제목에 저기, *외계인*이라고 쓰여 있잖아."

"만약 그게 비유라면?"

클레어가 마야를 보며 눈썹을 추켜올렸다.

"좋아, 커피나 마시러 가자. 거긴 외계인이 없으니까."

그러나 클레어는 영화를 볼 수 없다는 사실 때문에 기분이 안 좋았고 날씨는 다소 더워 햇볕 아래 5분 넘게 앉아 있으니 온몸이 땀으로 범벅이 되었다. 그리고 마야의 아빠가 마야와 로렌에게 문자를 보내 뉴올리언스로 간 출장이 이틀 더 연장될 것이라고 했다. 일요일에 저녁을 같이 먹기로 한 약속을 화요일로 미루어도 될지 물었다. 아빠는 딸들을 사랑했고 *정말* 미안해했다.

"전형적이군."

마야가 아빠에게 답장을 하지 않고 주머니에 전화를 다시 집어넣으며 말했다. 답장은 로렌이 알아서 하도록 하지 뭐. 동생에게 번거로운 일을 시키지 않는다면 동생이 있다는 이점이 달리 무엇일까?

클레어는 음료수를 마시며 그녀를 보고 있었다. 음료수에 *너무 많은 휘핑 크림*을 넣었다고 마야는 생각했다. 그러고는 언제부터 클레어에 대해 눈에 거슬리는 것이 생겼는지 궁금해졌다.

"무슨 전형? 문자는 누가 보낸 거야?"

클레어가 빨대를 문 채 물었다.

"아빠. 아빠가 뉴올리언스에 출장을 갔는데 이틀 더 계셔야 한대. 화요일까지는 우리와 저녁을 먹을 수 없대."

"오, 그래. 그것 참 안됐네."

마야가 클레어를 흘낏 보았다. 드러난 어깨가 햇볕에 그을리기 시작하고 있는 것을 느낄 수 있었다. 영화를 보러 갈 작정이었기에 선크림을 바르고 오지 않았다.

"계속해 봐. 말해 봐."

"뭘 말해?"

"네가 실제 생각하고 있는 것을 말해 봐."

말하기 전에 클레어가 잠시 멈추었다.

"좋아. 내가 안됐다고 한 건, 적어도 넌 다음 주 화요일에는 아빠를 본다는 거야. 안 그래? 며칠만 지나면. 그리고 다음 주말에는 아빠와 더 많은 시간을 보낼 수도 있을 거고."

그 말이 완벽하게 합리적인 반응이라는 것을 마야는 알았다. 그리고 그 말은 정확하게 그녀를 격분케 하는 반응이었다. 클레어는 너무 계산적이고, 너무 합리적이고, 너무 클레어적이었다. 심지어 클레어란 이름조차 차분하게 들렸다. 마야는 누군가가 그녀만큼 화가 나 있기를 원했다. 누군가가 자신과 마찬가지의 감정 상태에 있기를 원했다. 붉은 용암이 그녀의 내면 도처에서 뿜어져 나오는 화산 꼭대기에 자신만이 혼자 있다는 것을 느끼지 않기를 원했다.

"왜 넌 늘 그렇게 하는데?"

마야가 말했다. 그녀는 음료수를 한 모금 마시려고 했으나 이미 오래전에 모두 마셔 버린 뒤였다. 다른 무엇보다 클레어는 음료를 천천히 마시는 사람이었다.

"뭘?"

"항상 그렇게 유별나게 조용하냐고?"

분수대 난간에 앉아 있던 마야가 훌쩍 뛰어내렸다. 너무 흥분한 나머지 조용히 앉아 있을 수가 없었다.

"넌 왜 늘 우리 엄마 같은데?"

"너의 엄마?"

클레어가 웃음을 터뜨리면서 말했다.

"내가 네 엄마 같다고 생각하는 거야? 정말 날 미치게 만드네."

"왜 난 화를 낼 수도 없어? 난 아빠가 보고 싶어. 알겠어? 난 아빠가, 보고, 싶다고. 그리고 네가 아빠를 더 이상 볼 수 없는 건 미안하게 생각해. 그러나 내가 너보다 더 나은 상황에 있기 때문에 내가 기분 나빠하면 안 되는 건 아니야!"

클레어가 똑바로 앉았다. 마야는 공격을 앞두고 머리를 곧추 세우는 코브라를 떠올렸다.

"왜냐하면 네가 나보다 더 나은 상황이기 때문에?"

그녀가 천천히 말했다.

"그건 내가 하려던 말이 아니야."

"아니야. 맞아. 그게 정확하게 네가 한 말이야."

클레어 역시 분수대 아래로 내려왔다. 이제 눈높이가 맞게 되었다.

"이것 봐, 마야. 너 기분 나쁜 것을 나한테 풀려고 하지 마. 알겠어? 네가 한두 달 동안 힘든 일이 많았다는 것 알아. 네 아빠가 집을 옮긴 거나 형제를 찾은 것, 그런 모든 것……."

"1명이 아니라 2명의 친형제를 찾았다고 말해야지. 그런 모든 게 아니라."

마야가 되받아쳤다.

"그리고 난 알아. 네가 네 엄마에 대해 걱정하고 있다는 것도."

"우리 엄마를 끌어들이지 마!"

이제 마야는 소리를 지르고 있었다. 그녀는 뭔가 던질 게 있었으면 했다. 그녀의 마음 뒤쪽에 차곡차곡 쌓인 힘으로 마음껏 던져 건물에 맞고 튕겨 나올 무언가가 있었으면 했다.

"우리 엄만 내버려 둬!"

"아니, 그렇게 못 하겠는데! 그게 문제야. 넌 사람들에게 화가 났으면서 당사자에겐 말을 할 수가 없는 거야. 그래서 대신 나한테 화풀이를 하는 거라고!"

"오우, 미안해! 난 네가 내 여자 친구가 아니라 심리치료사라는 걸 이제 알았네. 놀라운데. 보험은 적용되니?"

마야는 심리치료사에 대해, 그리고 보험료에 대해 제대로 알고 있지 못했다. 그래도 엄마 아빠가 말하는 것을 들은 적은 있었다. 엄마는 항상 부부가 같이 심리치료를 받는 것이 의료보험에 속하지 않아 너무 비싸다고 했다. 그래도 아빠는 여하튼 지불했다. 그러나 아무 소용이 없었다.

"마야! 세상에, 넌 어떤 때는 너무 *성가셔!* 어린애처럼 행동하고 있어!"

클레어가 소리를 질렀다.

"그리고 넌 모든 걸 아는 것처럼 행동해! 넌 우리 가족에 대해 아무것도 몰라. 알겠어? 그러니까 그 문제는 건드리지 마!"

마야도 똑같이 소리를 질렀다.

"난 아무것도 몰라. 왜? 네가 아무것도 말해 주지 않으니까!"

클레어가 울었다.

"넌 작은 빵 조각을 계속 떨어뜨려. 그리고 그것으로 네 뒤를 쫓아오기를 기대해. 그런데 넌 그조차 충분히 떨어뜨리지도 않아."

마야가 눈을 깜박였다.

"그거 참 끔찍한 비유네."

"좋아, 그럼 이건 어때? 넌 나를 들어오지 못하게 해. 왜냐하면 내가 너에 대해 너무 많이 아는 걸 원치 않아서지. 내가 네 가족에 대해 너무 많이 알면 넌 내가 떠날 거라고 생각해."

마야가 웃기 시작했다.

"이번에도 정말 끔찍해. 미안하다. 그런데 내가 너한테 우리 아빠에 대해 얼마나 많이 말했니? 그게 전부야. 전부라고!"

"엄마는?"

클레어가 말했다. 그러자 마야가 눈길을 돌렸다.

"그래, 그래야 마야지."

"그건 사적인 일이야. 그건 엄마 문제지 내 문제가 아니야."

"헛소리 마. 그게 모두 너에 대한 거야. 넌 아직도 그걸 몰라. 그리고 사적인 일이면 어때? 난 네 *여자 친구*야. 넌 내게 그걸 말해야 해."

마야는 언덕 아래로 질주하는 느낌이 들었다. 계속 속도를 올리자 바퀴들이 수레에서 빠져나오기 시작했다.

"좋아. 그렇다면, 내가 네게 충분히 속을 터놓는다고 생각하지 않는다면 그럼 난 더 이상 네 여자 친구를 해서는 안 되겠네."

클레어는 되받아치려고 소리를 지를 작정을 하고 있었다. 그러나 마야의 말이 그녀를 잠시 멈추게 했다. 그 말은 마야 역시 멈추게 했다. 그녀조차 그 말이 자신이 하려고 한 말이었는지는 알지 못했다.

"넌 나랑 헤어지고 싶다는 거야?"

클레어가 말했다. 목소리가 갑자기 낮고 조용해졌다.

"그래, 마치 나랑 헤어지고 싶어 하는 것처럼 들리네."

마야가 들어도 도무지 말 같지 않은 소리였다. 그럼 그녀 안에서 그녀 대신 계속 말을 하는 이 낯선 사람은 도대체 누구인가? 그 사람이 누구든 사태를 엄청나게 엉망으로 만들고 있는 것은 분명했다.

"이런 식으로 나가겠다는 거지?"

클레어가 말했다. 그리고 지금 그녀의 목소리는 위험스러웠다.

"계속 쿡쿡 찌르고, 찌르고, 또 찔러?"

그녀는 마야에게로 몇 걸음 다가서서 어깨를 잡았다.

"넌 내가 헤어지자고 할 때까지 스스로 더 나쁘게, 나쁘게 만들어. 왜냐하면 *나*와 헤어질 용기가 없거든."

마야는 그 점에 대해 할 말이 없었다. 대신 그녀는 클레어를 빤히 바라보았다. 마야는 오래전에 이 기술을 배웠다. 조용히 가만있는 것. 그러면 다른 사람이 스스로 구멍을 파고는 했다. 그녀는 그 기술을 클레어에게 쓰게 되리라고는 결코 생각해 본 적이 없었다.

"정말 넌 할 말이 아무것도 없어? 우린 지금 헤어지려고 해. 그런데 넌 계속 입을 다물고 있어?"

마야가 어깨를 으쓱했다. 로렌과 싸울 때 종종 이렇게 하고는 했다. 그녀의 무표정은 로렌을 머리끝까지 화가 나게 만들곤 했다.

"아, 어이없다. 넌 정말 유치하기 짝이 없구나."

클레어가 웃기 시작하면서 말했다. 그녀가 한 걸음 물러섰다. 그러고 돌아섰다.

"그거 알아? 아 됐어, 그만둬. 넌 이별을 원해. 네가 그 말을 하게 될 거야. 난 그 말을 하지 않겠어."

그것은 도전이었다. 마야는 알고 있었다. 그리고 그녀는 자신에게 너무 화가 났고, 좌절했으며, 분노를 느낀 나머지 미끼를 물고 말았다.

"난 너와 헤어질 거야."

그녀가 클레어에게 말했다. 그리고 그녀의 눈앞에서 곧장 시들어 버린 듯한 클레어를 보았다.

"진심이야? 이런 젠장, 마야. 왜 넌 우리가 살고 있는 집을 불태워 버리려고 하니?"

클레어가 속삭였다. 마야는 클레어가 무슨 말을 하는지 알 수 없었다. 그녀는 자신의 입을 조용히, 눈을 메마르게 유지하려고 노력하느라 너무나 바빴다. 일단 집에 가면 울 수 있을 것이다. 그러나 클레어 앞에서는 절대 무너지지 않을 작정이었다. 마야는 그녀에게 만족감을 주고 싶지 않았다.

"있지, 집엔 알아서 가. 난 지쳤다."

"알았어."

집은 고작해야 2~3킬로미터 거리였다. 클레어의 차로 돌아가느니 자갈길에서 공중제비를 돌며 집으로 가는 것이 나았다.

클레어는 다시 짧고, 날카롭고, 쓰디쓰게 웃었다. 그리고 휙 돌아섰다. 귀퉁이를 돌기 직전 그녀는 다 마신 커피 캔을 힘껏 쓰레기통에 던졌다. 마야는 그것이 틀림없이 밖으로 튕겨 나올 거라고 예상했는데 안으로 쑥 들어갔다. 클레어는 계속 앞으로 나아가는 사람이었다.

마야의 느낌이 옳았다. 그녀는 온통 햇볕에 그을렸다. 어깨는 밝은 분홍이었으며 코는 푹 익은 나머지 장미색을 띠었다.

"야, 루돌프."

그날 오후 늦게 욕실 거울에서 얼굴을 살피고 있는 마야를 보고 로렌이 말했다.

"닥쳐. 집에 알로에 있어?"

로렌은 화장실로 들어와 그녀를 지나쳐 약품 수납장을 열었다.

"여기 있어. 엄마 아빠 화장실에 녹스제마(햇볕 화상 치료제이자 세안 제인 제품―옮긴이)가 있을 텐데. 내 말은 엄마 화장실에."

"녹스제마는 끔찍해."

마야가 로렌의 실수를 무시하고 말했다.

"왜 그렇게 그을렸어?"

로렌이 닫힌 변기에 앉으며 물었다.

"해에 너무 가깝게 날아올랐어."

얼굴의 나머지 부분에 떨어뜨리지 않고 코에 끈적거리는 것을 펴 바르면서 마야가 웅얼거렸다.

"뭐라고?"

"아무것도 아냐. 외출했는데 선크림을 잊어버렸어. 아빠 문자 받았어?"

로렌이 팔꿈치를 무릎에 올려 둔 채 고개를 끄덕였다.

"질문. 넌 왜 화장실에서 나랑 노닥거리는데?"

"텔레비전에서 아무것도 안 해서."

마야가 거울 속으로 그녀를 흘낏 봤다.

"엄마는 어딨어?"

로렌이 다시 어깨를 으쓱했다.

"로렌?"

"주무셔."

로렌이 조용히 말했다.

마야는 한숨을 쉬었다. 오후 5시 30분인데 엄마는 이미 잠이 들었다. 술에 나가떨어졌군. 환상적이야. 그저께 마야가 학교에서 집으로 왔을 때에도 엄마는 이미 '주무시고' 있었다. 그 주의 다른 날보다 훨씬 더 빈 병이 늘어났다. 그리고 마야와 로렌은 서로에게 한마디도 하지 않고 그 빈 병들을 치웠다. 엄마도 알아차렸음에 틀림없었다.

정말 그럴까?

"저녁에 뭘 먹고 싶어?"

대신 마야가 로렌에게 물었다.

"피자."

"피자는 지겨워."

"언니는 내가 뭘 원하는지 물었어. 그리고 그리크 레스토랑은 배달 안 돼."

마야가 한숨을 쉬었다. 그녀는 그날 누군가와 재앙 같은 싸움을 이미 한 판 치렀다. 그녀는 또 다른 싸움을 할 여력이 없었다.

"그러지 말고, 그리크까지 걸어가자. 엄마는 주무시고 나면 술이 깰 수도 있으니까. 올 때 엄마 드실 걸 좀 가져오고."

그녀가 로렌에게 말했다.

"클레어는 안 부를 거지?"

마야가 얼어붙었다.

"왜?"

그녀가 물었다. 로렌의 목소리가 자신의 귀를 파고들었다. 로렌이 알아챈 것 같지는 않았다.

"언니들은 진짜 홀딱 빠져서는 서로 어루만지느라 바쁠 거잖아. 그럼 난 거기 앉아서 그 꼴을 봐야 하고. 마치 완전 변태처럼."

마야 마음의 상처가 더 넓게 벌어지고 있었다.

"애정 행각은 없어. 클레어는 오늘 밤 가족과 보낼 거야."

그중 어느 것도 거짓말은 아니라고 마야는 생각했다.

로렌이 신발을 찾으러 간 사이에 마야는 발끝걸음으로 엄마의 침실로 들어갔다. 아빠가 없는 방은 훨씬 더 커 보였고 침대는 더 빈 듯 보였다. 엄마는 침대 끝에 몸을 웅크리고 자고 있었다. 호흡은 깊고 편안했다. 마야는 한동안 엄마를 지켜보다가 담요를 끌어다 엄마의 어깨를 덮어 주었다.

그리고 옷장으로 가서 맨 위 서랍을 열고는 거기 있는 20달러 지폐 다발을 찾아냈다. 그 가운데 두 장을 뽑고 나머지를 세어 보았다. 그 주의 나머지 저녁에도 엄마가 잘 것을 감안하면 그녀와 로렌은 적어도 네 번이나 밥을 사 먹어야 한다. 마야가 피자를 먹는 데 동의한다면 다섯 번이 될 것이다.

그리크 레스토랑에서 그녀와 로렌은 나란히 창문을 마주 보는 자리에 앉아 피타와 자치키, 케밥을 먹었다. 마야는 스테이크, 로렌은 치킨이었다. 그들 중 누구도 양고기를 먹을 생각은 하지 않았다. 어린 양을 먹는 것은 너무 잔인한 듯이 여겨졌다. 마야는 그레이스와 호아킨과도 이렇게 앉아 있을 수 있을지 궁금했다. 부모에게 아니면 여자 친구와 어떤 일이 일어날지라도 그저 안다는 것에 만족하며 나란히 조용히 앉아 있을 수 있을지 궁금했다. 쓰러질 것처럼 느낄 때 똑바로 서 있을 수 있도록 해 주는 책 받침대처럼 형제들이 거기에 있어 줄 것인지 궁금했다.

집으로 돌아왔을 때 집 안은 여전히 어두웠다. 마야는 부엌으로 들어가면서 불을 켰고 엄마를 위해 가져온 닭고기 수블라키를 냉장고에 넣었다.

"엄마?"

그녀가 소리쳤다. 다행히 차는 그대로 주차장에 있었다. 엄마는 그럴 정도로 어리석지는 않았다.

"엄마! 일어나요! 먹을 걸 가져왔어!"

그녀가 다시 큰 소리로 불렀다. 은근히 그녀는 그리스 음식이 술에 취한 엄마를 더 메스껍게 만들기를 바랐다. 그러고 나서 그녀는 언제부터 자신이 그렇게 못된 애가 되었을까 생각했다.

"엄마!"

이 층에서는 어떤 소리도 들리지 않았다. 그리고 곧 그녀는 로렌의 비명 소리를 들었다.

"엄마!"

마야는 부엌을 나왔다는 걸 깨닫기도 전에 계단을 달리고 있었다.

"엄마!"

로렌이 계속 비명을 질렀고 마야는 그 목소리를 쫓아 복도로, 욕실로 뛰어 들어갔다. 로렌은 엄마 옆의 바닥에 있었다. 엄마는 둥지에서 떨어진 아기 새처럼 웅크리고 있었다. 머리에서 피가 흘러나와 마야의 맨발 아래, 얼어붙을 듯한 차가운 대리석 바닥을 적시고 있었다.

"이제 막 엄마가 여기 있는 걸 발견했어! 아빠를 불러야 해!"

로렌이 울부짖었다. 마야가 여전히 로렌의 손에 있는 전화기를 빼앗았다.

"세상에, 먼저 911에 전화하자! 아빠가 *뉴올리언스*에서 뭘 할 수 있겠니?"

세 번이나 시도한 끝에 911을 눌렀다. 손이 너무 심하게 떨렸기 때문이었다.

그녀의 발아래 엄마가 신음하고 있었다. 로렌은 피를 멈추게 하려고 머리를 수건으로 누르고 있었다. 911 안내원은 구급대가 도착할 때까지 그녀의 전화를 끊지 않겠다고 약속했다. 마야는 전화를 스피커폰 상태로 두고 탁자 위에 올려 두었다.

"마야?"

엄마가 신음 소리를 내며 불렀다.

"여기 있어, 엄마."

마야가 말했다. 그러나 몸을 구부리지는 않았다. 엄마에게 너무 가깝게 다가가고 싶지 않았다. 그녀는 엄마를 잘못되게 만들고 싶지 않았다. 대신 그녀는 뒷주머니에서 전화기를 꺼내 클레어에게 전화를 걸기 시작했다. 그 순간 클레어가 가장 듣고 싶지 않은 목소리는 마야 자신의 것이라는 사실을 떠올리기도 전에 손이 먼저 멈추었다.

"이런 젠장."

그녀는 자신에게 내뱉었다. 로렌은 관자놀이 아래에 수건을 댄 채 엄마의 머리를 어루만지고 있었다. 마야는 이 사태를 제대로 대처하려고 스스로 똑바로 생각하고 울지 않으려 애썼다.

그녀는 클레어 대신 다른 누군가에게 전화를 했다. 처음에 그녀는 응답하지 않을까 두려웠다. 그러나 상대방은 네 번째 벨이 울렸을 때 전화를 받았다.

"여보세요? 마야?"

"그레이스?"

마야가 말했다. 그러고는 울기 시작했다.

15. 호아킨

호아킨은 그레이스로부터 뜬금없는 문자를 받는 것에 어느 정도 익숙해져 있었다. '안녕? 오늘 어땠어?' 어느 때는 학교를 마친 다음이었고, 지난주말에는 '새로 나온 영화 봤어?'라는 문자를 받았다. 그녀가 원래 호기심이 많기 때문인지 그와 연결되어 있는 통로를 확인하고 싶은 것인지 알 수가 없었다. 그러나 어쨌든 좋았다. 그는 보통 아주 판에 박힌 답문을 보냈다. '좋아. 넌 어때?' 혹은 '아니, 안 봤어.' 같은 단순한 말이었다. 왜냐하면 무슨 말을 해야 할지 늘 몰랐기 때문이다. 어쨌든 그레이스는 기본적으로 아직은 낯선 사람이었다. 혈연관계이든 아니든 그들은 고작 두 번 만났을 뿐이었다. 정확하게 *가장 따뜻한, 애매한 상황*은 아니었다. 호아킨은 한때 그 말을 항상 입에 달고 살던 위탁 여동생이 있었다. 그 표현이 정말 멍청한 표현처럼 들린다고 생각했는데 지금은 그 말이 자꾸 귀에 맴돌았다.

일요일에 모든 것이 달라졌다.

일은 그레이스의 문자로부터 시작되었다. 호아킨은 침대에서 돌아누워 문자를 읽기 위해 잠에 취한 눈을 비벼야만 했다.

있잖아,

문자는 이렇게 시작하고 있었다. 이미 그는 이 문자가 무언가 다르다는 것을 알 수 있었다.

우리 오늘 만나서 커피 마시기로 한 것 알고 있지? 그런데 그 대신 마야네 집으로 올 수 있어?

이상했다.

그러지. 근데 왜?

이야기가 길어. 오늘 아침에 올 수 있어?

호아킨은 잠시 동안 생각했다. 그리고 옆으로 다시 돌아누워 화면을 보려고 한쪽 눈을 감았다.

그럴게.

그가 답장을 했다.

10시에 볼까?

좋아. 고마워, 오빠.

그는 또 1~2분 침대에 그대로 있었다. 그리고 계단 끝으로 가서 소리쳤다.

"저기요, 린다?"

"왜?"

"차 좀 빌릴 수 있어요?"

린다가 계단 끝으로 왔다.

"마야와 그레이스를 만날 동안 마크와 시장을 가려고 생각했는데."

"그레이스가 막 문자를 보냈어요. 마야의 집에서 만나자고 하네요."

그가 전화를 들어 보이며 말했다. 그리고 덧붙이기 전에 잠시 멈추었다.

"무슨 문제가 생겼나 봐요."

1시간 후 호아킨은 마크의 차를 아주, 아주 넓은 마야네 주차장에 세웠다. 그레이스의 차도 이미 주차되어 있었다. 바퀴가 열여섯 개 달린 차를 주차하고도 공간이 남아서 농구를 할 수 있겠다고 호아킨은 생각했다.

"젠장."

그가 차창으로 집을 올려다보면서 혼잣말로 나지막하게 말했다. 그는 막내 여동생네 집이 돈이 많을 것이라고 추측한 적은 있었다. 그런데 높은 현관문, 집 정면을 장식한 높은 창문들과 한쪽 벽돌 벽을 타고 오르는 부겐빌레아 넝쿨을 보고서 자신이 옳았다는 것을 알았다.

호아킨이 트로피 모양의 거대한 청동 현관문 손잡이를 두드리기도 전에 그레이스가 문을 열어 주었다.

"안녕?"

그녀는 초췌해 보였다.

"너 좀……?"

"알아. 못 봐 주겠지?"

그레이스가 그를 집 안으로 들이기 위해 뒤로 물러섰다.

"여기 살지는 않지만 여하튼 오빠 초대할게. 마야의 집에 온 걸 환영해."

호아킨은 대리석 바닥으로 들어섰다. 옆에는 여러 켤레의 신발이 있었다. 그는 그 옆에 자신의 운동화를 벗었다. 적어도 깨끗한 양말을 신고 와서 다행이라는 생각이 들었다.

"왜 여기 있어? 마야는 어디 있어?"

그레이스가 엄지손가락으로 어깨너머를 가리켰다.

"로렌과 밖에 있어. 여동생."

호아킨이 이름을 기억 못 하고 눈썹을 치키자 그녀가 덧붙였다.

"마야를 입양한 뒤 곧바로 태어난 아이야."

"그래, 맞아. 맞다."

그가 말했다. 그런데 그의 눈은 이미 거대한 계단과 그 계단을 따라 벽에 나란히 걸려 있는 수많은 가족사진들을 이리저리 구경하고 있었다. 그것은 마치 마야 인생의 타임라인을 보는 것 같았다. 아기 사진부터 가짜 숲을 배경으로 학교에서 찍은 사진까지. 휴가 때 찍은 사진, 스냅 사진, 포즈를 취한 초상화 들이 있었는데, 모든 사진 속에서 단 몇 초 만에 마야를 찾을 수 있었다. 그녀는 키 큰 빨간 머리 속 키 작은 갈색 머리였다. 처음으로 호아킨은 자신에게 셀 수 없이 많은 아기 사진이 없다는 것이 기뻤다. 자신이 다른 모두와 다르다는 것을 항상 상기시켜 주는 것들이 필요하지는 않았다.

그레이스가 그의 시선을 따라가면서 옆에 섰다.

"나도 알아. 좀 그렇지?"

잠시 후에 그녀가 말했다.

"매일매일 *여기*를 지나 걸어갈 걸 상상해 봐. 나도 이걸 처음 보았을 때 미치겠더라."

"이게 이상하다는 걸 그들은 왜 모를까?"

호아킨이 그녀에게 물었다. 팔짱을 끼고 아기 사진들 중 하나를 더 가까이에서 보기 위해 앞으로 몸을 숙였다. 젖먹이 로렌이 이제 걸음마를 뗀 마야의 무릎에 기대어 앉은 사진이었다. 마야가 좋아하는 것처럼 보이지 않았다. 호아킨은 그녀가 지금도 짜증 날 때마다 같은 표정을 짓고 있다는 것을 깨달았다.

그레이스가 어깨를 으쓱했다.

"모르겠어. 아마도 그들은 마야가 어떻게 보이는가는 상관하지 않고 마야를 그들 중의 한 사람으로만 생각하길 원하는지도 모르지."

호아킨이 저도 모르게 웃음을 터뜨렸다. 그 말은 부캐넌 부인이 처음으로 그 집으로 옮겼을 때 그에게 한 첫 번째 말이었다.

"우린 피부색 같은 건 보지 않아."

그녀가 말했다. 그때는 뼈밖에 없었던 호아킨의 어깨에 손을 올리며 안쪽 치아까지 보이도록 크게 웃으면서 말했다.

"우리 속은 모두가 똑같단다."

다른 사람들은 모두 피부색에 신경을 잔뜩 쓰기 때문이었다. 그는 그 말이 정말 재미있다고 생각했다.

"내 말이 맞을 거야. 분명 마야는 그들처럼 보이지 않는다는 걸 알고 있어."

"그래. 그런데 지금은 그건 문제도 아니야. 이쪽이야, 애들은 바깥에 수영장 옆에 있어."

그레이스가 한숨을 쉬었다. 당연히 수영장이 있었다. 호아킨은 그녀를 따라 밖으로 나오면서 생각했다. 마야, 로렌이라고 여겨지는 붉은 머리의 여자애가 수영장 옆에서 서로 마주 보고 앉아 있었다. 로렌은 차양 그늘 아래 있었지만 마야는 선글라스를 쓰고 발은 물에 담근 채 시멘트 바닥에 대자로 드러누워 있었다. 그들이 밖으로 나오는 소리를 듣자 그녀가 일어나 앉았다.

"안녕?"

그녀가 호아킨에게 손을 흔들며 말했다.

"*위기의 주부들* 최신 에피소드에 오신 것을 환영합니다."

호아킨이 관자놀이를 만지고 있는 그레이스를 보았다.

"뭐라고?"

그가 물었다.

"아무것도 아니야. 와 줘서 고마워. 수영장에 발 담그고 싶지 않아?"

그는 그러고 싶었다. 차양이 없는 곳은 더웠다. 바닷가에 붙은 마크와 린다의 집보다 더 더운 듯했다. 그러나 먼저 그는 로렌에게 다가가 손을 내밀었다.

"안녕. 난 호아킨이야."

"아, 미안."

마야가 다시 허리를 세워 앉으며 말했다.

"여긴 내 여동생, 로렌이야. 로렌, 이 사람은 내……. 호아킨이야. 둘은 서로 아무 관계가 없어."

"안녕."

로렌이 그의 손을 흔들며 말했다. 호아킨은 그들이 고작해야 한 살차이밖에 나지 않는다는 걸 기억했지만 로렌은 훨씬 더 어려 보이고약해 보였다. 그녀가 울고 있었다는 것 역시 분명해 보였다. 호아킨은마야가 그렇게 큰 선글라스를 쓰고 있는 것도 그 때문은 아닌지 궁금했다.

"잠깐만, 서로 연결돼 *있나?*"

"아니."

그레이스가 그늘 속 로렌 맞은편의 긴 의자에 앉으며 말했다.

"아니야, 그렇지만……. 여기에 작동하고 있는 수학적인 속성이 있어. 안 그래? 마치 삼단논법처럼? 내 언니의 오빠가 나의 오빠?"

마야가 생각하기 시작하면서 목소리가 점점 작아졌다.

"그건 그런 식으로 적용되는 게 아냐."

호아킨이 양말을 벗으며 말했다.

"수학은 생물학이 아니야. 비록 난 둘 다 엉망이지만."

로렌이 덧붙였다.

마야는 허공에 손을 흔들었다.

"축하해. 동시에 새 두 친구를 만났네, 로렌. 그리고 수학과 과학을못한다고 말하지 마. 여자애들이 그렇게 말할 때는 거의 판에 박힌 걸로 생각해. 그게 사실일지라도 그냥 거짓말처럼 들려."

마야는 무겁게 한숨을 쉬었다. 마치 옆에 있는 로렌이 자신의 학과 공부에 대해 거짓말을 한 것이 아주 큰 문제이기라도 하다는 듯.

호아킨은 다시 그레이스를 보았다. 그녀는 그저 고개를 저었다.

호아킨이 발을 물에 담그고 마야의 옆에 앉았다. 마야는 올려다보지도 않고 다시 그에게 손을 흔들었다.

"물이 닿는 느낌이 어때?"

"좋아. 푸른색이네."

그녀는 그를 보기 위해 선글라스를 위로 올렸다.

"그건 내가 항상 말하는 방식인데. 오빠도 색을 느껴?"

그녀가 갈색 눈을 크게 뜨고 말했다. 호아킨은 그녀가 무슨 말을 하는지 알 수 없었다.

"넌 지금 우리가 왜 보통 만나던 카페가 아니라 너의 집 뒤뜰에 앉아 있는지부터 말해야 할걸."

"이곳이 훨씬 더 좋기 때문이지."

마야가 말하고는 손을 뻗어 그의 팔을 두드렸다. 버디와 며칠 전에 싸운 이후 누구도 지금까지 그를 그런 식으로 만지지는 않았다.

"편안히 있어. 푸른색을 즐겨."

호아킨은 굳이 따지고 싶지 않았다.

"저기, 언니!"

로렌이 몇 분 후에 불렀다.

"자전거 타고 멜러니네 가도 돼?"

"왜 내게 묻니?"

마야가 대답했다. 그녀의 손이 이제 눈을 가리고 있었다.

"난 엄마가 아니야. 오, 세상에."

그녀가 거의 들리지 않을 정도로 나지막하게 덧붙였다.

로렌이 잠시 뒤에 말했다.

"그럼 허락하는 거지?"

"그래."

마야는 바닥에서 일어나 로렌을 껴안으려고 걸어갔다. 그들은 서로 꼭 껴안았다. 마야가 호아킨이나 그레이스를 껴안았던 시간보다 훨씬 더 길었다. 그러고는 로렌을 가게 했다. 마야보다는 거의 머리 하나쯤이 더 커 보였다. 떨어지면서 그녀는 언니의 머리카락을 두드렸다.

"3시까지 돌아올게."

"그러는 게 좋을 거야. 안 그러면 트럭으로 널 받아 버릴 거야. 비유가 아니야."

"면허증도 없잖아."

로렌은 그렇게 무서워하는 것 같지 않았다.

"알아. 그러니까 더 문제라고. 내가 만들 수 있는 피해를 생각해 봐."

그러면서 그녀는 팔을 뻗어 떠나려는 로렌의 팔을 잡았다 놓았다. 그리고 수영장으로 돌아와 호아킨 옆에 앉았다.

호아킨은 자신이 한창 진행 중인 연극 속으로 걸어 들어온 것같이 느꼈다. 그는 무슨 일인지 도대체 알 수가 없었다. 그는 그레이스를 집 안으로 끌고 가 묻고 싶을 지경이었다. 그러나 그레이스는 자신의 전화기에 있는 무언가를 읽고 있었으며, 찡그린 채 화면을 보며 선글라스를 머리 위로 밀어 올리고 있었다.

'그래, 아무렴 어때.'

적어도 수영장은 정말 좋았다.

로렌이 자전거를 타고 가자마자 마야가 안으로 들어갔다. 몇 분 되지 않아 손에 무언가를 들고 돌아왔다.

"난 로렌과 이 모든 것을 사랑해."

호아킨의 옆에 뒤로 기대앉으면서 한숨을 쉬며 말했다.

"그런데 난 로렌 앞에서 이것만은 할 수가 없어."

"그건— 오, 젠장."

그녀 손에 들린 마리화나와 라이터를 보자 호아킨이 말했다.

"너 그걸 피울 작정이야?"

"내 눈을 멀게 하는 녀석."

마야가 마리화나를 입에 대며 말했다.

"걱정 마, 괜찮아. 부모님은 모르셔."

"이런. 너 이걸 피워?"

그레이스가 긴 의자에 똑바로 앉으며 물었다.

"딩동댕. 피워 볼래?"

마야가 햇볕에 그을린 코를 두들기면서 말했다. 그레이스는 망설였다. 그러면서도 마야의 다른 쪽에 앉았다.

"오빤 어쩔래? 같이 필래? 일요일은 즐거운 날?"

마야가 불을 붙이면서 호아킨에게 물었다.

"아냐, 난 괜찮아. 운전해야 돼."

"좋은 핑계야."

그레이스가 옆에 앉자 마야가 맨발을 물에 담그며 말했다.

"그런데 내 거니까 내가 먼저다."

"너희가 뭐 열두 살은 아니니까? 그런데 이건 어디서 구했어?"

"내 여자 친구, 아 미안. 내 예전 여자 친구. 클레어."

호아킨과 그레이스는 마야의 머리 위로 서로 바라보았다. 그리고 호아킨은 마크와 린다가 똑같은 행동을 그의 앞에서 하던 일이 불쑥 떠올랐다.

"너희 헤어졌어?"

마야가 연기를 깊이 빨아들일 때 그레이스가 물었다.

"예, 부인."

마야가 말했다. 목소리가 거칠었다. 그녀는 마리화나를 그레이스에게 넘겨주기 전까지 연기를 내뿜지 않고 머금었다. 그레이스는 그것을 받아 들고 한동안 들고만 있었다.

"이거 정말 오랜만이네."

마야가 얼굴에 기묘한 미소를 띠고 있었다. 호아킨은 그녀가 행복해하는지 슬퍼하는지 알 수가 없었다.

"오, 좋아. 어쨌든."

"신경 쓰지 마."

호아킨이 자동적으로 말했다. 그리고 두 여동생이 함께 그를 향해 웃자 기분이 좋아졌다.

"그럼 우리가 왜 여기에 있는지 누가 말해 줄래? 아니면 내가 추측해 볼까?"

"오우, 추측해 봐. 해 봐!"

마야가 말했다.

"마야, 그만해. 으, 정말 독하다."

그레이스가 마리화나를 돌려주며 말했다.

"그래, 클레어는 뭐든 똑 부러지게 하지. 아니, 했지."

"우린 네가 클레어랑 헤어졌기 때문에 여기 모인 거야?"

호아킨이 물었다. 만약 이들이 그가 정보를 더 깊이 파고들기를 원한다면 그럴 수 있었다. 전에 그는 더 거친 질문들을 받은 적이 있었다.

"그것 때문이라고?"

개인적으로 버디와 헤어지고 난 다음 호아킨이 진정 원했던 것은 죽는 것이었다. 그 때문에 위로 파티를 여는 것은 상상할 수도 없었다. 여자애들은 그런 점에서 남자와는 다른 듯했다. 이불 속에 그저 틀어박혀서 넷플릭스를 온종일 보는 대신 펭귄처럼 함께 껴안고 있었다.

마야가 짧고 날카롭게 웃었다.

"있지, 오빠. 난 실제로 한동안 클레어도, 클레어랑 헤어진 것도 잊고 있었어. 그만큼 어제는 정말 끔찍했거든."

호아킨은 조금 더 설명해 주기를 기다렸다. 그러나 어느 누구도 더 말을 하지 않았기에 그는 한숨을 쉬었다.

"그래 어제 무슨 일이 있었는데?"

마야는 그레이스로부터 마리화나를 돌려받았다.

"언니가 말해 줘."

그녀가 호아킨을 몸짓으로 가리키며 말했다.

"분명히 언니가 이야기를 훨씬 더 잘할 거야."

"제기랄, 어제 도대체 무슨 일이 있었는데? 그리고 왜 네 부모님은 여기 아무도 안 계시는 거니?"

호아킨은 마야와 그레이스의 부모가 그들을 오리 새끼들처럼 보살펴 주고, 뒤따라 다니면서 치워 주고, 결코 떨어지거나 상처 입지 않게 하려고 그물로 단단히 붙잡고 있는 것을 상상해 왔다.

"그분들을 쫓아내 버리거나 어떻게 한 거야?"

마야가 키득거리다가 웃기 시작했다. 그러나 그레이스는 그저 우울해 보일 뿐이었다. 그래서 호아킨은 자신이 가장 정확한 것 혹은 가장 끔찍한 것을 말하지 않았을까 생각했다. 마야가 울기 시작했을 때 그는 후자가 답이라는 것을 깨달았다.

"오, 젠장."

그레이스가 옮겨 앉아 팔로 마야를 감싸 안았다. 마야는 여전히 마리화나를 들고 있었고 그 연기는 끄트머리에서 꼬불거리기 전에 길고 부드러운 선을 긋고 있었다. 그리고 그레이스가 움직이자 그녀의 팔이 연기를 잘라서 흩트려 놓았다.

"오, 젠장. 마야. 미안해. 난 그저 농담한 거야."

"아니야. 괜찮아."

마야는 말은 그렇게 하면서 여전히 코를 훌쩍였다. 호아킨은 동생들이 생긴 것이 처음이지만 어린 여동생을 울리는 것이야말로 '절대 해서는 안 될 것들의 목록' 제일 꼭대기에 있는 것만은 아주 분명했다.

"그냥 오빠에게 말해."

그레이스가 재촉했다. 그녀는 마야의 머리에 볼을 지그시 누르고 있으면서도 목소리는 아주 조용했다.

마야가 숨을 깊이 몰아쉬었다. 그리고 마리화나를 한 번 더 빨아들였다.

"그러니까, 짐작하고 있겠지만 엄마는 아주 심한 알코올 중독자야."

그녀가 말했다. 눈물과 연기로 그녀의 목소리가 뚝뚝 끊어졌다. 호아킨은 자신의 등이 앞에 있는 연기처럼 꼿꼿하게 세워지는 것을 느꼈다. 그는 한때 알코올 중독에 걸린 위탁부모와 산 적이 있었다. 그것은 아주 심각한 문제였다. 만약 누구라도 마야에게 상처를 입힌다면 자신이 무언가를 해야만 한다는 것이 아주 명확했다.

그레이스의 표정을 보면 그녀도 마찬가지 생각임을 알 수 있었다.

"하여간 엄마는 이혼을 그리 잘 받아들이지 못했던 것 같아."

마야가 말을 이었다. 그녀 목소리는 마치 자신의 말이 정말 진실인지를 묻고 있는 것처럼 문장의 끝을 계속 올렸다. 호아킨은 그것을 이해할 수 있었다.

"그래서인지 엄마는 이번 주에 술을 너무 많이 마셨어. 아무리 술꾼이라도 좀 많이. 그리고 지난밤에 로렌과 내가 저녁을 먹으러 나갔다가 돌아와 보니 엄마가, 엄마가 마룻바닥에 있었어. 쓰러져 머리를 다쳤어. 피가 많이 흐르고 있었고. 아직도 바닥에 피는 많이 남아 있을 거야. 그걸 닦아 내기 위해 사람을 써야 할지도 몰라. 마치 범죄 현장처럼 보이거든. 텔레비전에서 그런 프로그램 본 적 있지? 살인자들의 범행 현장을 재현해 보이는 프로그램 말이야."

"마야. 우리도 알아."

그레이스가 팔을 뻗어 마야의 무릎에 손을 올렸다. 마야가 끄덕였다.

"여하튼, 음. 엄마는 뇌진탕 때문에 병원에서 밤새 있어야만 했어."

"아빠는 어디 가시고? 엄마랑 함께 계셔?"

호아킨이 물었다.

"아니야. 아빠는 뉴올리언스에 계셨어. 음, 실제로 아마도 뉴올리언스에서 지금 바로 집으로 날아오는 중일 거야. 그레이스의 부모님이 어젯밤에 아빠에게 전화했어."

"그런데 아빠도 알고 있어? 그거?"

"술?"

마야가 말하자 호아킨이 고개를 끄덕였다.

"음, 지금은 아빠도 알아. 하지만 얼마나 심각한지는 몰랐을 거라고 생각해. 그러나 지금은 아실 거야."

"마야가 어젯밤에 내게 전화를 했어. 그리고 엄마 아빠와 내가 병원을 갔었어."

"로렌과 나는 구급차를 탔어. 경광등 소리가 엄청났어. 번쩍이는 빛도. 구급차 안에도 시끄러울 거라고 생각하지? 근데 아니야. 영화는 다 거짓말이야."

호아킨은 마야가 마리화나를 다시 입으로 가져가는 것을 보았다.

그런데 한 번 더 빨아들이지 않고 내려놓았다. 그는 운전을 하는 어린 동생을 보고 있는 것 같은 느낌이 들었다. 그녀의 다리는 너무 짧아 페달에 닿지 않고 눈은 너무 낮아 운전대 너머를 볼 수도 없는.

"그럼 엄마는 집에 언제 오시니?"

그가 물었다.

"집에 안 오셔."

마야가 말했다. 그녀의 목소리가 뚝뚝 끊어졌다.

"적어도 아직은. 엄마는 재활병원엘 갈 거야. 아빠가 팜 스프링스에 한 곳을 봐 뒀나 봐. 오늘 밤에 일단 퇴원하면 거기로 데려가실 거야. 아참, 그리고, 어제 여자 친구와 헤어졌어. 그것도 나에게 벌어진 불행으로 받아들이기로 했어. 아마도 로렌을 버블랩이나 뭐 그런 걸로 싸 두어야 할 것 같아. 왜냐하면 내 주변 사람들이 모두 약에 취한 파리들처럼 비틀거리며 떨어지고 있어."

그녀는 마리화나를 든 손으로 그레이스와 호아킨 둘 다를 가리켰다.

"반드시 길을 건너기 전에 양쪽을 살펴봐. 언니와 오빠 둘 다. 난 정말 운이 나빠."

"넌 운이 나쁘지 않아. 그런 식으로 말하지 마. 재수 없는 일들은 주변에서 그냥 일어날 뿐이야. 그게 네 잘못은 아니야."

호아킨이 재빨리 말을 받았다. 두 여자가 놀라서 그를 바라보았다. 마야가 갑자기 아주 수심에 찬 듯이 보였다. 그는 언젠가 책에서 그 말을 읽은 적이 있었다. 그리고 결코 잊을 수 없었다. 그것은 그에게 디킨슨 작품의 고아들, 늙은 과부들, 빗속에 버려진 강아지들을 생각하게 했다.

"아니야. 아주 분명해. 내 잘못이야. 사실 난 100퍼센트 확신해. 클레어와 헤어진 것은 내 잘못이야. 내가 걔를 밀어냈어."

그녀가 다시 눈을 닦으며 말했다.

"글쎄, 완전히 끝난 거야? 사과할 수 있어?"

호아킨이 물었다.

"아니."

마야가 말했다.

"그러면 안 돼."

그레이스가 그녀에게 말했다.

마야가 다시 울기 시작했다.

호아킨과 그레이스는 한 번 더 서로를 바라보았다. 그리고 호아킨이 팔로 마야의 허리를 감쌌다. 그는 홀로 우는 것 같은 느낌이 어떤지를 알고 있었다. 그것은 마치 자신만이 세상에 살아 있는 유일한 사람인 듯이 느껴질 만큼 끔찍했다. 그는 마야가 그렇게 느끼는 것을 원하지 않았다.

"엄마가 만약 재활병원에 가지 않겠다면 어떻게 해? 만약 엄마가 스스로 괜찮다고 생각하고 서류에 서명하고 퇴원해서 또 머리를 다치면 어떻게 해?"

마야가 흐느꼈다.

"엄마는 재활병원에 가실 거야. 네 아빠가 엄마를 거기서 치료받게 하실 거야."

그레이스가 마야를 달랬다.

"안 그럴지도 몰라."

호아킨이 말했다. 그리고 그레이스가 자신을 화난 눈길로 쏘아보는 것을 무시했다.

"내 말은 그럴 수도 있다는 거야. 엄마는 안 그럴지도 몰라."

"그레이스의 햇살에 호아킨의 비구름이네. 둘이 환상의 팀이야."

마야가 코를 훌쩍였다.

호아킨은 버디를 제외하고는 예전에는 누구를 자신과 한 팀이라고 생각해 본 적이 없었다. 그는 마야가 옳을지도 모르겠다고 생각했다.

"이봐, 마야. 넌 엄마가 하는 일을 통제할 수가 없어. 그래도 넌 너 자신은 통제할 수 있어."

마야는 팔등으로 눈을 닦고 호아킨을 보았다.

"혹시…… *심리상담* 받아, 오빠?"

호아킨이 조금 놀랐다.

"그, 그래. 다녀. 마크와 린다가 비용을 내줘서. 그래."

"난 엄마가 맑은 정신 상태를 유지하도록 애썼어. 그러니까 덜 마시도록. 엄마는 집 구석구석에 와인을 숨겨 뒀어. 로렌과 난 계속 그걸 찾아내고."

"네 아빠도 그런 걸 아셔? 네가 말씀드려야 할 것 같아."

그레이스가 말했다.

"어떻게 아빠가 모를 수가 있어? 만약 모른다면 분명 관심이 없는 거지. 그러니까 엄마와 우릴 남겨 두고 여길 떠난 거겠지. 아빤 적당한 곳을 찾았다더니 지난주에 이사했어. 엄마가 없으니까 이젠 돌아오시겠지. 그렇지만…… 그래."

그녀는 마리화나를 수영장에 던져 버렸다. 그것은 금세 꺼져 버렸고 푸른 물 위로 둥둥 떠다녔다.

"모든 것이 정말 완전히 엉망이야. 엄마는 술꾼이고 예전 여자 친구는 나를 미워해."

"그래, 내 예전 여자 친구도 나를 미워해. 위로가 될지 모르겠지만."

호아킨이 인정했다. 그러자 두 여동생들 눈이 커지면서 동시에 고개를 돌려 그를 바라보았다.

"여자 친구가 있었어? 왜 헤어졌어?"

그레이스가 물었다.

마야가 물었다.

"사귄 지는 얼마나 됐어? 이름은 뭔데? 오빠가 먼저 헤어지자고 했어? 아님 그 여자가 헤어지자고 했어?"

"내가 헤어지자고 했어. 걔 이름은 엘리자베스이야. 모두 그녀를 버디라고 불러."

"버디. 그 애가 좀 젠체해? 엣씨에서 빈티지 물건들을 막 사고 그래?"

마야는 별 감흥이 없는 듯했다.

호아킨은 엣씨가 무엇인지 몰랐다.

"걔 할머니 이름이었어. 젠체는 무슨 뜻이니?"

"아무것도 아냐. 그런데 왜 헤어졌어?"

그레이스가 말했다.

호아킨이 조금 웃었다. 그리고 마리화나가 수영장 바닥으로 가라앉기 시작하는 것을 보았다.

"그냥 바보 같은 짓이었어."

"아니, 아니야. 오빠 분명 아직도 그 애를 좋아해."

마야가 말했다. 그 목소리는 호아킨이 지금껏 들었던 마야의 목소리 중 가장 부드러웠다.

"그걸 어떻게 알아?"

그가 마야에게 물었다.

"오빠 얼굴이 빨개졌는데."

두 여자가 동시에 말했다. 그리고 호아킨은 그들이 옳다는 것을 알았다.

젠장.

"좋아."

그가 말했다.

"우린 지금 모두 속 깊은 고백들을 하고 있으니까. 내가 그 애에게 헤어지자고 했어. 내가 그 애에게 턱없이 부족해서."

"그 애가 그렇게 말했어?"

그레이스가 숨을 토해 내며 말했다.

"그 애의 멍청한 새 같은 얼굴을 정통으로 패 줘야겠네."

마야가 으르렁거렸다.

"아니, 아니. 그 애가 그런 게 아니야……. 오 젠장."

호아킨이 두 손을 들어 올렸다.

"내가 스스로 그걸 알아차렸어. 그 애는 꿈이나 목표, 그런 게 많아. 나는 그 애가 그것들을 다 이뤄야 한다고 생각했어."

호아킨은 여자들의 표정이 격분에서 당혹감으로 바뀌는 걸 보았다.

"잠깐."

마야가 잠시 침묵한 끝에 말했다.

"오빠 오빠가 그녀에게 턱없이 부족하다고 생각했다는 거야?"

"오, 호아킨."

그레이스가 한숨을 쉬었다.

호아킨은 사람들이 항상 그에게 실망하는 듯한 반응에 익숙해져 있었다.

"너흰 이해 못 해. 너희 둘, 너흰 가족과 함께 자랐지. 넌 아마도 태어나면서부터 이 집에서 살았을 거야. 맞지? 맞잖아?"

그는 마야가 반응을 보이지 않자 다시 말했다. 그러자 그녀가 마지못해 고개를 끄덕였다.

"그래. 버디도 마찬가지야. 계단 벽에 쭉 걸린 사진 있지? 그녀도 역시 그걸 가지고 있어. 난 그게 없고. 그런 것들이 하나도 없어. 그건 마치……."

호아킨은 애나가 그에게 언젠가 말한 것을 기억하려고 노력했다.

"집을 위한 토대가 없는 거나 같아. 그리고 오래 지속될 집을 지으려면 토대가 필요해."

이 말은 애나가 한 말과 똑같지는 않았다. 그러나 호아킨은 그렇게 들었다.

마야는 빤히 그를 보았다.

"지금 날 놀려? 내 토대는 기본적으로 지금 당장 *부서져 내리고* 있어. 엄마는 재활병원을 갈 거고 엄마 아빠는 이혼하게 될 거야. 텔레비전에 나오는 완벽한 가족을 가지고 있지 않은 게 오빠가 좋은 사람이 아니라는 것을 의미하지는 않아, 호아킨."

그때가 호아킨이 실제로 무슨 일이 있었는지 그레이스와 마야에게 결코 말하지 않겠다고 결심한 때였다. 왜 부캐넌 씨의 집을 떠났는지, 왜 자신이 사실 좋은 사람이 *아닌지*를. 대신 그는 말했다.

"설명하기 아주 어려워. 너희는 이해할 수가 없을 거야. 버디는 아기 때 사진들을 모두 가지고 있어."

그레이스가 똑바로 앉았다. 입이 굳게 다물어져 있었다.

"오빤 아기 때 사진이 하나도 없구나."

그녀가 조용히 말했다.

갑자기 그녀가 아주 슬퍼 보였다. 그래서 호아킨은 그 슬픔을 걷어 내 주고 싶었다. 그는 자신이 절실히 원하는 것은 주변 사람들을 안전하게 지키고 싶다는 것인데 그것이 오히려 그들을 슬프게 한다는 것에 아주 지쳤다.

"없어. 학교 사진들도 사야 되는 거야. 묶음으로 팔더라."

호아킨이 어깨를 으쓱했다.

"버디는 모든 사진을 가지고 있어. 누군가가 그녀를 위해 그 사진들을 보관해 두었던 거야. 나는 그 사진들을 보다가 생각했어……."

호아킨은 그 사진들을 볼 때 자기 몸 안의 무언가가 쿵 하고 무너지는 느낌이 들었던 것을 기억하면서 목소리가 차츰 작아졌다.

"우린 결코 똑같을 수가 없어. 그 애는 항상 나보다 더 많은 것을 가질 거야. 나보다 더 많은 것을 필요로 할 거고. 그 애는 그 애가 하는 모든 일을 이해해 줄 다른 사람이 필요해."

"호아킨. 난 오빠가 열라 멍청하다고 생각해."

마야가 손을 그의 팔 위에 올려놓았다. 그레이스가 손으로 눈을 가렸다.

"마야."

그녀가 한숨을 쉬었다. 마야는 계속 손을 그의 팔 위에 놓은 채로 말했다.

"아니, 정말이야."

호아킨은 그녀가 너무 화가 났는지 아니면 너무 흥분되어 있는지를 알지 못했다. 그러나 그녀 표정의 진지함이 그를 조금 웃게 했다.

"집에 들어왔을 때 계단에 걸려 있는 사진 봤지? 제대로 본 거지?"

호아킨은 고개를 끄덕였다.

"상당히 강렬했어."

마야의 눈에 다시 눈물이 고이기 시작했다. 그녀는 흥분되어 있는 것이 분명했다.

"내 말은 우리 엄마 아빠가 입양이나 입양된 아이들에 관한 책들은 있는 대로 구해 읽는다는 거야. 당신의 입양된 아이를 어떻게 받아들이고 어떻게 사랑할까 하는 책 말이야. 그렇지만 친자식에 관한 책은 한 권도 읽는 걸 못 봤어. 알아? 그들은 *로렌*에 대한 책은 읽지를 않아. 그저 나에 관해서만 읽는다고. 왜냐하면 내가 다르니까. 엄마 아빠에게 난 일이야.

그래서 내가 하고 싶은 말은 버디에게 뭘 줄 수 없다고 생각해서 그 애와 헤어지지 말라는 거야. 그건 정말 그 애가 오빠에게 원하는 것도 아닐 거야. 알겠어? 아마 그 애는 그저 오빠를 원할 뿐일 거야. 사진은 과거야. 과거일 뿐이야. 아마도 오빠가 그 애의 미래일 거야."

호아킨은 버디와 헤어질 때 버디의 얼굴이 일그러지는 것을 보면서 그것은 100퍼센트 자신의 잘못이라는 것을 알았을 때와 같이 흔들리는 감정을 느꼈다. 조금 전에 마야가 클레어와 헤어진 일을 말하는 것을 들었을 때와 같이.

"알았어. 그럼 너와 클레어는 어떻게 할 건데?"

그가 잠시 후에 말했다. 마야가 눈을 화들짝 떴다.

"구렁이 담 넘어가듯 넘어가네."

"아냐, 진지하게 하는 말이야. 넌 클레어에게 전화해야 해."

"아마 내 전화번호를 지워 버렸을걸."

"아마도 아닐 거야. 넌 내가 버디와 이전처럼 돌아가야 한다고 생각해? 좋아, 근데 난 네가 클레어와 이전처럼 돌아가야 한다고 생각해."

"아직 24시간도 안 됐어. 넌 적어도 어젯밤에 무슨 일이 일어났는지 클레어에게 말해야 해."

그레이스가 지적했다. 마야의 아랫입술이 조금 떨리고 있었다.

"걔가 말했어. 내가 걔에게 입을 닫고 아무것도 말하지 않는 까닭은 진실을 말하면 그녀가 떠날 거라고 생각하기 때문이래."

호아킨이 숨을 참고 있었는지 한꺼번에 토해 냈다.

"어휴, 아주 엿 같구만. 우리가 똑같은 기능 장애나 그 비슷한 걸 물려받았나?"

그가 손바닥으로 눈 위를 꾹꾹 누르고는 혼자 웃으며 말했다. 마야 역시 지금은 눈물을 달고 있기는 했지만 키득거리고 있었다.

"오*빠* 클레어에게 전화를 하고 *내가* 버디에게 전화를 할까? 그 편이 더 통할지도 몰라."

호아킨이 웃었다. 그는 자신이 결코 버디에게 다시는 전화를 하지 않으리라는 것을 너무도 잘 알고 있었다. 그럼에도 그것도 괜찮은 생각이었다. 너무 힘들게 헤어진 사람들은 결코 예전처럼 되돌아갈 수 없다. 버디가 예전에 그의 삶에 들어왔던 방식과는 결코 같지 않을 것이며 만약 그녀가 노력하다가 실패하면 그를 더 최악으로 느끼게 만들 뿐일 것이다.

"그레이스, 언니는 어땠어? 언닌 왜 남자 친구랑 헤어졌어? 우린 지금 집단 상담을 하고 있잖아. 다 털어놔."

그러나 그레이스의 눈은 어딘지 모르게 헤매고 있었다. 호아킨은 이전의 몇몇 위탁아이들에게서 그런 눈빛을 본 적이 있었다. 그 아이들은 위탁가정을 너무 많이 옮겨 다닌 나머지 방향을 잃고 폭풍우 속을 떠다니는 것 같았다. 그녀가 눈을 감았다 뜨자 그 표정이 사라졌다.

"내 얘기는 길어."

그녀가 말했다. 그리고 자리에서 일어서려고 했다.

"배고파. 먹을 것 없어?"

그녀가 걷기 시작하자 마야와 호아킨은 그 뒤를 눈으로 쫓았다. 그리고 마야가 발을 물에서 빼고 그녀를 따라 안으로 들어갔다.

"어서 가자, 오빠. 우리 가족사진에 콧수염을 그리는 건 어때?"

그는 생각만 해도 우스웠다. 그렇게 할 수 있다면 그건 정말 사치스러운 장난일 것이다.

"금방 갈게."

그는 여자애들이 문 안으로 들어서기 직전 말했다. 일단 그들이 들어가자 그는 수영장의 뜰채를 들고 수영장 바닥을 훑었다. 그물망 속의 마리화나를 건져 내 울타리 너머로 던져 버렸다. 그러고 여자애들을 뒤따라 안으로 들어갔다.

"저기, 시간 좀 내줄 수 있어요?"

마크와 린다가 모두 쳐다보았다.

"그럼, 와크."

마크가 말했다. 그의 손은 접시를 닦느라 세제 거품이 가득 찬 싱크대 물속에 담겨 있었다. 린다는 호아킨이 들고 나갈 수 있도록 쓰레기봉투를 묶고 있었다.

"무슨 일이니?"

호아킨은 문설주에 기댄 채 마치 행운을 바라는 것처럼 손가락 관절을 꺾고 있었다.

"두 분께 이야기하고 싶은 게 있어요. 음, 입양 문제에 관해서?"

그는 마크의 턱이 경직되는 것을 보았다. 린다의 눈에도 희망이 어려 있었다.

"많이 생각해 봤어요. 그 문제에 대해. 그리고, 음, 예. 아마도 그렇게 하면 안 될 듯싶어요."

린다 눈의 빛이 아주 빠르게 사라져 갔다. 누군가가 그들 뒤쪽에서 불꽃을 꺼 버린 것이 틀림없다고 호아킨은 생각했다.

"그게 여기가 좋지 않아서 그러는 건……, 전 여기에서 사는 게 정말, 정말 좋아요."

"우리 역시 네가 여기에서 사는 걸 정말 좋아해, 호아킨. 그건 결코 변하지 않을 거야. 너도 알고 있고."

린다가 말했다. 호아킨은 그것을 분명 알고 *있었다*. 그의 두뇌는 그것을 100퍼센트 알고 있었다. 그럼에도 결정을 어렵게 하는 것은 그의 나머지 부분이었다.

"전 지금 이 상태가 아주 좋은 게 아닐까 생각해요. 그래서 그것을 망쳐 버리면 안 되지 않을까요?"

그는 그 전날 마야가 진술이 아닌 질문의 방식으로 계속 말했던 것처럼 끝을 올리며 말하고 있었다. 린다는 자신의 아랫입술을 깨물고 있었다. 그러나 마크는 그저 고개를 끄덕일 뿐이었다.

"당연하지, 와크. 우린 항상 네가 여기에서 편안했으면 한다. 네가 무얼 원하든 그것이 곧 우리가 원하는 것이기도 하단다."

호아킨은 마음속 짐이 덜어지는 것을 느꼈다. 그는 심지어 조금 웃어 보이기도 했다.

"좋아요, 정말 좋아요. 고마워요. 그리고 제 뜻은, 그렇게 생각해 주셔서 정말 고마워요. 거짓말이 아니에요."

"넌 거짓말쟁이가 아니야, 와크. 우린 결코 그렇게 생각하지 않아."

린다가 결연하게 말했다.

"좋아요."

호아킨은 다시 말했다. 왜냐하면 달리 할 말을 찾지 못했기 때문이었다.

"그럼 저는 쓰레기 버리러 나갈게요. 이게 다인가요?"

뒷문을 통해 나가려고 했을 때 마크의 목소리가 그를 멈춰 세웠다.

"와크?"

그가 말했다. 호아킨은 돌아서서 린다 옆에 서 있는 마크를 보았다.

그는 팔로 그녀의 어깨를 감싸고 있었고 주먹을 세게 쥐어 하얗게 되어 있었다.

"예?"

"부캐넌 가족. 호아킨, 우리는 결코……. 우리는 결코 그들처럼 하지 않을 거다. 너도 그건 알지, 그렇지? 우린 널 사랑해. 어떤 일이 있어도 넌 우리 가족이란다."

호아킨은 고개를 끄덕일 수밖에 없었다.

"예, 전적으로. 금방 돌아올게요."

그는 쓰레기통 옆에서 심장 박동을 스스로 통제하려고 노력하면서 서 있었다. *넌 네가 하는 일을 통제해야 해.* 전날 그는 마야에게 말하였다. 그리고 그가 옳다는 것을 알고 있었다. 그는 마크와 린다를 너무 사랑하기 때문에 그들이 자신을 입양하도록 내버려 둘 수 없었다. 그래서 만약 결정권이 자신에게 있다면 그는 이렇게 할 수밖에 없었다.

그는 안으로 들어가면서 스스로에게 상기시켰다. 그것이 옳은 일이었음을.

16. 그레이스

"이리로 와 보시죠."

라피가 같이 일하는 동료들이 들을 정도로 크게 말했다.

"네모반듯하게 썰고 얇게 자르고 깍둑 써는 데 정말 좋은 용품이에요. 이름만 그런 게 아니라 정말 얇게, 네모나게 썰어 주죠. 그리고 여기는……, 사람들 갔지?"

그레이스가 귀퉁이 주변을 살펴보았다.

"음……, 그래. 아무도 없어."

라피의 어깨가 눈에 띄게 축 처졌다.

"휴, 일하는 척하는 게 실제 일하는 것보다 훨씬 힘드네."

"재미있었어."

그레이스가 암탉 모양의 오븐 장갑을 툭툭 치면서 말했다.

"이것들 귀엽다."

"어떤 사람들에겐."

라피가 대답했다. 그리고 머리 위로 앞치마를 벗었다.

"여하튼 일과 끝날 시간에 찾아와 줘서 고마워."

"뭘, 문자 해 줘서 내가 고맙지. 내 전화기 먼지를 털 기회를 줬잖아."

"오, 거짓말. 네 엄마가 항상 문자 하는 걸 다 알아."

라피가 눈을 찡긋하며 말했다. 그레이스가 만나 본 사람 중에서 그는 건성으로 눈을 깜박이는 것처럼 보이는 것이 아니라 실제로 윙크를 할 줄 아는 드문 사람이었다. 그녀는 그의 그런 점이 좋았다.

"어디서 뭘 먹고 싶니? 길모퉁이 샌드위치 가게의 어두운 구석 자리?"

그레이스가 고개를 끄덕였다. 물론 그녀는 라피를 부끄러워하는 것이 아니었다. 단지 그녀 자신이 부끄러울 따름이었다.

"그래, 좋아. 하루 종일 안 팔린 샌드위치는 어두컴컴한 곳에서 먹을 때가 더 맛있지."

라피가 앞치마를 접었다. 그리고 직원 전용 문을 가리켰다.

"퇴근 시간을 찍고 나면 밤 시간은 우리 거야."

그가 그녀에게 암시를 하듯 눈썹을 움찔거렸고 그레이스는 대답인 양 그의 어깨를 툭 쳤다.

"난 폭력적인 성향의 여자가 좋더라."

말을 하고는 그녀가 다시 한번 더 치기 전에 멀찌감치 물러났다.

"알고 봤더니 마야의 엄마가 알코올 중독이었어."

누구도 그녀를 볼 수 없도록 라피와 벽 사이에서 걸어가면서 그레이스가 말했다.

"그래? 마야가 네게 그걸 다 말했어?"

"마야 엄마가 넘어지면서 머리를 다쳤어. 그래서 내게 전화를 했더라. 우리 부모님과 내가 함께 응급실에 가서 다들 만났지."

그레이스는 마야의 창백한 얼굴을, 충격으로 휘둥그렇게 뜬 갈색 눈을, 그리고 그레이스와 엄마 아빠가 도착한 다음에도 로렌의 팔을 꼭 붙잡고 있는 모습을 떠올렸다.

"걔 엄마는 다음 날 재활병원으로 갔어. 정말 끔찍한 일이야."

"그러네."

라피가 말했다.

"그렇다면 내가 추측해 볼게. 넌 피치의 부모가 이제 이혼을 하는 것도 모자라 알코올 중독자가 되지는 않을까 걱정하는 거지?"

비록 놀리는 말이기는 했지만 그레이스는 별 생각 없이 팔꿈치를 그의 옆구리에 부딪혔다.

"아니!"

그녀가 그를 힐난했다. 그녀는 다시 그 편지를, 세일러복을 입고 있는 피치의 사진을 떠올렸다.

"사실은 지난주에 그 사람들이 편지를 보내 왔어. 피치는 잘 보살핌을 받고 있어."

라피가 그녀를 보고 눈썹을 추켜올렸다. 그레이스는 눈썹으로 그렇게 감정을 표현하는 사람을 만나 본 적이 없었다. 그녀는 그것이 단순히 근육의 경련인지 의심스러웠다.

"정말? 네게 보내는 감사 편지 같은 것?"

"비슷한 거. 내가 자기들에게 해 준 것에 대해 얼마나 고마워하고 있는지, 자기들이 피치를 얼마나 사랑하는지 말하더라. 사진도 보내 줬어. 아기가 세일러복을 입고 있는 사진."

"그 사람들 괜찮네."

"그래. 1년 동안 편지와 사진을 보내겠대."

그레이스는 자신의 목소리에 의도된 평온함이 담겨 있음을 느꼈다.

"그게 아마도 엄마, 생물학적 엄마를 찾아야겠다고 생각하게 만든 출발점이야."

"마야와 호아킨도 엄마를 찾고 싶어 해?"

"어휴, 아니야. 호아킨과 마야는 기본적으로 엄마가 자기들을 버렸다고 말했어. 그래서 왜 그런 사람을 찾아야 하냐고. 특히 호아킨이. 위탁가정에 맡겨진 것과 여러 일들 때문인가 봐."

라피는 그녀를 바라보면서 여전히 같은 곳에서 움직이지 않고 있었다.

"호아킨과 마야가 네게 그렇게 말했다고?"

그가 놀라움으로 입을 크게 벌리며 말했다.

"피치에 대해 알고 있는데도?"

그레이스는 갑자기 애초 화제를 꺼내지 말 것을 하고 후회했다.

"음, 그게……. 걔들은 사실 피치에 관해 몰라. 아직 얘기 안 했어. 어쩌면 앞으로도 얘기하지 않을지도 몰라."

라피가 손으로 얼굴을 쓸어내리며 눈을 감고는 낮은 신음을 토해냈다.

"알았어."

그가 다시 눈을 뜨며 말했다. 그리고 그레이스의 팔을 잡고 돌려세웠다.

"샌드위치 취소야. 대화 내용으로 보아 프렌치프라이가 필요해."

"그것도 나쁘지 않아."

그레이스가 말했다. 그러고도 여전히 분수대를 지나 가던 길로 가려고 했다.

"내 말 믿어. 정말이라니까."

라피가 말했다.

"그러니까 생물학적 딸, 그러니까 네가 *과일* 이름을 따온 애칭을 가진 그 아기를 생물학적 형제들에게 비밀로 한다는 게 얼마나 오래갈 것 같아? 친구로서 묻는 거야."

그레이스가 눈길을 피했다. 그리고 프렌치프라이를 옆에 있는 마요네즈에 찍었다.

"잠깐만, 그건 좀 느끼할 것 같은데?"

라피가 프렌치프라이로 그레이스의 프렌치프라이를 가리키며 말했다.

"마요네즈, 그건 악마의 소스 아닌가?"

"그렇다면 나한테 딱 맞아."

그레이스가 말했다. 그것을 입안에 넣고는 그에게 윙크를 보냈다. 그녀는 라피처럼 윙크를 잘하지는 못했지만 노력하는 모습임은 분명했다.

"마야와 호아킨도 이걸 좋아해."

"열성 유전자임이 분명해."

라피가 대답하고는 자기 접시에 케첩 병을 가깝게 끌어당겼다.

"난 피치란 이름 좋아해."

그레이스가 질문을 무시하고 말했다.

"넌 내 질문을 무시하고 있어."

그가 지적했다.

"모든 사람이 복숭아(피치)를 좋아해. 복숭아는 보편적으로 사랑받거든. 아기도 그렇게 될 거야."

그레이스가 계속했다. 라피는 입을 열었으나 곧 다시 닫았다.

"그 점에 반대하려면 네 생물학적 아이를 욕할 수밖에 없으니 그만둘게. 여하튼 잘 받아쳤어."

그레이스가 어깨를 으쓱했다.

"그래서 넌 걔들에게 말하지 않을 거라고?"

"네 생각엔 안 좋은 생각 같아?"

"내 생각엔 끔찍한 생각 같다. 비밀은 항상 드러나기 마련이니까."

"걔들하고는 아무 상관 없잖아."

“아긴 개들의 조카야.”

“더 이상 아니야. 아긴 새 가정을 가졌어.”

“좋아. 그럼 피치에 대해선 잊어버려. 너 얘기나 할까? 개들은 널 도와줄 수도 있는데 개들을 안으로 들어오지도 못 하게 하는 거야.”

그레이스가 웃어 보이고는 웨이터에게 마요네즈를 더 갖다 달라고 신호를 보냈다.

“토할 것 같아.”

라피가 나지막이 말했다.

“음. 개들이 엄마가 우리를 포기한 것 때문에 기본적으로 악마라고 생각하는 것을 알기 때문에 내가 피치에게 똑같은 짓을 한 것에 대해서 개들 의견을 듣지 않는 게 낫다는 거야.”

“미안. 왜 피치라고 지은 거라고 했지?”

라피가 물었다.

“내가 아기를 임신했다는 걸 알았을 때 그 정도 크기였어. 임신을 했을 때 사람들은 보통 자궁에 있는 아기의 크기를 음식과 결부시켜 설명해. 강낭콩, 라임, 복숭아, 포도 같은 과일들……. 복숭아가 그때 아기의 크기였어.”

그는 이해한 듯 고개를 끄덕였다.

“만약 네가 마야와 호아킨에게 말한다면 그들은 더 많은 것을 이해하게 될 거야. 너희 중 누구도 알지 못해. 왜 너희 엄마가…….”

“생물학적 엄마.”

그레이스가 끼어들었다.

“뭐?”

“내 생모. 난 엄마가 있어. 엄마는 집에 돌아와서는 아마 왜 문자에 답장을 하지 않나 걱정하고 계실 거야.”

"알았어. 너희 중 누구도 너희 생모가 왜 그렇게 했는지를 알지 못해. 그렇지만 마야와 호아킨은 아마도 왜 네가 그렇게 했는지는 이해할 거야. 넌 걔들에게 말해야만 해."

"그래도 그게 걔들 관심사가 아닐지도 몰라."

"그래, 그런 논리로 말한다면. 어느 누구도 어떤 일에 관해 어떤 말도 할 필요가 없어."

"그런데 넌 만약 네가 임신을 했다면 그걸 네 누나에게 말할 수 있어?"

라피가 능글맞게 웃었다.

"만약 내가 임신했다면 *누군가*로부터 그 비밀을 지키기 위해 정말 힘든 시간을 갖게 될 게 분명해. 하지만 누나에게는 훨씬 덜하겠지."

"넌 내가 무슨 말을 하는지 알잖아."

그레이스가 그를 쏘아보며 말했다.

"알아, 알아. 난 그저 농담한 거야. 그러나 음, 난 누나에게 말할 거야. 모든 것을 다 말할 거야. 그리고 사람들이 어떻게 반응할지를 앞질러 추측할 수는 없어. 그건 그들에게 부당한 일이야."

그레이스는 함께 나눠 먹고 있는 프렌치프라이와 햄버거가 담긴 접시 너머로 그를 보았다.

"내가 걔들을 이제 막 만났다는 걸 너도 알잖아? 난 걔들이 나를 알아 갈 기회를 갖기도 전에 날 싫어하게 하고 싶지가 않아."

"네게 일어난 가장 중요한 일을 걔들이 모른다면 어찌 널 안다고 할 수 있겠어?"

그레이스도 그 말에는 대답을 할 수가 없었다.

"그럼 넌 누나에게 모든 것을 말해? 정말?"

대신 그녀는 물었다. 그레이스는 그녀의 인생에서 그렇게 말할 누군가가 있다면 하고 상상해 보려고 애썼다.

"모든 것을."

그레이스의 프렌치프라이를 슬쩍 가져오며 라피가 말했다. 그녀가 그의 손을 찰싹 치려고 했다.

"이런 외동딸 같으니라고. 나누려는 마음조차 없어."

그가 투덜댔다. 그녀를 비난하는데도 웃음이 나왔다.

"그럼 누나는 너를 평가하거나 하지 않아?"

"농담해? 누나는 날 늘 지독하게 평가해. 그러나 여전히 누나야. 내가 멍청한 짓을 했다고 반성하고 있어도 여전히 그것에 대해 1시간 동안 잔소리를 퍼부을 거야. 그래, 아마도 그래서 그렇게 오랫동안 내게 잔소리를 한 거네. 지금 말하면서 생각해 보니."

"실제로 내가 피치에 대해 말한 유일한 사람이 너야."

그레이스가 인정했다.

"다른 모든 사람은 이미 알고 있거나 임신했을 때 나를 보았어."

"그렇다고 내가 널 평가했어?"

라피가 물었다. 그의 목소리는 순수했다.

"아닙니다, 부인. 난 평가하지 않았어요."

"다른 사람들은 다 그랬어."

"그레이스."

라피의 목소리에서 장난기가 사라졌다. 그리고 그는 접시에 자신의 프렌치프라이를 내려놓았다.

"아무한테나 말하라는 게 아니야. 만약 기꺼이 너를 지지하려는 사람들이 있는데 그러지 못하게 한다면 그건 정말 안타까운 일이야."

"그러나 만약 그들이 나를 지지하지 않는다면?"

라피가 그녀를 향해 웃었다.

"만약 그들이 지지한다면?"

집에 돌아온 그날 밤 그레이스는 컴퓨터 앞에 앉았다. 머리에서는 여전히 레스토랑의 프렌치프라이 냄새가 났다. 그녀는 검색 엔진을 열면서 머리를 뒤로 묶었다.

그녀가 첫 번째 검색어를 치기까지 한참이 걸렸다.

멀리사 테일러.

물론 그것은 너무 광범위해서 수백만 개의 자료가 올라왔다. 그 모든 것이 그녀가 찾는 멀리사 테일러가 아니라는 것을 그레이스는 즉각 알아챘다. 그녀는 **생모 멀리사 테일러**로 다시 검색해 보았으나 그조차 너무 범위가 크고, 너무 많았다. 그레이스는 갑자기 다시 *이상한 나라*에 있는 앨리스가 된 느낌이 들었다. 앨리스는 너무 작아져서 병 속에 빠져 자신이 통제할 수 없는 조류에 밀려가고 있었다. 그녀는 너무 작은 나머지 앞에 있는 파도 너머조차 볼 수 없고 너무 하찮아서 있으나마나 한 존재가 된 듯했다.

그녀는 컴퓨터를 끄고 의자에 기대어 앉았다.

"그레이스!"

아빠가 아래층에서 불렀다.

"이리로 좀 내려올 수 있겠냐?"

그레이스는 그 소리가 그리 좋은 어조가 아님을 알아차렸다. 그렇다고 자신이 임신했다고 엄마 아빠에게 말했을 때의 어조처럼 나쁘지는 않았다. 그녀는 그렇게 나쁜 어조를 다시는 듣게 되지 않으리라는 것을 아주 확신했다. 그 이후의 모든 것은 나아질 것이었다.

"예?"

대신 그녀가 물었다.

"아래층으로!"

엄마가 대답했다.

엄마 아빠가 함께 자신을 부르고 있었다. 그레이스는 이럴 때 저울의 추처럼 균형을 잡아 줄 형제와 함께 자라면 좋겠다고 바란 적이 있었다. 다른 누군가를 가리키며 '그래도 무슨 일인지는 들어 봐요.'라고 말한다면 문제가 생겨도 어려움이 훨씬 덜할 듯싶었다. 그레이스는 집 안에서 계속 말썽을 피우는 사람이 언제나 혼자가 아니면 좋을 것 같다고 생각했다.

그녀는 아래층으로 내려가 곧장 부엌으로 갔다.

"왜요?"

"얘기 좀 하자. 저 길 아래에 사는 일레인이 전화해서 말하더라. 네가 쇼핑센터에서 웬 남자애랑 있는 걸 봤다고."

엄마가 말했다. 그레이스가 얼굴을 찌푸렸다.

"길 아래에 사는 일레인 아줌마가 경찰국가를 다스리고 있는 줄은 몰랐네요."

아빠가 그녀를 향해 눈썹을 찌푸렸다. 그레이스는 눈썹을 찌푸리는 데에는 라피가 훨씬 뛰어나다는 생각을 안 할 수가 없었다. 그러나 그 사실은 혼자만 아는 것이 현명하다고 스스로 결정했다.

"라피하고 있었어요. 위스크트 어웨이에서 일해요."

대신 그녀는 말했다. 그레이스의 엄마가 가슴에 팔짱을 꼈다.

"그와 데이트하는 거야?"

"아니, 우린 친구야. 그게 다야."

엄마 아빠가 서로 눈길을 교환하였다. 그녀는 다시 한 번 범죄의 파트너가 있었으면 했다. 심지어 강아지라도 있으면 좋을 것 같았다.

"우린 지금 네가 데이트를 할 때는 아니라고 생각해. 네 자신에 조금 더 신경 써야 할 시간이 필요하니까."

아빠가 말했다.

"뭐, 걱정 마요. 전 아무하고도 데이트하고 있지 않으니까요. 아까 말한 대로 라피는 *친구*예요."

"그레이스, 네가 이해해야만 해. 우린 정말 널 보호하고 싶단다. 넌 정말 지난 몇 달 동안 너무 힘든 시간을 보냈어. 그리고……."

그레이스는 등 뒤를 타고 화가 올라오기 시작하는 것을 느낄 수 있었다. 그 화가 그녀를 더 똑바로 일어서게 했다.

"아뇨, 기다려요. 내가 맞혀 볼게요. 길 아래에 사는 일레인이 엄마에게 전화를 했어요. 왜냐하면 그 아줌마는 내가 마을 전체를 다시 창녀 짓으로 더럽힐까 걱정됐기 때문에요."

그레이스의 얼굴이 아주 뜨거워졌고 맥박이 극심하게 빨라졌다.

"맞죠?"

"*말 조심해.*"

엄마가 말했다.

"그래요, 일레인과 다른 사람들이 생각하고 있는 걸 말해 볼게요!"

그레이스가 폭발했다.

"난 임신했고 난 아기가 있어. 그리고 지금 난 남자애를 쳐다봐서도 안 돼. 모든 사람이 내가 아이를 셋 더 낳을 거라고 생각하지 않게 하려면!"

"그레이스, 우린 널 걱정하고 있어. 그게 전부야. 우린……."

아빠가 다시 말했다.

"왜냐하면 만약 내 기억이 맞는다면."

그레이스가 아빠를 무시하고 계속 말했다.

"피, *밀리*를 포기하게 한 전체적인 요지는 내가 내 인생을 살아야 한다는 거였어요. 맞죠? '오, 그레이스. 네 앞엔 너의 모든 삶이 펼쳐져 있어!' 엄마 아빠 입에서 나오는 그 소리를 내가 몇 번이나 들었는지 아세요? 그런데 지금 모든 사람들이 내게 일깨워 주고 있어요. 난 아기를 가졌다, 난 학교에 갈 수 없다, 난 남자 친구도 사귈 수 없다……."

"넌 친구를 사귈 수 있어……."

엄마가 말을 시작했다. 그러나 그레이스는 계속했다. 그녀는 누군가가 머리 꼭대기에 있는 증기 마개를 열어젖힌 것처럼 느껴졌다.

"그래요, 그럼 그가 친구가 *아니라*고 해요. 라피는 내가 *좋아하는* 남자라고 말하죠. 난 걔와 데이트를 하면 안 되나요? 다시는 남자와 키스를 해도 안 되나요? 내가 한 번 실수했기 때문에 사랑에 빠질 수 있고 가정을 가질 수도 있는 좋은 기회를 날려 버려야 하나요?"

"그레이스, 그런 말이 아니잖아……."

엄마가 말했다. 그레이스는 엄마 목소리의 동요를 느낄 수 있었다.

"좋아요, 좋다구요!"

그레이스가 소리를 질렀다.

"만약 내가 앞으로 나아갈 수 없다면, 누군가를 *좋아하*고 친구를 사귈 수도 없다면, 신이 금지해서 다시 *사랑*에 빠질 수도 없다면, 그럼 왜 도대체 내가 아기를 포기해야만 했는지 이해할 수가 없어요! 만약 그것이 단지 *엄마 아빠*를 위해 모든 것을 좋게 처리하려는 것이 아니라면."

머리카락을 얼굴에서 치우려고 움직이고 나서야 그녀는 자신이 울고 있음을 깨달았다. 볼이 젖어 있음을 알았다. 엄마 아빠는 큰 충격을 받은 듯 미동도 하지 않았다. 그레이스는 그녀가 그들을 때리기라도 했다면 덜 끔찍해하지 않았을까 생각했다.

"우린 상담을 받을 필요가 있다는 생각이 든다."

아빠가 거의 15초 남짓 지난 후에야 말했다. 그레이스의 숨소리만 방에서 들릴 뿐이었다. 그녀는 피치를 그녀에게서 강제로 떼어 냈을 때 가졌던 것 같은 거칠고 포악한 느낌이 들었다. 그레이스는 갑자기 깨달았다. 그녀는 스스로 살아 있음을 느꼈다.

"좋아요, 약속을 잡아요. 할 말이 너무 많아요. 나도 할 말을 하지 않고 참는 데 지쳤어요. 그리고……."

그녀가 덧붙였다.

"엄마도 길 아래쪽에 사는 일레인에게 말해요. 내가 뭘 하든 그건 그 여자가 전혀 상관할 일이 아니라고요. 이 말은 *작년*에 엄마가 그 여자에게 하려고 했던 말이에요. 맞죠?"

그레이스는 대답을 기다리지 않았다. 대신 그녀는 돌아서서 이 층으로 올라갔다. 목욕탕 문을 걸어 잠그고 물을 있는 힘껏 틀었다. 그리고 아무도 들을 수 없다는 것이 확실해질 때까지 기다렸다. 그리고 울기 시작했다.

17. 마야

엄마가 재활병원에 있는 동안 아빠가 돌아와 집에 온종일 있는 것이 어떤 느낌인지를 설명할 만한 단어를 생각하느라고 마야는 노력하고 있었다. 그녀는 무언가를 찾아내려고 했지만 결국 그날의 끝에 얻어 낸 것이라곤 한 단어였다.

기묘해.

아침에 식사 준비를 하는 아빠를 보는 것이 기묘했고 달걀이 너무 미끄러워 먹을 수 없을 것 같았지만 마야와 로렌은 둘 다 그것을 목에 걸린 듯 꾸역꾸역 삼켰다는 것도 기묘했다. 하루의 끝자락에 그들 모두는 너무 피곤해서 저녁으로 뭘 먹을지 생각할 수조차 없었다. 그래서 그들 세 사람은 커피 탁자에 축 늘어지게 앉아 「집 사냥꾼들」 재방송을 보면서 피자를 갉아먹었다.

엄마는 병원에서 바로 재활병원으로 갔다. 머리를 붕대로 감고 손은 떨고 있었다. 마야는 엄마가 큰 눈과 작은 뼈를 가진 놀란 아이 같아 보인다고 생각했다. 마야는 작별 인사로 엄마를 껴안으면서도 엄마가 집으로 곧 돌아오기를 원하는지 영원히 그곳에 머물러 주기를 원하는지 명확하게 알 수가 없었다.

병원에서 상담사가 집에는 들르지 않는 것이 더 낫겠다고 말했다. 집을 가 보고는 집에서 술을 덜 마시고 어떤 종류의 상담도 필요 없다고 결론짓고 갑자기 재활 치료를 받지 않겠다고 결정할지도 모르기 때문이었다.

"맞아요, 안 돼요."

상담사가 그렇게 말할 때 마야가 말했다. 그때는 사고 다음 날 아침에 그레이스와 호아킨이 들른 다음이었다. 그때 세 사람은 나란히 앉아 발을 물에 담그고 마리화나를 피웠다. 나중에 마야는 그것이 클레어가 남기고 간 마지막 하나였음을 깨달았다.

안내장에 따르면 재활병원은 사우나가 있는 휴양지 같아 보이는 곳이었다. 그러나 아빠는 그곳이 "훌륭한 시설"이 갖추어져 있으며 "엄마에게 필요한 도움을 줄 거야. 괜찮아 보이지?"라고 말하며 그들을 안심시켰다. 마야와 로렌은 병원 복도의 소파에 나란히 앉아 고개를 끄덕였다. 달리 무엇을 할 수 있으랴?

아빠는 집 안 여기저기에 감추어 둔 포도주 병들과 뒤뜰 재활용품 통의 바닥에 쌓여 있는 빈 병들 이야기를 듣고는 경악했다. 아빠는 거실 소파에 로렌과 마야 사이에 앉아 마야가 자신조차 자신의 목소리로 느껴지지 않는 단조로운 목소리로 하는 설명을 들었다.

"얼마나 오래 계속된 일이니?"

아빠가 물었다.

"한동안."

로렌이 마침내 실토했고 아빠는 머리를 손으로 감싸며 길고 낮은 한숨을 쉬었다. 마야는 아빠를 위로해야 할지 알 수가 없었다. 그래서 잠자코 있기만 했다.

"알았다."

아빠가 마침내 말했다.

"우린 이 집에 뭔가 변화를 줘야겠다."

지금 셋이 살면서 마야는 집이 갑자기 너무 크게 느껴졌다. 엄마가 얼마나 큰 공간을 차지하고 있었는지 전에는 깨닫지 못했다. 어느 날 오후 마야는 감춰 둔 와인 병들을 찾아내려고 자동적으로 이 층으로 올라가고 있는 자신을 발견하였다. 그리고 벽장문을 열고서야 더 이상 문제가 없다는 것을 깨달았다.

아빠는 마야와 로렌 역시 상담 치료를 받았으면 했다.

"왜요? 우린 알코올 중독에 걸린 사람이 아니에요."

마야가 물었다. 속으로 그녀는 그것 또한 엄마의 이기심이 빚어낸 결과라고 생각했다. 음주 문제가 있는 사람은 엄마였다. 그런데 왜 *마야*가 상담 치료를 받아야 하고 그 때문에 매주 1시간을 낭비해야 한단 말인가?

"아빠가 좀 이상해졌어."

어느 날 밤 로렌이 말했다. 그들은 마야의 방에서 숙제를 하고 있었다. 마야가 침대 위에서 양반다리로 앉아 있는 동안 로렌은 바닥에 엎드려 있었다. 그들 중 누구도 책상을 쓸 생각은 하지 않았다. 쓰려고 해도 책상에는 마야의 빨랫감이 쌓여 있었다. 이 상황에서 빨래는 사치스럽게 느껴졌다. 빨래는 걱정이 적고 시간이 많은 사람들이 하는 것으로 여겨졌다.

"아빠가 이상한 건 우리가 심하게 정서적으로 상처를 입을까 걱정하시기 때문이야. 그리고 아빠들은 일반적으로도 이상해."

마야는 물리 교과서와 실험 책을 오가며 펜을 입에 물고 있었다.

"언니는 상담 받으러 갈 거야?"

로렌이 물었다. 마루 바닥에서 들리는 소리가 아주 멀게 느껴졌다.

"미쳤어? 안 가. 문제가 있는 사람은 엄마야. 엄마라면 문제를 고치기 위해 자신의 소중한 시간을 사용하는 게 당연해."

로렌은 한참을 조용히 있다가 말했다.

"요즘 언닌 왜 늘 집에 있어?"

"뭐?"

마야가 교과서를 닫고 활동 책으로 돌아갔다. 왜 사람들은 모든 정보를 책 한 권에 다 담지 않았을까? 왜 꼭 수업마다 세 권의 책이 필요하게 만들었을까?

"클레어는 어디 갔어?"

마야는 누군가가 클레어를 언급할 때마다 자신의 등뼈를 찌르는 둔중한 고통을 느꼈지만 무시했다.

"우린 헤어졌어."

"뭐? 왜? 둘이서 정말 서로 사랑하는 거라고 생각했는데."

로렌은 충격을 받은 것 같았다.

"그랬지. 과거형이야. 사랑은 움직이는 거야. 물건들도 변하고. 다 그래."

"왜?"

"왜냐하면 싸웠어. 그리고 둘 다 서로에게 지독하게 나쁜 말들을 했어."

마야는 자신이 대부분 지독한 것들을 말한 사람이고 클레어는 대부분 진실만을 말한 사람이었다는 사실은 덮어 두었다.

"어휴, 바보 같은 짓을 했군. 언니랑 둘이 같이 있으면 정말 잘 어울렸는데."

"그래, 그레이스와 호아킨이 이미 내가 바보짓을 한 거라고 말해 줬어. 너까지 말할 필요는 없어. 됐지?"

바닥에서는 잠시 아무 소리도 들리지 않았다. 그러더니 로렌이 말했다.

"그레이스와 호아킨? 언닌 그 사람들에게 말했어?"

"물론 말했지. 요전 날 여기에 왔을 때. 네가 친구네 집으로 가고 난 다음."

"난 언니가 엄마에 관해서만 말했을 거라고 생각했어."

"우린 많은 일들을 이야기해. 예를 들면 그레이스는 우리가 친엄마를 찾아야만 한다고 생각한다는 사실 같은 거."

마야는 대화의 방향을 클레어로부터 벗어나게 하려고 노력했다. 그녀의 이름을 말하는 것조차 얼마나 힘이 드는지 자신의 마음을 그려낼 수 있다면 가장 칙칙한 회색과 검정색일 것이었다. 불꽃놀이 뒤에 길게 꼬리를 남기며 사라지는 연기처럼 숨이 막힐 것 같은 그 이름으로부터 벗어나고 싶었다. 그러나 방바닥에 있는 로렌의 침묵으로 판단컨대 자신이 대화를 전적으로 잘못된 길로 끌어간 것을 알았다.

"뭐야, 이제 언니는 원래 언니 가족은 버리려고 해?"

"뭐라고? 무슨 얘길 하는 거야?"

마야가 물리 숙제에서 눈을 들었다.

"엄마는 재활병원에 갔어. 그래서 언닌 새로운 엄마로 엄마를 바꾸기로 한 거야? 그게 언니가 그레이스와 함께 하려는 거 아니야? 우리가 너무 문제가 많아서 언니는 더 나은 가족을 찾기로 결정한 거야?"

"로렌, 도대체 그 따위 소리를……."

"신경 쓰지 마."

로렌이 일어섰다. 컴퓨터와 책들을 서둘러 챙기다가 공책 한 권을 마루 바닥에 떨어뜨렸다. 마야가 그것을 집으려고 하자 로렌이 등으로 가로막으며 그녀 앞에 섰다.

"그냥 내버려 둬."

"넌 지금 *내* 방에 있어. 나도 널 혼자 내버려 두고 싶어. 그런데 이 방에서 나갈 사람은 *너야*, 내가 아니라."

마야가 지적했다. 로렌은 항상 이런 식이었다. 어릴 때도 폭발적이었고 뜻대로 되지 않으면 비명을 지르며 화를 냈다.

"그게 빨간 머리 유전자야."

엄마 아빠가 설명하고는 마야를 남겨 두고 레스토랑, 영화관, 서점에서 그녀를 끌어냈다. 한 가지 다른 집들과 같지 않은 점은 마야가 팝콘, 아이스크림, 책들을 예기치 않게 두 배로 받고 얼굴에 미소를 띠고 있었다는 점이다.

그러나 로렌이 화가 나 나가 버렸을 때 마야는 그녀의 뒤에 어떤 것도 남지 않았음을 깨달았다. 이겼다는 익숙한 느낌이 아니라 지금은 슬픔, 텅 빈 패배감을 느꼈다.

클레어와 마야가 완전히 절교하게 된 것은 목요일이었다. 역사 수업을 받으러 가는 도중이었다.

"저기, 미안한데. 너 때문에 늦겠는걸."

물론 클레어에게 말하려고 계획해 둔 말은 아니었다. 마야는 그녀에게 할 수천 가지 다른 말들을 생각했었다. 사과와 고백, 눈물과 잘못의 시인, 자신이 얼마나 어리석었는지, 얼마나 고집에 셌는지에 대한 상세한 설명들이었다.

그런데 클레어를 보자 상처가 부글부글 부풀어 올랐고 질투와 분노가 의도했던 모든 현명한 말들을 압도해 버렸다.

"어떻게 넌 엄마가 재활병원으로 가셨다는 말을 내게 하지 않을 수가 있어?"

마야가 조용해졌다. 그 사실을 누군가가 알 것이라고는 생각하지 않았다. 모두가 이미 알고 있단 말인가? 학교에 있는 모두가 자기를 관찰하고 있고 평가하고 있다고?

"어떻게, 무엇을? 어떻게 그걸……."

클레어가 자신의 전화기를 들어 올렸다. 마야보다 그녀는 훨씬 컸다. 처음으로 그녀의 큰 키가 안전이 아니라 위협으로 느껴졌다.

"로렌이 내게 문자를 보냈어. 그래서 안 거야. 네 여동생이 내게 말을 해야 알게 되다니."

마야는 배 속의 부글거리는 긴장감에 맞서 스스로 진정시키며 자신을 추슬렀다.

"네가 상관할 일이 아니야."

"말도 안 되는 소리 하지 마."

마야는 그녀를 비껴가려고 했지만 클레어가 동시에 걸음을 옮기며 길을 막아섰다.

"우리 얘기 좀 하자. 지금 바로."

"수업 있어."

"오, 갑자기 결코 수업을 빼먹지 않는 완벽한 모범생이라도 된 거니? 좋은 시도긴 하다. 가자."

마야는 주저하면서도 그녀를 따라갔다. 클레어는 체육관을 지나 교정의 유일한 극장이고 크기도 제법 컸지만 모두가 작은 극장이라고 부르는 극장을 지나쳤다. 마침내 그들은 마야가 항상 자신들만의 장소라고 생각했던 풀밭으로 돌아왔다. 비록 그들은 헤어졌지만 풀은 여전히 초록이었고 무성했기에 이상하게 여겨졌다.

수업 시작을 알리는 종은 이미 울렸고 학교는 기묘할 정도로 텅 빈 것처럼 느껴졌다. 마치 교정에 남은 사람이라고는 둘밖에 없는 듯했다. 만약 이것이 텔레비전 프로그램이라면 마야는 이때가 좀비의 침입이 시작되는 시간일 것이라고 혼자 생각했다.

"그만 털어놔."

"뭘 털어놓으라고? 넌 이미 다 알고 있는데."

마야가 클레어를 보지 않으려고 신경 쓰면서 물었다.

"난 한 가지 기본적인 사실만 알아. 그게 다야."

클레어의 얼굴이 갑자기 부드러워졌고 손을 마야의 어깨에 올렸다.

"마야. 어떻게 된 거야? 로렌이 병원에 갔다고 말했어. 너와 구급차를 타고 갔다고 했고."

그녀가 말했다. 목소리는 아주 고요해서 그녀가 소리 지르는 것보다 훨씬 더 마야를 고통스럽게 했다. 마야는 클레어를 보지 않으려 여기저기 눈길을 돌리며 아랫입술을 깨물었다.

"엄마가 머리를 다쳤어. 그게 전부야. 뇌진탕을 일으켰고. 그리고 아빠가 팜 스프링스에 있는 재활병원으로 데려갔고 아빠는 우리와 함께 돌아왔어."

"그 모든 일을 왜 내게 말하지 않았어?"

이제 클레어의 손은 그녀 어깨에서 머리로 옮겨 와 머리카락을 뒤로 넘기고 있었다. 마야는 클레어에게 한 걸음 더 가까이 다가가고 싶은 건지 아니면 뒤도 돌아보지 않고 뛰어가 버리고 싶은 건지 알 수 없었다. 마야는 모든 것을 너무 드러낸 것 같은 기분이 들었다. 그러나 그것들은 그녀 자신의 비밀도 아니었다. 모두 엄마의 비밀이었다.

"우린 헤어졌으니까."

마야는 완벽하게 '무심한' 어조로 들리게 최대한 노력하면서 말했다. 클레어가 실망한 엄마나 아빠 같은 소리를 내면서 한숨을 쉬었다.

"마야, 정말이야? 넌 모든 것이 이렇게 끝나도 된다고 생각하는 거야? 우리는 싸웠어. 그랬다고 모든 것이 끝나야 해?"

마야는 호아킨과 버디에 대해 생각하고 있는 자신을 발견했다. 어떻게 호아킨이 마야 자신과 같은 기능 장애를 가졌다고 말했는지 기억을 떠올렸다. 마야는 자신의 생물학적 가족에 대해 생각할 때마다 그들이 서로 닮았을지 아닐지, 그들이 같은 웃음소리나 미소 혹은 유연하게 꺾이는 엄지손가락을 가졌을지 궁금했다. 그녀는 같은 어리석은 이별 이야기들을 나눌 것이라고는 생각지도 않았다.

"난 이 문제에 대해 더 이상 이야기하고 싶지 않아. 진심이야, 클레어. 수업 갈게."

마야가 다시 클레어를 비켜 걸음을 내디디려 하면서 말했다.

"또 로렌은 네가 친엄마를 찾으러 갈 것이라고 말했어."

"걔가 뭐?"

마야가 한 걸음 떨어져 있다가 휙 돌아섰다. 상처가 폭발하여 피를 직접 하늘로 보내는 것처럼 얼굴이 붉어졌다.

"이봐, 한 가지 분명하게 말할게. 너와 로렌이 나에 관해 이러쿵저러쿵 말하는 걸 난 원치 않아. 알겠어? 만약 뭘 알고 싶다면 넌 내게 물을 수……."

"아니. 난 물을 수 없어, 마야!"

클레어가 맞받아 소리쳤다.

"그게 문제야! 넌 모든 걸 내게서 무조건 막으려고 들어! 넌 네 엄마에 대해 내게 말하지 않았어. 넌 오빠나 언니를 만나는 것에 대해서도 결코 내게 말하지 않았어. 이제 넌 생모를 찾고 싶어 해. 그런데도 넌 심지어 그 얘길 꺼내지도 않아. 단 한 번도?"

"만약 내가 말하고 싶었다면 말했을 거야!"

"난 네 말 못 믿어! 넌 엄마의 비밀도 지키려고 했을 게고 이제 그녀의 비밀이 네 삶을 망쳐 놓기 시작하고 있어."

마야는 몸이 흔들렸다. 말 그대로 노여움으로 떨려 왔다. 그러나 이게 노여움인가? 지금 느끼는 게 진짜 노여움인지 아니면 더 크고 더 복잡한 무엇인지? 이 느낌은 완벽하게 보이고 싶어 했던 한 사람 앞에 모든 개인적인 일들이 벌거벗은 채 드러나 버린 것 때문은 아닌지?

"더 이상 내 동생에게 문자 하지 마. 분명히 말했어!"

대신 마야는 말했다. 이를 앙다문 나머지 턱이 조금 떨렸다. 그리고 그녀는 돌아서서 교실을 향해 걷기 시작하였다.

"마야!"

클레어가 쫓아오며 소리를 질렀지만 마야는 가방을 더욱 단단하게 껴안고 달리기 시작했다. 움직이는 느낌이, 폐가 뻐근하고 가슴이 들썩이는 느낌이 좋았다. 그녀는 자신이 어떻게 느끼는가와 일치하는 고통을 원했다. 그녀는 상처를 입고 싶었다.

다음 일요일 마야가 그레이스와 호아킨을 만났을 때에는 세 사람 모두 심사가 잔뜩 뒤틀려 있었다.

그레이스의 빨대를 슬쩍 본 것만으로도 그녀가 좋은 상태가 아니라는 것을 마야는 아주 분명하게 알 수 있었다. 마야는 그 빨대로 어떻게 입을 베이지 않고 음료를 마실 수 있는지 궁금했다.

"컵에서 바로 마실 수도 있다는 걸 생각해 본 적 있어?"

마야가 보다 못해 물었다.

그레이스가 그녀를 노려보고는 그녀의 어깨너머를 흘깃 보았다. 그들은 그레이스 집 근처 야외용품 몰에 있는 스타벅스의 바깥 테라스에 앉아 있었다. 그레이스는 자신을 쏠 저격수를 기다리고 있는 것처럼 보였다. 그녀를 그저 보는 것만으로도 마야 자신이 안절부절못하게 되었다.

"*어휴*, 그레이스, 누구도 언니를 죽이려고 오지 않아."

어느 시점에 다시 마야가 말했다.

그레이스가 웃음을 터뜨렸고 그 웃음이 언니가 혹시 갱단의 일원이 아닌가 의심하게 만들었다.

호아킨 역시 우울해 보였고 눈은 무거웠다. 물론 원래 말수가 많은 사람은 아니었지만 마야는 지난 주말 이후 실제로 중요한 일들에 대해 의견을 나눈 것 때문에 호아킨에게 조금 더 익숙해졌다.

"그래서, 엄마는 재활병원으로 갔어."

마야가 거의 1분 남짓 완벽한 침묵이 흐른 뒤에 말했다.

"잘됐다."

그레이스가 말했다.

"정말 잘됐네."

호아킨이 동의했다.

"그리고 아빠가 우리와 함께 살기 위해 돌아왔어."

마야가 말을 이었다.

"그것도 정말 잘됐네. 다시 아빠랑 지내게 돼서."

호아킨이 말했다.

그레이스가 덧붙였다.

"정말 잘됐다."

마야가 눈을 조금 찌푸렸다.

"그리고 내 여동생, 로렌? 그녀가 마침내 앞이마에 난 뿔들을 제거하는 수술 승인을 받았어."

"대단한데."

그레이스가 호아킨의 어깨너머를 흘낏 보면서 말했다.

"잠깐, 뭐라고? 동생이 외과 수술을 받아?"

호아킨이 말했다.

"됐어."

마야가 한숨을 쉬었다.

"두 사람 모두 좀비들이야. 알고나 있어? 둘 다 좀 이상해."

"미안해, 난 그저……. 이 몰이 *정말* 싫어. 그래서 그래."

"그리고 난 사실상 좀비야. 내 비밀이 들통났네. 이제 마음이 훨씬 가볍군."

호아킨이 대답했다. 그는 숨을 깊이 들이마시고는 한숨을 내뱉었다. 그것이 그레이스와 마야를 모두 웃게 만들었다.

"오빠 정말 괴상해."

호아킨은 자신을 가리켰다.

"내가 말했잖아. *좀비*라고."

"그래서 썩어 가는 살 냄새가 나는 건가."

마야가 맞장구를 쳤다. 그러자 호아킨이 냅킨을 그녀에게 던졌고 마야는 몸을 숙여 피했다. 그러나 그레이스는 그들 옆에서 가만히 그대로 있었다.

"좀비는 분명히 언니를 먼저 먹어 치울 거야."

마야가 말하고는 그녀를 팔꿈치로 툭 쳤다.

"시끄러워."

그레이스가 호아킨의 어깨너머를 보며 속삭였다. 호아킨은 무엇이 그녀의 관심을 끌고 있나 알기 위해 뒤를 돌아보았다.

두 남자애들이 스타벅스를 향해 오고 있었다. 표정으로 보아 그들은 그레이스가 누군지 알고 있는 눈치였다. 그들은 서로 낄낄거리고 있었고 그들 중 한 아이가 다른 아이에게 무언가를 말했다. 그러자 둘은 동시에 서로 주먹을 맞부딪히며 웃음을 터뜨렸다.

"언니, 저 덜떨어진 깡패 자식들 알아?"

마야가 물었다. 그녀는 야구 모자를 거꾸로 쓰고 항상 '여자 꼬시는 법'에 관해 떠들고 다니는 한심한 남자애들에게 보여 줄 어떤 인내심도 가지고 있지 않았다. 마야가 보기에 그들은 실제로 여자에게 말도 건네 보지 못했을 게 분명해 보였지만.

"그만 가자."

그레이스가 말했다.

"잠깐, 그레이스. 너 지금 떨고 있니?"

호아킨이 자세를 조금 바로 하면서 물었다.

"어이, 그레이스."

이제 그 남자아이들은 그들의 탁자 옆에 서 있었다. 몇몇 노인들이 귀퉁이에서 차를 마시고 있을 뿐 바깥뜰은 거의 비어 있었다. 그들의 목소리가 크게 들렸다.

"새 남자 친구?"

그들 중 하나가 물었다. 그는 키가 컸고 야위었는데 마야는 그를 보고 자신이 레즈비언으로 태어난 것이 아주 다행이라고 생각했다.

"저리 꺼져, 애덤. 알겠어?"

"어떻게 지내? 그냥 여기서 노닥거리는 거야?"

애덤은 작은 새를 잡은 고양이처럼 보였다.

"너 너무 빨리 갈아 치우는 것 아니야?"

다른 남자애가 말했다.

"너와 맥스는 이제 막 헤어졌잖아, 안 그래?"

"그레이스, 그냥 가자, 응?"

마야가 천천히 말했다.

그들과 맞은편에 호아킨이 아주 꼿꼿하게 앉아 있었다. 마야는 그가 그토록 경계하고 있는 것을 본 적이 없었다. 그리고 그것이 그 상황을 더욱 불안하게 느끼게 했다.

"그래, 새 남자에게 작년에 네게 있었던 일에 대해 말했냐?"

애덤이 말했다. 그의 웃음이 마야에게, 너무 커서 진실할 수가 없는 체셔 고양이, 귀퉁이가 너무 날카로운 초승달을 떠올리게 했다.

"모든 너의 큰…… *변화들*."

그레이스가 일어섰다. 의자를 너무 거칠게 밀어내는 바람에 그들 뒤쪽의 탁자와 부딪혔다. 그것이 남자애들을 더 웃게 만든 듯했다. 마야 혹은 호아킨이 어떤 행동을 하기도 전에 애덤이 몸을 앞으로 기울이며 말했다.

"이 친구도 알아? 네가 창녀라는 걸. 아니면 창녀라서 더 좋아하는 거야?"

마야가 그녀의 가슴속에서 폭발할 것 같은 억압을 풀어 줄 그 무엇이든, 무언가를 말하고, 무언가를 막 시도하려고 할 때 갑자기 호아킨이 일어서서 움직였다. 아주 빨리 움직였기 때문에 누구도 그가 다가서는 것을 보지 못했다. 한 번의 유연한 동작으로 그는 애덤을 벽으로 몰아붙였다. 그의 팔꿈치가 애덤의 가슴을 가로질러 누르고 있었다. 애덤은 물 밖으로 나온 물고기처럼 눈을 크게 뜬 채 겁에 질렸다.

"들어, 개자식아."

호아킨이 으르렁거렸다. 이제 마야는 그레이스 옆에 딱 붙어 서서 팔을 잡고 서 있었다.

"앤 내 동생이야. 알겠어! 넌 내 동생에게 그렇게 말하는 게 멋져 보인다고 생각해? 그래?!"

애덤은 아무 말도 하지 않았다. 마야는 가슴속의 억압이 곧장 심장으로 가 호아킨에 대한 갑작스럽고 사악한 사랑으로 폭발하는 느낌을 받았다.

"호아킨."

그레이스가 말을 시작했으나 그녀의 목소리가 목구멍에서 미처 나오지 못한 것처럼 들렸다.

"아닙니다!"

애덤이 소리 질렀다. 그의 모자가 소란 속에 떨어졌고 이제 그는 그저 어린아이처럼 보였다.

"아닙니다! 죄송합니다. 정말! 오빠가 있다는 걸 몰랐습니다!"

"너 다시 얘한테 말을 걸거나 심지어 볼 *생각*이라도 하면……."

호아킨이 애덤의 가슴을 가로질러 팔을 더욱 강하게 누른 뒤 그 팔을 목까지 끌어올렸다.

"그러면 넌 나랑 얘기를 좀 해야 할 거야. 알겠어?"

애덤이 불안한 듯 눈동자가 커지면서 고개를 끄덕였다. 옆에 있던 그의 친구는 조용히 서 있기만 했다.

그레이스도 마찬가지였다.

"그럼 개자식아, 여기서 당장 꺼져. 만약 내 눈에 다시 띄면 너와나, 우린 복잡한 문제에 부딪히게 될 거야."

호아킨이 말했다. 마야는 그 소리가 공격을 앞둔 곰이 으르렁거리는 소리처럼 들렸다. 애덤이 다시 고개를 끄덕였다. 호아킨은 그의 눈을 쏘아보기 전에 마지막으로 그를 한 번 더 눌러 주었고, 그러고는 풀어 주었다.

애덤과 친구가 허둥지둥 달아나자 호아킨은 쓰러질 것처럼 보였다. 모든 위세는 어디로 갔는지 빈껍데기만 남은 것 같았다.

"호아킨?"

그레이스가 말했다. 그녀는 이제 숨을 헐떡이고 있었다. 호아킨도 마찬가지였다.

"호아킨?"

그가 대답하지 않자 마야가 불렀다.

"미, 미안해."

그의 숨이 가빠졌고 갑자기 그는 바깥뜰을 벗어나 길 쪽으로 내달리기 시작했다. 그들로부터 멀리 벗어나기 위해 탈출하듯 달렸다.

18. 호아킨

호아킨은 곧 어딘가 아플 것만 같은 느낌이 들었다.

그는 무슨 일이 일어났는지 분명히 알 수도 없었다. 잠깐 마크와 린다를 생각하면서 마야와 그레이스와 함께 앉아 있었다. 그리고 그 족제비 같은 놈이 그레이스에게 다가왔고, 그녀의 몸을 떨게 만들었고, 그녀를 창녀라고 불렀다. 그리고 호아킨은 자신이 몇 년 동안 벗어나고자 애썼던 하얗고 뜨거운 공간으로 미끄러져 들어간 것처럼 느꼈다.

자신의 팔에 눌린 아이의 심장 박동이 빨라지고, 호흡이 가파르게 헐떡이고, 눈이 활짝 열리는 것을 느끼는 것이 좋지 않은 느낌이었다고 말한다면 거짓말일 것이다. 말 그대로 손 안에 누군가의 운명을 움켜쥐는 것은 강력한 유혹이었다. 호아킨은 오랜 시간 동안 그러한 힘을 억누르고 있었다.

그렇지만 힘이 가진 문제는 힘을 갖는 것이 사람을 항상 좋은 사람으로 만들지 않는다는 것이다. 때때로 그 힘은 사람을 아주 나쁘게 만들었다.

호아킨은 상가와 경계를 이룬 공원의 끝에 닿을 때까지 달렸다. 공원은 보통 이제 막 걸음마를 뗀 아이들과, 아이들을 지켜보는 부모들만 사용할 뿐이었다. 멈추고 나서야 그는 동생들이 그가 달려온 길을 쫓아서 힘껏 달려오고 있는 것을 보았다.

"호아킨!"

그들이 소리를 지르며 쫓아 달려오고 있었다.

"호아킨, 기다려!"

호아킨은 돌아섰다. 숨을 고르려고 하자 가슴이 들썩였다. 그는 오랜만에 이렇게 달려 본 것 같았다. 그는 영원히 달릴 수 있을 것같이 느꼈다.

"그냥. 그냥 가. 알겠어? 미안해, 내가 우리의 만남을 망쳤어."

그는 동생들에게 말했다. 마치 손을 캐비닛에 넣어 둘 것처럼 두 손을 붙잡고 있었다.

"오빠 떨고 있어."

그레이스가 그에게 말했다. 그녀도 여전히 떨고 있기는 마찬가지였다. 마야만 차분한 듯했다. 그녀의 눈은 흥분과 생동감이 넘쳤다.

"둘 다 앉아야 해."

"난 괜찮아. 나는 그냥 화가 났어. 그게 다야. 미안해."

호아킨이 내뱉듯 말했다.

그레이스는 그저 그를 향해 머리를 저었다.

"아니야. 그 자식은 그렇게 할 만했어."

"호아킨. 제발 좀 앉기라도 하자, 응? 안 좋아 보여."

이제 마야가 그를 향해 다가섰다.

호아킨 역시 그다지 좋지 않음을 느꼈다.

"그래."

그가 말했다.

"그래."

마야가 말하면서 그를 향해 손을 내밀었다.

"앉자. 앉는 건 좋은 거야. 모두가 앉는 걸 좋아해. 심지어 활동적인 사람조차. 오빠 달리기 선수였어? 주차장을 가로질러 달리는 울부짖는 야생마던데. 아마 테슬라 자동차보다 빨랐을 거야."

호아킨은 머리 뒤쪽 어딘가 기억이 뒤죽박죽 엉킨 곳에서 마야가 긴장했을 때 말이 많아진다고 말했던 것을 기억해 냈다. *자신*이 그녀를 긴장하게 만들었다고 호아킨은 깨달았다. 그리고 그것이 그를 더욱 힘들게 했다.

셋이 벤치에 앉았을 때 두 동생이 책 받침대처럼 양쪽에 앉고 호아킨은 그 사이에 앉았다. 호흡은 차츰 원래대로 돌아왔다. 그레이스는 여전히 조금 떨고 있는 것처럼 보였다. 그리고 호아킨은 그녀가 무릎 사이에 두 손을 단단하게 움켜쥐고 있는 것을 알아차렸다.

"자, 됐다. 도대체 무슨 일이 있었던 거야?"

마야가 그들이 자리를 잡자마자 말했다.

"그 자식이 그레이스를 창녀라고 했어. 그 자식은 그렇게 말하면 안 되는 거였어."

그의 목소리는 작아서 웅얼거리는 것처럼 들렸다.

"아냐, 난 그걸 묻는 게 아니야. 내가 묻는 건 주차장을 가로지른 육상 선수에 대한 거야, 와크. 오빠 겁에 질린 토끼처럼 달렸다니까."

그것은 정확하게 호아킨이 자신에게 가지고 있었던 이미지는 아니지만 아마도 마야가 옳을 듯싶었다. 어쨌든 그는 자신이 달리는 것을 결코 본 적이 없었다.

그가 어떤 말도 하지 않고 있을 때 그레이스가 움켜쥔 손을 풀고 호아킨의 손을 잡으려고 내밀었다.

"호아킨, 무슨 일이 있었던 거야?"

그녀가 조용히 말했다.

그는 그녀의 손을 손가락으로 감싸 쥐고는 다시 말을 할 수 있겠다고 느낄 때까지 꼭 잡았다 풀었다를 반복했다. 그레이스는 괜찮다고 그는 자신에게 상기시켰다. 누구도 다치지 않았다. 그는 누구도 다치게 하지 않았다.

마야가 다른 쪽에서 손을 그의 어깨에 둔 채 힘을 주어 기대 왔다.

"괜찮아, 와크. 괜찮아. 그냥 숨을 깊이 들이마셔 봐."

그녀가 조용히 말했다.

그는 가슴의 박동을 통제하려고 노력하면서 고개를 끄덕였다. 성난 호랑이를 우리 속에 다시 가두려고 노력했다.

"내가 열두 살 때……."

그가 자신도 모르게 말을 시작했다. 그러나 다시 시작할 수 없었다. 그는 이전에 딱 한 번 이 이야기를 한 적이 있었다. 애나와 마크, 린다 에게. 그러나 그것은 마크와 린다의 집 거실에서였고, 그곳에서 그는, 그를 사랑한다고 말하긴 어렵지만 그를 좋아하는 것만은 분명한 사람 들에게 둘러싸여 있었다. 그리고 그 방은 햇살과, 햇살 사이를 춤추던 먼지와 함께 부드러운 기운으로 가득 차 있었다.

해가 공원의 나무들 사이로 쏟아졌고 마야와 그레이스는 호아킨이 다시 말하기를 기다렸다.

"내가 열두 살 때……."

그는 다시 말하기 시작했다.

"부캐넌 씨 가족이 나를 입양했어."

그 이름을 말하는 것만으로도 그의 입은 두렵다는 듯 닫혔다. 그는 잠시 멈추고 다시 말할 수 있을 때까지 기다렸다.

"그들은 내가 열 살 때 위탁부모였는데 나를 입양하기로 결정했어."

"오빠도 그들이 입양해 주기를 원했어?"

그레이스가 그가 말을 멈춘 사이에 물어 왔다. 그는 그녀의 손이 그 렇게 힘이 세리라고는 생각해 본 적이 없었다. 그녀는 그의 손을 놓지 않고 꽉 움켜쥐고 있었다.

"나도 그렇게 생각했어. 그들에겐 이미 입양한 다른 2명의 위탁 아이들이 있었어. 게다가 나보다 나이 많은 딸과 1명의, 음, 아기가, 나중에 생긴."

호아킨은 여전히 그 아기를 떠올릴 수 있었다. 그 아이 머리 주변의 달무리처럼 둘러싼 갈색 곱슬머리와 함께 안짱다리를. 그 아이에 대해 생각하는 것만으로도 그는 가슴이 아팠다.

"그 사람들은 오빠에게 잘해 줬어?"

마야가 물었다.

"그들은 괜찮았어. 그들이 좋은 사람들이었는지는 잘 모르겠어. 그렇지만 *나쁘지*는 않았어. 때때로 충분하다고 생각했어. 난 내 방을 가졌고 내 침대가 생겼어. 함께 쇼핑도 갔고 내게 침대 시트를 고르라고도 했어. 그건 정말 큰 선물이었어."

호아킨의 심장이 아직도 가슴속에서 떨리는 듯 느껴져 그는 또 한 번 숨을 깊이 쉬어야 했다. 마야의 손은 여전히 어깨 위를 따뜻하게 감싸고 있었다.

"그 사람들과 사는 건 괜찮았어. 아이들도 좋았고. 모든 게 괜찮았어. 그리고 그들에겐 아기가 있었어."

호아킨은 가까스로 그 아기의 이름을 말했다.

"나탈리, 이름만큼 정말 예쁜 아이였어. 나는 마치⋯⋯. 난 이건 진짜라고 생각했어. 알겠어? 난 이 가족이 나의 가족이라고 생각했어."

"그런데 무슨 일이 있었어?"

그레이스가 물었다. 호아킨은 그녀 목소리에 담긴 아주 깊은 두려움을 느낄 수 있었다. 그것은 애덤이 그녀를 창녀라고 불렀을 때와는 다른 두려움이었다.

호아킨은 다시 말이 나올 때까지를 기다리며 볼 안쪽을 깨물었다.

"그게 시작됐어……. 모르겠어. 그냥 화를 폭발시키는 버릇이 생겼어. 사람들은 그것을 화가 녹아내린다는 뜻으로 용해라고 불러. 난 그 분노로 기절을 하기도 했어. 내 피부가 폭발하는 것처럼 느껴졌어. 알 수 있겠어? 거의 숨을 쉬기도 어려웠어. 입양을 할 날이 가까워질수록 더 심각해졌어. 난 나탈리를 제외하고 모두와 싸우기 시작했어. 왜 그랬는지는 설명조차 할 수 없었어. 그래도 부캐넌 씨는 입양 절차를 계속 진행했어."

호아킨은 그들이 후회하지나 않을지, 늦은 밤 둘러앉아 호아킨을 자신들의 집으로 데려온 끔찍한 결정을 했던 것을 돌이켜 생각하지나 않을지 궁금했다.

"그래도 난 뭔가 잘못되었다는 것을 알았어. 난 심지어 그들을 엄마와 아빠라고도 부를 수가 없었어. 2년이 지나고서야 겨우 이름을 불렀어. 난 마치……."

"마치 뭐?"

그레이스가 부드럽게 물었다.

호아킨은 다소 기운이 빠져 두 동생들에게 기댔다. 그들이 그를 지탱할 만큼 강하다는 것을 호아킨은 깨달았다.

"마치 일단 입양이 확정되면 그걸로 끝이라고. 결론이 난 거라고 생각했지. 만약 엄마가 돌아온다면, 그녀가 실제로 마침내, 젠장 돌아와서 그 집에 나타난다면, 그리고 내게 새 엄마, 새 아빠가 있다는 것을 본다면……, 내가 엄마를 대체해 버렸다고 생각할 거라고 생각했어. 나도 알아, 어리석은 생각이란 걸. 정말 지랄같이 멍청한 생각이지. 내가 그렇게 바보였어."

"아냐, *아니야.* 멍청하지 않아. 전혀 멍청하지 않아. 오빤 아이였잖아? 그 모든 것을 알 수 있는 나이가 아니었어."

마야가 호아킨 쪽으로 기대면서 말했다. 호아킨이 조금 웃었다.

"그래, 그런데 사실 가장 나쁜 부분은 아직 말하지 않았어."

다시 그가 말하기를 기대리면서 여자애들이 조용해졌다.

"그런데 어느 날, 입양이 확정된 지 여섯 달 남짓 지난 뒤였어. 나탈리는 거의 두 살이 되었고. 토요일 오후였어. 내게 다시 엄청난 용해 상태가 왔어."

호아킨은 누군가에게 무엇인가를 요구하고 울부짖고 바닥에서 몸부림친 나머지 머리카락이 카펫에 엉켜 버릴 정도였다. 그럴 때에는 누구도 어찌해 볼 도리가 없었다.

"어느 누구도 날 건드릴 수가 없었어. 난 누구도 가까이 오게 하지 않았어. 그때 아빠인 부캐넌 씨가 나를 잡으려고 했어. 내 발로 설 수 있도록. 마치 일으켜 세우려는 것처럼. 그래서 난 손에 잡히는 대로 뭐든 집어 던졌어. 우린 그의 서재에 있었고 책상 위에는 스테이플러가 있었어……."

호아킨이 멈추었다. 그는 손에 아직도 스테이플러 금속의 차가움과 들어 올렸을 때의 무게감을 느낄 수 있었다. 그의 손이 다시 떨렸다. 그레이스가 훨씬 더 힘주어 깍지를 꼈다.

"무슨 일이 있었어?"

그녀가 나지막하게 말했다.

"내가 그것을 던졌어."

그리고 그의 모든 것을 적실 것처럼 볼에 눈물이 흘러내렸고 목으로 미끄러졌다.

"내가 그것을 던졌어."

목을 가다듬고 그가 다시 말했다.

"난 그를 향해 던졌는데 문밖으로 날아갔어. 그리고 나탈리가…….

나탈리가 그때 모퉁이를 돌아서 오고 있었어."

호아킨은 부끄러움으로 다시금 마음이 아파 와서 눈을 감고 머리를 떨구었다.

"그것이 나탈리의 머리에 맞았어."

그는 그레이스에게 자신의 관자놀이를 가리키며 말했다.

"바로 여기, 그리고 그녀는 뒤로 넘어졌어. 그리고 부캐넌 씨가 외쳤어……. 사자처럼 포효하듯. 그리고 나를 잡아 뒤로 던져 버렸어. 나는 서가로 날아갔어. 팔이 부러졌지."

호아킨은 여전히 뼈가 부러지는 소리를 들을 수 있었다. 하얗고 뜨거운 고통이 몰려왔다. 그러나 바닥에 떨어지는 나탈리의 소리보다 크게 들리는 소리는 없었다.

호아킨은 계속 울고 있었다. 그는 마크와 린다, 애나에게 이 이야기를 했을 때 적어도 울지는 않았다. 그들이 눈물을 흘렸지만 호아킨은 아무 감흥이 없었다. 마치 그 일이 다른 누군가에게 일어난 일인 양.

"난 결코 그 아기를 다치게 하려고 하진 않았어."

그가 흐느꼈다.

"난 나탈리를 사랑했어. 난 다치게 하고 싶지 않았어. 난 누구도 다치게 하고 싶지 않았어."

그레이스가 이제 그를 붙잡고 있었고 마야의 팔이 어깨를 두르고 있었다. 그리고 호아킨은 팔꿈치를 무릎에 올린 채 손으로 앞이마를 받치고 있었다.

"그다음엔 어떻게 됐어?"

그레이스가 그에게 물었다.

"응급실이었어. 그들은 그날 밤 나를 다시 위탁돌봄센터로 보내는 문서에 서명을 했어."

"사람들이 어찌 그럴 수 있어?"

마야가 물었다. 호아킨은 그녀 역시 울고 있다고 확신했다.

"항상 일어나는 일이야. 그들은 내가 다른 아이들에게 위험하다고 말했어. 그리고 집에서 폭력을 행사하면 며칠 동안 심리치료소에 보내. 그래서 난 포모나에 있는 단체 생활하는 시설로 보내졌어. 그들 말로 난 '특별 관리 대상'이라고 했어. 나이도 많고 너무 폭력적이라고."

그는 이전에 위탁 여동생이었던 에바의 말을 생각했다.

"너무 두드러지는데 충분하지는 않대. 사람들이 날 무서워했어."

그레이스가 다시 말하기 전에 목을 가다듬었다.

"그리고 나탈리, 그 아기는……?"

"다행히도 아기는 괜찮았어. 병원에 사회복지사가 나타나자마자 물어봤어. 뇌진탕이었대. 그래도……."

호아킨은 심지어 그 문장을 마저 끝낼 수도 없었다.

"아기는 괜찮았어."

그가 다시 말했다.

"그럼 부러진 오빠 팔은?"

"그것도 아주 깨끗하게 부러졌어."

호아킨이 말했다. 마치 그것이 이야기를 더 좋게 만드는 것처럼.

"부캐넌 씨 가족은 그 이후로 더 이상 위탁아이들을 돌보는 것이 허락되지 않았어."

"잘됐네."

마야가 내뱉듯 말했다.

"난 집단 가정에서 집단 가정으로 옮겨 다녔어. 그 일 이후로 난 평범한 위탁가정에 머무를 수가 없었어. 사람들이 나 같은 아이를 다룰 수 있으려면 특수교육을 받아야만 했어. 물론 돈도 더 많이 받기는 했지. 위험하니까. 그렇지만 교육은 받아야 돼."

"그럼 마크와 린다도 교육을 받았어?"

그레이스가 물었다.

"날 만난 다음에 받았어. 내가 열다섯 살, 거의 열여섯 살 때 그들이 한 집단 가정에서 열린 입양 박람회 비슷한 데에 왔었어. 그들이 날 좋아한다고 말했어."

호아킨은 여전히 그들 말을 전적으로 믿지 않았다. 그럼에도 그렇게 생각하는 것이 좋았다.

"내 생각엔 그들은 오빠를 *사랑해*, 호아킨."

마야가 웅얼거렸다.

"이게 그들이 입양하겠다는 것을 거절한 이유야?"

그레이스가 갑자기 물었다.

"부캐넌 씨 가족이 했던 것처럼 그들이 오빠를 다시 내보낼 것이 두려워서?"

호아킨이 그녀를 보며 눈을 닦았다.

"되돌아가는 걸 걱정하지는 않아. 난 그저 그들을 너무 사랑해서 그들에게 상처를, 누구에게도 상처를 입히고 싶지 않을 뿐이야. 한 번으로 충분해."

두 여동생이 모두 그에게 기대 오는 듯했다.

"오, *호아킨*."

마야가 한숨을 쉬었다.

"아니야."

그가 어떻게 느꼈는지, 어떻게 느껴야 할지를 그녀가 말하려고 하였으나 그때 호아킨이 말을 막았다.

"너흰 이해할 수 없어, 알겠니? 그 개자식에게 내가 하는 것 봤잖

아. 그것도 그냥 내 안에서 튀어나온 거야. 그걸 담아 둘 수가 없었던 것처럼. 나는 실제로 그 자식을 다치게 할 수도 있었어.”

“그렇지만 그러지 않았잖아. 그러지 않았어, 호아킨. 오빠 나를 지키려고 그랬잖아. 그 자식은 나에게 상처가 될 것을 알고 정말 끔찍한 말을 했어. 그 말이 날 다치게 하리란 걸 알았어. 오빠 나를 지켜 줬고. 그건 전혀 똑같지가 않아. 그리고 학교에서 내가 어떤 자식을 두들겨 패 줬다고 말한 것 기억하지?”

그가 반박하기 전에 그레이스가 계속 말했다. 호아킨은 그녀가 계속하기를 기다렸다. 그리고 그녀가 말하지 않자 뒤늦게 사태를 파악하고 말했다.

“그 자식이 그 자식이야?”

그레이스가 고개를 끄덕였다. 그녀 표정이 완강해졌다.

“어휴, 알았어.”

호아킨은 애덤을 죽여 버리고 싶었던 것이 그나마 아주 조금 덜 끔찍하게 여겨졌다.

“그런데 그 자식은 내가 생각했던 것보다 훨씬 심각한 멍청이네. 언제 나도 그 자식을 패 줄 수 있을까?”

마야의 말에 호아킨이 웃었다. 그러자 마야가 그를 껴안고 얼굴을 팔에 갖다 댔다.

“오빠 나쁜 사람이 아니야, 와크. 절대 아니야.”

그녀가 속삭였다.

“내가 아기에게 금속 스테이플러를 던졌어.”

그가 대답했다. 그는 그 말을 소리 내어 말하면 반창고를 떼어 버리듯이 그 일의 끔찍한 정도가 줄어들 것이라 생각했지만 오히려 완전히 정반대의 느낌이 들었다. 그 말을 하자 말이 그의 입을 베는 듯한 느낌이 들었다.

"오빠 무서웠기 때문에 스테이플러를 던졌어. 아기는 우연히 거기에 있었고. 그저 *사고*였어. 그리고 그들 역시 오빠를 다치게 해서는 안되었던 거야."

그레이스가 그의 말을 고쳐 주었다.

"오빠 그때 그저 아이였어."

마야가 덧붙였다.

호아킨은 그 말을 듣고 눈을 감았다. 자신이 물속에 잠겨 있는데 그의 동생들이 그를 띄워 올릴 유일한 존재들인 것처럼 느껴졌다.

그의 *여동생*들이. 젠장.

"내가 그렇게 말한 건 괜찮아?"

호아킨이 그레이스를 넘겨다보며 물었다. 그녀가 얼굴을 찌푸렸다.

"뭐라고 말했는데?"

"너도 알잖아. 내가 널 여동생이라고 부른 것."

그레이스가 미소를 지으려 하자 입가가 떨렸다.

"괜찮아. 오빠 동생 맞잖아. 아니야?"

다른 쪽에서 마야가 머리를 그의 어깨에 기댔다.

"나도."

그녀가 조용히 말했다.

그가 다시 말할 수 있었을 때 호아킨은 티셔츠의 소매로 눈을 닦았다. 만약 린다가 거기 있었더라면 아마도 휴지를 통째로 건네주었을 것이었다.

"그래도……, 난 괴물이야."

그는 이 말을, 조류에 휩쓸려 거의 익사할 뻔한 뒤에 살아 돌아온 듯이 가볍게 말하려 했다. 그러나 억지스럽게 들렸다. 그도 자신의 어조를 믿을 수 없었다.

"그렇게 엄청난 고통을 경험한 누군가는 아주 마음이 넓을 거야. 무슨 일이 있어도 마야와 난 오빠를 돌려주지 않을 거야."

그레이스의 목소리가 사려 깊었다.

"절대 안 되지. 최종 세일이었어. 반품도 안 되고 환불도 안 돼."

마야가 덧붙였다.

호아킨이 조금 웃어 보였다.

"그런데 만약……."

"안 돼! 마야가 말한 것 못 들었어?"

"그렇지만 아마도……."

"안 돼!"

이번에는 두 여자애들이 동시에 소리를 질렀다. 차가워진 공중에 대고 맑고 날카롭게 호아킨이 웃었다. 그 소리가 메아리처럼 귀에 되돌아와 그를 가득 채웠다.

19. 그레이스

그레이스는 심리치료사 사무실의 대기실에 앉아 다리를 신경질적으로 떨었다. 앞에 놓인 탁자에 반쯤 풀다 만 퍼즐이 있었지만 그 조각들의 나머지를 맞추는 일에는 관심이 없었다. 그저 빨리 끝내고 이 지옥 같은 곳을 벗어나고 싶을 뿐이었다. 옆에는 엄마가 기댄 채 손으로 그레이스의 무릎을 부드럽게 누르고 있었다. 그래서 대신 그레이스는 다른 쪽 다리를 떨었다.

그레이스는 그 주 내내 이 약속을 걱정하며 보냈다. 그녀는 피치에 대해, 친엄마에 대해, 자신의 형제들에 대해 이야기해야만 한다는 것을 알고 있었다. 기본적으로 지난 몇 달 동안 자신의 삶에 불어닥친 모든 것이 낯선 사람에게는 분석의 대상이 될 것이었다. 그레이스가 원하는 것은 오로지 안락한 침대와 자신의 외로움이 있는 집으로 돌아가는 것이었다. 그나마 그녀의 유일한 위로는, 엄마 아빠 또한 그녀가 느끼고 있는 것처럼 불편해 보였다는 것이다.

그레이스는 라피와 함께 있었으면 하고 바랐다. 아무것도 하지 않을지라도 그는 적어도 자신을 웃게 할 수는 있을 것이었다.

그들이 사무실로 들어갔을 때 그레이스는 토할 것 같았다. '어떻게 호아킨은 매주 이걸 하지?' 그녀는 의아했다. 그리고 호아킨을 마지막으로 만났던 일을 떠올리자 다시 깊은 슬픔을 느꼈다. 그가 그녀와 마야에게 모든 것을 말한 뒤 그레이스는 혼자 집으로 오기 위해 운전을 했다. 그리고 차를 중간에 세워 놓고 울었다. 그 어떤 것보다 그녀는 과거 그때 호아킨을 알았더라면 그녀의 삶 내내 호아킨을 알고 지냈더라면 얼마나 좋았을까 생각했다. 그랬다면 그가 조금이나마 덜 방황했을 것이었다. 그녀는 다시 병 속에 든 채 던져져 바다의 폭풍우에 흔들리고 있는 앨리스를 생각했다.

심리치료사의 이름은 마이클이었다. 충분히 좋은 사람 같았다. 넥타이는 완벽한 윈저 매듭이었는데 그 매듭을 그레이스는 인터넷에서 사진으로만 보았을 뿐이었다. 그리고 그것이 그를 조금 더 신뢰하게 만들었다. 단지 아주 조금.

"그래, 그레이스."

마이클은 그들이 앉자마자 말했다.

"부모님이 처음 이 약속을 잡기 위해 전화를 했을 때 너에 관해 몇 가지를 들려주셨어. 특별한 한 해를 보낸 것 같던데."

그레이스가 눈썹을 치켰다.

"전 아기를 낳았어요. 그게 선생님이 말씀하시는 것이라면."

엄마가 손으로 눈을 가리고 신음을 흘렸다.

"왜요? 엄마도 알잖아요. 그게 사실이잖아."

그레이스가 짜증스럽다는 듯 말했다. 마이클은 전문가답게 조금도 동요하지 않았다. 그러는 그가 조금 더 좋아졌다.

"그리고 부모님이 아기를 입양시켰다고 하던데, 맞니?"

그레이스가 고개를 끄덕였다.

"예, 다니엘과 카탈리나에게요. 그들은 정말 좋은 부모예요."

"그리고 너도 그 결정에 동의했고?"

그레이스가 어깨를 으쓱했다.

"제 말은, 이미 끝난 일이에요. 아닌가요? 제가 원한다고 해서 아기를 다시 데려올 수 있거나 그런 건 아니에요."

"그럼 넌 아기를 데려오고 싶은 거니?"

"그건 아니에요……."

그레이스가 무릎 위에 손을 그대로 두려고 애쓰면서 깊은 한숨을 쉬었다.

"전 피―, 밀리가 정말 보고 싶어요. 당연히 보고 싶어요. 거의 열 달을 함께 있었어요. 그렇지만 아기는 더 좋은 집에 있고 더 좋은 가정에 있어요. 부모님도 동의했고요."

"엄마는 네가 최근에 어떤 남자애와 시간을 보냈다는 것도 언급했는데. 부모님이 너와 함께 그 문제를 얘기하려고 했을 때 네가 조금 흥분했다고."

"딸아이가 집안의 대장이 된 듯 행동했답니다."

그레이스의 아빠가 명확하게 하려고 덧붙였지만 농담을 하는 것처럼 들렸다. 그레이스는 웃지 않았다.

"제가 화가 많이 났어요. 왜냐하면 길 아래쪽에 사는 일레인이 엄마 아빠에게 전화를 해서 내가 어떤 남자애와 점심을 먹었다고 알려 줬어요. 그게 마치 끔찍한 범죄나 뭐나 되는 것처럼."

아빠를 쏘아보며 말했다.

"그레이스, 우린 화가 난 게 아니었어. 우린 그저 널 걱정한 거야. 넌 마치……. 넌 정상이 아니었어, 아가."

엄마가 말했다.

"물론 전 정상이 아니에요!"

그레이스가 울음을 터뜨렸다.

"전 아기를 낳았고, 그리고 그 아기를 남에게 줘 버렸어요! 전 더이상 내가 누군지 알지도 못해요! 엄마는 내가 그저 학교로 돌아가고 춤도 추러 가고 졸업파티에도 가고 모든 것을 할 것처럼 행동해요. 그렇지만 어떤 일도 일어나지 않았어요. 나에 관해 수군대는 사람들 때문에, 날 창녀라고 부르는 사람들 때문에 쇼핑몰조차 갈 수가 없어요! 엄마는 더 이상 존재하지도 않는 딸을 돌려받으려 하고 있다구요!"

"아가, 우리는 맥스가 네게 어떻게 상처를 입혔는지를 알아."

아빠가 말을 시작했다. 그러나 그레이스가 자리에서 방향을 바꾸어 손을 내저었다.

"걔 이름도 이야기하지 마요. 입에 올리지도 마요. 난 정말 걔가 싫어요."

"우린 그저 네가 또다시 같은 방식으로 상처받는 걸 원하지 않아."

엄마가 말했다.

"우린 정말 네게 치유할 시간이 더 많이 필요하다고 생각해."

"엄마는 그걸 몰라요!"

그레이스가 울부짖었다.

"난 결코 이런 걸로 치유되지 않아요! 엄마는 계속 내가 한 순간 폭발할 것처럼 대해요. 그리고 만약 입 밖에 내어 말하지만 않으면 내가 아기에 관해 곧 잊어버릴 것처럼 생각해요."

아기란 단어가 그녀의 목을 붙잡았고 그녀 밖으로 그 말을 꺼내기 위해 거의 침을 뱉듯이 말해야 했다.

"그리고 모든 게 괜찮아질 거라고! 그게 엄마가 항상 하는 말이에요! 엄마는 마치 아무 일도 일어나지 않은 척해요. 그러면 결국에는 그런 일이 *있었다*는 걸 누구도 기억하지 못할 것처럼. 엄마는 내게도 똑같이 하고 있어요!"

감정의 폭발이 지나간 다음의 침묵은 더욱 큰 외침으로 느껴졌다.

"무슨 말이니, 그레이스?"

마이클이 물었다. 그레이스는 그 방에 심리치료사가 있다는 것조차 잊어버렸다. 그녀는 혹시 그가 애초에 자신들과 만나는 것에 동의한 것을 후회하지 않을까 궁금했다.

"그건 마치……."

그녀는 자신의 감정을 요약해 줄 단어를 찾으려고 했다.

"엄마 아빠가 제가 입양에 관해 알고 싶으면 물어보면 된다고 말한 것을 말하는 거예요. 그런데 왜 그것이 *제* 책임인가요? 왜 제가 질문하는 사람이 되어야만 했나요? 왜 엄마 아빠가 그 모든 것에 대해 제게 먼저 *말해* 주는 사람이 될 수는 없었나요?"

그레이스의 엄마가 눈물을 흘렸다.

"우린 그저 네게 너무 많은 정보를 주고 싶지 않았던 거란다."

"아니죠! 엄만 만약 내가 내 친엄마에 관해 알면 내가 그녀를 찾으려 들 테고 그게 엄마는 두려웠던 거예요."

그레이스가 소리를 질렀다.

"왜 넌 밀리의 사진을 감췄어?"

엄마가 갑자기 그녀에게 물었다.

"뭐라구요? 어떻게 그 사진을 봤어요?"

"네 책상 서랍에서. 차에 떨어뜨린 네 펜을 제자리에 갖다 두려다가 봤어."

말을 더할수록 엄마의 눈은 눈물로 가득 찼다.

"왜 넌 그 사진들을 우리에게서 감춘 거니? 네가 딸을 그리워한다는 걸 난 알아, 그레이스. 그렇지만 우리도 우리 손녀딸이 보고 싶어. 우리는 다만 네가 우리에게 말해 주기를 바랄 뿐이야."

그레이스의 아빠가 고개를 끄덕였다.

그레이스는 눈물이 볼을 타고 내리는 것을 느꼈다. 그녀는 급히 눈물을 닦아 냈다.

"왜 항상 *엄마에게* 말해야 하는 건 *나*예요? 왜 *엄마는* 내게 물을 수 없는 건가요?"

그녀가 물었다.

"왜냐하면 우린 널 슬프게 만들고 싶지 않으니까."

아빠가 말했다. 그레이스가 슬픔을 느끼기를 원하지 않는 만큼 한 마디, 한 마디가 아주 슬프게 들렸다.

"우리가 널 원하지 않는다고 네가 생각하게 하고 싶지 않았어. 우리는 네가 아기를 낳고 병원에서 집으로 돌아왔을 때 예전의 너를 보듯 똑같이 대했어. 우린 네가 나쁜 감정을 느끼게 할 어떤 일도 하고 싶지 않아."

덧붙이기 전에 아빠는 엄마를 보았다.

"우리가 많은 실수를 한 것 같아. 그러나 우린 그 누구보다 널 사랑해. 그리고 그레이스, 우리는 상황을 더 낫게 만들려고 노력하고 있어. 그런데 널 어떻게 제자리로 돌아오게 할지를 모르겠어."

그레이스는 절망적으로 병원에 관해 생각하지 않으려고 노력했다. 그리고 집으로 차를 타고 오면서 피치로부터 점점 멀어질수록 그녀 몸의 어딘가가 찢어지고 있는 것처럼 느꼈던 것도.

"난 친엄마를 찾고 싶어요. 내가 잘 지낸다는 것을 그녀가 알게 하고 싶어요. 그리고 난 엄마 아빠가 승낙해 주었으면 해요."

"우린 괜찮아. 우린 뭐든 하마. 네가 필요로 하는 거라면, 그레이스. 우린 항상 네 곁에 있을 거란다. 어떤 일이 있어도."

그레이스의 엄마가 말했다.

그레이스는 진통이 계속되는 동안 엄마가 그녀의 손을 얼마나 단단히 잡고 있었는지를, 어떻게 그레이스의 옆을 절대 떠나지 않았는지를, 그리고 어떻게 아빠가 한마디 말도 없이 그녀와 함께 몇 시간 동안 넷플릭스 영화를 보고 있었는지를 기억했다. 그녀의 나이가 들어 갈수록 부모님은 더 한층 인간적이 되어 갔다. 그리고 그것이 세상에서 가장 무서운 일 중 하나였다. 그레이스는 부모가 그녀 세계의 모든 것을 알고 있는 신들이었던 어렸을 때가 그리웠다. 그러나 동시에, 그들을 인간으로 보는 것은 그녀 자신 역시 그렇게 보는 것을 한층 더 쉽게 만들었다.

"그레이스, 같은 문제를 겪은 다른 여자애들과 얘기해 본 적이 있니?"

마이클이 물었다.

"지원 그룹 같은 것?"

그레이스가 고개를 저었다. 낯선 사람들에게 피치에 관해 말하는 것은 거의 배신처럼 불가능하게 여겨졌다.

"너와 같은 상황에 처해 있는 수많은 여자애들이 있단다. 아마도 우리가 알아볼 만한 일 아닐까, 적어도?"

마이클이 말했다. 그의 목소리는 부드러웠다. 그레이스가 고개를 끄덕였다.

"제 생각엔 여기에서 아주 놀라운 진전이 이루어졌습니다."

마이클이 웃으며 말했고, 그레이스는 의자에 기대앉으며 눈을 감았다.

그레이스는 진전이란 말이 탈진이란 말로 들린다고 생각했다.

"그럼 내가 정리를 해 볼게. 길 아래쪽에 사는 일레인이 나에 대해 고자질을 했다고?"

"그리고 나도."

그레이스가 남은 밀크세이크를 마저 마시며 말했다.

"길 아래쪽에 사는 일레인에겐 다른 취미가 필요하겠는데."

라피가 웅얼거렸다.

라피는 심리치료사와의 약속이 끝난 오후 그녀에게 문자를 보냈다.

러닝화 있어?

왜?

그레이스가 답문을 보냈다.

좀 달리자. 공원 뒤쪽에서 30분 후에 만나자.

고맙지만 싫어. 그레이스가 답을 하려고 하다가 글자를 바라보고는 지워 버렸다. 대신 그녀는 이렇게 보냈다.

좋아, 기다려.

라피는 그녀가 좋아하는 유형의 달리기 파트너였다. 조용했다. 그녀의 신발은 여전히 잘 맞았지만 그녀는 언덕을 뛰어 올라갈 만큼 최상의 상태는 아니었다. 옆구리의 통증과 폐의 헐떡임은 그레이스로 하여금 옛날의 그레이스를 느끼게 만들었다. 아주 많은 변화들 이후에도 같은 것 한 가지를 여전히 가지고 있는 느낌이었다. 날씨는 서늘했다. 길게 이어졌던 긴 여름 대신 마침내 가을 같은 느낌이 공기 속에서 느껴졌다. 그녀와 라피가 언덕의 정상에 도착했을 때 그레이스가 그를 돌아보며 웃었다.

"나쁘지 않네."

"난 죽겠다."

라피는 두 손으로 무릎을 짚고 숨을 헐떡이며 대답했다.

그 후 그들은 라피의 차 지붕에 나란히 앉았다. 그레이스는 집안일을 반을 해치운, 그러나 마지막에 최악의 것을 남겨 둔 사람처럼 더 깨끗해지고 더 무거워진 것을 함께 느꼈다. 주차장 귀퉁이에 라피와 함께 앉아 있는 것이 최소한 그 모든 것을 다소 덜 무거운 듯이 만들었다.

"너 왜 길 아래쪽에 사는 일레인이 네 부모님에게 전화했는지 알아?"

그의 목소리에 이전에 들어 본 적 없는 날카로움이 묻어 있었다.

"왜냐하면 그 여자는 내가 적도 북쪽의 모든 남자애들을 이용해서 임신하려고 한다고 생각하기 때문인가?"

라피가 조금 웃었다.

"하하, 아마도. 그렇지만 그레이스. 넌 백인이고 난 멕시코 사람이야. 뻔하잖아."

"넌 그렇게 생각해?"

"내 말이 100퍼센트는 아니지만 분명하게 99퍼센트 사실인 것은 확실해."

"넌 내가 그딴 걸 전혀 개의치 않는다는 것 알지? 만약 길 아래쪽에 사는 일레인에게 그것이 문제라면 엿이나 먹어라 해."

라피는 자신의 입꼬리에 묻어나는 웃음을 감출 수가 없었다.

"만약 네가 이러나저러나 아무 상관 없다면 난 오히려 길 아래쪽에 사는 일레인에게 엿 안 줄 거야."

"시끄러!"

그레이스가 깔깔거렸다. 그녀는 왜 그와 함께 있으면 항상 깔깔거리는지 알 수가 없었다. 그리고 그것이 좋은 일인지 혹은 나쁜 일인지도 판단할 수가 없었다.

"넌 내가 의미하는 것을 알잖아!"

그레이스가 말했다.

"그래, 그리고 너도 역시 내가 의미하는 것을 알고 있어. 걱정 마. 난 그 문제에 대해 네게 화를 내거나 하지 않아. 그러나 때로 넌 내가 보는 것과 같은 방식으로 사태를 보지 않아. 그럴 필요도 없고."

그레이스가 고개를 끄덕였다.

"난 우리가 일레인의 집에 '집 팝니다'라는 표지판을 걸어야 한다고 생각해. 이웃 청소 차원에서."

이제는 라피가 웃을 차례였다.

"네가 앞장서. 난 네 뒤에 딱 붙어 있을게."

"부추기지 마."

그레이스가 자동차 범퍼 끝에 발을 올려놓았다. 그들은 도시 전체를 조감할 수 있는, 상가 옆 주차장의 귀퉁이에 앉아 있었다. 그 각도에서 보면 도시는 아주 크게 보였다.

"질문 하나 해도 돼?"

"해 봐."

라피는 말하고 밀크셰이크를 한 모금 마셨다.

"너 우리 오빠 알지, 호아킨. 전에 내가 말한. 반은 멕시코인이야. 그는 여러 다른 가정들에서 다른 가족들 속에서 성장했어. 네 생각엔……. 내 말은, 내 생각에 그에겐 그게 힘들었을 거야."

그레이스는 무슨 말을 하고 싶어 하는지 혹은 그것을 어떻게 말해야 할지를 확실히 알지 못했다.

"넌 내게 멕시코인으로서 그것에 대한 의견을 묻는 거야? 그게 인종 차별적 질문이란 건 알지?"

그레이스는 숨을 한 번 더 쉬고 난 후 대답을 했다.

"이 질문들을 어떻게 물어야 할지 모르겠어. 그러나 호아킨은 오빠고, 그가 아파해. 난 어떻게 그를 도와야 할지 모르겠어."

그녀가 인정했다.

그들은 한동안 조용히 있었다. 라피는 밀크셰이크를 흔들어 보았다. 그레이스는 이전에 그가 이렇게 숙고하는 모습을 본 적이 없었다.

"어떤 사람들은 스페인어를 말하지 않으면 멕시코인 같지 않다고 생각해. 그리고 어떤 사람들은 관심도 없고. 그다음엔 종교가 있어. 네 가족은 어떤 교회를 가냐, 멕시코인들은 크리스마스를 어떻게 축하하느냐, 네 가족은 원래 어디 출신이냐, 네가 1세대냐 2세대냐, 또 어떤 전통을 가지고 있느냐, 이 모든 것들이 그 속에 포함돼. 그리고 만약 이런 질문에 답을 가지고 있지 않다면 세상의 나머지는 널 그저 한 무더기로 보지. 그러면 지내기 힘들어져. 내 말은……."

라피가 계속 말하려다 멈추었다.

"그건 길 아래쪽에 사는 일레인의 경우도 마찬가지야. 아마 그 여자는 나에 관해 전제를 가지고 있을걸. 그러나 적어도 난 집에 갈 수 있고 형에게 그걸 말하고 그 여자가 얼마나 어리석은지 같이 비웃어 줄 수 있어. 난 나에 대한 자부심이 있고 난 결코 다른 누군가가 되는 걸 원하지 않아. 그리고 사람들이 편견을 갖고 나를 대할 때 적어도 난 내 가족에게서 도움을 받아. 만약 네 오빠가 가족이 없다면 그건 정말 엄청 *힘들었을 거야*."

그레이스는 가만히 듣고 있었다. 그리고 두 사람의 다리가 나란히 닿을 때까지 앉은 자리에서 몸을 움직였다. 무엇보다 아주 긴 하루였다. 그리고 그녀는 세상에서 조금 덜 혼자임을 느끼고 싶었다. 라피는 그대로 앉아 있었다.

"네가 와크와 이야기할 수 있을까?"

그녀가 물었다.

라피가 능글맞게 웃었다.

"뭐? 그에게 어떻게 멕시코인이 되는지를 가르치라고?"

"뭐라고? 아냐! 아니, 난 결코……."

라피는 그녀를 보고 웃었다.

"진정해, 농담이야. 그리고, 음. 그래, 내게 그의 전화번호를 줘. 내가 문자 할게. 아마도 같이 어울릴 수 있을 거야. 게다가 난 널 창녀라고 부른 그 자식을 그가 거의 때릴 듯이 했다는 말을 듣고는 포옹이라도 하고 싶었어."

라피의 목소리가 다시 어두워졌다.

"나쁜 자식."

"애덤은 말할 것도 없이 나쁜 자식이야. 그리고 고마워."

그레이스가 동의했다.

"고맙긴. 그런데 말이야, 호아킨에게는 아마도 조언을 해 주는 사람보다 그의 말을 들어 주는 사람이 더 필요할 거야."

라피가 말하고 나서 그녀의 어깨를 가볍게 쳤다.

"그리고 넌 아주 훌륭한 경청자야, 그레이스."

그녀는 고개를 끄덕였다. 그것이 전적으로 사실인지는 확실하지 않았지만 그러기를 바랐다.

"그럼 이제 내가 부탁할 게 있는데, 해도 돼? 중요한 거야."

라피가 목청을 가다듬고 말했다.

"뭐든지."

"부탁인데, 너 빨대 씹어 대는 걸 좀 멈출 수 없어?!"

라피가 그녀의 밀크셰이크를 빼앗아 빨대 끝을 살폈다.

"이것 봐! 어떻게 지금 바로 피를 흘리며 죽지 않을 수가 있어?"

"이리 줘!"

그레이스는 소리를 질렀지만 음료수를 향해 팔을 뻗으면서 소리 내어 웃고 있었다.

"난 그냥 초조한 이를 가졌어. 그게 전부야."

"초조한 이라니! 그건 도대체 무슨 의미냐?"

라피가 큰 소리로 말했다.

"입 닥쳐!"

그레이스는 말은 그렇게 했지만 역시 웃고 있었다. 그리고 그녀의 음료수를 뺏어 오려고 다시 시도하다가 그의 품에 안겼다. 그들은 둘 다 웃음을 딱 멈추었다.

그레이스는 이 순간에 텔레비전 드라마 버전으로 하면 어떻게 해야 하는지를 알았다. 그와 키스하는 것이다. 그녀는 자신이 하길 원하는 게 무엇인지 알았다. 그와 키스하는 것이었다. 그러나 그녀는 그렇게 할 수 없다는 것도 알았다. 아직은 아니었다.

"미안, 난⋯⋯."

그녀가 속삭였다.

"알아. 괜찮아."

라피도 속삭이며 말했다. 그는 그녀의 얼굴을 가린 머리카락을 넘겨 주었다. 맥스가 결코 한 적이 없는 행동이었다.

"난 네 문제가 아니라는 걸 알면 좋겠어. 내 말은, 내가 하고 싶지 않아서가 아니라는 거야. 네가 못생겨서가 아니라고."

라피가 그녀를 보고 씩 웃었다.

"그게 여자가 내게 말해 줬으면 하고 항상 바라던 거야. 그 꿈을 이루게 해 줘서 고마워."

"넌 내 말 뜻을 알지?"

"그래, 알아."

그가 말했다. 그의 팔은 여전히 어색하게 그녀를 감싸 안고 있었다. 그는 팔에 부드럽게 살짝 힘을 주었다.

"일어나 앉고 싶어?"

"아니. 조금 더."

그레이스가 말했다.

"알아 모시겠습니다."

그리고 어깨에 두른 팔을 한층 편안하게 둥글게 했다.

"우린 세상의 모든 시간을 가졌어."

물론 그들은 가지지 않았다. 그래도 그레이스는 라피를 믿기로 했다. 세상의 귀퉁이에서 몸을 숨기고 그들은 함께 앉아 있었다.

20. 마야

거의 일주일이 지났는데도 마야는 여전히 애덤이란 자식의 얼굴을 후려갈기고 싶었다. 그리고 그녀는 로렌에게도 역시 감정이 좋지 않았다. 로렌이 클레어에게 문자를 보냈다는 말을 들은 그날 이후 로렌과 말을 섞는 것조차 단호하게 거부하고 있었다. 로렌이 그녀에게 간청하고, 울고, 빌고, 마침내 소리를 질렀지만, 마야는 그녀에게 방문을 열어주지 않았다. 그녀를 보는 것도 거부했으며 어떤 식으로든 그녀의 존재를 인정하는 것 자체를 거부했다.

"언제까지 동생에게 쌀쌀맞게 대할 작정이니?"

아빠가 참지 못하고 그녀에게 물었다.

"알다시피 네겐 형제가 하나밖에 없잖아."

"그건 더 이상 참인 진술이 아니에요. 하던 숙제를 계속 해도 되겠죠?"

마야가 딱딱하게 말했다.

마찬가지로 집에서 사라진 사람을 인정하는 것도 쉽지가 않았다. 그곳에 더 이상 없는 사람은 마야의 엄마만이 아니었다. 엄마의 음주 문제가 차지했던 공간조차도 그녀가 문제를 해결하려고 몰두했던 시간들을 마야에게 상기시키며 구름처럼 집 위에 걸려 있는 듯했다. 로렌은 한번에 몇 시간씩 텔레비전을 보는 것으로 채우려는 것 같았다. 마야가 간식을 가지러 아래층으로 내려올 때마다 번쩍이는 화면으로 주부 대상의 집 안 개조 프로그램, 노래 경연대회 등을 보고 있었다.

프로그램들 중 어떤 것은 재미있게 보였지만 로렌에게 느낀 배신감이 너무 커 옆에 앉기조차 싫었다. 자신의 동생이 등 뒤에서 예전 여자 친구에게 고해바친 것은 용서가 되지 않았다. 그녀는 비밀들이 집 밖으로 새어 나가지 않도록 해야 한다는 생각에 오랫동안 사로잡힌 채 보냈다. 자신의 벽을 더 촘촘하고 단단하게 만들어 누구도 들어올 수 없게 하는 데에 급급했지 비밀의 일부가 새어 나갔을 때 어떻게 다루어야 할지는 알지 못했다.

압력은 마침내 저녁 식탁에서 폭발했다.

마야는 자신이 하려고 하는 일을 어느 정도 알고 있었다. 이런 식으로 이야기를 꺼내는 것이 나쁜 생각임도 알고 있었다. 그리고 무엇보다 자신이 그 계획에 동참할 것인지 명확하게 확신할 수가 없었다. 그러나 그날 그녀는 자신이 소심하고 비열하다고 느껴졌고 충격을 주고 싶었고 누구에게든 말로 상처를 주고 싶었다.

"그레이스와 호아킨 그리고 난 생모를 찾아봐야 한다고 생각해요."

그녀가 말했다. 로렌은 씹던 샐러드가 목에 걸려 아빠가 등을 두드려 주어야만 했다.

"생모를 찾겠다고?"

로렌의 기침이 잦아들자 아빠가 말했다. 로렌의 눈은 빨갛고 젖어 있었으며 마야를 노려보면서 냅킨으로 입을 가리고 있었다. 마야는 그녀를 못 본 척했다.

"그럴 거예요."

그녀가 큰 빵을 손으로 찢으며 무심히 말했다. 아빠는 이제 저녁을 차려 내는 데 점점 익숙해져 있었다. 요즘은 일주일 가깝게 피자를 먹어 본 적이 없었다.

"그저 만나서 우리 이야기를 듣고 싶어서요."

"언니는 이미 이야기가 있어. 여기 있다고. 우리와 함께."

"나는 이야기가 하나 더 있을걸."

마야가 맞받아쳤다.

"얘들아, 진정해. 마야. 넌 *지금* 당장 그렇게 하는 것이 옳다고 확신하니?"

"예, 왜 그렇게 하면 안 되죠? 지금이야말로 그럴 시점 아닌가요?"

엄마가 평소에 앉았던 탁자의 빈자리가 보통 때보다 훨씬 더 커 보였다.

"그래, 지금은 정말…… 최근 두 달은 정말 사건이 많은 날들이었어. 엄마 일이나 그레이스와 호아킨을 찾은 것. 또 다른 모험을 계속하기보다 사태가 조금 안정될 때까지 기다려 주면 좋겠는데."

"*모험*요?"

마야가 아빠를 노려보았다.

"아빠는 이 일이 모험이라고 생각하는 거예요?"

"마야, 아니야. 미안해. 그건 내가…… 단어 선택이 빈약했구나. 괜찮지? 난 그저 너와 엄마 그리고 내가 이 문제에 대해 이야기해야 한다는 거야."

마야가 웃었다. 자신도 어쩔 수 없는 웃음이었다. 그녀가 웃음을 멈추고 진정할 때까지는 1분 정도가 걸렸다.

"좋아요, 아빠는 그거 알아요? 이 문제에 대해 나도 정말 엄마랑 얘기하고 *싶어요*. 말 그대로 지금 당장 엄마에게 말할 수 있는 것보다 더 좋은 건 아무것도 없어요. 그런데 어떤가요? 말할 수가 없어요. 왜냐하면 엄마는 *누구와*도 말할 수 없기 때문에. 그리고 오늘이 가족의 날이에요, 알아요? 우리 모두가 괜찮은 척하며 *재활병원*으로 가면 되는 건가요?"

로렌이 그녀 옆에 조용히 앉아 있었다. 마야는 그녀도 자신의 생각에 동의하는지 궁금했다.

"우린 모든 것이 괜찮은 척하진 않을 거다."

"정말요? 우리 가족은 괜찮은 척하는 데 아주 능숙하지 않나요?"

아빠가 깊은 한숨을 쉬고는 의자를 뒤로 밀었다.

"잠시 시간을 다오, 딸들아."

아빠가 말하고는 일어나 식탁을 떠났다.

"언니는 도대체 뭐가 문젠데?"

단둘이 남게 되자 로렌이 그녀를 향해 씩씩거렸다.

"*진심으로 묻는 거야.* 언니는 아빠가 지금도 충분히 힘들다고 생각하진 않아?"

"아, 그래? 넌 그렇게 생각해? 그것도 클레어에게 문자로 보내지 그래? 너의 새 절친은 너랑 수다 떠는 걸 좋아하는 게 확실하던데."

"아, 기막혀. 제발 잘난 체 좀 그만할 수 없어? 난 언니가 *걱정되었기* 때문에 클레어에게 문자를 보냈어. 언닌 클레어와 있으면 행복하니까. 난 사실 클레어와 함께 있을 때의 언니를 *좋아해.*"

이제 로렌은 식탁에서 일어서 있었다.

"온 가족이 모두 언니를 학대하는 것처럼 행동하는 걸 그만둘 수 없어? *언니 혼자만 엄마 벽장에서 와인 병을 찾아낸 거 아니잖아?* 바닥에서 피를 흘리며 죽어 가는 엄마를 발견한 사람도 *언니가* 아니었어. 언니는 누군가가 맘에 들지 않는 일을 할 때마다 발을 쿵쿵 구르며 성질을 있는 대로 부리는 사람이야. 너무 나빠. 완전히 새 가족이 생겨서 그들에게 도망가 버리고 싶다고 생각한다는 것도 나는 알아. 그러나 언닌 여전히 여기에도 가족이 있어."

"오, 그래. 로렌?"

마야가 말했다. 그리고 이제 그녀도 일어섰다.

"대답해 봐. 엄마와 아빠가 이혼할 거라고 했을 때 엄마 아빠가 여전히 널 원할까를 걱정한 적 있어?"

"무슨 소리를 하는 거야?"

로렌이 소리를 질렀다.

"넌 계단참에 걸린 사진을 보면서 생각해 본 적 있어? *이들은 완벽한 가족을 망쳐 놓고 있기 때문에 나를 미워하나? 내가 이 모든 것의 원인인가? 나와 나의 유별난 존재가?* 내가 대답해 볼까. 이 모든 것에 대한 너의 대답은 '아니요.'야. 그러니 이 세상에서 나의 공간을 찾으려 한다고 해서 죄책감 들겐 하지 마. 알겠어? 왜냐하면 넌 결코 네 공간에 대해 걱정할 필요가 없으니까!"

이제 로렌은 항상 그랬듯이 악을 쓰며 울어 댈 것이다. 마야는 뒤돌아서 계단을 달려 오르고 있었다. 하지만 멀리 갈 수도 없었다. 그녀 자신으로부터도. 이 세상으로부터 멀리 가기에는 계단이 충분하지 않았다.

마야는 그날 밤 잠을 이룰 수 없었다.

눈을 감았을 때 계속해서 보이는 것은 애덤이 창녀라고 불렀을 때 그레이스의 표정, 나탈리가 마룻바닥으로 쓰러졌다고 말할 때 호아킨의 표정, 마야가 계단의 사진들을 언급했을 때 로렌의 표정 들이었다. 그 모두가 그녀의 배 속을 텅 빈 것처럼 느끼게 만들었다. 마치 아무리 많은 좋은 생각들로 그 나쁜 생각들을 대체해도 결코 채워질 수 없는 구멍처럼.

새벽 2시에 그녀는 잠들기를 포기하고 아래층으로 내려갔다. 로렌이 있었다. 화난 듯이 오레오 과자를 비틀어 과자 사이의 크림을 긁어

내 그릇에 담고 있었다. 그녀를 보고 마야는 멈춰 섰고 돌아서려고 하자 로렌 역시 그녀를 보았다. 몇 초 동안 그들 중 누구도 움직이지 않았다.

"잠을 못 자겠어."

로렌이 먼저 말했다.

"나도."

최근 로렌이 얼마나 피곤해 보였는지를 깨닫지 못했다. 그러나 지금은 그 사실을 상기시키기에 좋은 타이밍이 아니라고 생각했다.

"갈게, 혼자 먹어."

"이제 막 이 크림을 버릴 작정이었어. 언니가 먹을 수도 있을걸."

마야는 멈춰 섰다. 그리고 뒤로 돌아 부엌 식탁 로렌의 맞은편에 앉았다.

"내 말은, 언니는 초콜릿을 먹지 않는 이상한 여자잖아."

로렌이 그릇에 또 다른 쿠키의 크림을 긁어내며 덧붙였다.

"네가 초콜릿을 먹는 이상한 여자지. 초콜릿은 단맛이 나는 흙 같아."

마야가 퉁명스럽게 말했다. 어쨌든 새벽 2시였다. 로렌이 비웃더니 그릇을 그녀에게 밀었다. 그들은 1분 남짓 조용히 서로 반대편에 앉아 있었다. 로렌이 마침내 그 침묵을 깨뜨렸다.

"언닌 정말 계단에 걸린 사진들이 싫어?"

"사진들이 싫은 게 아니야. 난 단지 내가 너랑 닮지 않은 게 너무 분명해서 싫을 뿐이야."

"언니는 내가 엄마 아빠와 닮았고 언니는 그렇지 않기 때문에 나를 싫어해?"

"그것 때문에 내가 왜 널 싫어하니? 네 잘못이 아닌데. 태어나게 해 달라고 요구해서 태어난 사람은 없어."

"언니도 엄마 아빠가 우리 둘 중 하나를 선택하진 않을 거라는 건 알지?"

그녀가 마야 건너편에 바로 앉아 있었지만 로렌의 목소리는 아주 멀리 떨어져 있는 듯이 들렸다.

"이건 경쟁이 아니야, 언니. 엄마 아빠는 우리 모두를 사랑해."

마야가 한숨을 쉬었다. 그녀는 그냥 조용히 과자 사이에서 긁어낸 크림을 먹고 싶었다.

"입양되었다고 화가 나는 건 아니야. 난 엄마 아빠 모두 사랑해. 그런데 때때로 이방인들만이 대답할 수 있는 질문들이 있어."

"그레이스와 호아킨처럼?"

마야가 어깨를 으쓱했다.

"내가 그런 일들을 말할 때 그들은 내가 의도하는 것을 이해해."

로렌의 눈에 눈물이 차올랐다.

"오, 로렌. 정말 그럴 거야? 왜 울어?"

마야가 한숨을 쉬었다. 로렌이 눈물을 닦았다. 그러나 그리 도움이 되지는 않았다.

"왜냐하면 언니는 클레어를 아주 많이 사랑했는데 사소한 일로 다투더니 금방 밀쳐 버리고."

"사소한 일이 아니었어."

"그리고 지금 언니는 다른 형제들이 생겼지. 나 말고 다른 언니가 생겼고. 그런데 엄마는 가 버리고, 이건 정말……. 난 언니마저 잃고 싶진 않아! 언닌 내 언니야. 난 언니가 어디에서 왔든 어떻게 생겼든 상관없어. 언닌 내 거야, 알아? 내겐 언니 말고는 아무도 없다고."

"로렌. 넌 언니를 잃을 일 없어."

마야가 조용히 말했다.

"언닌 일주일 동안 내게 한마디 말도 안 했어! 나를 보지도 않았다고. 마치 언니가 클레어에게 했던 것을 나한테도 똑같이 하고 있잖아."

로렌이 흐느꼈다.

마야는 말없이 있다가 등받이가 없는 의자에서 내려와 팔로 로렌의 어깨를 감쌌다.

"난 안 그랬어……. 난 안 그럴……. 젠장. 알았어. 우리 가족을 떠나지 않을게, 알았지? 난 안 그럴 거야."

로렌이 점점 더 크게 울자 마야가 말했다.

"나도 떠나고 싶지 않아. 그렇지만 난 그레이스와 호아킨도 더 알고 싶어. 내가 정말 내 생모를 만나고 싶어 하는지는 잘 모르겠어. 그런데 그렇다고 해도 내가 널 사랑하지 않는다는 건 아니야."

"날 무시하는 걸 멈춘다면 언니 말을 믿기가 더 쉬울 거 같아."

로렌이 코를 훌쩍였다.

"알았어. 미안해. 난 그냥 네가 클레어에게 문자를 보낸 것에 화가 난 거야. 그건 마치……."

"알아, 내가 규칙을 어겼어. 생모를 찾기로 결정하면 내게 말해 주기로 약속할 수는 있어?"

"물론이지."

"그리고 이제 날 무시하지 않을 거지?"

"넌 내 사생활에 대해 예전 여자 친구에게 문자 보내는 거 그만둘 거니?"

"한 번뿐이었어! 어쨌든 그렇게 할게."

"그럼, 됐어."

"사랑해. 가끔 망나니같이 굴 때조차."

로렌이 속삭였다.

"그래 나도 널 사랑해. 네가 날 망나니라고 부를 때조차."

최선의 사과라고 하긴 어려웠다. 그러나 둘 중 누군가 통제할 수 있는 것보다 세상이 더 빨리 돌아가는 새벽 2시에 새로운 시작으로서는 충분한 것처럼 느껴졌다.

21. 호아킨

호아킨의 주말은 시작부터 최상의 상태가 아니었다. 금요일 학교에서 집으로 가려고 할 때 진학상담사가 사무실에서 머리를 쑥 내밀고 말했다.

"호아킨? 우리 잠시 얘기 좀 할 수 있을까?"

호아킨은 뒤쪽에 또 다른 호아킨이 있나 하고 주변을 둘러보았다. 그는 진학상담사가 자신이 누구인지 알 것이라고는 상상조차 하지 못했다. 그녀는 보통 대학에 지원하는 아이들을 상대로 시간을 보냈다. 호아킨은 멀리 떨어져서 대학 입학의 소용돌이를 바라보았다. 모두가 삶의 다음 단계를 위해 집을 떠날 준비를 하는 것을 지켜보았다. 그는 한 집에 머무르는 것이 소원인데 다들 집을 떠나려고 그렇게 열심히 노력하는 것이 아이러니하다고 생각했다.

"내가 이걸 봤어."

호아킨이 '넌 할 수 있어!'라고 자신에게 말하는 듯한 격려 포스터들을 무시하며 사무실로 들어가자 진학상담사가 말했다.

"그리고 물론 난 네 생각이 났단다. 너한테 이게 유용할지도 모른다고 생각했다고!"

그녀가 그를 보고 웃었다. 호아킨은 그녀가 건네준 종이를 내려다보았다. 인터넷에서 프린트한 것이었고 위에 적힌 날짜는 그 기사가 거의 직전에 나온 것임을 말해 주고 있었다. 상단에는 '위탁 돌봄에서 벗어나는 단계적인 팁들'이라고 굵은 글씨체로 쓰여 있었고, 아래쪽에는 '성공적인 어른이 되기 위해 알아야 할 것들……, 그리고 그 이상의 것!'이라고 쓰여 있었다. 그리고 제목 옆에는 로켓 그림이 있었다.

"선생님이 절 생각했다고요?"

호아킨이 웃거나 울지 않으려고, 아니면 가슴에서 부글거리고 폐를 눌러 오는 그 반응이 무엇이든 억제하려고 애를 쓰면서 말했다.

"그래."

"아 그러셨구나."

호아킨은 이제 석 달만 지나면 열여덟 살이 된다는 것을 아주 잘 알고 있었다. 하지만 진학상담사까지 나서서 그것을 상기시켜 줄 필요는 없었다. 그도 스물한 살이 될 때까지 이용할 수 있는 여러 서비스들이 있다는 것을 알고 있었다. 주택 임대와 음식 지원, 학업을 위한 장학금, 직업 안내 등. 호아킨은 항상 능력을 넘어서는 것들을 약속해 주는 시스템 속에서 말 그대로 생애를 보냈다. 그래서 다가올 3년을 더 구멍으로 들어간 흰토끼를 쫓아다니며 보내고 싶지 않았다. 그는 항상 군대에 입대하리라 생각하고 있었다. 그러다 마크와 린다의 집을 떠나는 것에 생각이 미치면 가슴에 통증이 느껴지곤 했다. 진학상담실을 나오자마자 그는 그 기사를 쓰레기통에 던져 버렸다.

저녁에 식당에서 애나를 만났을 때 누군가가 그들이 늘 앉던 자리에 이미 앉아 있었다. 주변을 뛰어다니는 아이들이 있었고 호아킨은 아주 꽉 죄는 피부를 벗겨 내고 싶을 만큼 답답함을 느꼈다.

"마크와 린다에게 입양 절차 밟는 걸 원하지 않는다고 말했어요."

웨이터가 음료수를 갖다 놓자 곧 그가 말했다.

"그러니 이제 오늘 나머지 시간은 제게 소리를 지를 일만 남았어요."

애나의 눈이 커졌다. 그리고 곧 빨대를 포장한 종이를 찢기 시작했다.

"난 네게 소리 지르지 않아. 그게 정말 네가 원하는 것이라면 화를 낼 이유가 없지. 오히려 네가 원하는 것을 요구한 걸 축하해 주고 싶은데."

그녀가 아주 확고한 목소리로 말했다.

"그런데요?"

호아킨이 물었다.

"그런데, 난 그게 실제로 네가 원하는 것이라고는 생각하지 않아. 내 생각에는 대신 마크와 린다가 원하는 것이라고 네가 생각한다는 거야. 넌 그들을 실망시킬까 두려워하고 있고, 그들이 널 실망시킬까 두려워하고 있어. 그래서 넌 상처를 받게 될지도 모르는 가능성을 미리 차단해 버리는 거라고 난 생각해."

"전 상처받는 게 두렵지 않아요. 전 그분들이 상처받는 게 걱정될 뿐이에요. 내가 어떻게 반응하게 될지 모르겠어요. 그래서 나는……."

호아킨이 주장했다. 그는 두 손의 거리를 옆으로 벌려 보였다.

"스스로 거리를 둔다."

애나가 짐작했다.

호아킨은 빨대를 집어 포장 종이가 바닥에 떨어질 때까지 탁자 위에서 툭툭 내리쳤다. 그는 이유는 알 수 없었지만 그녀에게 싸움을 걸고 싶었다.

"제가 지난 주말에 한 일을 알고 싶지 않으세요?"

"물론 알고 싶지."

애나가 언제나처럼 부드럽게 말했다.

"그레이스와 마야를 만났어요. 커피를 마시려고 했어요. 그런데 거기 있을 때 그레이스를 아는 어떤 자식이 다가와서 그레이스를 창녀라고 불렀어요."

호아킨은 빨대를 필요 이상으로 세게 음료수에 쑤셔 넣었다. 애나는 정말 놀란 얼굴이 되었다.

"왜?"

"모르겠어요. 그걸 묻기도 전에 제가 그 자식을 벽 쪽으로 밀어붙여 버렸거든요."

호아킨은 여전히 손목에서 뛰던 맥박을 느낄 수 있었다. 그 자식이 그레이스를 괴롭힌 것만큼이나 애덤을 괴롭히는 것이 얼마나 *근사했는지* 느낄 수 있었다.

"싸움까지 가진 않았어요. 동생을 내버려 두라고 그 자식에게 말만 했어요. 그리고 그 자식이랑 친구는 달아나 버렸고요."

애나가 레모네이드를 한 모금 마셨다.

"넌 동생이란 말을 했어?"

호아킨이 고개를 끄덕였다.

"그러고는 어떻게 했어?"

"전……."

탁자 아래에서 호아킨은 다리를 떨기 시작했다. 결코 고쳐지지 않는, 긴장했을 때의 습관이었다.

"전 달렸어요."

"어디로?"

"주차장으로요."

"그레이스와 마야는?"

"걔들은 상가 옆에 있는 공원으로 저를 쫓아왔어요. 저는……, 손이 계속 떨렸어요. 멈출 수가 없었어요."

"호아킨."

애나의 목소리는 식당 안의 소음에 비해 너무나 부드러웠다. 그러나 호아킨에게는 그녀의 소리가 크고 분명하게 들렸다.

"겁이 났구나?"

호아킨이 고개를 끄덕였다. 그는 애나에게 그 이야기를 하고 싶었다. 그래서 그녀를 흔들리게 할 셈으로. 자신은 구조할 가치가 없는 아이임을 깨닫게 해 주고 싶었다. 그녀에게 전혀 변하지 않는 아이와 함께 샐러드와 레모네이드를 먹는 걸 *그만두는* 편이 더 낫다는 것을 깨닫게 해 주고 싶었다. 그러나 그녀의 눈은 아주 부드러웠고 아주 슬퍼 보였다. 그리고 바로 그것이 그를 울고 싶게 만들었다.

"말했어요……. 걔들에게 말했어요."

애나가 조금 얼굴을 찌푸렸다.

"누구에게 무엇을?"

"그레이스와 마야에게. 나탈리에 관해."

애나가 손을 뻗어 호아킨의 손등에 올렸다. 그리고 아무 말도 하지 않았다.

"걔들이 말했어요. 걔들은 제가 그저 아이였다고 말했어요, 알겠어요? 걔들은 그게 제 잘못이 아니라고 했어요."

호아킨은 눈을 깜박이며 입술을 조금 깨물었다.

"넌 걔들 말을 믿었어?"

호아킨이 아랫입술을 떨기 시작하면서 고개를 저었다.

"넌 믿고 싶었어?"

이번에 그는 고개를 끄덕였고, 애나는 호아킨의 손을 쥐었다가 놓으며 일어섰다.

"우리, 산책을 가자."

그녀가 말했다.

그들은 호아킨이 다시 숨을 쉴 수 있을 것처럼 느낄 때까지 밖에서 걸었다.

"난 정말 네가 자랑스러워, 정말. 그건 그레이스와 마야의 관계에서 아주 커다란 발걸음을 내디딘 거야. 걔들에 관해 지난번 말하면서 넌 그 일에 대해 결코 얘기하지 않을 거라고 했거든."

애나가 중심가를 따라 걸으면서 말했다.

호아킨이 어깨를 으쓱했다.

"우연히 일어난 일이었어요. 계획한 건 아니었고."

"그레이스를 창녀라고 부른 그 자식을 다치게 했어?"

"아뇨. 그가 달아났어요. 제가 정말 느꼈던 건……."

호아킨이 자신의 앞에 무언가를 쥐어짜는 시늉을 하면서 손을 들어 올렸다.

"그레이스의 얼굴 표정이었어요. 알아요? 그 자식이 그렇게 말했을 때 그레이스는 아주 슬퍼 보였어요."

"그것이 너도 슬프게 만들었니?"

"아뇨. 그게 절 화나게 만들었어요."

애나가 그를 올려다보며 씩 웃었다.

"화는 아주……."

"아주 정당한 감정이야."

호아킨이 노래하듯 말했다. 그는 애나가 그 구절을 말하는 것을 적어도 백만 번은 더 들었다.

"알아요, 안다고요. 그 말은 정말 열나 지겨워요."

"나탈리를 다치게 했다는데도 실망하지 않는 동생들을 보고는 어떤 느낌이 들었어?"

호아킨은 그 느낌을 말로 표현할 수 없었다. 행복, 안도감, 당혹감 등이 아니었다. 걔들이 자신을 믿어 줄 정도로 어리석은 것에 대한 혼란이나 연민도 아니었다. 어떤 말도 적절하지 않았다.

"제가 여섯 살 때 있었던 집에서였어요."

대신 그는 이야기했다.

"크리스마스에 모두가 자전거를 받았어요. 위탁아이들도요. 정말 큰 선물이었어요. 제 것은 두 바퀴 자전거였고 전 어떻게 탈지를 몰랐어요. 그래서 위탁아빠가 보조바퀴를 자전거에 달아 줬어요. 그리고 저는 자전거를 타고 다녔어요. 넘어진다는 생각이 들 때마다 보조바퀴들이 절 멈출 수 있게 해 줬어요."

애나는 걷기를 멈추고 호아킨을 쳐다보았다. 그는 애나의 반응이 좋은 건지 나쁜 건지 알 수 없었다.

"그리고 마침내 자전거 타기를 배웠어요. 그래도 전 보조바퀴를 떼지 못하게 했어요. 왜냐하면 그 느낌이 좋았거든요. 알겠어요? 보조바퀴가 절 언제나 잡아 줬어요. 그게 제가 그레이스와 마야에게서 느낀 것과 비슷해요. 넘어지려고 할 때 넘어지지 않았던 것처럼. 걔들이 함께 있었거든요."

그리고 호아킨은 *깜짝* 놀랐다. 애나의 볼에서 눈물이 흘러내리는 것을 보았기 때문이었다.

"오, 젠장."

저도 모르게 그 말이 튀어나왔다. 호아킨은 심리치료사까지 울게 만든 일이 도대체 어떤 일인지 분명히 알 수가 없었다. 그러나 아마도 잘한 일은 아닌 듯했다.

"죄송해요. 정말……."

"아니, 아니야. 이건……. *미안해, 호아킨.*"

그녀는 선글라스를 들어 올리고 눈물을 닦았다. 눈물 사이로 웃고 있었다.

"난 지금 네가 정말, 정말 자랑스럽다. 그래서 그래."

의심스러운 듯 호아킨이 그녀를 뜯어보았다.

"난 정말 괜찮아."

그녀가 말했다. 그리고 선글라스를 고쳐 썼다.

"난 그저 네가 이걸 생각해 줬으면 싶다."

"뭘요?"

호아킨이 말했다. 그는 애나가 우는 것을 멈추게 할 수 있다면 물개에게 서커스 훈련이라도 시킬 수 있었다.

"지금은 믿기지 않으리란 걸 알아. 앞으로도 계속 믿지 못할 수도 있겠지. 그러나 마크와 린다 역시 그 보조바퀴 같은 존재야. 네가 설명한 것? 그게 *가족*이 하는 일이야. 가족은 네가 쓰러지기 전에 붙잡아 줘. 그게 가족의 *본질*이야."

호아킨은 악몽을 꾸었을 때 어두운 기운을 떨쳐 내는 것을 도와주며 자신의 옆에 앉아 있던 마크와 린다를 생각했다.

"그래요."

그는 대신 말했다. 그는 언젠가는 내면에서 자신이 어떻게 느꼈는지를 모두에게 말할 표현을 가지게 되기를 바랐다. 그러나 지금 할 수 있는 말은 '*그래요.*'가 전부였다.

"그래."

애나가 동의했다.

"배고파. 냉동 요구르트 좋아하니?"

"그래요."

호아킨이 다시 말하고는, 애나가 어깨를 치기 전에 슬쩍 몸을 피하면서 웃었다.

호아킨이 마크와 린다의 집 쪽으로 길 모퉁이를 돌자 진입로에 낯선 차가 서 있었다. 그는 즉시 스케이트보드를 멈추고는 뒤쪽을 발로 쳐 앞바퀴를 잡았다. 차는 사회복지사의 차가 아니었다. 어쩌면 그녀가 새 차로 바꾸었나? 아니면 호아킨에게 새 사회복지사가 배정되었나? 어쨌든 그 차가 그를 데리고 가기 위해 있다는 것을 알 수 있었다. 그는 수 년 동안 익숙한 주차장에 낯선 차들이 주차된 것을 수없이 보아 왔다. 그 차들은 뒷좌석에 아동용 좌석과 손에 잡히는 대로 쑤셔 넣은 물건들로 가득 찬 쓰레기봉투를 실을 수 있는 크기였다.

어쨌든 호아킨은 놀라지 않았다. 그는 마크와 린다가 자신을 계속 데리고 있을 것이라 기대하지 않았다. 그들은 그에게 입양의 기회를 주었지만 그가 거절했다. 누가 고마워할 줄 모르는 아이를 원할까? 결국 호아킨은 기본적으로 음식과 돈, 그리고 옷가지들을 거의 3년 동안 그들에게서 받아 왔다. 호아킨이 그들의 입장이더라도 자신이 투자한 보답을 받고 싶을 것이었다.

그는 4학년 미술대회에서 받았던 블루리본을 챙겨야겠다고 자신에게 상기시켰다. 그것이 그가 짐을 쌀 때 가장 먼저 챙기는 것이었다.

"오, 이런!"

호아킨이 뒷문으로 걸어 들어서자 린다가 비명을 질렀다. 놀란 나머지 그는 스케이트보드를 손에 쥔 채 얼어붙었다.

"마크! 오, 젠장!"

"무슨 일이에요?"

호아킨이 물었다.

"오, 너 때문이 아니야. 아냐, 아냐. 들어와. 네가 집에 좀 늦게 올 줄 알았어! 이런, *젠장!*"

어쩌지 못하고 호아킨은 문 앞에 서 있었다. 린다는 손에 커다란 붉은 띠를 들고 있었다. 안경을 머리에 올리고 아래층 계단에 기댄 채.

"마크, 애가 *왔어*! 내가 이럴 줄 알았어!"

그리고 그녀는 호아킨을 다시 보았다.

"아가, 들어와, 들어와. 괜찮아. 별일 아니야."

린다는 호아킨을 불렀다. 마크가 계단 아래로 숨을 조금 헐떡이며 뛰는 듯이 내려왔다.

"너 여기서 뭐 하니, 이 부지런한 놈?"

그가 호아킨에게 물었다. 그러나 웃고 있었다.

"린다가 큰 선물을 하고 싶어 했어. 특별한 리본이랑 모든 것을."

린다는 그저 과장되게 한숨을 쉬었다. 호아킨은 여전히 문간에 서 있었다.

"뭘요?"

그가 이윽고 말했다. 자신의 쓰레기봉투에 리본을 붙인단 말인지 의심스러웠다.

"깜짝 이별 파티인가요?"

린다와 마크가 동시에 자리에서 얼어붙었다.

"뭐?"

마크가 물었다.

"저기, 밖에 있는 차는?"

호아킨이 엄지손가락으로 어깨 뒤를 가리키며 말했다.

"진입로에? 우리가 널 보내 버린다고 생각한 거야?"

린다의 표정이 급히 과장에서 놀라움으로 바뀌었다. 만약 이것이 추론 게임이었다면 호아킨은 확실하게 진 셈이었다.

"음."

마크와 린다는 서로를 바라보았다. 그리고 린다가 걸어와서는 호아킨을 집 안으로 이끌었다. 문이 그의 뒤에서 쾅 하고 닫혔다.

"호아킨, 그 차는 네 거야."

호아킨은 그녀를 향해 그저 눈만 끔벅거렸다.

"뭐라고요?"

그녀가 손을 그의 어깨 위에 올리고 손에 힘을 주었다.

"와크, 여기 앉아."

마크가 의자를 끌어내면서 말했다.

호아킨은 털썩 주저앉았다. 가슴이 내달리기 시작했다. 이 모든 것
이 속임수처럼 느껴졌다. 그를 욕보이고 당황하게 만들려는 잘 짜인
속임수처럼 느껴졌다. 그러나 동시에 마크와 린다가 자신에게 그렇게
까지는 하진 않을 거라고 생각했다

"차를 샀다고요? 절 위해?"

그가 물었다.

"그래. 너는 집에 15분 후에 오기로 되어 있었고. 우리는 자동차 광
고처럼 이 리본을 두르려고 했다."

린다가 말했다. 그리고 커다란 리본을 그의 무릎 위에 놓았다.

"우린 조회 수 많은 유튜브 영상을 만들 희망에 부풀어 있었어. 넌
광고비로 받을 수백만 달러를 지금 날린 거야. 부지런한 새야."

마크가 그의 맞은편에 앉으며 놀렸다.

호아킨은 그저 리본을 만지작거릴 수 있을 뿐이었다. 붉었고 손 안
에서 부드럽게 만져졌다.

"우린 원래 네 열여덟 번째 생일까지 기다릴 작정이었어. 그런데 그
레이스와 마야가 나타난 거야. 우린 네가 원할 때 언제든 걔들을 보러
갈 수 있었으면 했다. 운전을 더 이상 우리에게 의존할 필요가 없잖아."

린다가 설명했다. 여전히 그의 어깨에 손을 올려 두고 있었다.

"여동생들을 보는 것이 네겐 정말 중요하다고 생각했어."

마크가 덧붙였다. 그는 놀란 짐승에게 말하듯 부드럽게 말했다.

"알겠어, 꼬마야? 넌 지금 유령이라도 본 것처럼 보여."

호아킨이 고개를 끄덕였다.

"괜찮아요. 전 몰랐어요……. 사회복지사의 차라고 생각했어요."

그가 말했다.

"오, 호아킨."

린다가 그의 목덜미를 쓸어내리며 말했다. 덩치가 큰 여자는 아니었지만 그녀의 손은 항상 무엇이든 찢어 내는 게 아니라 한데 묶어 주는 것처럼 아주 강하게 느껴졌다.

"우린 널 어디에도 보내지 않을 거다."

"차를 보러 갈까? 좌석을 따뜻하게 해 주는 장치도 있어."

마크가 일어서며 말했다. 차는 은회색의 중고차였고 조수석에 작은 얼룩이 남아 있었다. 린다는 녹아 버린 립스틱이라고 추측했다.

"나도 경험이 있거든."

린다는 단정하듯 말했다.

호아킨은 지금껏 본 차 중 가장 완벽한 차라고 생각했다.

"등록이나 보험은 적어도 1년은 우리가 돕기로 했다. 그리고 예술 센터에서 일을 하니 기름값은 네가 감당할 수 있을 거야."

마크가 트렁크에서 구급함과 울 담요, 타이어 교체용 잭을 호아킨에게 보여 준 다음 말했다.

호아킨은 열쇠를 손바닥으로 꽉 거머쥐었다. 너무 힘껏 누른 나머지 열쇠가 손에 구멍을 내고 뼈에 닿을 것 같았다.

"알았어요."

그가 말했다. 그는 기름값이 얼마나 들지 가늠할 수가 없었지만 저

축한 돈이 있었다.

"그리고 운전을 하면서 문자를 한다면 나머지 살아 있는 동안 다시는 어떤 차도 운전하지 못하게 할 거다. 적어도 내가 살아 있는 동안은 절대 안 돼!"

린다가 그에게 말했다.

"그럴게요. 여전히 그 리본을 차에 두르고 싶으신가요?"

호아킨이 말했다.

"그래!"

린다가 소리 질렀다.

"안 돼. 차를 시운전해 봐야지. 그 리본은 다른 데 사용할 수가 있어. 예를 들면 이웃집 고양이한테."

마크가 린다를 끌어당기며 말했다.

"오, 마크."

린다가 중얼거렸다. 마크는 텃밭을 마구 헤집어 놓아서 옆집 고양이를 싫어했다. 호아킨은 이 집에 있는 2년 동안 고양이가 한 악행에 대해 들은 이야기가 적지 않았다.

"타, 타 봐. 한 바퀴 돌아 봐. 우리와 함께 다니고 싶지는 않지?"

마크가 운전석 문을 열고는 말했다. 마크가 헛기침을 했다.

"다른 10대들처럼 해 봐."

호아킨은 어떻게 해야 할지 알 수 없었다. 그러나 해 보기로 했다. 그들을 위해서라도.

"안전벨트! 거울 확인하고! 백미러도! 아주 중요해. 사각지대 꼭 기억하고!"

마크가 그녀의 목을 감는 시늉을 하고 차에서 떼어 놓았다.

"출발."

그가 호아킨에게 말했다.

"리본은 린다에게 묶어야겠다."

"다 들려!"

그의 셔츠에 파묻혀 목소리가 웅얼거리는 채로 그녀가 말했다.

호아킨은 안전벨트를 채우고 거울들을 점검하였다. 그리고 조심스럽게 차를 주차장에서 뒤로 뺐다. 그는 이전에 마크와 린다의 차를 운전하고는 했지만 이것은 전적으로 믿을 수 없을 정도로 다른 느낌이었다.

몇 분 후 호아킨은 차를 길옆에 세웠다. 그의 손은 운전대를 너무 꽉 쥐어 후들거리고 있었다.

22. 그레이스

2주 후에 마야의 집에서 만나기로 한 것은 그레이스의 아이디어였다. 그녀는 마야와 호아킨에게 다른 설명을 할 필요가 없었다. 애덤 사건 이후 그녀는 한동안은 상가 근처에 다시 가고 싶지 않았다.

"그분들이 *차*를 사 줬다고?"

마야가 그레이스의 생각을 흩뜨려 놓으며 말했다.

"*정말로* 호아킨? 그걸 이제야 우리에게 말하는 거야?"

호아킨은 고개를 끄덕이면서 이 모든 상황이 여전히 혼란스럽고 당황스러운 듯했다.

"그래. 처음에는 그들이 날 내보내려 한다고 생각했어. 차가 사회복지사의 것이라고 생각했지."

그레이스는 마음이 쿵 하고 내려앉는 느낌이 들었다. 그녀는 피치가 결코 그런 느낌을 갖지 않기를 바랐다. 호아킨이 가끔 그러는 것처럼 어찌할 바를 모르는 듯한 멍한 표정을 짓지 않기를 바랐다. 그녀는 피치가 다른 사람들의 친절에 결코 놀라지 않기를 바랐다.

그녀는 바라고, 바라고, 또 바랐다.

"마크와 린다가 *나*도 입양할까?"

마야가 물었다. 그녀는 수영장에 발을 담근 채 앉아 있었다. 그레이스는 같이 수영하자는 제안을 하지 않는 마야가 고마웠다. 그녀는 여전히 산후의 몸매를 관리하느라 노력하고 있었으며 수영복은 아직 그녀의 목록에서 결코 상위에 놓일 수 없었다. 상위는커녕 애초에 목록에도 없었다. 검색을 해 보기는 했지만 인터넷에서 얘기하는 것들은 모두 어른들, 실제 엄마들을 위한 내용이었다. 인터넷에는 열여섯 살에 임신했을 때 임신선을 어떻게 해야 하는지에 대한 어떤 정보도 없었다. 9개월 동안 배 속에 누군가가 살고 떠난 후, 그리고 아직 고등학교를 마치지 못한 경우 몸을 다시 예전처럼 회복하려면 어떻게 해야 하는지 어떤 정보도 없었다.

"아마도."

호아킨이 대답했다. 그도 물에 발을 담그고 있었다. 그러나 그는 수영장의 반대편 끝, 그늘막에 앉아 있었다.

"그 집에 방이 하나 남기는 해."

"졌다."

마야가 선글라스를 조금 고쳐 썼다.

"그렇지만 난 입양 절차를 밟는 것을 원하지 않는다고 말했어."

그레이스는 마야의 고개가 자신처럼 빠르게 호아킨 쪽으로 돌아가는 것을 보았다.

"뭐라고? 왜? 그분들이……."

"아니야. 난 그렇게 하는 게 그리 좋은 생각이 아니라고 생각했을 뿐이야. 알잖아. 지난번 했던 얘기나 그 모든 걸. 지금 모든 게 좋아. 그분들도 그런 듯하고. 그걸 망치고 싶지가 않아."

호아킨은 어깨를 조금 으쓱했다.

"호아킨."

그레이스가 말을 시작했다.

"아, 여러분. 제발 내 이름 좀 그만 불러 줄래요? 나도 내 이름은 알고 있으니."

그가 그녀의 말을 잘랐다.

"제발? 우리 다른 얘기 좀 하면 안 돼?"

"좋은 생각이야. 간식에 대해 얘기하자. 치즈와 크래커에 대해. 더 구체적으로는 우리 입속으로 들어갈 치즈와 크래커."

마야가 다리를 물 밖으로 빼 일어서며 말했다.

호아킨도 일어서서 안으로 그녀를 따라갔다. 그레이스는 한 발짝 떨어져 갔다. 날씨는 후끈했지만 그레이스는 조금 춥다고 느꼈다. 임신했을 때는 모든 것이 실제보다 20도 남짓 더 뜨거웠는데 이제 그녀는 항상 춥다고 느꼈다.

그녀는 지난주 대부분의 시간을 컴퓨터 앞에 앉아 보냈다. 멀리사 테일러와 10대 산모 지원 그룹들을 왔다 갔다 하며 조사했다. 심리치료사 마이클이 그레이스에게 몇몇 그룹을 제안해서 인터넷에서 그들을 찾아보았을 때 카메라 앞에서 기묘할 정도로 활짝 웃고 있는 것이 너무 억지스러웠고 너무 가식처럼 보였다. 그 사람들이랑 같이 앉아서 피치에 대해 이야기한다는 것을 상상할 수가 없었다.

멀리사 테일러를 찾는 것은 그보다 훨씬 더 우울했다. 엄마 아빠의 도움을 받았음에도 정보가 별로 없었다. 입양센터가 가지고 있는 모든 정보는 기밀 사항이거나 더 이상 유효하지 않았다. 그레이스는 피치가 새 부모와 함께 떠나 버렸을 때처럼 결코 되찾을 수 없는 무언가를 잃어버린 것 같은 느낌을 받기 시작하고 있었다.

"그레이스?"

머리를 들었다.

"왜?"

마야가 리즈 크래커 한 줄을 집어 들고 그녀에게 몸짓을 해 보였다.

"먹을래, 몽롱한 아가씨?"

"물론이지."

식탁 의자에 앉으며 말했다. 호아킨은 무언가를 찾아내기 위해 냉장고를 뒤지고 있었다. 그레이스는 마야에게서 크래커를 받아 접시에 담아내기 시작했다.

"새 목걸이네? 어디서 났어?"

마야가 부엌 서랍에서 도마를 꺼내면서 물었다.

그레이스의 손이 즉각 목으로 향했다. 그녀는 셔츠 안쪽에 감출 수 있을 만큼 충분히 긴 목걸이 줄을 샀다. 그런데 빠져나온 게 분명했다.

그녀는 인터넷에서 우연히 섬세한 장식품을 발견했다. 금으로 된 작은 M 글자와 작은 복숭아가 함께 달린 목걸이였다. 그녀는 오래전 옷 가게에서 받았던 돈으로 그것을 샀다. 그레이스는 그것을 사는 것이 어리석고 감상적인 일이라고 생각했으나 목에 목걸이를 하고 거울을 보고는 잘했다는 느낌이 들었다.

"아, 이건 할머니에게서 받은 오래된 목걸이야."

그녀가 목걸이를 다시 셔츠 안쪽으로 넣으며 말했다.

"M은 뭐의 약자야?"

그레이스는 그저 머리를 가로저었다.

"모르겠어. 할머니가 가진 비밀이 아닐까 추측할 뿐."

복숭아가 그녀의 가슴을 쿵 하고 치며 그녀의 살갗에 닿았다. 그때 전화기의 진동이 울렸고 그레이스는 흘낏 보았다.

안녕, 다음 주에 뭐 하니? 씹어 댈 빨대를 몇 개 찾아냈는데.

물론 라피였다. 그녀는 문자를 보고 느꼈던 두근거림을 진정시키려고 했다.

"누구니?"

호아킨이 물었다.

"그래, 그레이스. 누구야?"

마야가 물었다.

"언니는 조금……."

"얼굴이 달아올랐어."

호아킨이 말했다.

"아니야. 이 사람은 그냥 친구야."

그레이스가 그들에게 말했다.

마야의 눈이 반짝였다.

"오우, 이 사람은 *그냥 친구*가 아닌데. 아무도 그냥 친구일 때 이 사람은 *그냥 친구*라고 말하지 않아. 호아킨, 말 좀 해 봐."

호아킨은 냉장고에서 세 덩어리의 치즈를 꺼내 식탁 위에 놓았다.

"마야 말이 맞아."

"정말? 마야가 정말 맞다고?"

그레이스가 그에게 물었다.

"난 별 생각 없어. 난 그저 마야와 맞서는 게 무서울 뿐이야."

"마야는 막내 동생인데. 오빠 얘보다 윗사람이고."

그레이스의 전화기가 다시 울리자 마야가 조금 우쭐대듯 말했다.

"오우, 그 사람이야? 그 사람 맞지? 이름이 뭐야?"

"신경 꺼."

"그래, 그렇게는 안 되겠는데. 그래도 평가하진 않을 테니 보여 줘!"

"안 돼! 이런, 저리 가. 넌 치즈와 크래커를 먹고 싶다 했잖아."

그레이스가 소리를 질렀다.

"난 치즈와 크래커를 먹을 수 있고 언니가 남자랑 사귀는 것도 도울 수 있어. 난 한꺼번에 여러 가지를 하는 데 능숙해."

"저리 꺼져!"

그레이스가 크래커 상자를 휘두르면서 말했다.

"호아킨! 언니 전화길 빼앗아."

마야가 깔깔거리면서 식탁 주변을 돌아 그레이스를 쫓으며 소리를 질렀다.

"난 싫다. 난 위탁누나의 전화를 손댄 적이 한 번 있었어. 엄청난 실수였지."

호아킨이 치즈 덩어리를 자르며 조용히 말했다.

"오빠 말 들어! 마야!"

"뺏었다!"

그레이스의 손아귀에서 전화기가 빠져나가는 것을 느꼈을 때 마야가 말했다.

"그에게 문자를 보내면 널 죽여 버릴 거야."

"오, 언닌 못 죽일걸."

"불구로 만들어 버릴 거야."

"그렇게 살 수 있어."

마야가 숨이 찬 상태로 문자를 읽기 시작했다.

"그레이스 양에게. 또 한 달이 되었어요. 밀리는 아주 많이, 아주 빨리 자라고 있답니다."

그레이스는 자신의 몸에서 모든 공기가 빠져나가는 것을 느꼈다.

"그녀는 여전히 우리 삶의 소중한 빛입니다. 그리고 물론 우리는 매일 당신을 생각합니다."

"그만!"

그레이스가 말했다. 그녀는 속삭이는 것보다 더 크게 그녀의 목소리를 낼 수도 없었다.

마야는 그 자리에서 얼어붙었다. 그녀의 표정도 장난기에서 혼란스러움으로 바뀌고 있었다.

"사진이 있어. 아기 사진. 그레이스, 이게 뭐……."

그레이스가 힘겹게 앞으로 다리를 움직여 마야로부터 전화기를 재빨리 빼앗았다. 그러는 바람에 전화기가 바닥에 떨어졌다.

"그만하라고! 젠장 건드리지 말라고 말했잖아."

그녀가 거칠게 내뱉었다.

그녀 옆에 호아킨이 가만히 서 있었다. 치즈 써는 칼을 그대로 손에 든 채 그들 둘을 바라보고 있었다. 침묵은 공포스러웠다.

"밀리가 누구야? 언니 아기야? 그레이스?"

마야가 마침내 물었다. 그레이스가 이 순간이 꿈이기를 기도하면서 눈을 감았다. 시간을 되돌릴 수 있게 해 달라고. 1년 전 침대에서 일어날 수 있게. 그리하여 모든 것을 정상으로 되돌릴 수 있게 해 달라고 기도했다.

"입 닥쳐."

그녀가 속삭였다.

"*아기*가 있었어? 그레이스, 대답해 줘."

마야가 다시 물었다. 그녀는 정말 혼란스러워하는 목소리였다.

"그건 네가 상관할 일이 아니야!"

그레이스가 떨리는 손으로 전화기를 집어 들기 위해 허리를 숙이면서 그녀를 향해 소리를 질렀다.

"아기가 있었으면서 왜 우리에게 말을 안 했어? 어떻게 그럴 수가 있어? 난 언니에게 우리 엄마의 알코올 중독을 얘기했어. 호아킨은 나탈리와 그 사고를 얘기했고. 그런데도 언니는 우리에게 이걸 숨겼어?"

마야가 소리쳤다.

"왜 내가 너희에게 말해야 하는데?"

그레이스가 쏘아붙였다.

"그래서 엄마가 나를 포기했듯이 내가 그 아기를 포기했다고 말하게 하려고? 아니면 나를 애덤처럼 창녀라고 부를 수 있게 하려고?"

호아킨의 표정이 엄숙해졌다.

"아, 젠장. 그게 그런 의미였어?"

그가 조용히 말했다.

"난 아기를 포기하지 않았어, 알겠어?"

그레이스가 소리쳤다.

"난 아기를 위해 정말 좋은 가정을 찾았어. 그리고 아기는 완벽해. 그들은 아기를 사랑하고 아기도 행복해! 앞으로도 그렇게 행복할 거고. 내가 줄 수 없는 모든 것을 가지게 될 거야! 네가 엄마를 미워하기 바쁠 때 그런 것에 관해 생각해 본 적 있어? 그녀도 우리를 *사랑했기* 때문에 그렇게 했을 거라고?"

마야는 쓰러질 것처럼 보였다.

"*그레이스.*"

그레이스는 울지 않으려고 최선을 다하고 있었다.

"난 너희 둘이 날 미워하는 것을 바라지 않았고, 다른 사람들처럼 나에 대해 *말하는* 것을 바라지 않았어. 왜냐하면 난 아기를 정말 사랑하기 때문에 나는 결코……. 나는 결코 그녀를 그냥 *버린* 게 아니야. 난 결코 그러지 않았어. 하느님께 맹세해. 난 그녀를 포기하지 않았어. 하지만 난……."

그레이스는 숨을 들이마시려고 했고 목걸이가 신체적인 통증을 유발하며 가슴에서 흔들렸다.

"아기가 있었던, 마치 계속 있는 것 같은 공간을 지금은 채울 수가 없어. 아무리 채우려고 노력*해도*. 그래서 난 내 안의 이 구멍을 가진 채 걸어 다녀. 그런데 아기가 없어……. 아기가 없어."

호아킨이 먼저 그녀를 붙잡았다. 그리고 마야도 그렇게 했다. 그들이 꼭 껴안자 그레이스의 눈물이 어깨를 적셨다.

"괜찮아, 괜찮아."

마야가 계속 읊조렸고 호아킨의 손은 강하고도 부드럽게 그녀의 머리를 쓰다듬었다. 그레이스는 얼굴을 그들에게 기댄 채로 조용히, 천천히 정신을 잃었다.

깨어났을 때에는 어디인지 알 수가 없었다. 벽 한쪽에 아래로 행진하듯 걸려 있는 즉석사진들과 완전히 닫혀 있는 분홍 커튼을 보고서야 알았다. 그녀는 전에, 몇 달 전쯤 한 번 이 방에 온 적이 있었다. 마야의 방이었고 그녀는 마야의 침대에 누워 있었다. 그녀는 침대 끝에 있던 담요를 덮고 있었고 누군가가 그녀의 신발을 벗겨 두었다. 그레이스는 아래를 내려다보다가 바닥에 나란히 놓여 있는 신발을 보았다.

"안녕."

마야가 부드럽게 말했다. 그레이스가 그녀를 보기 위해 침대의 다른 쪽으로 돌아누웠다.

"좀 나아졌어?"

그녀는 일어나 앉으려고 하면서 눈을 비볐다. 눈이 뻑뻑하고 부어오른 듯이 느껴졌고 입은 바싹 말라 있었다. 마야와 호아킨이 여전히 울고 있는 그녀를 이 층으로 데리고 온 것을, 마야가 "쉿, 자."라고 말한 것을, 호아킨이 부드러운 담요로 그녀를 덮어 주던 것을 기억할 수 있었다. 그레이스는 아주 감동을 받았고 아주 부끄러웠다.

"조금. 오빠는?"

"아래층에 있어."

마야가 반쯤 열린 문을 몸짓으로 가리켰다.

"여기, 물수건."

그레이스는 고마운 마음으로 받아 끈적한 눈과 볼에 대고 눌렀다.

"고마워."

"아니야."

마야가 엉킨 것을 풀어 주려고 조심스럽게 그레이스의 머리카락을
손가락으로 빗어 내렸다.

"그레이스. 미안해, 전화 빼앗아서. 난 그저 남자가 보낸 문자라고
생각했어. 난 몰랐어……."

"괜찮아."

그레이스가 말했다. 정말 괜찮았기 때문에 그렇게 대답했다.

"네가 일부러 그런 게 아니라는 것 알아. 오래전에 너희에게 말했어
야 했어. 너와 호아킨은 용기가 있었는데 난 그렇지 못했어."

"나는 언니가 아주 용감하다고 생각해."

마야가 여전히 그녀의 머리카락을 빗으며 말했다.

"그가 처음이었어?"

그레이스가 고개를 끄덕였다.

"사랑했어?"

"그렇다고 생각했어. 그런데 지금 생각해 보니 그와 연애하는 걸 사
랑했던 듯해."

마야가 끄덕였다.

"그런데 그는 아기를 지키고 싶어 하지 않았어?"

"걔 부모가 그걸 원하지 않았어. 그는 모든 권리를 포기한다는 사인
을 했어."

"어휴, *남자 새끼들*."

마야가 한숨을 쉬었다.

"있지, 만약 언니가 사랑스러운 여동생처럼 레즈비언이라면 이 모든 일은 결코 일어나지 않았을 거야."

"닥쳐."

그레이스가 웃으며 말했다.

"난 진지하게 말하는 거야."

그러나 그레이스는 마야의 어투로 보아 농담을 하고 있다는 것을 알 수 있었다.

"최소한 섹스는 좋았다고 말해 줘. 임신을 하고 아기를 가지려면 섹스는 아주 끝내줬어야 하는데."

"그저 그랬어."

마야는 그저 코를 찡긋하며 말했다.

"그저 그렇다는 말은 섹스를 묘사하는 단어로는 최악인데."

그레이스는 호아킨이 방으로 걸어 들어오는 모습을 보는 것이 이렇게 행복했던 적이 없었다.

"안녕. 깼구나."

그는 물병 세 개를 가져왔고 하나씩 건네주었다.

"기분이 어때?"

"엿 같지. 언제나."

그레이스가 인정했다. 마야는 호아킨이 침대 모퉁이에 앉을 수 있도록 그레이스의 옆으로 조금 다가앉았다.

"미안해. 언니가 우리에게 터놓고 말할 수 없을 것처럼 느끼게 했다면."

마야가 중얼거렸다.

"정말 미안해, 그레이스. 우리 둘 다. 우린 몰랐어."

호아킨이 말했다.

"괜찮아."

그레이스가 속삭였다. 그리고 물을 한 모금 마셨다. 물은 모든 것을 씻어 내릴 것처럼 맛있었고 차가웠고 깨끗했다.

"내가 더 빨리 얘기했어야 했어."

그녀가 호아킨을 바라보았다.

"우리들 엄마가 오빠 떠났듯이 내가 아기를 떠났다고 생각하게 하고 싶지가 않았어."

호아킨은 그레이스가 머리가 세 개라도 달린 것처럼 그녀를 바라보았다.

"난 결코 그렇게 생각하지 않았을 거야. 단 한 순간도."

그가 말했다.

"질문 하나 해도 돼?"

마야가 물었다.

"그래."

그레이스가 물을 한 모금 더 마셨다.

"아기 이름이 밀리야? 메시지에서 그렇게 부르고 있어서."

마야는 아주, 아주 작게 말했다.

그레이스가 목걸이를 찾으려고 셔츠 아래를 뒤적거리면서 고개를 끄덕였다. 그리고 목걸이를 꺼냈다.

"그들은 아기를 아밀리아라고 불러. 애칭은 밀리. 그런데 난 임신 기간 동안 피치라고 불렀어."

그녀는 목걸이에 달린 장식품 둘을 떼어 놓으려고 손가락으로 눌렀다.

"할머니 것이 아니야. 내가 온라인에서 샀어."

마야가 손을 뻗어 목걸이를 집었다.

"예쁘다. 아기도 예쁘더라. 사진 보니 언니랑 닮았더라."

"아빠는 어디 있어? 애덤이야?"

호아킨이 물었다.

"어휴, 아니야."

그레이스가 조금 더 일어나 앉으며 말했다.

"그때 내 남자 친구. 맥스야."

그레이스는 기습적인 통증 때문에 눈을 잠깐 감았다. 호아킨은 손을 뻗어 그녀의 팔을 잡았다. 마야는 어깨에 기댄 그녀의 볼을 쓰다듬었다.

"개자식."

마야가 중얼거렸다.

"자기 손해지."

호아킨이 말했다.

"난 그 애가 필요했어, 정말."

그레이스는 목 가까이까지 줄이 올라오도록 끌어당겨 장식을 손가락으로 돌렸다.

"난 걔를 필요로 했어. 근데 걔는 거기 없었어. 아기가 태어나던 밤에 동창회 왕으로 뽑혀서 왕관을 썼어. 걘 병원에서 나랑 함께 있지도 않았어."

마야가 숨을 죽여 뭐라고 중얼거렸는데 칭찬으로 들리진 않았다.

"뭐라고?"

"아니야, 아무것도. 아기는 만나 볼 수 있어? 내 말은, 그 부모가 이렇게 언니에게 새 소식을 전해 준다는 건……."

"우린 1년에 두 번 방문하기로 합의했어. 그런데 그렇게 할 수 있을

지 모르겠어. 아기를 다시 볼 수 있을지도 모르겠고. 그게 아기한테 도움이 되는 것인지도 모르겠어."

"네가 아기를 필요로 하는 것은 어쩌고?"

호아킨이 물었다. 그의 손은 여전히 그레이스의 팔을 잡고 있었다. 마치 그녀가 갑자기 날개가 돋아서 방 밖으로 날아갈 것이 두려운 것처럼.

그레이스는 그저 어깨를 으쓱했다.

"나는 중요하지 않아."

"그게 언니가 엄마를 찾고 싶어 하는 이유잖아."

마야가 부드럽게 말했다.

"그게 언니가 계속 엄마를 찾으려 하는 이유인 거잖아."

그레이스는 다시 눈물이 터져 나오려고 해서 입술을 깨물었다. 그녀는 마야와 호아킨이 자신의 머리 위로 눈길을 교환하는 것을 알 수 있었다. 그들이 그렇게 하는 것이 그녀를 작아지게 만들었다. 그리고 그것이 어느 정도 좋기도, 어느 정도 싫기도 했다.

"노력하고 있어."

그녀가 인정했다.

"그런데 아무것도 찾을 수가 없어. 변호사를 통해 보낸 우리 엄마 아빠의 편지들은 모두 반송되어 왔어. 맞는 전화번도도 없어. 그녀는 유령이야."

마야가 자세를 조금 고쳐 앉았다.

"아니야. 유령이 아니야."

"뭐라고? 넌 무슨 말을 하는 거니?"

호아킨이 말했다.

마야가 그들 둘을 보았다. 그리고 침대에서 일어났다.

"이리 와 봐. 날 따라와."

"마야, 뭘 하려고?"

그레이스가 말했다. 그녀 자신의 목소리가 무섭게 들렸다.

"따라와 봐. 로렌과 아빠가 돌아오기 전에."

마야가 다시 말했다.

호아킨은 그레이스가 침대에서 내려올 수 있게 도와주었고 계단을 내려와 서재처럼 보이는 곳으로 마야를 따라 들어갈 때에도 그녀 어깨를 손으로 계속 감싸고 있었다. 그레이스는 이전에 마야에게서 이렇게 진지한 모습을 본 적이 없었다. 그것이 그녀를 두렵게 만들었다.

"마야?"

그녀가 다시 말했다.

마야는 급히 그들을 안으로 들어오게 한 후 문을 닫고 잠갔다. 그리고 파일 캐비닛으로 다가갔다.

"우리가 아주 어렸을 적에 로렌과 난 탐정놀이를 하곤 했어. 우린 집 안 구석구석에 숨었고 단서를 찾는 척했어. 있잖아? 그 멍청한 짓. 그러다가 한번은 이걸 발견했어."

그녀는 캐비닛을 열었고 번호 자물쇠가 달려 있는 작고 검은 상자를 꺼냈다. 그레이스는 자신의 심장이 가슴에서 목구멍으로 옮겨 온 듯이 느껴졌다.

"난 이게 나에 관한 것이라는 걸 알았어."

마야가 상자를 책상 위에 놓으며 말했다.

"그래서 어느 날 밤 모두가 잠든 다음에 나는 아래층으로 내려와서 자물쇠가 마침내 열릴 때까지 온갖 시도를 다 해 봤지."

그녀는 이전에 수백만 번도 더 해 보았다는 듯이 자물쇠를 맞추었다. 그레이스는 정말 마야가 수백만 번 열어 본 것은 아닐까 하는 생각이 들었다.

"자 열린다."

그녀는 상자를 활짝 열었다. 그리고 안에서 작은 종이 뭉치들을 꺼냈다. 그리고 화강암 처리가 된 책상 위에 펼쳐 놓았다.

그레이스는 왜 마야의 집에 있는 모든 것은 항상 이렇게 차갑게 느껴지는지 궁금했다.

그들 셋은 가까이 기대어 머리를 함께 맞대고 샅샅이 종이들을 넘겼다. 그레이스는 마야 부모의 이름이 꼼꼼하게 타이핑되어 있는 마야의 출생증명서를 보았고 작은 아기 발바닥을 찍은 종이도 보았다. 그리고 약간 공문서처럼 보이는 서류가 있었고, '수취인 불명'이라고 붉은 도장이 찍힌 봉투가 있었다.

"이거야."

마야가 말하며 그것을 그레이스에게 주었다.

그것을 받아 든 그레이스의 손이 떨렸다. 처음에 그녀는 그것이 왜 그렇게 중요한지를 알지 못했다. 그리고 보았다.

주소였다. 이전에 엄마가 보여 준 '수취인 불명'이란 글씨가 찍힌 편지봉투는 변호사를 통해 보낸 것이었는데 반해, 이 봉투에는 수신인의 주소가 바로 적혀 있었다.

"네 부모님이 그 집에 편지를 보냈네?"

그레이스가 헐떡이며 말했다. 손이 너무 심하게 떨려 그녀는 그것을 호아킨에게 넘겨주어야만 했다.

마야가 고개를 끄덕였다.

"어떻게……. 이걸 언제 발견했어? 부모님은 어떻게 이걸 가지고 계셨대?"

"난 열 살이었어. 그리고 모르겠어. 부모님은 내가 이걸 찾은 것도 모르셔."

"넌 여길 찾아가 본 적 있어? 넌 그녀에게 편지를 썼어? 넌……."

그레이스는 자신을 진정시키려고 애써야만 했다. 그녀 옆의 호아킨은 잔뜩 긴장한 채 편지봉투를 거듭거듭 살펴보고 있었다. 마치 또 다른 단서를 찾으려는 듯이. 마치 그 또한 탐정놀이를 하고 있는 것처럼.

"아니야. 난 바로 제자리에 뒀어. 가끔 꺼내서 보기만 했어. 그리고 어떤 것도 할 수가 없었어."

그녀는 잠시 멈춘 다음에 덧붙였다.

"아마도 언니 오빠를 기다리고 있었나 봐."

그레이스가 팔을 뻗어 계속 움직이고 있는 호아킨의 손을 잡았다.

"와크, 오빠도 이렇게 하기를 원해?"

"음, 너는……?"

"아니. 나 말고, *오빠*. 오빠도 엄마를 찾기를 원하냐고? 하고 싶지 않다고 해도 괜찮아."

"정말이야, 와크. 오빠는……. 우린 알아……. 젠장, 뭔 말을 해야 할지 모르겠네."

마야가 말했다.

"아냐. 난 원해. 나도 그녀가 날 봐 주면 좋겠어."

그의 목소리는 그레이스에게 파도에 휩쓸려 가는 해변의 모래를 연상시켰다.

"너희 둘과 함께라면 훨씬 쉽지."

"알았어. 확실하지?"

그레이스가 다짐을 받으려고 했다.

호아킨이 고개를 끄덕였다.

"난 확실해."

"그리고 나도 확실해."

마야가 말했다.

"내가 운전할게. 다음 주말에."

호아킨이 대답했다.

"젠장, 지금 곧장 가지."

마야가 투덜거렸다. 그레이스는 숨을 쉬는 것이 이렇게 좋은 느낌인지 전에는 결코 느껴 본 적이 없었다.

23. 마야

사실 마야는 비밀을 지키는 데에 아주 능숙했다.

아마 수도 없이 연습을 했기 때문일 것이다. 그녀는 금고에 있는 그 봉투에 관해 호아킨과 그레이스에게 말하기 전 누구에게도 말한 적이 없었다. 그리고 이제 그녀 생모가 봉투에 쓰여 있는 주소에 있는지를 확인하기 위해 3시간을 운전해 갈 것이라는 것도 누구에게 말하지 않았다. 그렇지만 그 비밀이 기를 쓰고 그녀를 빠져나오려고 했다. 그녀는 마치 살갗 아래에서 뚫고 나오려는 것처럼 느꼈다. 그리고 그 비밀은 당연히 그녀로 하여금 그레이스를 생각하게 만들었다.

마야는 이미 미안하다고 말했지만 그때 이후로 그레이스에게 전화기를 빼앗은 일을 사과하느라 적어도 하루에 한 번은 문자를 보냈다.

내가 얼마나 미안한지 말했지? 미안해서 그래.

아니야. 괜찮아.

다음에 보면 언 요구르트 사 줄게.

난 사실 언 요구르트 싫어해.

끙! 난 사과하는 데 너무 서툴러.

물론 마야는 여전히 묻고 싶은 것이 많았다. 언제 아기가 태어났는지, 모두 말하는 것처럼 아팠는지, 아기를 낳기 전에 그리고 낳은 다음에 그레이스가 두려워한 것이 무엇이었는지 알고 싶었다. 그녀는 그레이스가 영원히 힘들어하지는 않을지 그리고 그녀가 처음으로 아기에 관해 말했을 때 보여 주었던 표정이 정말로 희미해질 수 있을 것인지 걱정스러웠다.

그리고 새벽 3시 오랜 불면증이 다시 찾아왔을 때 마야는 엄마가 재활병원에 있는 동안 그레이스가 아기를 그리워하듯 똑같이 자신을 그리워하는지 궁금했다.

그녀는 재활병원 외부를 찍은 사진을 온라인으로 보았다. 겉으로는 조금 황량해도 괜찮아 보였다. 재활병원은 햇살과 야자수, 그리고 회복에 관해 광고를 하고 있었지만 마야는 모든 활기찬 이면에 외로움이 보인다고 생각했다. 그녀는 엄마가 외로워하거나 두려워하거나 슬퍼하는 것을 떠올리기 싫었다. 동시에 그녀는 엄마에게 화가 나기도 했다. 한편으로는, 무엇보다 재활병원에 있는 까닭이 엄마 자신의 어리석은 잘못 때문이니까. 만약 엄마가 말한 대로 마야와 로렌을 정말 사랑했다면 오래전에 술을 마시는 걸 멈췄어야만 했다. 그들을 위해 엄마가 달라졌어야 했다. 그러나 다른 한편으로 마야는 문제가 그보다 더욱 크고 복잡하다는 것을 알았고, 어떻게 그것을 이해해야 할지 몰랐기에 두려웠다.

수요일 밤 저녁 식탁에서 아빠가 목을 가다듬고 말했다.

"음, 엄마가 이번 주말에는 방문객을 받을 수 있다는구나."

마야의 포크가 입으로 가다가 중간에서 얼어붙었다. 스파게티 소스가 접시로 떨어지고 있었다.

"센터에서 이번 토요일이 가족과 함께 보내는 날이라고 하네."

아빠가 말했다. 아빠는 결코 중독 *치료소*나 *재활병원*이라고 하지 않았다. 항상 센터라고 했다. 마치 엄마가 수중 에어로빅이라도 하면서 YMCA에서 두 주를 보내고 있는 것처럼 말했다.

"너희 둘이 간다면 엄마가 정말 좋아할 것 같은데."

아빠가 말을 이어 갔다.

"나는 갈 거야. 아빠는 너희도 가면 좋겠는데. 물론 결정은 너희가 해야겠지."

"나는 무슨 일이 있어도 가요."

로렌이 말했다. 마야는 놀라지 않았다. 로렌은 항상 엄마를 정말 좋아했다. 그 전주에 마야는 부모님의 벽장에 서 있는 로렌을 본 적이 있었다. 엄마의 블라우스에 코를 대고 냄새를 맡고 있었다. 마야는 그녀가 보기 전에 슬쩍 자리를 피했지만 그 일은 그날 온종일 마야를 웃기게, 그리고 슬프게 느끼도록 했다.

그녀는 그렇게 상처받기 쉬워 보이는 동생의 모습을 다시는 보고 싶지 않았다. 로렌을 후드 티 속에 집어넣고 지퍼를 채워 그녀를 세상의 나머지로부터 숨겨 두고 싶었다.

"마야는? 강제하는 건 물론 아니야."

아빠가 물었다. 마야는 눈썹을 추켜올렸다.

"정말이에요? *강제*가 아니라고요?"

아빠는 그저 어깨를 으쓱하고는 샐러드 접시에 포크를 찔러 넣었다. 마야는 아빠의 포크를 보면서 찔렀다는 단어보다 더 마땅한 단어는 없다고 생각했다.

"강제가 아니지."

아빠가 반복했다.

"만약 네가 가고 싶어서 같이 가면 우린 좋지. 그렇지만 만약 아직도 시간이 더 필요하다면 아빠 이해한다. 그리고 엄마도 이해할 테고."

마야를 보는 아빠의 눈은 부드러웠다. 그리고 팔을 뻗어 마야의 손등을 두드렸다.

"충격이 크다는 것 잘 알아, 아가."

마야는 그저 고개를 끄덕였다. 그녀는 속으로 생각했다. 아빠는 아무엇도 몰라요.

✦ ✦ ✦

마야는 엄마의 재활병원에 가 보려는 의도는 전혀 없었다. 그레이스, 호아킨과 함께 삶을 바꾸는 것이 가능할 정도의 계획을 세웠기 때문이 아니었다. 마찬가지로 마야는 아빠에게 이른바 삶을 바꾸는 계획을 말할 의도도 전혀 없었다. 아빠는 즉각 그 계획들을 망쳐 버리거나, 아니면 자신도 함께 가겠다고 고집을 부리거나 집을 찾아가기 전에 편지부터 보내라고 할 것이 분명했다. 마야는 이 선택지들 어떤 것에도 관심이 없었다.

그녀는 그레이스나 호아킨이 그레이스의 부모님께 혹은 마크와 린다에게 말을 할지 알 수 없었다. 마야는 왜 호아킨이 입양을 거절했는지 이해할 수 있을 것 같았다. 나탈리에 관한 이야기는 너무 충격적이었지만 그 때문에 호아킨이 집에서 쫓겨나 병원에 갇혔으며 *상처*를 입었다는 것을 생각하면 견디기 힘들었다. 그 일에 관해 생각할 때마다 그녀는 저도 모르게 이를 앙다문 나머지 통증을 느낄 정도였다. 그래서 너무 자주 생각하지 않으려고 노력했다.

저녁을 먹은 다음 로렌이 방문을 두드렸다. 그리고 마야의 답을 듣지도 않고 들어왔다.

"언니 정말 주말에 안 갈 거야?"

로렌이 팔짱을 낀 채로 말했다.

"음, 뭐라 하든 밀고 들어올 거면 노크는 왜 하니?"

마야가 세탁 통에서 셔츠를 집어 접으며 말했다.

"내가 발가벗고 춤이라도 추고 있었으면 어쩌려고."

"언닌 그러지 않으니까 그건 고려할 가치가 없어."

"PSAT(진학 적성 예비고사─옮긴이)에 나오는 단어니?"

로렌은 그녀를 무시했다.

"언니는 이번 주말에 정말 아빠와 나만 가게 할 거야?"

마야는 로렌에게 정말, 정말 지독하게 말하고 싶었다. 그녀는 로렌이 소외감을 느끼는 것도 그리고 마야의 삶에 새로 들어온 두 사람에 대해 걱정하는 것도 알았다. 그러나 그 편지봉투의 주소와 거길 찾아가는 여행에 관한 어떤 것도 로렌에게 말할 수 없었다. 로렌이 아빠에게 말할 확률이 최소 90퍼센트 이상이며 설혹 말하지 않더라도 그렇게 큰 비밀을 지켜 달라고 그녀에게 요구할 수가 없었다. 그래서 대신 그저 이렇게 말했다.

"그래. 아빠와 단둘만의 여행, 정말 재미있겠다! 아빠는 세븐일레븐에서 슬러시도 사 주실 거야."

"세븐일레븐에서는 슬러피지! 슬러시가 아니라!"

로렌이 고쳐 주었다.

"로렌, 넌 가끔 정말 짜증 날 정도로 이상한 것들을 고르더라."

"좋아, 그럼 이건 어때? 엄마가 바닥에서 피를 흘리며 죽어 가는 것을 발견한 뒤 처음으로 보러 가는데 언니가 나와 함께 가지 않는다면 정말 짜증 나지 않겠어?"

마야가 셔츠를 내려놓으며 한숨을 쉬었다.

"난 그냥 시간이 좀 더 필요해, 알겠어? 엄마가 보고 싶으면 넌 엄마를 보러 가. 난 아직 준비가 덜 됐어."

"아직도 엄마에게 화가 나 있는 거야?"

"그래. 난 엄마가 우리보다 와인을 선택한 게 화가 나. 그렇게 술을 마시고 넘어져서 네가 그렇게 된 엄마를 발견하게 만든 것도 화가 나. 엄마는 가 버리고 우리가 남아서 다른 사람들의 질문에 답을 하게 한 것도 화가 나. 우리는 말 그대로 엄마가 어질러 놓은 것을 치우는 중이라고, 로렌. 그래, 그래서 여전히 난 화가 나 있어."

마야는 또 다른 셔츠를 집어 필요 이상으로 힘껏 접기 시작했다. 로렌이 그녀를 보면서 문간에 그대로 서 있었다.

"그런 말을 엄마에게 직접 하고 싶진 않아?"

마야는 엄마에게 하고 싶은 말과 행동이 셀 수 없이 많았다. 그녀는 엄마를 향해 소리를 지르고 싶었고, 흔들고 싶었고, 영원히 모른 척하고 싶었고, 무릎으로 기어가 안겨 울고 싶었다.

"엄마에게 말하고 싶은 *건* 말할 수 있을 *때* 내가 할게. 그 전에는 아니야."

마야가 대답했다.

"아빠는 우리가 심리상담을 시작할 때가 되었다고 하셔."

마야는 눈을 치켜떴으나 올려다보지는 않았다.

"아빠는 이제야 그걸 아셨대? 그건 내가 5년 전에 너에게 말한 것 같은데."

"마야."

로렌이 말했다. 그리고 이번에 마야는 로렌을 올려다보았다.

"제발 나 혼자 가게 하진 마."

"너 혼자 가지 않을 거야. 아빠랑 함께 갈 거야. 기억해? 슬러피!"

"내가 무슨 말을 하는지 알잖아. 제발, 마야. 언닌 날 혼자 남겨 두지 않겠다고 약속했어."

마야는 그녀에게 다가갔다. 그리고 손으로 로렌의 어깨를 잡았다.

"로렌, 널 혼자 남겨 두지 않겠다고 약속할게. 우린 그저 지금 다른 길에 잠시 서 있을 뿐이야. 결국 만나게 되어 있는 길이야. 알겠어? 약속할게."

로렌이 믿을 수 없다는 듯이 보자 그녀는 덧붙였다.

"준비되면 엄마를 보러 갈 거야. 넌 준비되었으니 지금 가는 거고."

로렌이 무겁게 한숨을 쉬었다.

"좋아,"

그녀가 방에서 나가며 말했다.

"배신하지 마! 그럼 괜찮아."

"알았어! 멋진 대화였어, 로렌!"

로렌의 반응은 문을 쾅 닫는 것이었다.

금요일 밤이 되자 마야는 폭발할 것 같았다. 비밀을 지키는 문제가 혼자서 감당하기에는 너무 벅차다는 것을 깨닫기 시작했다. 그들이 어렸을 때에는 로렌이 항상 마야의 비밀을 지켜 주었다. 그러나 그들은 이제 더 이상 어리지가 않았다.

금요일 밤 다른 식구들이 모두 잠자리에 들고 낮 시간보다 집 안의 소리가 더욱 크게, 더욱 공허하게 들릴 때 자신이 말을 하고 싶은 오직 한 사람이 있다는 것을 마야는 깨달았다. 오직 한 사람만이 진정으로 이해해 줄 것이었다.

그는 전화기를 들어 클레어에게 문자를 보냈다.

안 자?

기다리는 시간은 괴로웠다. 마야가 옆으로 눕자 전화기의 푸른빛이 방의 모든 곳을 비추었다. 잠시 동안 눈을 감고 클레어가 결코 답장을 하지 않을 것이라고 확신하며 잠을 청하려고 노력했다.

전화기가 울렸다.

마야는 문자를 읽으려다가 거의 침대에서 떨어질 뻔했다.

너 지금 진짜 나한테 문자를 보낸 거야?

나 내일 생모를 만나러 갈 거야.

마야가 숨을 꾹 참고 기다렸다.

우아.

알아. 지금 좀 만날 수 있어?

왜 내가 널 만나야 해, 마야?

마야는 망설였으나 곧 답을 했다.

왜냐하면 너무 겁이 나니까. 그리고 미안해.

20분 뒤에 공원에 있을게.

마야는 침대에서 벌떡 일어나 옷을 입었다.

그녀가 거의 집 밖으로 뛰어나가려고 마지막 계단에 발을 디뎠을 때 로렌과 정면으로 맞닥뜨렸다.

"언니 어디 가?"

로렌이 물었다.

"넌 뭐 하고 있어?"

"아이스크림 먹어. 어디 가냐고?"

"아이스크림을 먹으려고 일어났어? 그런데도 날 안 깨웠어? 나 삐졌어."

"어딜 *가냐고?*"

그들은 아빠를 깨우지 않으려고 둘 다 격렬하게 속삭였다. 마야는 상황이 그렇게 긴박하지 않았다면 판에 박힌 코미디를 연기하고 있는 것처럼 보일 것이라고 아주 확신했다.

"그냥……. 어디 가."

"몰래 빠져나가려고?"

마야가 고개를 끄덕였다.

"아빠한테 말하지 마, 알겠어? 1시간 안에 돌아올게."

"누구 만나러 가?"

"응, 만나러 가…… 누구."

로렌의 얼굴이 확 밝아졌다.

"*클레어* 만나러 가?"

"쉿!"

마야는 그녀를 조용히 시키려다 실제로 동생의 몸 위로 넘어졌다.

"넌 뭘 감추는 데 소질이 없어. 알아?"

"그거 지금 나 욕하는 거 맞지?"

로렌이 대답했다. 그러나 그리 화가 난 것처럼 들리지는 않았다. 심지어 웃기까지 했다.

"오 하느님, 언니랑 클레어랑 다시 예전처럼 된 거야?"

"아빠가 깨면 둘러대기나 해, 알겠어?"

"내가 어떻게 둘러대?"

마야는 그날 밤 동생을 죽여 버릴 것만 같았다.

"*로렌!*"

그녀가 속삭이듯 소리를 질렀다.

"그냥 조용히 하고 자, 알겠어? 돌아오면 문자 할게."

"알았어, 알았어."

로렌은 아주 즐거운 듯이 보였다.

"어쨌든 무슨 일이든 언니가 사과하고 같이 잘 지내. 알겠지? 언니는 몇 주 동안 아주 죽을 상이었어. 클레어도 그랬고."

그것이 사실인지 마야는 알 수가 없었다. 그러나 그 문제를 로렌과 다투느라 시간을 낭비할 수가 없었다.

"잘 자. 물론 아이스크림 혼자 다 먹지 마. 내가 먹을 걸 남겨 둬."

로렌은 마야에게 거수경례를 흉내 내며 인사를 하고 로렌은 그녀가 현관문을 빠져나가자 계단을 올라갔다.

공원에 도착할 즈음 그녀 눈 뒤편은 모든 것이 두근거리는 붉은색이었다. 가슴의 두근거림과 완벽하게 일치하는 폭발할 듯한 색이었다. 마야는 그것이 사랑인지 두려움인지 그저 단순한 어리석음인지 알 수가 없었지만 주차장에서 자신을 기다리고 있는 클레어를 보았을 때 색이 속도를 내며 돌고 있었다.

클레어는 손을 후드 티의 주머니에 넣고 모자를 머리 위까지 뒤집어쓰고 있어 마야는 그저 얼굴만 볼 수 있었다. 마야는 지금까지 본 얼굴 중 가장 아름다운 얼굴이라고 생각했다.

"안녕."

그녀에게 다가가며 마야가 말했다.

"안녕."

클레어가 말했다. 무심한 척 아무렇지도 않은 척 들렸다. 마야의 속에서 타오르는 반짝이는 뜨거운 호박색과 달리 그녀는 온통 푸른색과 보라색이었다.

"안녕."

마야가 다시 말했다. 클레어와 사귄 이후 처음으로 혀가 묶인 듯 말을 못 하고 어색한 나머지 자신이 갑자기 바보처럼 여겨졌다.

"난 그냥, 그래. 난 그냥 너와 정말 말하고 싶었어. 생모에 관해."

클레어가 테이블이 달린 벤치 중 하나를 가리키며 고개를 끄덕였다.

"앉을래?"

마야도 고개를 끄덕이고 그녀를 따라갔다.

"그래서, 말해 봐."

마야는 조금이라도 이것을 계획했더라면 싶었다. 무슨 말을 해야 할지 혹은 어떻게 말해야 할지 몰랐다. 그래서 클레어에게 모든 것을 말했다.

그레이스와 아기, 호아킨과 나탈리 그리고 실패한 입양에 관해 그녀에게 말했다. 그녀는 로렌에 대해서도, 로렌과 싸웠던 일에 대해서도, 엄마가 머리에 피를 흘리며 바닥에 어떻게 쓰러져 있었는지도, 아빠가 집으로 돌아와 병원에서 딸들을 보았을 때 소리 내어 울었던 것도 말했다. 그녀는 클레어에게 비밀 상자와 편지봉투와 주소, 다음 날 약속된 그들의 여행, 그리고 *센터*에서의 가족의 날에 가지 않을 것도 말했다. 그녀는 클레어에게 말할 수 있는 모든 것을 말했다. 그리고 마침내 그녀는 모든 물기를 비틀어 짜내 탈진한 것처럼 느꼈다.

　　"그래. 그러나 마야, 그 모든 일에 대해 어떻게 느껴?"

　　마야가 말을 다 하자 클레어가 물었다.

　　마야가 눈을 깜박였다.

　　"뭘?"

　　"*느낌*이 어떠냐고?"

　　클레어가 그녀를 보려고 얼굴을 돌렸다.

　　"이해 못 하겠어? 이 모든 큰일들에 겁이 나면 넌 항상 달아났잖아."

　　"내가……."

　　"나를 밀어냈어."

　　클레어가 말할 때 목소리가 흔들리고 있음을 놓치기는 어려웠다.

　　"넌 그저 네 맘대로 이 문을 열었다 닫았다를 계속할 순 없어. 내게 어떤 것도 말하지 않고 있다가 한밤중에 내게 문자나 하고. 개떡 같아, 마야. 넌 내게 상처를 줬어!"

　　마야는 어둠 속에서 앉아 있는데도 아주 작아지는 느낌이었다.

　　"난 상처를 줄 의도는 전혀 없었어."

　　그녀가 말했다. 그리고 갑자기 호아킨이 생각났다. 왜? 그는 세상에서 그 무엇보다 자신을 사랑하는 두 사람에게 입양되기를 원치 않는다고 말했다.

"아, 안 돼. 나도 역시 같은 짓을 하고 있어."

마야가 속삭였다.

"뭘 하고 있어?"

클레어가 물었다.

"나도 역시 그랬어."

마야가 울기 시작했다.

"미안해. 정말 미안해. 난 네가 알기를 원하지 않았어. 엄마에 대해, 그리고 그 어떤 것에 대해서도. 나는 무서웠고 나는……. 나는 공황 상태였어. 나는, 나는 혼자 되고 싶지 않았어!"

"마야, 마야. 진정해."

클레어의 손이 부드럽게 그녀의 얼굴을 쓰다듬었다. 마야가 느낀 그 어떤 것보다 더 부드러웠다.

"넌 혼자가 아니야. 많은 사람들이 널 사랑하고 널 신경 쓰고 있어. 도대체 무슨 말도 안 되는 소리를 하니?"

"정말 미안해!"

마야는 다시 말했다.

"정말 미안해, 클레어. 너무 보고 싶었어. 내가 네게 상처를 줬어. 내 생각으로는 나만 상처 입은 줄 알았어. 그러나 내가 네게도 상처를 입혔어. 그래서 정말 미안해……."

"이제 괜찮아."

클레어가 속삭였다.

"용서할게. 됐어, 이제."

그러나 이제는 그녀 역시 울고 있었다. 그리고 마야에게 키스하려고 기댔을 때 마야는 둘의 투명하고 뜨거운 눈물의 소금기가 서로 뒤섞여 있는 것을 느낄 수 있었다.

"이제 됐어. 이젠 정말 그렇게 하지 마, 알겠지?"

클레어가 다시 속삭였다.

"알았어."

마야가 속삭이며 대답했다. 그리고 다시 한번 클레어에게 입을 맞추며 팔로 그녀를 감싸 안았다.

"이젠 다신 널 떠나지 않을 거야."

"그래, 그러지 마. 지난번에도 말했어. 난 어디에도 가지 않아."

클레어가 머리에 기대며 중얼거렸다. 마야는 받아야 할 것보다 더 많은 것을 받았음을 깨달았다. 그리고 그것을 다시는 팽개치지 않을 생각이었다.

24. 호아킨

호아킨은 생모를 찾으러 갈 것이라는 것을 마크와 린다에게 말하지 않았다.

그렇지만 말하고 싶었다. 누군가에게, 누구에게라도 말하고 싶었다. 그러나 그는 어떻게 말해야 할지 몰랐다. 애나라면 그의 감정 상태를 말할 수 있게 해 줄 것이다. 그의 사회복지사 앨리슨은 아마도 규칙이나 서류에 관해 말할 것이다. 버디는? 그랬다. 버디는 더 이상 선택사항이 아니었다. 호아킨은 마크와 린다가 적어도 자신의 말을 경청하리라는 것은 분명히 알았다. 그러나 그를 입양하고 싶어 하는 두 사람에게 생모를 찾으러 갈 것이라고 말한 후에 그들을 어떻게 봐야 할지 알 수가 없었다. 그것도 그들이 바로 자신만의 차를 준 직후에.

그럴 수는 없었다. 호아킨은 이 일을 혼자서 간직하기로 결정했다.

🍃 🍃 🍃

그 주 학교에서 호아킨이 영어 교실을 가려고 복도 모퉁이를 돌았을 때 버디와 콜린 말러를 딱 마주쳤다.

그들은 입을 맞추고 있었다. 호아킨의 목을 감았을 때처럼 버디의 긴 팔이 콜린의 목을 감싸고 있었다. 그녀와 나눈 키스를 생각만 해도 호아킨은 그녀 피부의 따뜻함, 입술의 열기를 언제나 느낄 수 있었다. 그녀는 늘 비누와 샴푸 같은 좋은 냄새가 났다.

호아킨은 자신의 팔이 부러졌던 것이 그동안 가장 고통스러웠던 일이라고 생각해 왔다. 그러나 두 팔과 두 다리가 모두 부러졌다고 해도 콜린의 팔에 안겨 있는 버디를 보았을 때 느낀 고통에 비하면 그건 아무것도 아니었다.

그는 비틀거리며 뒷걸음질 쳤다. 영어 수업을 놓치거나 나머지 학교생활, 심지어 자신의 나머지 삶이 어떻게 된다 해도 상관없었다. 그는 거기에서 벗어나야만 했다. 그가 거의 문밖으로 나가려고 할 때 누군가가 그를 불러 세웠다. 버디의 친구 마조리였다.

"호아킨, 기다려!"

그녀가 그를 쫓아오며 소리를 질렀다. 호아킨은 문에 손을 갖다 댄 채 멈추어 섰다. 벽에 애덤을 밀어붙인 다음에 그랬듯 가슴이 요동쳤다. 그의 신경계에 아드레날린이 넘쳐 나고 있었고 감각을 압도했다.

"기다려."

호아킨은 움직이고 있지 않았지만 마조리가 다시 말했다.

"호아킨, 버디는 그저 네 질투심을 유발하려는 것뿐이야. 버디는 그를 좋아하지도 않아."

호아킨이 웃음을 터뜨렸다. 웃음을 참을 수가 없었다.

"버디가 많이 좋아하는 것처럼 보이던데. 그 행복한 커플에게 내가 축하한다고 전해 줘."

호아킨이 머리카락을 손으로 넘기면서 말했다. 그러고 그는 돌아섰다. 마조리가 쫓아오면서 불렀지만 학교를 뒤로 남겨 두고 달리기 시작했다.

그 여파 때문인지 토요일 아침까지 호아킨은 뒤죽박죽이었다. 겉으로는 아주 좋은 것처럼 보였다. 그는 샤워를 하고 머리를 감은 뒤 버디가 그에게 사 주었던 셔츠를 입었다. 처음 데이트를 시작했을 때 그 옷이 호아킨의 눈을 *돋보이게* 해 준다며 그녀가 사 준 것이었다. 호아킨은 짙은 갈색 눈동자를 가졌고 그래서 그는 푸른 체크무늬에 단추가 달린 셔츠가 어떻게 눈을 *돋보이게* 하는지 알지는 못하였다. 그러나 버디는 항상 그런 종류의 일들에 일가견이 있었기에 그녀의 의견을 믿었다.

호아킨은 엄마 역시 자신과 같은 눈을 가졌을지 궁금했다. 엄마가 여전히 아빠를 알고 있을지도 궁금했다. 심지어 호아킨과 여동생들을 그녀가 보고 싶어 할지, 이야기도 하고 싶어 할지 궁금했다. 아니면 호아킨이 그저 그녀 삶의 최악의 시간을 떠올리게 할 뿐이라고 생각할지 궁금했다. 그녀에게 보이기 위해 옷도 차려입는 등 자신이 아주 열심히 노력하고 있다고 그녀는 생각해 줄까? 마지막으로 그가 그녀를 보러 갔을 때 자신이 가장 좋아하는 스파이더맨 티셔츠를 입었다. 공교롭게 스파이더맨도 호아킨과 마찬가지로 부모가 없었다. 그러나 그녀는 결코 나타나지 않았고 그래서 가장 좋아하는 셔츠를 입었는지 아닌지가 전혀 중요하지도 않게 되었다.

호아킨은 옷깃이 똑바로 됐는지 거울을 보았다. 자신을 그렇게 쉽게 버렸던 여자를 찾기 위해 이다지도 노력하는 것을 보면 자신이 이 행성에서 가장 멍청한 바보가 아닌가 하는 생각도 들었다.

마크와 린다는 아래층 부엌에서 신문을 읽으며 아침을 먹고 있었다. 호아킨은 아직도 매일 신문을 배달받는 집은 이 거리에서 사실상 유일하지 않나 하는 의구심이 들었다.

"우아, 토요일인데 쫙 차려입었네. 예술센터에서 옷을 갖춰 입는 날인가?"

호아킨이 부엌으로 들어오자 마크가 말했다.

다른 날이었다면 호아킨은 마크의 놀림에도 그냥 넘겼을 것이다. 그런데 오늘은 여느 다른 날이 아니었다.

"왜요? 너무 과해요?"

"아니, 아니. 멋져 보여. 그렇게 옷을 입은 적이 없었잖아. 그래서 그래."

호아킨에게 차를 선물한 이후 마크와 린다는 예기치 않게 호아킨과 *여러 가지*로 어색해졌다. 아니 더 정확하게 말하면 차를 선물받은 이후 *호아킨*은 마크와 린다를 대할 때마다 불편하기 그지없었다. 그는 지난주에 운전을 두 번 했을 뿐이었다. 한번은 일터로 가면서, 그리고 한번은 린다를 위해 식료품점에 가기 위해서였다. 나머지 경우 차는 그저 주차장에 서 있었다. 거대한 금속 덩어리가 호아킨으로서는 위탁 부모에게 결코 갚을 수 없는 모든 것을 상기시켜 주었다.

그들이 그에게 주는 것이 많아질수록 세계는 더 크게 느껴졌고, 호아킨은 울타리와 가장자리가 필요했으며, 사물의 본질을 마주하게 해 줄 무언가가 필요했다. 결국 모든 사람은 한계가 있기 마련이었다. 호아킨은 마크, 린다와 거의 3년을 보냈지만 그는 아직도 그를 거슬리게 하는 그들의 문제를 찾아낼 수 없었다. 그는 입양을 거부한 것이 한계 점이 될 것이라고 생각해 왔다. 그들은 위탁 돌봄을 취소할 것이고 그러면 호아킨은 이 동화 같은 이야기가 끝나리라고 알고 있었다. 그러나 오히려 마크와 린다는 그 끝에서 방향을 틀어 그에게 차를 사 주었다.

호아킨은 자신이 결국은 얻을 수 없을 듯한 보물을 찾기 위해 항상 이 넝쿨에서 저 넝쿨로 옮겨 다니며 한 단계에서 다음 단계로 옮겨 가는 비디오 게임의 주인공처럼 느껴졌다. 이 게임에서 어떤 아이들은 그리 멀리까지 갈 수가 없었고 어떤 아이들은 죽거나 기회 혹은 희망이 소진되어 게임을 끝내야만 했다. 그러나 호아킨은 마크와 린다가 그에게 주었던 희망의 끈을 쥐고 모든 단계를 가까스로 통과하였으나 결국에는 더욱 크고, 심지어 더욱 위협적인 것이 기다리고 있다는 것을 알 정도로 충분히 오래 게임을 하였다. 호아킨은 먼저 용을 처단하지 않고서는 그 보물을 결코 얻을 수 없으리라는 것도 알고 있었다.

그래서 호아킨은 밀어내기 시작했다. 처음에는 린다가 그에게 무엇을 해 달라고 요구할 때 짐짓 무시하거나 두 사람 다 그가 들은 것을 명확히 아는 상황에서도 마치 못 들은 척했다. 그는 마크에게 수요일 저녁에 잔디밭 깎는 것을 도와주겠다고 말했으나 정작 수요일이 되자 그렇게 하는 대신 자기 방에서 음악을 들으며 머물렀다. 금요일 밤 저녁 시간의 사태에는 긴장감이 흘렀다. 호아킨은 설거지를 돕지도 않고 방으로 올라가 버렸다.

"린다를 좀 도와주고 싶지 않니?"

마크가 물었다.

"그러고 싶지 않아요."

호아킨이 말했다. 그들은 어떤 대답도 하지 않았다. 그것이 그를 한층 더 날카롭게 통제할 수 없게 난간 위에서 비틀거리듯 추락하기 직전으로 몰아갔다.

토요일 아침 호아킨은 가슴을 두근거리며 싸움을 할 준비가 됐다고 생각했다.

"저기, 와크?"

린다가 신문에서 눈에 떼고 말했다.

"잠깐 앉을 수 있어? 마크와 난 너랑 얘길 좀 하고 싶은데."

호아킨은 자신도 모르게 당황하여 눈이 커지는 것을 느꼈다. 그러나 마크는 의자를 끌어내고는 툭툭 두들겼다. 그래서 그는 앉았다.

"왜요?"

"넌 요즘……. 그래, 솔직하게, 호아킨. 잔뜩 심술이 난 것처럼 보여."

린다가 말했다.

"내게나 마크에게. 그건……. 우리가 뭘 잘못했니? 우리가 네게 상처 입히는 말을 했어? 우린 그저 네가 왜 그렇게 행동하는지 얘기하고 싶단다."

"왜 항상 그것이 두 분과 관련된 것이라 생각해요?"

호아킨이 받아쳤다.

"왜 항상 두 분이 했던 것 때문이라고 생각하나요? 왜 두 분과 무관한, 단지 제게 관련된 것일 수는 없어요?"

마크가 탁자에서 조금 의자를 뒤로 물리며 어깨를 으쓱했다.

"알았다. 너에 관한 것이라 하자. 왜 넌 그렇게 화나 있는 거니?"

만약 호아킨이 그들이 옳다고 생각하지 않았다면 훨씬 덜 상처를 받았을 것이다.

"차는 좋아? 아니면 너무 과하다고 생각해?"

린다가 물었다.

호아킨이 가슴에 팔짱을 끼고 어깨를 약간 으쓱했다. 차에 대해 생각을 하기만 해도 그의 온 신경이 곤두서며 가슴이 파닥거렸다.

"전 사실 아무 상관 없어요. 제 말은 제가 차를 사 달라고 한 적이 없다는 거예요. 두 분이 그걸 사 준 것이에요."

마크가 호아킨을 마주 보기 위해 의자를 돌려 앉았다. 호아킨은 마크가 자신을 때리고 밀치고 쫓아내 버리기를 원했다. 그러나 연민으로 부드럽게 보고 있다는 것이 그의 얼굴에 쓰여 있었다.

"와크."

마크가 말했다.

"우린 지금 노력하고 있어. 그러니 너도 조금만 노력해 줘."

호아킨이 대답을 하지 않자 그가 덧붙였다.

"우리에게 말해, 얘야. 대체 무슨 일이 있는 거니?"

그는 손으로 호아킨의 팔을 잡으려고 했다. 그러자 호아킨은 그럴 줄 알았다는 듯이 본능적으로 떨쳐 냈다. 그가 마크의 손을 밀쳐 낸 순간 모두가 얼어붙었다. 벽에 걸린 시계조차 똑딱거리기를 멈추고 바늘도 그 시간에 갇혀 있는 듯했다.

"호아킨."

린다가 말했다. 목소리가 쉰 듯했다.

"내가 널 결코 해치지 않는다는 걸 너도 알잖아. 호아킨, 너도 그걸 알잖아."

마크가 여전히 손을 허공에 멈춘 채 말했다. 호아킨이 웃음을 터뜨렸다.

"아저씨는 때리는 것만이 누군가에게 상처를 준다고 생각하는군요? 그래요?"

"호아킨……."

만약 누군가가 자신의 이름을 한 번만 더 부른다면 머리가 수천 조각으로 망가져 버릴 것 같다는 생각이 들었다.

"이제 그만하세요, 예?"

그가 일어서면서 소리를 질렀다.

"제발 그만둬요. 다! 차, 옷, 스케이트보드, 전부 다 그만둬요!"

이제 마크와 린다도 일어서 있었다. 그들 세 사람 사이에 삼각형이 형성되었다. 마크는 혼란스러워 보였고 린다는 그저 두려운 듯했다.

"아저씨는 항상 저를 해치지 않을 것이라고 말해요."

호아킨이 계속 말했다. 피부 아래에서 맥박이 퍼덕거리고 있었다.

"그렇지만 아저씨는 몰라요. 알아요? 누군가를 때리는 것이 그 사람에게 상처를 주는 가장 쉬운 방식이란 걸! 그보다 아저씨는 훨씬 더 많이, 더 깊이 제게 상처를 줄 수도 있어요!"

"우린 결코 네게 상처를 주고 싶지 않단다!"

린다가 주장했다.

"우린 그저 널 돕고 싶을 뿐이야. 우린 널 위해 곁에 있고 싶어. 널 돕기 위해. 우리는 네가 세상을 가지길 원해, 와크! 우린 네가 아주 많은 것을 가지면 좋겠어!"

"오, 그래요? 우리가 밖에 나가면 사람들이 우릴 어떻게 보는지 제가 모른다고 생각하죠?"

그것을 생각하는 것만으로도 호아킨의 가슴이 죄어드는 듯한 느낌이 들었다.

"저 두 백인이 가난한 갈색 아이를 구해 줬나?"

"사람들의 생각에 우리가 신경 쓰지 않는다는 걸 너도 알잖아."

마크가 목소리를 잔뜩 낮추며 말했다.

"예, 물론 아저씨는 그러지 않아요. 왜냐하면 그들이 아저씨를 영웅이라도 된 듯 보니까요! 그들은 저를, 저를 마치⋯⋯."

호아킨은 그 말을 힘겹게 내뱉었다.

"마치 제가 쓰레기인 듯이."

"그렇게 말하지 마."

린다가 화를 냈다.

"넌 쓰레기가 아니야, 호아킨. 앞으로 그렇게 말하지 마."

호아킨은 린다가 두 주먹을 세게 쥐는 것을 보았다.

"예, 그렇게 말하기는 쉽죠."

그가 빈정거렸다.

"두 분은 절 입양하면 그 모든 일들이 사라질 거라고 생각하시죠? 제게 멕시코인이 되는 것이 어떤 건지 가르칠 수 있나요? 제가 스페인어를 할 수 있게 가르칠 수 있어요? 제가 어디에서 왔는지 말해 줄 수 있나요?"

"아니."

마크가 말했다. 그의 목소리는 슬픔과 분노 사이의 어딘가에서 울리는 것처럼 들렸다.

"우리는 그중에 어떤 것도 해 줄 수가 없다. 그렇지만 우리는 네가 그것을 해 줄 사람을 찾는 데 도움을 줄 수 있어. 우리가 너에게 뭘 빼앗으려고 하는 게 아니다."

그들은 항상 옳은 것들을 말해 왔다. 그러자 그 모든 것이 잘못된 것이라 여겨졌다. 호아킨은 떨어지는 것을 막아 줄 울타리 없는 심연을 향해 스스로 발을 내딛는 것을 느꼈다. 그래서 그는 뛰어내리기로 결정했다.

"두 분이 아기를 가질 수 없다는 사실을 *제가* 보상해 줄 수 있다고 생각하시죠?"

그가 말했다.

린다와 마크가 괴로운 듯 서 있었고 호아킨은 그 자신이 땅에 부딪혀 산산조각 박살이 나면서 내팽개쳐진 것같이 느꼈다. 마크가 한 걸음 그에게로 다가왔다. 그러자 호아킨은 움직였다. 그의 발이 머리보다 더 빨랐다. 그는 집 밖으로 달려 나갔다. 마크와 린다는 소리를 지르며 그를 쫓아왔다.

그가 전화기를 들고 오지 않았다는 것을 깨달았을 때 그는 차 안에 있었고 길 아래쪽으로 이미 반쯤 와 있었다.

"제기랄."

그는 자신에게 중얼거렸다. 그리고 마크와 린다의 얼굴을 다시 백미러로 보았다. 그는 주먹을 들어 대시 보드를 힘껏 내리쳤다.

마크와 린다는 이제 그를 집에 다시 받아주지 않을 것이다. 호아킨 자신이 그런 말을 들었다면 다시는 집에 들이지 않을 것이었다. 용이

이기고 말았다. 그리고 호아킨은 그저 한 무더기 부러진 뼈와 땅 위에
불에 탄 재로 남았다. 시간도 끝나고 삶도 끝났다.

    게임이 끝났다.

25. 그레이스

그레이스는 이렇게 오래도록, 이렇게 큰 비밀을 엄마 아빠에게 유지해 본 적이 한 번도 없었다. *임신했다*는 것을 알았을 때조차 그녀는 24시간도 안 돼서 말했다. 그러나 그녀는 닥쳐올 여행에 관해 엄마와 아빠에게 말한다면 계획조차 세울 수 없으리라는 것을 알았다. 무턱대고 낯선 사람의 집을 찾아가 문을 두드려서 혹시 생모가 맞느냐고 묻겠다는 계획은 엄마 아빠는커녕 그 누구도 설득할 수 없을 것이었다.

그레이스는 상상력이 풍부했지만 엄마 아빠가 반대할 이유를 모두 상상할 수는 없었다. 그래서 대신 그는 라피에게 말하기로 했다.

"잠깐만, 그러니까 정리를 해 보자."

라피가 말했다. 그들은 주방용품점에서 가까운 레스토랑의 뒤편, 그레이스가 '그들의' 좌석이라고 생각하는 곳에 앉아 있었다.

"넌 그러니까 낯선 사람의 집에 찾아가서 문을 두드리고 '안녕, 엄마.' 하고 말하겠다고?"

"뭐, 비슷해. 정확하진 않지만. 넌 우리가 그 집에 달걀이라도 던지러 가는 것처럼 말하네."

"그레이스."

라피가 포크를 내려놓고 그녀를 보았다.

"오해하지 말고 들어. 이게 너의 최상의 아이디어란 생각이 난 안 들어."

"그건 내 아이디어가 아니야. *우리의* 아이디어야. 나와 호아킨, 그리고 마야. 우린 모두 함께 갈 거야."

라피는 미심쩍은 눈길로 바라보았다.

"그녀가 집에 없으면 어쩔 건데?"

"메모를 남겨 둬."

"메모를 남겨 둬?"

라피가 반복했다.

"안녕하세요. 당신의 세 생물학적 아이들이 인사나 하려고 들렀어요. 당신이 집에 없어서 섭섭하군요."

그레이스가 그를 향해 눈을 부라렸다. 이런 식으로는 대화를 진행할 수가 없었다.

"만약 이 계획이 잘못될 가능성을 누군가가 설명해 주기를 원했다면 나는 엄마 아빠에게 말했을 거야."

"아직 *부모님*께 말도 하지 않았다고?"

라피가 탁자에 머리를 숙이고는 이마를 모서리에 쿵쿵 찧기 시작했다.

"그레이스, 그레이스, 그레이스. 이건 온통 재난이라고밖에 말할 수가 없다."

"라피. 넌 최소한 조금이라도 응원을 해 줘야지! 정말 겁이 나는 일이라고, 알아? 넌 내 친구가 되기로 했잖아."

"그래. 좋아. 때론 친구는 네게 진실을 말해야 해. 넌 적어도 부모님께는 말해야 해."

"이해하지 못하실 거야."

"그레이스, 넌 아기도 낳았어. 그리고 부모님은 그 경험을 무난하게 같이 겪어 내셨고. 그런데도 넌 그분들에게 충분한 신뢰를 주고 있질 않아."

"만약 내가 말한다면 엄마 아빠는 그것이 왜 좋은 아이디어가 아닌지 백만 가지 이유를 들며 반대하실 거야."

라피는 '*나도 네게 그렇게 말했어.*'라고 말하려는 듯이 눈썹을 추켜올렸다.

"아, 됐어. 그럼 신경 쓰지 마."

그레이스가 자신의 접시를 밀어내면서 말했다. 그녀는 샌드위치나 프렌치프라이에 거의 손도 대지 않았다. 다른 음식도 마찬가지였다. 토요일에 관해 생각하는 것만으로도 그녀는 임신 기간에도 경험하지 못했던 메스꺼움을 느꼈다.

"좋아, 그럼 한 가지 물어봐도 되지?"

"내가 안 된다고 해도 결국 질문을 할 거잖아?"

"그렇지."

"좋아. 어쨌든 물어봐."

라피가 조금 앞으로 기대며 한 손을 그레이스를 향해 탁자 위에 올렸다.

"만약 너의 생모가 만나기를 원하지 않는다면?"

그레이스가 자리에서 조금 뒤로 물러앉았다. 갑자기 다리에 닿는 의자 가죽이 차갑게 느껴졌다.

"내 말은, 모든 편지들이 반송되어 오고 전화는 연결되지 않아. 그녀는 결코 너희 중 누구도 심지어 호아킨조차 찾으려고 한 적이 없어. 만약 그렇게 그냥 사라진 채로 있고 싶어 한다면?"

그레이스가 무릎 위의 냅킨을 만지작거렸다.

"모르겠어. 그래도 난 내가 잘 지낸다는 걸 알게 하고 싶어. 이기적인 생각인가?"

"그렇게 생각되진 않아."

"그럼 어리석은 짓인가?"

"아마도. 나도 잘 모르겠어."

"너라면 어떻게 할 건데?"

라피는 잠시 생각하고는 그레이스와 손가락 끝이 닿도록 탁자를 가로질러 그의 손을 뻗었다.

"모르겠다. 그러나 이런 식이든 다른 식이든 어쨌든 넌 답을 얻게 될 거야."

그레이스가 라피의 손을 덮기 위해 손을 들어 올렸다.

"난 호아킨과 마야에게 피치에 관해 말했어."

라피의 눈이 거의 우스꽝스러울 정도로 커졌다.

"정말?"

그가 물었다.

"왜? 어떻게?"

"마야가 입양부모에게서 온 메시지를 봤어. 전화로 날 놀리려고 하다가 그걸 봤어. 그렇게 됐어. 그다음부터 숨기기가 어려웠어."

"어휴, 그렇게 하고 괜찮았어?"

사실 그레이스는 괜찮았다. 그날 이후 조금 더 가벼워졌다고 느꼈다. 그녀에게 걸려 있던 무거운 구름이 마침내 비로 바뀐 것처럼.

"그들은 내가 아기를 보러 오길 원했어."

"와크와 마야가 그랬다고?"

"아니. 피치의 부모. 몇 달 후 피치가 6개월쯤 됐을 때 내가 방문했으면 해. 우린 원래 입양 전에 1년에 두 번 방문하기로 합의했거든."

라피는 손을 뒤집어 두 사람의 손바닥이 닿을 수 있도록 하고는 그녀가 계속 말하기를 기다렸다.

"내가 그럴 수 있을지 모르겠어."

"괜찮아. 꼭 그럴 필요는 없을 것 같아."

"그렇지만 만약 피치가 날 보길 원한다면? 내 말은 지금이 아니라 나중에."

"생모를 보고 싶어 하는 지금 *너처럼?*"

그레이스가 고개를 끄덕였다.

"난 정말 피치가 답답해하는 걸 원하지 않아. 무슨 말인지 알겠어? 나처럼 아이가 어떤 의문을 갖는 것도 원하지 않아."

라피가 어깨를 으쓱했다.

"그럼 가서 아기를 봐. 가서 만나든 만나지 않든 힘들 거야. 그러나 넌 항상 아기를 위해 옳은 선택을 해 왔어. 지금 멈추지는 마."

그레이스는 아무 말도 하지 않았다. 자신이 어떤 말을 할 수 있을지도 알 수 없었다.

"이 문제에 대해 계속 얘기하고 싶니?"

라피가 물었다.

그녀가 고개를 저었다.

"네가 가져온 반품할 물건에 대해 말하고 싶지는 않아?"

그가 그레이스 옆에 있는 포장된 물건을 향해 고개를 끄덕였다. 주방용품 가게에서 주문한 것이었다.

이번에는 그녀도 눈물을 씻으며 웃었다.

"이건 정말 괜찮은 거야."

"네 엄마의 불면증 구매품? 대단하시다."

라피가 동의했다.

"어디 보자."

그레이스가 상자에서 그것을 꺼냈다.

"내 생각에는 후추 빻는 기계 같아."

뾰족한 모자를 쓰고 수염이 난 작은 정원사 노인을 들어 올리며 그녀가 말했다.

"모자를 비틀면 수염에서 후추가 나와."

라피가 손으로 입을 막았다.

"우아."

"우리가 이름을 지어 줘야 할 것 같아?"

"아니."

라피가 말했다. 그리고 자리에서 일어났다.

"애착을 갖지 않는 게 좋을 거 같아. 자, 가자. 매장에 도착하고 시간이 좀 남으면 내 앞치마를 입어 보게 해 줄게."

"오, 근사하겠네."

그녀가 눈을 흘기며 말했다. 그럼에도 그가 손을 내밀었을 때 따뜻하게 맞잡았다.

토요일 아침 그녀를 깨운 것은 라피에게서 온 문자였다.

오늘 행운이 함께하길. 늦게라도 원하면 전화해.

그레이스는 '그래.'라고 답장을 하기 전 오랫동안 그것을 바라보았다. 그러고 화장실로 가서 토했다.

엄마 아빠는 이미 정원박물관을 보려는 일정 때문에 나가고 없었다. 그들은 그녀를 위해 싱크대 위에 해동시킬 저녁거리를 준비해 두었다. 밀폐 용기에 물기가 맺힌 것을 보자 그녀의 가슴속에서 무엇인가가 아주 고통스러운 방식으로 지긋이 누르는 듯한 느낌이 들었다. 그들은 지난 한 해 동안 그녀를 아주 많이 용서해 왔다. 그녀는 이 일 또한 용서받을 수 있기를 바랐다.

그레이스가 옷을 모두 챙겨 입었을 때 마야가 택시를 타고 도착했다. 그레이스는 적어도 열 번 넘게 옷을 바꿔 입었다. 예쁘게 보이고 싶었지만 너무 과도하지 않으려고 애썼다. 그녀는 일상적으로 보이고 싶었지만 보통 주말에 낯선 사람이 사는 집의 문을 두드리고 그 사람에게 자신의 엄마인지를 묻는 계획에 걸맞게 너무 평범해서도 안 되었다.

라피의 말이 그녀 뒷전에서 계속 울려 왔다. 그러나 그레이스는 그 말들을 밀쳐 냈다. 나쁜 아이디어든 아니든 진행되어야만 했다.

"어휴, 젠장. 토할 것 같아."

마야가 말했다.

"난 이미 토했어. 두 번이나."

그레이스가 인정했다.

"정말? 또 임신한 거야?"

"야! 아니야."

마야는 그녀를 향해 웃어 보였지만 웃음은 어느새 재빨리 표정에서 사라져 버렸다.

"잘 모르겠어. 멍청한 생각은 아닐까? 우리 바보들 아니야?"

"나도 모르겠어. 아마도."

"어휴, 진짜 토할 것 같아."

"제발 토한단 말 좀 그만해. 난 괜찮아 보이니?"

그레이스가 말했다.

"언닌 진짜 멋있어. 아주, 아주…… *언니다워*. 난 어때?"

"멋져. 잠깐, 하려는 말이 뭔데? 아주…… *나답다니*?"

마야가 웃었다.

"아주 깨끗해 보여."

"*그게 도대체 무슨 말이야!*"

그레이스가 소리를 질렀다. 그리고 몸을 돌려 열한 번째 옷을 갈아 입으려고 계단을 뛰어 올라가려는 순간 호아킨의 차가 주차장으로 요동을 치며 들어섰다.

그가 차에서 내리기도 전에 무언가 잘못되었음을 알 수 있었다. 그가 차를 주차하는 방식이 아주 엉망이었다. 너무 빠른 한 번의 동작으로 주차를 하고 너무 날카롭게 멈추어 섰다.

"우아."

마야가 그녀 옆에서 말했다.

"난 안 가."

차에서 내린 호아킨이 처음 한 말이었다.

"뭐?"

마야가 소리쳤다.

"좋은 시도야. 또 누가 길을 나서기 전에 소변을 봐야 하는 사람 없어?"

"아니, 난 진지해. 원한다면 이 차를 가져가. 난 괜찮으니까. 여하튼 난 안 가."

그레이스는 마치 연극의 2막을 놓치고 3막을 보고 있는 것처럼 느꼈다.

"기다려. 도대체 무슨 말을 하는 거야? 무슨 일이 있었어? 왜 이러는데?"

호아킨은 이제 차 앞을 왔다 갔다 하고 있었다.

"난 갈 수 없어. 난 안 돼."

"그런데 *왜*?"

"왜냐하면! 젠장, 난 모든 걸 망쳐 버리니까!"

그가 소리를 질렀다. 그는 손으로 머리카락을 휘저었다. 그러나 머리카락은 원래 모습대로 돌아왔다.

"난 너희가 겪게 될 최악의 골칫거리야. 너희 모두에게. 이해 못 하겠어?"

마야는 그저 팔짱을 끼고 왔다 갔다 하는 호아킨을 보기만 했다.

"말 다 했어? 그래도 우리는 가야만 해."

"이제 막 말했잖아. 나 빼고 너희나 가라고."

"안 돼."

마야가 말했다.

"이건 다 가거나 다 가지 않거나 해야 하는 일이야."

그녀는 가방을 움켜쥐고 차를 향해 걸어가기 시작했다. 그리고 호아킨이 따라오지 않자 다시 돌아보았다.

"어서 와, 그레이스."

그녀가 말했다. 그레이스는 제자리에 그대로 서 있었다.

"와크, 무슨 일이 있었어? 지금 많이 떨고 있어."

그녀가 다시 물었다.

"난 정말……. 난 마크와 린다에게로 돌아갈 수 없게 됐어."

"뭐? 왜?"

"싸웠어. 내가 망쳐 버렸어. 내가 제대로 날려 버렸어. 재가 되도록 불에 태워 버렸어."

호아킨은 혼자서 낄낄거리고 있었지만 그레이스는 흐느낌처럼 들린다고 생각했다.

"그 사람들은 이제 날 받아들이지 않을 거야."

"그 사람들이 그렇게 말했어?"

마야가 차 문 앞에 서서 물었다.

"말할 필요도 없어."

"알았어. 우린 오빠 없이는 안 가. 어서 타. 차 안에서 문제를 얘기하자."

"안 간다고! 도대체 너흰 내 말을 듣기나 하는 거야? 난 이 일조차 망쳐 버리고 싶진 않아. 너희 때문이 아니야."

"제발 이 문 좀 열어 줄 수 없어?"

마야가 소리쳤다.

호아킨은 그녀를 무시했다.

"여기."

그가 열쇠를 그레이스에게 건네며 말했다.

"돌아오면 내게 문자 해."

그러더니 그의 얼굴빛이 달라졌다.

"*젠장.* 전화기를 집에 두고 나왔어."

그레이스는 토네이도보다 앞서가기 위해 호아킨이 정신없이 날뛰고 있다는 느낌이 들었다.

"호아킨."

그녀가 한 걸음 다가서 손으로 그의 팔을 잡으며 말했다.

"오빠가 우리들 엄마를 만나고 싶지 않다면 그렇게 해. 그래도 정말 괜찮아. 그렇지만 오빠가 망치게 될까 봐 가지 않는다고? 그건 괜찮지 않아. 사실이 아니기도 하고."

호아킨이 머리를 흔들었다.

"이것 봐, 너희 둘은 내 여동생이야. 그렇지? 너흰 내 가족이라고. 그래서 너흴 위해서라도 그 누구도 다치게 하고 싶지 않아."

"오, 젠장. 누구를 위한다고?"

마야가 갑자기 비명을 질렀다. 둘이 동시에 그녀를 보려고 방향을 돌렸다. 그녀는 여전히 차 옆에 서서 손을 옆구리에 올려놓고 있었다.

"오빠, 그게 정확하게 가족의 본질이야!"

마야가 그를 향해 소리쳤다.

"가족이란 건 오빠가 어디를 가거나, 얼마나 멀리 달아나거나, 오빠는 여전히 나와 그레이스의 일부이고, 우린 여전히 오빠의 일부라는 거야! 우릴 봐! 서로 찾아낼 때까지 15년이 걸렸어. 그렇지만 우리는 해냈어. 때때로 가족은 서로에게 상처를 입히기도 해. 그러나 그러고 나면 상처가 서로를 더 단단하게 묶어 줘. 그러니 오빠도 가야 해. 함께. 가면서 오빠가 외로운 늑대라고 혼자 생각해도 좋아. 그렇지만 오빠는 아니야! 지금 오빠는 우릴 얻었어. 좋든 싫든. 그리고 우린 오빠를 얻었고. 그러니 이 엿 같은 차에 올라타서 *가자*고!"

그레이스가 호아킨을 보았다.

호아킨은 마야를 보았다.

잠시 후 그는 엿 같은 차에 탔다.

"*고마워.*"

마야가 한숨을 쉬고는 그레이스 쪽을 보았다.

"아, 참. 한 가지 더 있지."

"그건 뭔데?"

그레이스가 백팩을 움켜쥐며 물었다.

"조수석 찜!"

운전하는 3시간 동안 그들은 대부분을 침묵 속에서 보냈다. 그레이스는 뒷좌석에 널부러져 있었고 마야는 호아킨이 운전하는 동안 옆좌석 창문에 바짝 붙어 몸을 웅크리고 있었다. 그녀는 틈나는 대로 카메라로 풍경을 찍어 댔다. 호아킨은 운전대를 꽉 움켜쥐고 있었지만 그레이스는 머리를 겨우 지탱하고 있는 듯한 그의 어깨와 목의 슬픈

선을 볼 수 있었다. 어느 순간 마야가 창문에서 눈을 뗐다.

"뭐든 얘기하고 싶어?"

마야가 물었다.

"아니."

"알았어."

그녀는 다시 유리창에 볼을 갖다 댔다.

그들은 한동안 라디오에서 그레이스가 싫어하는, 그러나 어쨌든 가사는 알고 있는 듯한 팝송을 들었다. 사막이 가까워지자 라디오 소리는 잡음으로 알아들을 수가 없게 되었고 결국 호아킨이 꺼 버렸다. 그들은 휴게소에 세워진 거대한 공룡을 지나고 풍차의 바다와도 같은 곳도 통과했다. 풍차는 그레이스로 하여금 *돈키호테*를 떠올리게 했다. 그녀는 마야와 호아킨 그리고 자신이 돈키호테처럼 아주 우스꽝스러운 모험을 하고 있는 것은 아닌지 궁금했다. 이러할 것이라고 상상했던 것과는 다른 것을 좇아 실망과 수치, 실패가 이미 예정된 곳을 향해 달려가고 있는 것은 아닌지 걱정이 되었다.

뒷좌석 그레이스의 전화가 울려 댔다. 그녀는 흘끗 들여다보았다.

어떻게 되어 가?

라피가 물었다.

그냥.

그레이스가 답장을 했다.

두려워?

무서워 죽겠어.

잘될 거야. 모든 일은 항상 해결되기 마련이야.

그녀는 그 말이 진짜인지 아닌지 알 수가 없었다. 그러나 적어도 한 사람이 그렇게 생각해 줘서 기뻤다.

호아킨이 길가에 차를 세웠을 때 그레이스의 손바닥은 땀에 젖어 있었다. 마야는 이제는 창문에 기대 있지 않고 대신 선글라스를 이마에 밀어 올린 채 산토끼처럼 꼿꼿하게 앉아 있었다.

"저긴가 보다."

그녀가 작은 집을 가리키며 말했다.

호아킨은 길 반대쪽에 주차를 했고 그들은 그대로 침묵 속에 앉아 있었다. 집을 바라보면서 그들 셋은 똑같이 깊은 숨을 쉬고 있었다. 집은 칠을 새로 한 것처럼 보였다. 청회색의 바탕 위에 밝은 흰색으로 덧칠되어 있었으며 현관문 근처에는 제라늄 화분들이 있었다. 짙은 푸른색 세단이 주차장에 주차되어 있었다.

"좋아 보인다."

그레이스가 잠시 후에 말했다.

"그러네."

호아킨이 말했다. 그는 완벽하게 고요한 상태였다. 그레이스가 손으로 그의 어깨를 잡고 차에서 내리려고 할 때에도 움찔거리지도 않았다.

"기다려, 기다려, 기다려. 아직 안 돼. 잠깐만……. 여기서 어떤 일이 일어날지라도 우리 셋은 함께하기로 하는 거야. 알겠지?"

마야가 말했다.

호아킨의 턱이 꽉 조였다 풀렸다를 반복했다. 그래도 고개를 끄덕였고 그레이스도 말했다.

"동의해."

마야는 다시 창문 밖을 보다가 마침내 깊은 숨을 다시 내쉬었다.

"됐어, 가 보자."

그레이스는 나중에 생각해 보았다. 그들 셋이 현관문을 향해 집 앞

계단을 걸어 올라갈 때 틀림없이 겁에 질려 함께 딱 붙어 있는 오리들처럼 보였을 것이었다. 그녀의 가슴도 아주 격렬하게 뛰어 실제로 아파 오기까지 했다. 그녀는 임신했다고 엄마 아빠에게 말했을 때보다 더 무서웠다. 의사가 그녀에게 힘을 줄 때라고 말했을 때보다 더 무서웠고, 피치가 처음으로 새 부모의 팔에 안겨 있을 때보다 더 무서웠다.

그레이스는 멀리사가 집에 있기나 한지 의심스러웠다. 그녀가 그 집에 살고 있지 않으면 어쩌나 걱정이 되었다. 만약 문에서 아무도 대답을 하지 않는다면? 만약 누군가가 대답한다면?

"문을 두드려, 그레이스."

마야가 속삭였다. 호아킨은 뒤에서 그들을 보호하려는 듯이 서 있었다. 그레이스는 사자 문양으로 된 색 바랜 청동 손잡이에 손을 뻗었다. 손잡이는 그들이 침입자이기라도 한 듯 그들을 향해 으르렁거리는 듯했다. 그레이스는 그것이 나쁜 징조가 아니기를 바랐다.

문 두들기는 소리는 길 아래쪽까지 퍼져 나가는 듯했고, 잠시 후에 한 여자가 문을 열었다. 그녀는 간호사들이 입는 수술복 같은 옷을 입고 있었고 짙고 곱슬거리는 머리칼을 뒤로 당겨 꽁지 머리로 질끈 묶고 있었다. 그리고 그들을 보고 웃으면서 말했다.

"잡지? 아니면 과자?"

"예? 잘 못 들었어요. 뭐라고요?"

그레이스가 버벅거렸다. 옆에 있는 마야가 떨고 있는 것을 느낄 수 있었다. 그래도 호아킨의 코와 마야의 눈을 닮은 여자를 바라보는 순간 그녀의 눈이 크게 떠졌다.

"아, 미안해!"

여자는 문에 기댔다.

"고등학교에서는 항상 기금을 모으려고 아이들을 물건 팔러 내보내고는 하잖아. 나는 그냥 수표를 써서 주는 게 좋겠다고 아이들에게 말하는데 사람들은 자신들이 가져온 물건들을 팔고 싶어 하더라고."

그녀가 밝게 웃었고 그레이스는 자신이 얼핏 피치를 보고 있다는 생각이 들었다.

"쿠키면 좋겠는데. 읽지도 않는 잡지들이 한 트럭 있거든."

"아니에요, 우린. 음."

그레이스는 두려움과 함께 이런 상황에 대비해 미리 할 말을 연습해야 했다는 것을 깨달았다.

"당신이 멀리사 테일러인가요?"

마치 그레이스가 뺨을 때려서 털어 내기라도 한 듯 여자의 얼굴에서 웃음기가 싹 가셨다.

"아니, 멀리사는 오래전에 죽었어. 난 여동생이야. 제시카."

그레이스는 호아킨이 그녀를 붙잡으려고 한 발짝 나서기 전까지는 자신의 다리가 후들거리고 있다는 사실조차 깨닫지 못하였다. 그녀는 다음에 해야 할 말을 더듬거리며 찾고 있었고 그녀의 머릿속에서는 소음과 고통과 충격이 댕그랑댕그랑 울리며 밀려오고 있었다. 그때 여자가 갑자기 탄식하며 손으로 자신의 입을 막았다.

"오, 세상에!"

그녀가 속삭임을 내뱉었다. 그리고 울기 시작했다.

"너흰 언니 아이들이구나. 너흰 *멀리사의 아이*들이야."

그리고 그녀는 앞으로 다가와 셋 모두를 두 팔로 힘껏 안았다.

그때에야 그레이스의 울음이 터졌다.

26. 마야

제시카의 집 안은 바깥과 마찬가지로 단정했다.

마야는 부엌 식탁에서 그레이스와 호아킨 사이에 앉았다. 제시카는 분주하게 그들 주변을 오가며 냉장고에서 음료수를 꺼내고 종이 냅킨을 나란히 그들 앞에 놓았다.

"우린 전화를 하려고 했어요."

그레이스가 말했다. 목소리는 여전히 쉰 듯했고 울음이 섞인 끅끅거리는 소리가 났다.

"그런데 전화번호를 갖고 있지 않았어요."

"오, 괜찮아, 괜찮아."

제시카가 말했다. 그녀의 마스카라가 눈 아래로 흘러내렸고 볼에는 여전히 눈물 자국이 있었지만 그녀는 웃고 있었다. 때때로 마야는 그녀의 모습에서 호아킨을 보았고 그레이스를, 때로는 자신의 모습을 찾을 수 있었다. 마치 놀이동산의 '마법의 집'에 있는 만화경을 보는 듯했다. 제시카는 보는 각도에 따라 시시각각 달라졌고 마야는 흠뻑 빠져들었다.

"몇 년 전에 집 전화기를 없애 버렸어."

제시카가 그들 맞은편에 앉으며 덧붙였다.

"항상 휴대전화를 사용하니까 유선 전화를 가지고 있을 필요가 없었어. 유선전화가 있을 땐 사람들이 전화를 해서는 이것저것 물건을 사라고 들볶았지. 그래서 그 사람들에게 왜 내가……."

제시카가 갑자기 말을 끊고 수줍게 웃었다.

"미안. 내가 긴장하면 수다스러워져."

"저도 그래요."

마야가 그녀에게 말했다.

그녀 옆에 앉은 호아킨은 아주, 아주 조용했다. 그러나 마야는 그의 머리가 제시카의 동작을 따라 이리저리 움직이는 걸 볼 수 있었다.

"그러니까, 내게 하고 싶은 질문이 많겠네."

제시카가 그들 모두에게 눈물 젖은 미소를 보이면서 말했다.

"엄마는 어떻게 돌아가셨어요?"

마야가 속삭였다. 그녀는 아주 거대한 무언가를 잃기도 하고 얻기도 한 것처럼 느껴졌다. 멀리사는 죽었다. 그러나 제시카는 여전히 여기에 있다. 문은 닫혔지만 또 다른 문이 열렸다.

제시카는 손도 안 댄 물 잔을 내려다보며 혼자 고개를 끄덕였다.

"트럭 사고였어."

그녀가 웅얼거렸다.

"고작 그녀는 스물한 살이었는데. 길을 건너다가 정지 신호를 무시하고 달리는 트럭에 부딪히고 말았어. 운전수는 언니를 보지도 못했다고 했어. 언니는 그 자리에서 죽었다고 했고. 고통스럽지 않았대. 나는 그걸 걱정했는데. 그게 사람들이 우리에게 들려준 말이었어."

"우리 아빠를 아세요?"

그레이스가 물었다.

"그래, 처음부터 시작해야 할 것 같구나."

제시카가 그들 각각을 차례대로 보면서 말했다. 그녀의 눈에 다시 눈물이 차올랐다.

"아, 미안. 미안해."

그녀가 속삭였다.

"난 그저 멀리사의 얼굴을 너무 오랫동안 못 봤는데 지금 그 얼굴의 세 가지 버전을 보고 있으니. 이건 정말……."

그녀는 말을 잇지 못했다.

"너희 셋은 정말 모두 아름답구나. 마치 언니를 보는 것 같아."

마야는 그레이스의 손이 자신의 손을 꽉 잡는 것을 느꼈다. 그래서 손가락으로 그레이스의 손가락을 감싸고 꽉 움켜쥐었다. 그녀는 무언가에 매달리지 않으면 울음이 터질 것 같아서 두려웠다. 그리고 마야는 이 대화의 한 마디, 한 마디를 모두 기억하고 싶었다. 그녀는 엄마에 관한 모든 기억이 그녀를 채우고, 그녀를 흐려져 가는 빛과 함께 따뜻하게 분홍으로 물든 하늘을 가로질러 날아가게 할 때까지 엄마의 기억 속에서 숨 쉬고 싶었다.

"저기."

호아킨이 목을 가다듬더니 말을 시작했다.

"음, 혹시 사진을 가지고 있나요? 엄마의?"

제시카는 아랫입술을 깨물면서 고개를 저었다.

"너희 할아버지, 그러니까 우리 아빠가 너, 호아킨을 임신했을 때 언니와 의절을 했어. 언니는 열일곱 살이었고 엄마 아빠는 제정신이 아니었어. 언니를 쫓아냈지. 내 생각엔 아빠도 그 때문에 마음이 부서져 내렸을 거야. 아빠는 언니의 모든 사진을 태워 버렸어."

마야는 자신의 집, 자신의 부모, 자신의 침대, 계단 위의 사진들을 생각했다. 그녀는 어디 다른 곳으로 가는 것이 아니라면 그중 어떤 것을 떠난다는 것을 상상할 수도 없었다.

호아킨이 앞으로 몸을 기댔다. 그리고 마야는 손을 뻗어 그의 팔을 잡았다. 마치 그녀와 그레이스에게서 그를 떼어 놓지 않겠다는 듯이.

"우리 아빠를 아시나요?"

그가 물었다.

제시카가 눈을 조금 환하게 뜨고 고개를 끄덕였다.

"너도 알아야 해. 네 부모님은 서로 사랑했어. 고등학교에서 만난 연인들이었지. 그들은 서로에게 아주 푹 빠졌지. 사실 조금 역겨울 정도였다."

제시카는 눈물을 훔치며 혼자서 쿡 하고 웃었다.

"언니는 자습 시간에 결혼식에 대한 계획을 세우곤 했어. 그는 언니에게 더할 나위 없이 좋은 사람이었고 그는 멀리사를 소중하게 생각했어. 그런데 그가 추방됐어. 멀리사는 그때 임신한 줄도 몰랐어. 난 밤이면 밤마다 침대에서 언니가 우는 소리를 들었어. 그러다가 먹은 것을 토하기 시작했어. 처음에 우리 둘 다 언니가 너무 슬퍼서 그런 건 줄 알았어. 그런데, 그게……."

호아킨이 이를 꽉 깨물며 고개를 끄덕였다. 어깨가 귀에까지 올라와 있었다.

"알았어요. 그 사람 이름은 기억해요?"

제시카가 그를 보았다.

"모르고 있었니? 아빠 이름이 호아킨이야. 멀리사가 그의 이름을 따서 네 이름을 지었어."

"아!"

마야가 그의 어깨를 잡으며 부드럽게 탄식했다. 그녀는 그 말이 그에게 무엇을 의미하는지 상상조차 할 수 없었다. 그러나 그녀의 옆에 앉은 호아킨은 여전히 조금도 움직이지 않았다.

"그는, 음, 그는 가족이 있었나요?"

호아킨이 물었다.

제시카가 고개를 끄덕였다.

"그럼. 부모님 두 분과 어린 여동생. 그들 모두 멀리사를 좋아했어. 언니는 항상 그 집에 들르고는 했거든. 그런데 그들 모두가 추방됐어. 어느 날 갑자기 *가야 했지.*"

마야는 제시카가 다시 울지 않으려고 애쓰는 것을 알 수 있었다.

"너희 엄마는, 그녀는 정말⋯⋯. 그것이 언니를 산산 조각 내 버렸어."

마야는 호아킨의 턱이 굳어졌다 풀렸다 하는 것을 바라보았다. 그녀는 그의 삶이 이 다른 가족과 함께 있었더라면, 땅에 그를 뿌리내리게 했다면, 그를 그들의 날개 속에서 보호할 수 있었다면 어땠을까를 생각하지 않으려고 했다.

"엄마가 집에서 쫓겨난 다음엔 무슨 일이 있었나요?"

"그래. 언니는 웨이트리스로 일하던 레스토랑에서 다른 남자를 만났어. 그리고 너, 그레이스를 임신했단다. 그때 난 겨우 열네 살이었어. 그래도 종종 그 레스토랑엘 들르곤 했어. 언니는 공짜로 콜라를 주고는 했지. 그들은 아기, 그러니까 너를 포기하고 입양을 시키는 데 동의했어. 멀리사가 그레이스를 가졌을 때 그레이스의 부모님이 집세며 공과금, 나머지 모든 것을 지불했기 때문에 호아킨과 함께 살 수 있었던 것 같아. 그리고 그레이스를 보낸 후 사태는 더 안 좋아졌어. 사회복지사가 들이닥쳤고. 그 사람들은 호아킨, 네게 그 집이 안전한 곳이라고 생각하지 않았어."

제시카가 탁자 아래를 내려다보며 손가락으로 알 수 없는 무늬를 거듭 그리고 있었다.

"그때 나를 포기한 건가요? 그 다음에는요?"

호아킨이 물었다.

제시카가 고개를 끄덕였다.

"언니는 어떻게 해서든 너와 함께 지내려고 노력했어. 너를 되찾으려고 했고. 그런데 마야의 아빠를 만난 거야. 그다지 멋진 사람은 아니었어."

마야는 제시카가 일부러 여지를 남겨 두려는 셈인지 아주 중요한 세부적인 사실들을 빠뜨리고 있다고 생각했다.

"그리고 마야를 임신했지. 그리고 다시 또 무너져 내렸어. 언니는 너희 중 어느 누구도 지켜 낼 수가 없었어. 마찬가지로 자신의 삶도 지켜 낼 수가 없었지. 너희를 상실한 것이 그녀를 망가뜨렸다고 나는 생각해."

제시카가 눈물을 닦아 냈다. 그리고 마야는 난데없이 로렌이 상처 입고 희망도 없게 되는 것을 상상했다. 그녀 옆의 그레이스는 조용히 훌쩍이고 있었고 마야는 그녀의 손을 더 꼭 잡았다.

"넌 입양되었니? 그분들은 좋은 사람들이니?"

제시카가 눈에 희망을 담고 호아킨에게 물었다. 호아킨이 조금 자세를 고쳐 앉았다.

"아, 아니에요. 한 가정이 있었지만 입양 절차가 마무리되기 바로 직전에 그 사람이 임신을 했어요. 그 사람들은 아이를 하나만 원했고, 그래서……. 한동안 위탁가정을 돌아다니며 지냈어요."

마야는 제시카의 낙담하는 표정을 보았다.

"얼마나 오래?"

"처음부터 계속 그랬어요."

"그래도 지금은 정말 좋은 가정에 있어요."

마야는 제시카가 다시 울기 시작하자 끼어들었다.

"그분들은 오빠에게 푹 *빠져* 있어요. 정말 오빠를 많이 사랑해요.

심지어는 차도 사 줬어요!"

마야는 이 시점에서 자신이 누구에게 말하고 있는지도 알 수가 없었다. 제시카인지 호아킨인지. 그러나 그녀는 두 사람 모두 그 말을 들을 필요가 있다는 것을 알았다.

"마크와 린다는 정말 멋진 사람들이에요."

"전 괜찮아요. 정말이에요. 전 지금 잘 지내요."

호아킨이 부드럽게 말했다.

제시카가 일어나 티슈 통을 들고 돌아왔다.

"이건 우리 모두를 위한 거다. 비록 그 대부분을 내가 사용할 것 같지만. 하느님, 난 너희 모두가 여기 있다는 걸 정말 믿을 수가 없다. 언니도 너희 셋에 대해 알아보려고 정말 무던히도 노력했어. 내가 알기로는 언니는 그레이스의 부모님이 마야도 함께 데려가길 원했지. 그런데 그럴 수 없다고 들었어."

"예, 할머니 때문에. 할머니는 마야가 태어나기 직전에 암으로 돌아가셨어요. 하지만 부모님은 제가 마야와 호아킨을 찾도록 도와주셨어요. 제가……."

그레이스의 목소리가 몇 초 동안 꺼져 들어갔다.

"전 두 달 전에 아기를 낳았어요. 저도 그 아기를 입양시켰어요."

제시카가 놀라서 바라보자 침묵이 계속되었다.

"그래도 저의 부모님은 정말 훌륭하세요."

그레이스가 서둘러 말했다.

"그분들은 정말 온 힘을 다해 절 지지해 줘요. 엄마에게 일어난 일 같은 건 없어요. 전 아주 운이 좋은 거죠. 좋은 부모를 만났으니. 그분들은 절 많이 사랑해요."

"오, 하느님 감사합니다."

제시카가 한숨을 쉬었다.

"그리고 아기를 입양한 부모와도 좋은 관계를 가지고 있어요. 그들이 제게 사진도 보내 줬어요."

그녀는 전화기를 열어 마야가 지난주에 보았던 사진을 찾아서는 제시카 앞으로 내밀었다.

"예쁘구나."

제시카가 말했다. 그리고 마야는 그레이스의 얼굴이 자부심에 가득 차 햇살처럼 빛나는 것을 보았다.

"우리 아빠를 만나 보셨어요? 아빠를 아세요?"

마야가 물었다.

"아냐. 난 그 사람을 만난 적이 없어. 그레이스와 호아킨 모두를 잃고 난 다음 멀리사는 붙잡을 곳이 없었던 것 같아. 그렇잖아? 언니는 집으로 돌아올 수 없었어. 부모님은 전화로도 언니와 말하고 싶어 하지 않으셨거든. 언니는 고독했고, 그래서 언니에게 입으로만 온갖 좋은 것을 약속하는 남자들을 계속 만났던 것 같아."

"그리고 언니는 항상 너희들을 '아가들'이라고 불렀어."

제시카가 덧붙였다.

"그리고 너희 모두의 생일들을 기억하고 있었어."

제시카의 눈에 다시 눈물이 고이기 시작했다.

"별로 믿기지 않으리라는 것 알아. 특히 호아킨, 네게."

그녀가 속삭였다.

"그렇지만 하느님, 언니는 널 사랑했어. 정말 사랑했어. 이렇게 서로 나란히 앉아 있는 너희 셋을 보는 것이 언니에게 어떤 의미일지 상상으로도 다 표현할 수 없다."

"부모님은 어떠세요?"

호아킨이 물었고, 마야는 이제 그의 목소리의 떨림을 듣고 마음을 짐작할 정도로 그를 잘 아는 듯했다.

"여전히 살아 계세요?"

"아니, 그분들은 몇 해 전에 돌아가셨어. 심장병과 뇌졸중으로. 1년도 안 되어 연이어 돌아가셨어. 난 아빠가 멀리사가 그렇게 죽은 다음 자신을 용서하지 못했던 것 같아. 너희 부모님들이 멀리사에게 보낸 편지들까지 반송시켰거든."

마야는 뒷주머니에서 편지봉투를 꺼내 제시카에게 밀어 주었다.

"이 편지처럼요?"

그녀가 물었다.

제시카가 슬프게 웃었다.

"그래, 이 편지처럼."

"다른 가족은 계시지 않나요? 오빠나 여동생은 없어요?"

그레이스가 물었다.

"나 혼자야."

제시카가 조금 웃으며 말했다. 마야는 자신의 눈에서 눈물이 흘러내리는 것을 느꼈다.

"언제나 혼자였어요?"

마야가 물었다.

"오, 얘야. 울지 마."

제시카는 말하면서 티슈 통을 마야에게 밀어 주었다.

"난 혼자가 아니야. 남자 친구가 있어. 좋은 친구들도 많고. 부모님이 돌아가시고 이 집을 상속받았고 조금 수리했어. 난 *절대* 혼자가 아니야. 제발 나 때문에 슬퍼하진 마."

그레이스 역시 지금 울고 있었다. 그래서 마야는 티슈 통을 그녀에게 밀어 주었다.

"그리고……."

제시카가 덧붙였다. 그녀의 입이 조금 떨리고 있었다.

"난 *이모*야. 난 날마다 너희 셋을 생각했어. 어떻게 찾을지는 몰랐지만 난 너희를 결코 잊지 않았어."

이제 호아킨조차 볼에 눈물이 흘러내리고 있었다. 그리고 마야는 다시 티슈 통을 그가 있는 쪽으로 방향을 돌려 주었다.

"이모가 생기는 것은 정말, 정말 좋은 일 같아요. 우린 한 사람을 만났네요."

제시카가 일어서서 팔을 뻗어 손으로 그들의 얼굴을 하나하나 쓰다듬었다. 그녀는 호아킨을 가장 오래 쓰다듬었다.

"언니는 널 사랑했어."

그녀가 다시 그에게 속삭였다.

"언니는 네 아빠를 사랑했고 널 미친 듯이 사랑했어. 그렇지 않은 듯 보이기도 하겠지만 난 알아. 언니가 그랬다는 걸. 네게 맹세해, 호아킨. 언니는 너를 위한 세계를 원했어."

호아킨이 손을 들어 올려 제시카의 팔목을 잡았고 그녀는 엄지손가락으로 그의 눈 밑을 쓰다듬고는 그의 이마에 입을 맞추었다.

"오!"

그녀가 갑자기 비명을 질렀다.

"오, 세상에나. 그걸 잊고 있었다니 믿을 수가 없어! 금방 올게."

그녀는 눈물로 얼룩지고 멍한 표정의 세 사람을 남겨 두고 서둘러 방을 나갔다.

"오빠는 오빠 아빠 이름을 따온 거래. 그건 좀 *심하지 않아?*"

마야가 호아킨에게 속삭였다. 호아킨은 그저 머리를 저었고 셔츠

소매로 눈물을 닦았다.

"괜찮아?"

마야가 그에게 물었다.

"그래."

그가 말했다. 그러고는 목을 가다듬었다.

"그저……. 너무 많은 얘길 들었어."

그들 옆에 있는 그레이스가 고개를 끄덕였다. 전화기에 있는 피치의 사진이 여전히 그녀를 올려다보고 있었다.

"자……."

제시카가 방으로 돌아오면서 말했다.

"어휴, 내가 이걸 생각하는 데 이렇게나 오래 걸렸다는 걸 믿을 수가 없네. 아무튼 이건 네 것이야, 호아킨."

그녀는 열쇠를 하나 들어 올렸고 그가 그녀에게서 받아 쥐었다.

"그건 대여 금고 열쇠야. 멀리사는 네가 태어나자 그걸 개설했어. 언니가 죽은 다음에도 내가 계속 비용을 지불해 왔어. 언니는 항상 말했어. 그건 널 위한 거라고, 호아킨. 난 결코 그걸 열어 보지 않았어. 그 안에 뭐가 들어 있는지도 몰라. 그걸 여는 건 네 몫이야. 내가 할 일이 아니라는 것을 알았거든."

호아킨은 그저 눈을 깜박이며 자신의 손바닥을 내려다보았고, 그리고 제시카를 바라보았다.

"엄마가 이걸 마련해 뒀다고요?"

그가 물었다.

"그래. 널 위해. 그게 널 위한 거라고 정확히 말했어."

마야는 그녀 목 뒤의 머리칼이 곤두서는 느낌이 들었다.

"그렇단다. 너희 배고프지? 좀 더 얘길 할까 뭘 좀 먹을까?"

마야는 무언가를 먹을 수나 있을지 알 수 없었다. 그러나 제시카의 얼굴에 떠오른 표정을 보고는 그들 셋 모두를 대표하여 대답했다.

"전 얘기하면서 먹는 걸 좋아해요."

그녀가 말했다. 그리고 그녀 옆에 있는 오빠와 언니도 고개를 끄덕였다.

27. 호아킨

은행까지 가는 동안 그레이스가 운전을 해야 했다. 호아킨은 운전을 할 수 있는 상태가 아니었다. 그의 손이 너무 심하게 떨리고 있었다. 그는 제시카의 집에서는 그나마 괜찮은 듯했다. 엄마가 밥을 먹고, 텔레비전을 보고, 잠이 들었던 공간에 앉아 있었다. 그들은 뒷마당에 앉아 샌드위치와 감자칩도 먹었다. 제시카는 아주 좋은 사람이었다. 그녀의 웃음은 음이 높고 거침이 없어 그레이스의 웃음처럼 들렸다. 그리고 그녀는 마야와 같은, 작은 보조개가 있었다. 두세 차례 제시카는 손을 뻗어 호아킨의 손을 잡았다. 그저 손을 잡고 있었는데 마치 엄마의 손을 잡고 있는 것 같은 느낌을 주었으며 우주 어딘가에서 엄마가 자신을 지켜보고 있는 느낌이었다.

호아킨은 그 느낌이 어떤 의미를 갖는지 정확히 알지 못했다.

그들은 포옹을 했고 계속 연락하며 지내기로 약속한 후 제시카의 집을 나섰다. 제시카는 그들이 호아킨의 차에 탈 때 한 사람, 한 사람 얼굴을 어루만졌으며, 자신의 전화번호가 적힌 메모지를 호아킨의 주머니 속 신비로운 열쇠 옆에 찔러 넣었다.

"너흰 먼저 집으로 가고 싶으면……."

그레이스가 모퉁이를 돌아 차를 출발시키자 호아킨이 말했다.

"안 돼."

마야가 뒷좌석에서 말했다. 그녀는 이번에는 '조수석 찜!'을 외치지 않았다.

"오빠랑 은행으로 *갈 거야*."

호아킨은 더 이상 논란을 벌일 수가 없었다. 그들은 침묵 속에 차를 탔고 차에서 내려 은행으로 한 줄로 서서 걸어 들어갔으며 호아킨이 그들을 이끌었다.

"저기요?"

호아킨이 안내원에게 말했다.

"전, 음, 여기 대여 금고가 있나요? 제시카 테일러가 전화한다고 말했는데 ……."

"성함이 어떻게 되시죠?."

그는 힘을 줘 침을 삼키고 아빠의 이름이자 자신의 이름을 말했다.

"호아킨 구티에레즈."

여자가 컴퓨터에서 눈을 떼고 그를 올려다보았다.

"열쇠를 가지고 있나요?"

호아킨이 떨리는 손으로 주머니에서 열쇠를 꺼내 내밀었다.

"여기 있어요."

여자가 그를 아래층으로 데리고 가려고 하자 그는 멈춰 서서 대기 장소에 있는 그레이스와 마야를 손짓으로 불렀다.

"혼자서는 안 가. 우리 셋이 함께. 무슨 일이든지, 그렇지?"

그레이스와 마야는 일어서서 그를 따라 아래층으로 내려갔다. 호아킨이 뒤로 손을 뻗어 그들의 손을 하나씩 잡았다.

방은 작았다. 영화에서 보듯 주인공이 대여 금고를 되찾기 위해 거대한 대리석으로 덮인 방으로 들어가는 것과는 전혀 달랐다. 불빛이 조금 흐릿했으나 호아킨은 개의치 않았다. 그와 은행원이 동시에 열쇠를 돌렸고, 그러자 길고 가는 상자가 벽에서 부드럽게 밀려 나왔다. 보통의 공책 만한 크기였다.

"저기에서 상자를 확인해 볼 수 있습니다."

그녀가 훨씬 더 작은 방을 가리키며 말했다. 그리고 그들 뒤에서 문을 닫아 주었다. 그들 사이의 탁자에 상자와 함께 셋만 남았다.

호아킨이 숨을 깊이 한 번 들이쉬었다. 그리고 또 한 번.

"여기 뭐가 들었을까 내기할까?"

"현금."

마야가 말했다.

"애플의 주식."

그레이스가 두 손을 맞잡으며 말했다.

"스티커 모음."

"술병."

호아킨이 자기도 모르게 웃기 시작했다.

"괴팍한 놈들. 자, 연다. 여기에 뭐가 들었을까?"

그는 뚜껑을 열었다.

처음에 그는 한 번도 가 본 적 없는 장소에서 결코 만나 보지 못한 사람들을 찍은 사진이 담긴 엽서 뭉치라고 생각했다. 그런데 호아킨의 눈이, 웃고 있는 곱슬머리 남자 아기와 그 아기를 안고 있는 여자가 보이는 엽서에 초점을 맞추는 순간 그레이스가 억눌린 탄식을 내뱉었다. 사진 속 그녀 역시 웃고 있었으며 그들의 눈은 똑같았다. 그리고 호아킨은 그것이 엽서가 아니라 그와 그의 엄마를 찍은 사진임을 깨달았다. 상자 전체가 사진들로 가득 차 있었다.

주체할 수 없이 눈물이 흘러나오기 시작했다. 그의 두 손은 사진들을 헤집으며 얼굴이 보이도록 뒤집고 있었다. 그중 하나에는 병원에서 갓 태어난, 건포도처럼 붉고 주름진 얼굴을 한 호아킨이 있었다. 또 다른 하나에는 카메라를 보고 웃으며 놀고 있는 그가 있었다.

호아킨은 감정이 터질 듯 솟구쳐 오름을 느꼈다. 사진 한 장 한 장마다 불러일으키는 감정이 그를 압도했다. 모든 사진이 가슴 아픈 통증이었고 가슴을 출렁이게 하는 기쁨이었다. 엄마는 꼭 그레이스와 마야처럼 생겼는데 밝은 색깔의 눈에 명랑함이 느껴졌다. 호아킨은 자신의 눈물이 사진 위로 떨어져 내리고서야 눈물을 닦을 생각이 들었다. 그의 옆에는 그레이스가 마야의 등 뒤에 기대어 조용히 흐느끼고 있었고 마야는 이마를 호아킨의 어깨에 대고 있었다. 그리고 그는 손을 뻗어 그들을 자신에게로 끌어당겼다. 탁자 위에 펼쳐진 그들의 과거는 무엇인가 더 풍요롭고 더 좋은, 그러면서도 더 진실한 것으로의 초대장 같았다.

"이것 봐."

마야가 사진 한 장을 집어 들며 속삭였다. 호아킨이 그녀에게서 사진을 받아 들어 올렸다. 엄마가 호아킨을 옆구리에 끼고 안은 채 카메라를 향해 손을 가리키고 있었는데 배가 눈에 띄게 불룩해 있었다.

"이게 그레이스군."

그가 웃으며 말했다. 그레이스가 그 사진을 보기 위해 앞으로 몸을 기울였다.

"우아."

그녀가 탄성을 질렀다.

호아킨은 다시 사진들을 꼼꼼하게 살펴보기 시작했다. 사진 각 장마다 있는 아기를, 그 자신을 보았다. 이렇게 생긴 아기를, 큰 눈과 사과 같은 볼을 가진 아기를 용서하는 것은 쉬웠다. 호아킨은 그 아기가 자신임을, 누군가가 거의 18년 동안 그의 사진들을 보관할 만큼 그를 사랑했다는 사실을 계속 상기해야 했다. 벽에 걸려 있지도, 앨범 속에 있지도 않았지만 그 사진들은 안전하게 보관되어 있었다. 누군가가 그것을 저장할 가치가 있다고 생각했다는 것이었다.

그렇지만 사진들 중에는 아기가 없는 사진이 유독 한 장 있었다. 고등학교의 무도회에서 찍은 듯한 전문가가 찍은 사진이었다. 곧 그는 고등학교 졸업 파티에 있는 엄마와 아빠가 함께 찍은 사진을 보고 있음을 깨달았다. 그들은 키가 비슷했으며 값싼 정장을 입고 있었는데, 아빠의 눈은 엄마에게 초점을 맞추고 있었고 제시카가 설명한 것과 다를 바 없이 깊은 애정으로 그녀를 그윽하게 바라보고 있었다. 사진의 뒷면에는 누군가가 '멀리사 ♡ 호아킨. 키스.'라고 써 두었다.

호아킨은 무언가가 가슴속에서 쪼개지며 열리는 것을 느꼈다. 그리고 동시에 또 다른 균열이 봉합되기 시작하는 것을 느꼈다. 하늘로 날아올라 분리되자마자 동시에 함께 결합되는 것 같은 느낌이었다. 그는 양 옆에 여동생들이 앉아 있는 의자에 깊숙이 기대앉았다. 그들 셋은 조용히 자신들의 과거를 정리하고 있었다.

그것은 호아킨이 지금껏 받았던 것 중 가장 큰 선물이었다.

은행 문을 닫을 시간이 되어 마침내 나오며 호아킨은 안내데스크의 여자에게 사진들을 담을 종이 가방을 빌려야 했다.

"대여 금고는 유지하실 건가요?"

여직원이 호아킨에게 물었다.

"아뇨. 필요한 모든 것을 찾았어요."

집으로 가는 길에도 그레이스가 운전을 했다. 호아킨은 사진이 든 가방을 놓고 앞좌석에 몸을 구부린 채 앉아 있었다. 두어 차례 그는 가방을 들여다보았다. 마치 여전히 거기에 사진들이 있음을 확인이라도 하려는 듯이.

그의 어린 자아가 그럴 때마다 그를 거꾸로 바라보고 있었다.

"멋진 날이야."

마야가 뒷좌석에서 몸을 앞으로 기울이며 중얼거렸다. 머리를 그레이스의 어깨에 올리고 팔은 뻗어 호아킨을 감쌌다. 그레이스는 허밍으로 대답했고 노을빛과 바람이 여자애들의 머리에 부딪혀 그들 얼굴 주변에서 불꽃처럼 너울거렸다. 호아킨은 그들이 자신의 엄마처럼 아름답다고 생각했다.

호아킨은 손을 뻗어 마야의 손목을 잡았다. 그들의 피부와 피는 같았다. 집으로 차를 몰았고 약속한 꼭 그대로 그들 셋은 함께했다.

고속도로를 벗어날 즈음 호아킨은 걱정이 되기 시작했다. 마크, 린다와 싸운 일이 그날 아침이 아니라 백만 년 전에 있었던 일처럼 느껴졌고 어떻게 해야 할지 알 수가 없었다. 어쩌면 호아킨이 물건을 챙길 정도의 시간 동안만이라도 집에 들어갈 수 있게 해 줄까? 그런데 이제 그 물건들도 그들의 소유인 것은 아닐까? 어쨌든 호아킨은 그 어떤 것도 비용을 지불하지 않았으니 솔직히 자신의 것이라고 주장할 수가 없었다. 아마도 전화기는 찾아야 할 것이다. 그리고 앨리슨에게 전화를 걸어 새 가정으로 배정받아야 한다고 말해야 한다. 아마도 그레이스나 마야의 집에 잠시 머물 수 있을지도 모른다. 그러나 고작해야 어디로 갈지 정해질 때까지 하룻밤이나 이틀 밤 정도일 것이다.

그는 이런저런 생각에 몰두한 나머지 그레이스의 집 주차장에 마크와 린다가 서 있는 것도 알아차리지 못했다. 그들의 차가 주차되어 있었고 표정에는 근심이 가득했다.

"뭐야?"

그가 그들을 보자마자 말했다.

"잠깐만, 무슨? 저분들이 여기서 뭘 하는 거야?"

마야는 일부러 사과하는 듯한 표정을 꾸밀 필요가 없다고 생각하며 말했다.

"우리가 오빠 번호에 전화를 했어. 오빠가 제시카 집에서 화장실에 갔을 때. 두 분이 받으셨고 우리가 같이 있다고 말씀드렸어. 오빠를 정말 걱정하고 계셨어."

호아킨은 너무 충격을 받아 차 밖으로 나갈 수조차 없었다. 그는 여러 집을 여러 번 옮겨 다녔다. 그러나 누구도 자신을 찾아다닌 경우는 없었다. 심지어 자신의 엄마조차 그러지 않았음을 갑자기 깨달았다.

그가 차에서 꼼짝도 않고 있는 바람에 마크가 가야만 했고 문을 열어야 했다.

"어이, 꼬마. 네 모험은 들었다."

호아킨은 살아오는 동안 충분히 울었다고 생각했다. 그러나 거기서 있는 마크를 보자 아직도 눈물이 많이 남아 있었다.

"미안해요. 정말 미안해요, 마크."

그러자 마크가 차 안으로 몸을 기울여 안전벨트를 풀어 주고 호아킨을 일으켜 세웠다. 거기 있던 린다가 팔로 두 사람 모두를 감싸 안았다. 마크는 호아킨을 힘주어 껴안으며 말했다.

"괜찮아. 다 괜찮아. 우린 화나지 않았어."

호아킨은 팔이 아플 정도로 그들에게 단단하게 매달렸다. 호아킨은 고통과 상처와 안도감이 함께 뒤섞여 폭발이라도 할 듯 그의 가슴을 짓누르는 걸 느꼈고 용서받는다는 게 이런 것임을 분명하게 느꼈다.

"아빠."

그가 나직하게 말했다.

"엄마."

호아킨의 부모는 더욱 힘껏 그를 끌어안았다.

이제 그들은 결코 호아킨이 떠나도록 내버려 두지 않을 것이었다.

2부

아주 평범한

28. 마야

늦은 2월 팜 스프링스의 햇살 아래 있다 들어온 때문인지 마야에게 재활병원 내부는 조금 춥게 느껴진다. 안으로 들어서자 밝고 푸른 하늘을 더 이상 성가셔할 필요가 없어 눈이 편안하다. 현관 로비는 아주 조용하다. 그녀는 자신의 발소리를 들으며 안내데스크로 걸어간다.

"저는 마야라고 하는데요. 엄마를 만나러 왔어요. 다이앤이에요."

마야가 말한다.

같이 들어갈 필요가 없다고 수백 번 설득을 한 다음에야 아빠는 그녀를 정문 앞에서 내려 주었다. 그리고 가까운 스타벅스에서 기다리기로 했다.

"필요한 일이 생기면 바로 문자 해."

아빠는 적어도 열다섯 번은 더 말했다.

"5분 내로 올 수 있을 거야. 문제 없어."

로렌은 집에 남기로 했다. 이미 엄마를 세 번이나 찾아가 만났다. 마야는 여전히 준비가 되지 않았다. 그동안 가족 심리치료와 1 대 1 치료, 그리고 클레어, 호아킨, 그레이스와의 대화들이 있었는데도 준비가 되었는지 알 수 없었다. 그러나 그녀의 엄마다. 엄마를 다시 보지 않을 방도가 없었다.

데스크의 남자는 마야를 리놀륨 타일이 깔린 복도를 지나 오락실처럼 보이는 곳으로 안내한다. 당구대, 축구 게임 탁자와 몇 개의 소파, 그리고 도드라지게 놓인 티슈 통들이 있다.

엄마는 방 귀퉁이에 놓인 의자에 앉아 있다. 마야를 보자 얼굴 표정이 밝아진다. *살이 쪘다.* 엄마를 보고 처음 드는 생각이다. 엄마의 볼이 조금 통통해졌고 머리카락도 더 짙고 길어졌다. 그녀가 건강해졌음을 마야는 알아차린다. 엄마가 그렇게 보이는 것은 아주 오랜만이다.

"아가."

엄마가 말한다. 일어서서 그녀를 붙잡으려고 다가온다. 그러나 마야는 한 걸음 물러선다. 아직 껴안을 준비는 되지 않았다. 석 달이 지났지만 그녀는 여전히 화가 났고 여전히 분했다. 심리치료사는 시간이 좀 걸릴 것이라고 말했고 마야는 그 말을 믿기로 했다.

"키가 좀 커졌어!"

엄마는 껴안는 대신 마야의 손을 잡아 꽉 쥐면서 말한다.

"좀 컸니? 마야, 엄마보다 훨씬 큰데?"

"엄마, 거짓말 마. 못 본 지 몇 년은 된 것처럼 말하네."

그래도 엄마의 표정이 달라지지 않는다.

"난 네가 이제 열여섯 살이 된다는 게 믿기지 않는다."

"믿어."

마야가 얼굴을 붉히며 말한다.

"로렌이 이러저런 얘기를 해 줬어. 클레어랑 헤어졌다가 다시 만난다며."

마야가 고개를 끄덕인다.

"이제 석 달 됐어. 엄마, 난 걔가 정말 좋아."

"그래. 아주 잘됐다, 아가. 너에게 정말 잘된 일이야. 클레어에게도 마찬가지고."

"앉고 싶어?"

마야가 그녀에게 묻는다.

"여기저기 소파가 엄청 많네."

그들은 방 뒤쪽 가까이에 있는 소파를 골라 서로 나란히 앉는다. 침묵이 어색했고 둘은 그것을 안다. 함께 이야기를 나눈 지도 오래되었다. 재활병원에 들어오기 전에도 다르지 않았다.

"그래, 난 네가 이걸 알길……."

엄마가 말을 시작한다.

"그래, 엄마가 알아야 할……."

마야도 시작한다. 그리고 둘은 함께 웃는다.

"엄마 먼저 해. 말해 봐."

마야가 말한다.

"좋아. 그럼. 난 정말 네가 알아줬으면 해……."

엄마의 목소리가 조금 떨린다. 그녀는 마야의 눈을 똑바로 보기 전에 자신의 무릎을 잠깐 내려다본다.

"난 네가 알아주면 좋겠다. 내가 정말, 너무 미안해. 너와 우리 가족에게 그 모든 일을 겪게 해서. 너랑 로렌은, 너희는 내 비밀을 지켜 줬지. 이젠 믿어 줘. 더 이상 그런 일은 없을 거야. 이 안에서 아주 많은 일을 했어. 많이 변했고. 난 이제 집에 가서 모든 걸 바로잡을 준비가 됐어."

눈에 눈물을 가득 담고 마야가 고개를 끄덕인다. 그녀는 아주 확신한다. 그녀의 집만큼 많이 우는 집은 이 세상에 없을 것이라고.

"알아. 이제 괜찮아."

"아니, 아가. 아니야."

엄마가 앞으로 기대어 손을 마야의 어깨에 올린다.

"아직 괜찮지 않아. 그러나 우린, 아빠와 난 노력할 거고 더 좋아질 거야. 난 너와 로렌도 그렇게 해 줬으면 해. 난 정말……."

엄마의 목소리가 다시 떨려 나온다.

"난 원치 않아. 너희가 돌이켜 보았을 때 예전과 같은 날 기억하는 걸. 난 너희가 날 자랑스러워하면 좋겠어."

마야는 다시 고개를 끄덕인다. 너무 압도되어 말을 시작하기가 어렵다.

"엄마, 난 엄마가 자랑스러워. 엄만 열심히 노력했고 진짜 노력하고 있잖아."

마침내 그녀가 말한다.

"그래, 내 얘긴 이걸로 충분해."

엄마는 웃으면서 손으로 볼을 두드려 눈물을 말리며 말한다.

"*네가* 하려던 말은 뭐니?"

마야가 숨을 들이쉬고는 신경을 누그러뜨린다. 이 말을 할 또 다른 기회가 없을 것이기에 그녀는 제대로 말해야 한다고 생각한다.

"아빠나 로렌에게도 이건 전혀 말하지 않았어. 엄마에게 제일 먼저 말하고 싶었어. 두 달 전에 호아킨, 그레이스와 생모를 찾아갔어."

엄마 표정에서 색이 빠져나가는 듯하다. 엄마는 손으로 입을 막는다. 마야는 그래도 말을 이어 간다.

"오래전에 난 엄마 아빠 금고에서 봉투를 하나 찾았어. 그래서 그 봉투에 쓰인 주소로 찾아갔어. 그런데 그녀, 멀리사는 오래전에 돌아가셨대. 자동차 사고로."

"오, 아가."

엄마가 마야의 손을 꼭 쥐어 온다. 마야는 엄마의 결혼반지가 살갗을 파고드는 것을 느낄 수 있다.

"오, 아가. 어쩌면 좋아."

"아니, 아니. 괜찮아."

마야가 재빨리 말한다.

"난 그냥, 그러니까 내 말은, 그래. 슬퍼. 그렇지만 그분의 여동생, 제시카가 있었어. 정말 괜찮은 사람이었어. 사진들도 있었어. 그리고 난 정말……."

마야는 입술이 떨리는 것을 느낄 수 있다. 그녀는 이 느낌이 싫다. 그것은 자신의 몸을 포함하여 모든 것을 통제할 수 없을 것같이 느껴지게 한다.

"난 정말 엄마에게 먼저 말하고 싶었어."

그녀가 말한다. 이제 목소리까지 떨려 나온다.

"왜냐하면 엄마니까. 알아? 엄마니까. 엄마가 내 엄마니까. 그리고 난 날 낳았기 때문에 멀리사를 사랑해. 그리고 날 키웠기 때문에 엄마를 사랑해. 그리고 나는 아직도 엄마에게 화가 많이 나 있긴 하지만 이건 엄마가 알아주면 정말 좋겠어. 엄마가 백만 번도 더 실수를 해도 난 여전히 엄마를 사랑할 거야. 어떤 일이 있어도. 마치 어떤 일이 있어도 엄마가 날 사랑하는 것처럼. 그렇지?"

엄마는 이제 조용히 울고 있다. 고개를 끄덕이니 눈물이 얼굴을 타고 흘러내린다.

"그럼, 물론이지. 아가."

그녀가 말한다.

"그럼……, 엄만 언제 집에 올 거야?"

마치 엄마가 공중으로 올라가 떠다니기라도 할 것처럼 엄마의 손을 꼭 그러쥐고 마야가 묻는다.

"곧."

엄마가 속삭인다.

"곧 집에 갈 거야. 약속할게."

"우리 집으로."

마야가 중얼거리고는 엄마에게 조금 웃어 보인다.

"엄마가 있어야 할 곳."

29. 호아킨

결국 입양을 축하하는 파티는 열여덟 번째 생일 축하와 겸하게 되었다. 호아킨은 조금도 서운하지 않았다.

아침에 법원에는 그들 셋과 하루 동안 린다가 고용한 사진사만이 있었다. 호아킨은 그를 어른처럼 느끼게 만들어 주는 새 양복을 입었고 마크의 넥타이와 색을 맞추어 넥타이를 맸다. 린다는 넥타이와 같은 색의 드레스를 입었다. 집을 나서기 전 그들 셋은 거울로 자신들을 보았다.

"우리."

호아킨이 선언했다.

"아주 촌뜨기들처럼 보여요."

마크는 그저 웃었다.

"꼬마야, 참 안됐다. 1시간만 있음 넌 우리와 가족이 되는 거야. 이제 물릴 수도 없어."

호아킨은 아주 괜찮은 거래라는 생각이 들었다.

간략한 식이 진행되는 동안 린다는 울었고 마크는 눈물을 글썽였지만 나중에 그게 알레르기 때문이라고 우겼다. 호아킨은 번개가 법원에 내리꽂히지 않을까, 실제로 잘 진행될까 여전히 불안했다. 그러나 하늘은 푸르렀고, 모든 것은 계획대로 되었으며, 판사는 "축하해, 젊은이."라고 말했고, 사진사가 함께 있는 그들을 계속 찍어 댔고, 호아킨의 얼굴은 오후 내내 너무 많이 웃어 아플 지경이었다.

뒷마당은 매우 붐비고 파티는 해가 지는 시간에 맞춰 본격적으로 시작되고 있다. 마크와 호아킨은 어제 나무들 모두에 전구를 매달았다. 그 과정에서 반창고 두 개가 필요하게 되긴 했지만. 그래서 뒷마당은 거의 마법처럼 보였다. 보기만큼 냄새도 좋은 재스민과 나란히 부겐빌레아와 나팔꽃 들 역시 활짝 피어 있다. 호아킨과 린다는 이 꽃들을 한 달 전에 함께 심었다. 이 일에는 반창고가 단 하나 필요했다.

마당 귀퉁이에서 연주하고 있는 마리아치 밴드(멕시코 전통 의상을 입고 멕시코 전통 민속음악을 연주하는 작은 규모의 밴드—옮긴이)의 음악에 맞춰 마크와 린다는 춤을 추고 있다. 이웃집 사람들도 거의 다 거기에 있다. 너무 시끄러운 나머지 그들이 경찰을 부를까 마크와 린다가 걱정했기 때문이었다. 그들도 흥겨운 시간을 보내고 있는 듯하다. 그들은 예술센터에서 연필꽂이를 만든 브라이슨의 부모와 함께 수다를 떨고 있다. 브라이슨은 취주 악기에 아주 가깝게 다가서서 홀린 듯이 보고 있다. 호아킨은 그가 우연히 트럼펫을 두들겨 보지 않기를 바란다.

호아킨은 한 귀퉁이에서 마야와 클레어가 머리를 맞대고 이야기를 나누는 것을 본다. 로렌과 그녀의 아빠는 린다가 차려 놓은 바비큐 뷔페를 꼼꼼하게 살펴보고 있다. 클레어와 마야는 심각한 대화를 나누는 것처럼 보인다. 그러다 마야가 빙그레 웃었는데 그 순간 멀리사와 아주 흡사해 보인다. 호아킨은 가슴이 부풀어 오르는 것을 느낀다.

제시카도 남자 친구와 함께 있다. 호아킨은 그가 하고 있는, 숫자와 수학 그리고 다른 사람들의 돈과 관련된 그 일이 무엇인지는 정확히 모르지만 그가 괜찮아 보인다. 그래서 호아킨은 그가 제시카에게 잘 맞다고 생각하기로 결정한다. 그녀는 머리카락을 머리 위로 틀어 올리고 린다와 마크가 춤을 추며 그들 옆을 지나갈 때 이야기를 하고 있다.

그레이스는 음료 탁자 근처에 있다. 그녀의 부모님은 다른 이웃집 사람과 대화를 나눈다. 그레이스는 라피가 그녀 옆에 와 서자 손을 맞잡는다. 호아킨과 라피는 몇 번 만났다. 그리고 호아킨은 그가 그레이스와 만나도 될 사람이라고 결정했다. 그런 사람이 많지 않지만 라피는 그런 사람들 중 하나다. 그들은 다음 주에 스케이트보드를 함께 탈 작정이다.

알바레스 박사도 있다. 호아킨이 다니는 지역의 주민대학에서 사회학 입문을 가르치는 교수님이다. 호아킨은 애나 같은 심리치료사, 아니면 앨리슨 같은 사회복지사가 될까 하고 생각한다. 아직은 확실하지 않다. 그러나 선택지가 있어 좋다. 그는 이제 그런 것들에 대해 생각하는 것을 좋아한다. 그는 또한 아빠의 가족에 관해 그들이 어디에 살고 있을지, 자기를 만난다면 행복해할지를 생각한다. 그는 할아버지와 할머니, 고모, 그를 알 기회조차 갖지 못했던 아빠를 상상한다. 그는 1년 전이 어땠는지를 생각한다. 그는 가족이라고는 하나도 없었는데 지금은 셋이 생겼다. 마야와 그레이스, 제시카; 마크와 린다; 잃어버렸지만 사라지지 않은 국경 저편의 가족. 가족이란 나무의 세 가지는 부러지거나 꺾이거나 그를 떨어뜨리지 않을 것이다.

호아킨은 수업이 끝난 후 아빠의 가족이 어디에서 살고 있을지에 관해 알바레스 박사와 자주 이야기를 나눈다. 마크와 린다 역시 그가 아빠의 흔적을 찾아내기 위해 산더미 같은 서류 뭉치를 분류하는 일을 돕고 있다.

"건초 더미에서 바늘 찾기 같군."

컴퓨터를 함께 들여다보며 어느 순간 마크가 말했다. 그러나 호아킨은 개의치 않았다. 그는 무언가를 아주 열심히 찾는다면 마침내 발견하게 될 것을 안다.

그는 또 대학에서 스페인어 수업을 듣고 있다. 하고 싶은 만큼 쉽게 진척되지는 않는다. 그러나 노력하고 있다. 적어도 의미있는 일이다.

나무 아래 서 있는 애나는 남편과 함께 예술센터의 거스와 이야기를 나누고 있다. 호아킨은 음료수가 생각나 몰래 그들을 지나쳐 가려고 한다. 그러나 그들은 억지로 그를 대화에 끌어들여 대학, 생일, 그리고 지난달 마크, 린다와 함께 간 래프팅 여행 등에 관해 이야기한다. 호아킨은 그 여행에서 찍은 사진을 지금도 전화기 속에 보관하고 있다가 그들에게 보여 준다. 특히 린다가 비명을 지르는 사진을 보여 준다. 마크는 린다의 생일에 그 사진을 캔버스 크기로 확대할 계획을 가지고 있다. 호아킨은 그렇게 된다면 자신에겐 린다만 싱글 맘으로 남게 될 것이라고 생각한다.

그는 마침내 음료수를 가져가려고 안으로 들어간다. 그러자 계단에서 목소리가 들린다. 그는 귀퉁이에서 머리를 내밀어 그레이스와 마야가 계단에 앉아 있는 것을 본다. 마야의 팔이 그녀의 어깨를 감싸고 있고 그레이스는 울고 있는 것처럼 보인다.

"괜찮아."

마야가 호아킨에게 말한다.

"언니가 좀 감상적이 돼서."

그레이스가 고개를 끄덕이며 이제 계단 위에 걸려 있는 호아킨과 멀리사를 찍은, 액자에 든 사진을 쳐다본다. 린다와 마크가 대여 금고에서 꺼낸 몇몇 다른 사진들과 나란히 잘 짜여진 액자에 넣었다. 지금 호아킨은 계단을 오르내릴 때마다, 냉장고를 지날 때마다, 현관으로 나갈 때마다 자기 자신을 본다.

"정말 멋진 사진이야."

그레이스가 코를 훌쩍이고 호아킨은 그들 옆에 있는 계단 난간에 기댄다.

"그래 멋져."

그가 동의한다.

"언니는 내일 일 때문에 흥분 상태야."

그레이스가 소매 끝으로 눈을 톡톡 찍는 동안 마야가 설명한다.

"오, 그래 준비됐어? 도움이 필요해?"

그레이스는 그저 웃기만 하며 고개를 젓는다.

"아냐. 괜찮을 거야. 어차피 혼자 할 일이야. 그러고 나서 라피를 만날 거야."

"이제 둘은 데이트하는 거야? 뭐야?"

마야가 묻는다.

"클레어와 난 내기를 걸었어."

"내 연애에 돈을 걸어?"

그레이스가 한숨을 내쉬며 말한다.

"연애? 오, 예!"

마야가 승리의 주먹을 들어 올리고 공중에 대고 휘두른다.

"클레어에게 20달러 받아야지!"

호아킨은 그저 씩 웃기만 하고 그레이스가 신음을 흘리며 손으로 얼굴을 덮을 때 마야의 승리의 주먹에 우연히 맞기라도 할까 피하려고 한다.

"우린 아직 알아 가는 중이야. 하나의 과정이고."

그러나 마야의 춤이 시작되자마자 갑작스럽게 끝난다. 심지어 그레이스조차 놀라고 긴장한 채 바라본다. 호아킨이 고개를 돌리자 그곳에 버디가 서 있다. 버디는 남동생, 부모님과 함께 서 있다. 호아킨이 긴장을 느끼는 만큼 그녀도 긴장한 듯 보인다.

"안녕?"

그녀가 말한다.

"파티에 초대받았어. 내가 와도 되는 자리라면……."

처음에 호아킨은 어떤 말도 할 수가 없다.

"누, 누가?"

그가 가까스로 더듬거린다.

"안녕. 난 그레이스, 여긴 마야."

그레이스가 일어서며 말한다.

"안녕."

버디도 말한다. 그러나 그녀는 여전히 호아킨을 보고 있다.

"너희가?"

호아킨이 동생들에게 물어보려고 한다. 그러나 그들은 이미 버디의 부모님과 동생을 이끌고 뒷마당으로 나가고 있다.

"이리 오시죠. 나무에 걸린 불빛들 보셨어요? 아름답죠. 정말 동화 속 정원 같아요!"

밖에서 시끌벅적하게 파티가 진행되고 있기에 집 안은 한층 조용한 듯하다. 호아킨이 일어서서 버디를 본다.

"안녕?"

그가 마침내 말한다.

"안녕."

그녀가 다시 말하고는 그에게 선물을 내민다.

"아, 미안! 이걸 네게 주려고. 생일과 입양을 축하해."

"고마워. 지금 풀어……?"

그는 학교에서 버디를 만난 그날처럼 긴장되는 것을 느낀다. 이제 백만 년도 더 전, 다른 생애에서, 완전히 다른 사람의 일 같다.

"응, 물론이지."

버디가 말한다. 호아킨이 조심스럽게 리본과 종이를 벗겨 내니 틀에 끼워진 포스터가 드러난다.

'바로 오늘'

큰 글씨체로 꼭대기에 쓰여 있다.

"온라인에서 찾아낸 거야. 네 생일에 지금 유행하는 모든 것을 알려 주는 거야. 가장 많이 팔리는 책들, 인기 있는 노래들, 가장 멋진 영화들 등. 이걸 봤을 때 네 생각이 났어. 그래서……."

그녀가 말을 잇지 못하고 두 손을 맞잡고 있다.

"정말 마음에 들어. 고마워, 버디."

그는 정말 마음에 들었기에 그렇게 말한다.

"뭘."

그녀가 말한다. 그리고 망설이다가 말을 한다.

"멋진 파티 같다."

"호아킨!"

누군가가 밖에서 부른다.

"우리 단체 사진 찍을 거다. 빨리 와."

호아킨이 버디를 본다. 그리고 그녀도 그를 올려다본다.

"미안."

그가 속삭인다.

"넌 정말 날 아프게 해, 호아킨."

그녀 역시 속삭이며 말한다.

"내 말은, 정말 날 아프게 한다고."

"알아. 미안해, 버디."

"내 삶에 네가 없다는 걸 생각할 때마다 그래. 괜찮아지지가 않아. 알아? 잃어버린 조각이 있는 것 같아."

버디는 앞으로 맞잡고 있던 손을 꼬고 있다. 호아킨은 그녀의 손이 여전히 차가운지 궁금하다. 손을 뻗어 그 손을 자신의 손으로 잡아 주고 싶다.

"어떻게 널 내 삶에 다시 맞춰야 할지 모르겠어. 친구인지 남자 친구인지 아니면 무엇인지. 그렇지만 네가 내게 꼭 맞다는 건 잘 알아."

버디의 말에 호아킨이 고개를 끄덕인다.

"괜찮아."

그가 말한다. 왜냐하면 괜찮기 때문이다. 괜찮아질 것이다.

"혹시 같이 얘기할 수 있을까? 내일?"

"호아킨!"

마크가 밖에서 소리 지른다.

"어서 와, 단체 사진!"

그들의 머리가 함께 뒷문 쪽으로 향한다.

"가, 어서 가. 네가 주인공이야. 우린 나중에 얘기해."

버디가 말한다.

호아킨은 그의 손을 마침내 그녀에게 내민다.

"어서."

그가 말한다.

그가 그녀의 손을 잡고 잔디밭으로 이끌 때 그녀가 웃는다. 사진사가 그들 모두에게 위치를 잡아 준다. 심지어 마리아치 단원들도. 호아킨은 버디와 여동생들 사이에 선다. 이모와 그의 부모님 사이에.

그러고 그는 멀리사를 생각한다.

그녀도 그를 볼 수 있기를 희망한다. 왜냐하면 그는 지금 그녀를 보고 있기 때문이다. 그는 매일 하루도 빠짐없이 그녀를 본다. 그녀가 자신을 자랑스럽게 느낄 수 있기를 바란다.

"자, 됐어요. 셋을 셀게요!"

사진사가 소리친다.

"하나, 둘⋯⋯."

"셋!"

모두가 소리친다.

호아킨은 정말 간직할 가치가 있는 사진이 될 것이라고 생각한다.

30. 그레이스

그레이스는 2분 일찍 공원의 주차장에 차를 댄다.

전화기가 울려 댄다. 라피다.

걔들이 20달러를 걸었어?!?!?!

그러게 말이야, 우습지?

그레이스가 답장을 보낸다.

20달러 중 내 몫을 달라고 해.

마야에게 그렇게 말할게.

도착 안 했어?

막 주차했어.

알았어. 원하면 나중에 전화해.

알았어. 난 네가 좋아.

나도 좋아해.

그레이스는 뒷주머니에 전화기를 넣는다. 그녀는 지금 겁이 나는 건지 긴장한 건지 그저 단순히 공포에 떠는 것인지 알 수 없다. 그러나 지금 되돌아갈 수는 없다. 그녀는 며칠 전 생모 지원 모임에서 사람들을 만났다. 그들에게 흔들리거나 떨리지 않는 목소리로, 다가올 만남에 대해 이야기했다. 처음 그녀는 낯선 사람들에게 피치에 관해 결코 말할 수 없으리라고 생각했다. 그러나 그 모임의 여자애들은 모두 이해하고 있었다.

호아킨이 마크, 린다와 함께 집으로 가고 마야도 모두가 태워 준다는 것을 마다하고 길 아래쪽으로 사라져 버린 후 그녀의 부모는 말도 없이 멀리사를 보러 간 것에 대해 처음에는 어떤 말도 하지 않았다.

"우린 널 도울 거라고 말했잖아!"

다음 날 엄마 아빠는 소리를 질렀다.

그러나 엄마 아빠와 함께 이야기를 나누었고 그레이스의 경계심은 탈진과 안도와 고마움에 뒤섞여 사라져 버렸다. 그녀는 호아킨에게서 받아둔 멀리사의 사진 한 장을 탁자 위 그녀의 사진과 부모님 사진 사이에 올려 두었다. 그러자 그들의 노여움이 가라앉았고 그들은 조용히 사진을 보았다. 그 이후로 더 많은 이야기를 나누었다.

엄마 아빠는 그레이스에게 막 태어난 새 아기일 적 그녀를 집으로 데려온 것에 대해 말했고, 멀리사가 그녀를 돌려 달라 할지 몰라 전전 긍긍 걱정했던 이야기를 했다.

"그때는 입양이 공식적으로 되려면 90일까지 기다려야만 했어."

엄마가 말했다. 그리고 그레이스는 처음으로 엄마가 마시는 아이스 티의 빨대가 씹혀서 리본처럼 된 것을 알아차렸다.

"우린 정말 널 놓치고 싶지 않았어. 마침내 널 얻게 된 그 다음에."

그레이스는 이해했다. 그녀는 지금 그 느낌이 어떤지를 알고 있다. 하나를 잃고 전적으로 다른 하나를 얻는 것이 어떤지를. 그녀는 그녀가 가진 것을 지키는 일이 얼마나 힘든지, 그녀 삶에서 새로운 곳을 채우고 있는 오빠와 동생과의 관계를 유지해 나가는 것이 얼마나 힘든지를 안다. 피치가 있었던 곳은 여전히 남아 있다. 여전히 열린 채, 텅 빈 채. 그러나 마음속에 그녀를 채워 주는, 이전에는 느끼지 못했던 방식으로 모든 것을 느끼게 해 주는 새로운 방들이 있기도 하다.

매일 밤 그녀는 지금의 부모인 이들 두 사람을 선택해 준 멀리사에게 작은 고마움을 전한다.

그레이스는 몇 달 동안 맥스를 보지도 못했고 그에 관해 들은 것도 없었다. 그에 대한 생각만으로도 여전히 힘들지만 대체로 그저 그를 슬프게 느낄 따름이다. 그에게 어떤 말을 해야 할지 생각하기도 한다. 때때로 어떻게 할지에 관해 샤워를 하며 장광설을 늘어놓기도 한다.

"언젠가 그 애가 널 찾을지도 몰라. 질문을 하게 될지도 몰라. 그러면 넌 그 애에게 모든 것을 설명할 수 있어야 해. 그러니 넌 용서를 비는 말들을 잘 간직해 둬. 난 필요 없어. 그러나 넌 필요할 거야!"

그녀는 어떨 때는 울고 어떨 때는 화가 난다. 그러나 대부분의 경우 맥스를 놓아 준 것을, 앞으로 나아가게 한 것을 잘한 일로 느낀다.

그레이스는 앞에 펼쳐진 초록의 공원을 바라보면서 주차장에 앉아 있다. 전화기가 다시 울렸고 그녀는 그것을 내려다본다. 마야에게서 온 문자 메시지다.

행운을!

엄지를 두 개 치켜든 이모티콘이 뒤를 잇는다.

정말 행운을!

곧이어 호아킨의 문자가 따라온다.

끝나고 우리한테 전화해.

그래, 고마워.

그레이스가 답장을 한다. 그녀의 손이 조금 떨려 정확한 글자를 누르기가 쉽지 않다. 그녀는 그들에게 세 개의 하트를 보낸다. 그리고 차 밖으로 나온다. 그녀의 손이 땀에 젖어 있고 공원을 향해 떨리는 무릎으로 걷기 전에 청바지에 재빨리 땀을 닦는다. 적어도 아름다운 날이다. 그레이스는 이전에 이렇게나 푸른 하늘을 본 적이 있는지 생각이 나지 않는다.

공원은 아주 크다. 그래도 저 귀퉁이에 다니엘과 카탈리나가 보인다. 카탈리나가 그녀를 먼저 보고는 크게 손을 흔든다. 그레이스가 가깝게 다가가자 카탈리나가 달려와 즉각 그녀를 힘껏 끌어안는다.

"그레이스! 와 줘서 정말 기뻐요."

그레이스가 같이 포옹을 한다. 그레이스는 피치가 이렇게 포옹을 해 줄 사람과 매일매일을 함께한다는 것이 아주 감사하게 느껴진다.

"정말 멋져 보여요."

"고마워요."

그레이스가 웃는다.

"미안해요. 정말 많이 긴장해서."

카탈리나의 웃음은 따스하고 차분하다.

"당연하죠. 하지만 그럴 필요 없어요."

그레이스가 고개를 끄덕이며 숨을 깊이 들이쉬고 천천히 내뱉는다. 몇 미터 떨어져 다니엘이 무언가를 말하며 웅크리고 있다. 그레이스의 소리를 듣고는 그가 뒤돌아 일어선다.

그레이스는 먼저 아기의 머리카락을 본다. 짙은 갈색 곱슬머리가 목 뒤에 모여 있다. 햇살이 나무 사이로 반짝이고 아기의 어깨 위에서 춤추고 있다. 아기는 작고 푸른 체크무늬 드레스를 입고 타이츠를 신고 있다. 그 위에 작은 흰색 스웨터를 걸치고. 이 각도에서 그레이스는 마야의 눈, 호아킨의 코와 턱을, 멀리사의 머리카락을 본다.

그레이스가 용기를 끌어 모아 목소리를 겨우 내 본다.

"밀리?"

피치가 바라본다.

아기가 그레이스를 본다.

아기가 웃는다.

주어진 가족, 만들어 가는 가족

엄마와 아빠, 그리고 아이들. 이렇게 이루어져 있는 가족을 우리는 정상가족이라 여긴다. 그러나 무언가를 정상/비정상으로 나누는 것은 늘 역사적이며 사회적이었다. 시대에 따라 변하고 문화에 따라 달라져 왔다.

가족의 모습도 다르지 않다. 오늘날의 급격한 사회적 변화, 삶의 변화는 핵가족 역시 정상가족으로 머물러 있게 내버려 두지 않는다. 홀로 살아가는 독립된 가정이 적지 않으며, 모자가정, 조손가정, 이혼가정, 다문화가정 등 지금 가족의 형태는 급속하게 다변화되고 있으며, 우리는 그 이름조차 어떻게 명명해야 할지 망설이고 있는 형편이다.

여기 '아주 특별한', 그러나 '평범한 가족'이 있다.

'특별하다'는 것은 등장하는 인물들인 그레이스, 마야, 호아킨 등이 모두 입양되었거나 위탁아로, 평범한 부모 밑에서 성장하고 있지 못하기 때문이다. 더욱이 이들 오누이는 엄마가 같을 뿐 아빠는 모두 다르며, 연년생이다. 이들은 생모를 찾고자 하는 그레이스의 바람으로 함께 만나고, 서로를 조금씩 가족으로 받아들인다. 물론 이들에게는 각자 입양된 혹은 위탁된 엄마, 아빠 역시 있으니 또 다른 가족이 생긴 셈이기도 하다.

그럼에도 이 세 청소년이 일구어 내는 가족이 '평범하다는' 것은 특별한 이야기로 시작해도 가족의 본질은 여느 가족과 조금도 다를 바 없기 때문이다. 서로의 존재와 가치를 깨달아 가고, 서서히 밀도 높은 가족으로서 관계를 만들어 가는 것은 모든 가족이 겪는 이야기이기 때문이다. 물론 이들 인물들, 그레이스, 마야, 호아킨이 새로운 가족을 일구어 가기 위해서는 더 많은 상처와 눈물, 땀이 필요하다. 그 고단한 과정을 거쳐 마침내 희망을 힘차게 부여잡는 것, 그것이 이 소설의 힘이자 미덕이다.

이 작품은 가족을 중심 화두로 삼아 개성이 뚜렷한 세 청소년, 그레이스, 마야, 호아킨 등이 각자 다른 씨줄과 날줄로 엮이며, 마침내 감동적인 가족을 이루어 가는 이야기이다. 그리고 단지 가족의 문제로만 그치지 않는 오늘을 사는 청소년들의 마음속 갈등과 용기 있는 선택들 역시 돋보이는 작품이다. 쉽게 책을 놓을 수 없게 하는 속도감 있는 전개와 반전들, 화자를 쉼 없이 바꾸어가며 서술함으로써 풍부하게 드러나는 미묘한 내면들, 인물들을 주변에서 감싸고 있는 또 다른 새로운 가족인 입양 부모, 위탁부모의 다감하고 진정성 있는 관계 맺기는 새삼 함께 이루어 내는 가족의 의미를 되새김하게 이끈다.

번역을 하며 옮긴이는 미국에서 수여되는 가장 큰 문학상인 전미도서상(National Book Award)을 이 작품이 받은 것에 저절로 고개가 끄덕여졌다. 그리고 이 멋지고 아름다운 작품을 우리네 독자들에게 소개할 수 있어 더할 나위 없이 기뻤다. '아주 특별하게 평범한' 이 감동적인 작품이 더 많은 독자를 만나기를 바라는 마음 간절하다.

2018년 8월

옮긴이 이진경